© 이영균

2010년 3월 박형규 목사.

위 왼쪽 \ 쿄오또에 있는 료오요오(兩洋)중학교 5학년 때
찍은 기념사진. 맨 오른쪽이 박형규 목사.

위 오른쪽 \ 부인 조정하와 장남 박종렬.

아래 \ 어머니의 생전 모습. 독실한 기독교신자였던
어머니는 어릴 적부터 목사가 되어야 한다고 강조하셨다.

서울제일교회에 대한 보안사령부의
공작으로 예배당에서 쫓겨난
박형규 목사와 신도들은
길거리에서 예배를 드리기 시작했고,
노상예배는 6년간 계속되었다.

1987년 9월 박형규 목사가 주도하는 노상예배에 참석한 김영삼 통일민주당 총재(위)와

김대중 통일민주당 상임고문(아래).

위 \ 1987년 6·10대회 사건으로 구속되었다가 석방된 박형규 목사를 김영삼 총재와 김대중 고문이

반갑게 맞이하고 있다.

아래 \ 1987년 7월 9일 이한열 열사의 국민장 영결식에서.

위 \ 문익환 목사가 방북하기 며칠 전인 1989년 3월 19일, 노상예배에서 설교를 하고 있다.

아래 \ 1994년 1월 22일 문익환 목사의 겨레장에서.

위 \ 함석헌 선생과 함께.
중간 \ 리영희 선생,
한승헌 변호사와 함께.
아래 \ 김대중 전대통령과
동교동 사저에서.

2002년 민주화운동기념사업회 초대 이사장 취임식에서.

나의 마음은 길 위에 있다

나의 믿음은 길 위에 있다

박형규 회고록

신흥범 정리

민주화운동기념사업회 기획

창비

나는 자서전이라는 것을 쓸 생각이 없었습니다. 성 아우구스
티누스의 고백록이나 간디의 자서전 같은 것은 성자의 경지에
도달한 사람만이 쓸 수 있는 것이라고 생각했습니다. 그런데
'민주화운동기념사업회' 이사장으로 취임하기 1년 전쯤, 두레
출판사의 신홍범(愼洪範) 선생이 간디 자서전 이야기를 하면서
내게 자서전을 한번 써볼 생각이 없느냐고 물었습니다. 나는 속
으로 웃고 "그런 인물도 못되고 그럴 능력도 없다"고 대답했습
니다. 얼마 후 임재경(任在慶) 선생을 포함한 세 사람이 만난 자
리에서 또다시 자서전이 어렵다면 후대를 위해 민주화운동에
관련된 회고록이라도 남기는 것이 앞서간 사람의 도리가 아니
겠느냐고 다그쳤습니다. 그래서 인사동 근처에 있는 임선생 사
무실에서 일주일에 한번씩 만나 두분의 질문에 대답하는 형식
으로 나의 인생역정을 얘기하기로 했습니다. 이것을 녹음하고

풀어서 글로 만드는 작업은 신선생이 맡기로 했습니다.

그러다가 동지들과 함께 추진해왔던 민주화운동기념사업회가 정부기관으로 승인되고 내가 초대 이사장으로 임명되는 바람에 '회고록' 작업은 중단될 수밖에 없었습니다. 기념사업회 사무실을 정동 배재빌딩으로 옮겨 사업회의 업무에 질서가 잡히고 안정되기까지는 2년 가까운 세월이 흘렀습니다. 그래서 남은 임기 1년 동안 틈나는 대로 두분을 나의 사무실로 오시게 하여 구술을 계속했습니다. 이때의 대화와 구술을 민주화운동기념사업회 자료실에서도 녹음한 것으로 알고 있습니다.

작업이 끝난 후 신선생이 내게 넘겨준 초고를 보고 나는 놀라 숙연해졌습니다. 책을 만드는 사람은 좋은 책을 위해서라면 어떤 어려운 일도 마다하지 않는다는 사실을 증명해 보이듯, 신선생의 초고에는 우리가 나눈 대화 외에도 여러 자료에서 뽑아낸 관련 사실들이 보충되어 있었습니다. 한국기독교교회협의회 (NCCK, National Council of Churches in Korea)에서 펴낸 방대한 『1970년대 민주화운동』(1987) 기록과 민주화운동기념사업회에서 펴낸 외국 선교사들의 증언, 그리고 1995년 사회평론사에서 펴낸 『행동하는 신학 실천하는 신앙인』 등에 수록된 글들도 보태져 있었습니다. 사회평론에서 낸 위의 책은 나의 고희를 기념하여 내 반대를 무릅쓰고 200여명으로 구성된 출판위원회가 만들어낸 것이었습니다.

나는 신선생의 노고에 보답하기 위해서라도 책의 출판을 더이상 미룰 수 없었습니다. 그리고 신선생의 양보로 책을 내는 주체는 민주화운동기념사업회가 되고 출판은 창비에서 맡아주기로 했다고 들었습니다. 대충 이런 경위로 책이 나오게 된 것인데,「책머리에」를 통해 내 생각을 조금 말해볼까 합니다.

나는 본래 유약한 체질로 태어나 어릴 때부터 잦은 병치레로 부모님의 애를 많이 태웠습니다. 이런 체질은 어른이 되고 노인이 되어도 크게 변하지 않았습니다. 그래서인지 나는 매사에 약간 소극적이고 남의 말을 잘 듣고 따르는 편입니다. 목사가 되어 교회를 섬길 때에도 부목사나 전도사, 장로님이나 집사님의 충고, 의견을 잘 듣고 고맙게 받아들였습니다. 그러나 그 의견이 옳지 않다고 여길 때는 "생각해보자"고 어물거리기보다는 그 자리에서 "안된다"고 말해 상대를 무안하게 만드는 경우도 종종 있었습니다. 특히 내가 서울제일교회 담임목사로 취임한 때는 박정희 독재가 기승을 부리기 시작한 때여서 교회의 안위를 걱정하는 장년층 교인들이 많았습니다. 하지만 취임 첫날 김재준(金在俊) 목사님이 취임식 설교에서 "목사는 죽음을 각오하고 강단에 서야 한다"고 하신 말씀이 내 가슴에 박혀 그후 20년 동안 죽음을 각오하고 강단에 섰습니다.

나는 재능도 능력도 없는 평범한 학도이자 목회자였습니다. 특별한 점이 있다면 내 주변에는 언제나 날 도와주는 유능한 분들과 나와 함께 고난의 길을 가겠다고 나서는 젊은이들이 있었다는 것입니다. 나는 위험과 고난을 무릅쓰며 군부독재를 물리치고 나라의 민주화를 쟁취하겠다는 그들의 의지와 용기에 감탄할 뿐, 그들이 가는 길을 막으려 하지는 않았습니다. 오히려 내 능력으로 할 수 있는 데까지 그들을 도우려고 힘썼습니다. 그래서 그들과 함께 끌려가 힘겨운 조사과정을 거쳐 투옥되고 재판을 받고 감옥살이를 하게 되었는데, 목사가 없는 교회를 지켜야 했던 동역자(同役者)들과 교인들에게는 미안하지만, 가시밭에 걸린 양떼와 함께 있으니 보람된 일이라 생각했습니다.

내가 두번짼가 세번째 감옥살이를 하고 돌아왔을 때입니다. 미국에 계신 어떤 연로하신 분이 큰 붓글씨로 '우공이산(愚公移山)'이라고 쓰신 것을 내게 선물로 보내오셨습니다. 『열자(列子)』 「탕문(湯問)」편에 나오는 말로, 중국 전설에 수로를 막고 있는 산을 옮기겠다며 매일 산을 판 우직한 사람을 보고 옥황상제께서 그 산을 옮겨주었다는 얘기가 있다고 합니다. 아마도 우리의 민주화운동을 멀리서 지켜보시면서 격려하는 뜻으로 보내신 것 같아 액자에 넣어 서울제일교회의 당회장실에 걸어두었는데, 지금도 걸려 있을 것입니다. 우리 민주화운동을 잘 상징해주기도 하는 이 말을 다시 떠올리며, 어렵게 얻어낸 우리의 민주주의가 소중하게 지켜지고 더욱 잘 가꾸어져서 후대에 전해지기를 소망해봅니다.

신선생은 길어도 좋으니 하고 싶은 말을 이 글에서 다 하라고 했지만, 그것은 이미 이 책의 끝부분에 잘 정리돼 있어 생략하려고 합니다. 그래서 이 자리에서는 말재주 없는 나를 붙잡고 회고록 대화를 이끌어주신 임재경 선생과 신홍범 선생에게 큰 빚을 진 사람으로서 심심한 감사의 마음을 전하는 것으로 글을 마치려고 합니다. 그리고 나하고 뗄 수 없는 인연이 있다고는 하나 어려운 사정에도 책의 출판을 책임져준 민주화운동기념사업회에 고마운 마음을 전합니다.

끝으로 나라의 민주화를 이루어내기 위한 싸움이 치열하게 벌어지던 그 어려운 시절에 나를 불러 백낙청(白樂晴) 교수와의 대화(「한국 기독교와 민족현실」, 『창작과비평』 1978년 봄호)를 『창작과비평』에 실어주셨던 창비에서 이 책의 출판을 맡아주시니 다시 한번 큰 고마움을 느낍니다. 출판환경이 어렵다는데도 이 책을 펴내주신 창비에 깊은 감사의 말씀을 드립니다.

2010년 4월
박형규

은총의 삶을 사신 박형규 목사님

사람은 각자 나름대로 귀중한 체험을 지니고 있습니다. 체험이란 사건과 사실의 내면적 각인, 그리고 정신적 이입(移入)이며 인생행로를 근본적으로 바꾸는 결정적 계기이기도 합니다. 사랑체험이 바로 그것입니다.

사람은 기억의 존재입니다. 기억은 인간의 가장 아름다운 특성입니다. 인간의 삶은 바로 기억에 기초하여 기억을 통해 전개됩니다. 기억은 과거나 사건에 대한 회상을 넘어 그것을 바로 '지금 이 자리에서' 재현하는 인간의 위대한 힘입니다. 특히 신앙인의 경우 기억을 통해 하나님과의 만남과 현존을 고백하며, 예수 그리스도는 기억을 통해 세기를 넘어 숱한 사람들의 삶 안에서 재현되고 있습니다. 기억은 바로 부활의 힘, 아니 부활 자체이기도 합니다.

박형규 목사님은 제게 귀중한 체험과 기억으로 현존하는 분입니다. 8년간의 유학생활을 마친 저는 1973년 6월에 귀국하여 연희동성당 보좌로 사목생활을 시작했습니다. 그해 7월 저는 신문을 통해 남산 야외음악당 부활절 연합예배사건으로 목사님들이 재판을 받고 계신 소식을 접했습니다. 저는 '이분들은 어떤 분이실까? 대단한 분들이시구나' 하고 새삼 놀랐습니다. 저는 재판받고 계시는 목사님과 2천여 년 전의 예수님의 모습을 연계하여 묵상했습니다.

　이 체험은 제 마음속 깊이 각인되어 세상과 역사를 새롭게 바라보는 계기가 되었습니다. 그리고 바로 다음달 8월 일본에서 일어난 김대중 선생의 납치사건과 74년 민청학련 사건과 관련되어 구속된 지학순 주교님을 지켜보면서 저는 동료사제들과 함께 역사의 현장, 세상 한복판에 뛰어들게 되었습니다. 그때부터 바로 오늘 이 시간까지 저는 박형규 목사님의 길을 부지런히 뒤따라 걷고 있습니다. 이제는 박목사님을 가까이 뵙고 모시면서 큰 기쁨을 확인합니다. 체험과 기억이 현실이 되었기 때문입니다.

　올해는 참으로 은총의 해입니다. 박목사님의 미수(米壽), 안중근 의사 순국 100주년, 4·19민주혁명 50주년, 5·18광주항쟁 30주년, 6·15공동선언 10주년을 맞아 우리는 올해를 '민주화운동정신 계승의 해'로 지내고 있기 때문입니다.

　박목사님의 삶과 증언이 바로 항일독립투쟁, 민주주의 실현 그리고 민족의 화해와 일치를 위한 길잡이임을 확인하며 모든 분들, 특히 젊은이들을 위한 귀중한 체험과 기억의 장이 되기를 바랍니다.

　민주화 동지들과 함께 초심의 순수함을 되새기고 그 뜻을 모아 박목사님과 사모님, 가족 모두의 노고를 기리며 사랑과 존경을 드립니다.

민주화운동기념사업회 이사장 함세웅

차례

3. 도시빈민 속으로

4. 유신체제와의 대결

5. 민주화운동의 수난

6. 민주화를 또다시 막아선 신군부

7. 아직도 봄은 오지 않았다

1

나를 키운 기독교 가정

"너는 목사가 되어야 한다"

1973년 여름 남산 야외음악당 부활절 새벽연합예배 사건으로 구속되어 재판을 받을 때였다. 부활절예배를 드리는 날, 기독교 신자들에게 유신체제를 비판하는 전단을 배포하려던 사건이었다. '내란예비음모'가 구속의 이유였다. 유신체제 성립 후 박정희 독재에 대한 저항운동이 태동하고 있을 때라 잡혀간 사람들을 다루는 태도가 여간 살벌하지 않았다.

변호는 두분이 맡았는데, 평소 알고 지내던 한승헌(韓勝憲) 변호사가 "그래도 이야기를 좀 해야 하지 않겠느냐"고 해서 진술준비를 해가지고 법정으로 갔다. 법정에서 뒤를 돌아보니 함석헌(咸錫憲) 선생과 법정(法頂)스님이 맨 앞줄에 앉아 있고, 안병무(安炳茂) 선생 등 기독교계 인사와 교인 들이 반가운 눈으로 나를 바라보고 있었다. 『기독교사상』과 기독교방송국 사람들, 학생들도 많이 나와 있었다. 나는 주장을 펴되 비교적 부드러운 말로 해야겠다고 결심했다.

그런데 검사의 심문이 시작되고 얼마 안 있어 뒤에서 웬 여자분이 호통을 치는 소리가 들려왔다. 뒤를 돌아보니 어머니가 지팡이를 짚고 일어서서 "사내자식이 말을 하려면 제대로 해라. 왜 머뭇거려!" 하시는 거였다. '아이구, 어머니가 와서 보고 계시는구나' 하는 생각이 들면서 정신이 번쩍 났다. 어머니의 말씀에서 받은 충격 때문에 자기변호를 하기 위해 밤새 준비해간 진술이 머릿속에서 날아가버렸다. 그래서 준비해간 말들을 모두 집어치우고 하고 싶은 말, 해야 할 말을 해나갔다.

재판을 마치고 구치소로 돌아가면서 다시 한번 나에게 큰 용기와 힘을 주신 어머니를 생각하며 감사했다. 이렇게 법정에서도 당당하게 소리치시는 분이 나의 어머니였다. 우리나라 대부분의 어머니들이 자신의 모든 것을 바쳐 자식을 사랑하는 '위대한 어머니'이지만, 나의 어머니는 여기에 더하여 끊임없이 나에게 힘을 주고 가르침을 주는 교사였다.

당시 이 재판을 보러 왔던 윌라 커넌(Willa Kernen) 선교사는 그때 보았던 나의 어머니에 대해 이렇게 썼다.

1973년 8월에 열린 재판(남산 부활절 연합예배 사건)에는 많은 선교사들이 참석했다. 나는 사람들을 재판에 데려올 구치소 차량을 기다리며 법원 밖에서 줄을 서 있었다. (…) 죄수들(박목사와 권호경 목사 그리고 다른 두 사람)은 모두 (수갑의 한국적 형태인) 포승줄에 묶여 있었고, 증언을 하는 동안에만 풀어주었다. 첫 공판에서 모든 사람이 보기에 박목사와 권목사는 당당하게 그들의 신앙과 교회에 대해 증언했다. (…)

나는 그 공판에서 '월요모임'(한국의 민주화운동을 돕기 위해 만들어진 외국인 선교사들의 모임)의 회원인 루이즈 모리스, 버치 더스트 그리고 린다 존스를 알게 되었다. 재판이 끝나고 죄수들이 차를 타고 구치소로 돌아갈 길 양편에 줄을 짓고 서 있는 군중들을 아직도 나는 기억한다. 사람들은 네 사람이 지나갈 때 박수를 보냈다. 나는 아직도 박목사가 고개를 끄덕이고 모두에게 미소를 지은 채 사람들에게 경의를 표하고 있는 것을 볼 수 있다. 또한 그의 아내와 아들, 그리고 그에게 포기하지 말고 계속 투쟁하라고 격려하던 그의 노모의 힘찬 목소리를 기억한다. 그의 강한 성격이 어디에서 비롯되었는지 확실히 알 수 있었다. (…)

선고공판이 있던 날, 사람들이 밖에 줄서 있었지만 법원의 문은 결코 열리지 않았다. 구속자들은 아무도 모르게 법정으로 호송되었고, 재판 후에는 아무도 보지 못한 가운데 감옥으로 보내졌다. 당국이 무엇을 두려워했는지는 알려지지 않았다.

― 짐 스텐츨 편 『시대를 지킨 양심』,
민주화운동기념사업회 2007, 215~216면

나는 1923년 12월 7일 경상남도 창원군 진북면 영학리(永鶴里)에서 아버지 박노병(朴魯柄)씨와 어머니 김태금(金泰今)씨

사이에서 3남 3녀 중 삼남으로 태어났다. 진짜 생일은 음력 8월 25일(양력 10월 5일)인데, 아버지가 출생신고를 늦게 하는 바람에 호적상의 생일이 이렇게 늦어졌다. 내 위로 나보다 12살 위인 누님과 9살 위인 형이 있었고, 내 아래로 여동생 둘이 태어났다.

내가 태어난 영학리 학동(鶴洞)마을은 마산에서 30리쯤 떨어진 산골이다. 진동(鎭東)이라는 바닷가에서 산 쪽으로 10리쯤 들어가 있는 동네로, 가구는 20호쯤 되었고 계단식 논이 많은 척박한 곳이었다.

우리 집안은 원래 충청도 옥방(玉方)이란 곳에서 살았다는데, 할아버지 때 이곳으로 이사왔다고 한다. 밀양 박씨 규정공파(糾正公派) 자손이라고 하나, 할아버지 때는 중인 축에도 들지 못할 만큼 지체가 낮았다. 할아버지는 일찍 부모를 여의어 의지할 곳 없는 고아나 다름없이 자랐다. 그러나 기골이 장대하고 힘도 세서 씨름대회에 나가 황소를 여러 마리 타왔다고 한다. 그런 체격과 힘 때문인지 다행히도 잘사는 경주 최씨 집에 머슴으로 들어갔다. 그리고 그 집의 무남독녀에게 장가들어 '데릴사위'가 된 덕에 운명이 바뀌게 되었다.

할아버지댁 돌담 곁에는 실개울이 흘렀다. 가을에는 개울가에 심은 대추나무에 빨간 대추가 주렁주렁 열렸는데, 할아버지가 그것을 따서 등에 업힌 나에게 주시던 기억이 남아 있다. 할아버지는 아들 다섯 딸 둘, 7남매를 두셨다. 아버지는 큰아버지, 고모에 이어 낳은 둘째아들이다.

큰아버지는 할아버지를 닮아 체격이 좋고 성질도 강했으나,

아버지는 큰아버지와 달리 키가 작달막하고 성격도 온순한 편이었으며 사람을 잘 사귀고 바둑과 풍류를 즐길 줄 아는 분이었다. 어머니의 야유 섞인 말씀으로는 '놀고먹을 팔자'를 타고난 분이었다. 어릴 때부터 우리는 말끔하게 한복을 차려입고 사랑방에서 친구들과 바둑을 두거나 담소하며 인생을 즐기는 아버지와, 온 집안을 휘두르며 일꾼들에게 일을 시키고 호령하는 어머니의 대조적인 모습을 보며 자랐다.

어린시절 아버지는 서당에서 공부하다가 신학문이 필요하다며 도회로 나가 형제들 중에 유일하게 보통학교(초등학교)를 다녔고, 나중엔 그 당시로서는 흔치 않게 자동차 운전도 배웠다고한다. 한동안 면서기도 했다는 경력으로 보아 아버지는 한일합방을 전후한 시기에 일제의 한반도 침략정책에 우유부단하게대처한 범상한 시골 신사로 사셨던 것 같다. 사업을 한답시고할아버지가 다섯형제에게 물려준 땅을 많이 팔아 없앴다는 친척들의 원성으로 미루어보아 젊었을 때는 모험도 꽤 하고 실패도 했던 것 같다.

이런 아버지와는 대조적으로 어머니는 나중에 '호랑이 할머니'라고 불릴 만큼 성격도 강하고 언제나 부지런히 일하는 억척스런 부인이었다. '일하지 않는 자는 먹지도 말라'는 격언은 어머니 삶의 지표이자 모든 사람을 판단하는 기준이었다. 때문에어머니는 그 자신 뼈가 부서지도록 일할 뿐 아니라 남도 그렇게일하는 것을 보아야만 직성이 풀렸다. 어머니 품에서 자란 다섯남매 중에서 어머니의 성품을 가장 충실하게 물려받은 사람은 손윗누님뿐이다. 맏이로 태어난 때문이기도 하겠지만 어머니의 철저한 훈도를 받아 어머니의 삶을 닮을 수밖에 없었을 것이다.

이런 어머니가 어느날 갑자기 크리스천이 된 것은 내 위로 낳은 둘째아들의 죽음과 관련이 있다. 어머니가 서른에 낳은 이 아들은 어쩌나 잘생겼던지 온 동네 사람들이 안아주고 입맞추고 야단들이었다고 한다. 그러나 아기는 세살이 되자 시름시름 앓다가 죽었다. 점쟁이의 말이 조상을 잘못 섬겨 액운이 끼었으니 아침저녁으로 정화수 떠놓고 치성을 드리라고 했다.

그래서 그날부터 치성을 드리는데 어느날 저녁 어떤 여자가 "쓸데없는 짓 하고 있네……" 하면서 돌담길을 지나갔다. '자식 잃고 가슴앓이를 하며 치성을 드리는데 쓸데없는 짓이라니!' 분한 생각이 들어 그 부인을 혼내주려고 따라갔더니 조그만 초가집에 사람들이 가득 모여 예배를 보고 있었다.

나중에 알고 보니 그곳은 호주 선교부가 세운 전도소였다. 거기서 한 서양 선교사가 서툰 우리말로 설교를 하고 있었다. 발음이 이상해 처음에는 잘 알아듣지 못했으나 세가지 요점은 알아들었다고 한다. '하나님은 한분이시다. 하나님의 아들 예수께서 세상에 오시어 세상의 모든 죄를 대신 지고 십자기에 매달려 죽으셨다. 예수를 믿기만 하면 모든 죄를 사함받는다'는 것이었다. 그 자리에서 "예수 믿을 사람 손들어보라"는 선교사의 말에 어머니는 욕한 여자 찾는 일은 잊어버리고 그만 손을 번쩍 들고 말았다. 어떻게 발음도 서툰 선교사의 말을 한번 듣고 손을 들었는지 놀라운 일이지만, 그후부터는 교인이 되어 세상을 떠나실 때까지 독실한 신앙인으로 사셨다.

어머니를 욕한 부인은 나중에 '정부인'으로 밝혀졌는데, 호주 선교부에서 이분을 지역의 전도부인으로 임명했다. 어머니는 제자이자 후원자로서 이분을 존경하고 따르며 전도에 열심이었다. 나중에는 예배당 짓는 일에도 발벗고 나섰으며, 아버지에게 압박을 가해 헌금도 많이 하셨다. 96세까지 사신 어머니는 90세를 전후한 많은 연세에도 내가 태어난 영학리 학동교회 예배당을 수리해야 한다고 모금에 나서 교회에 바쳤고, 공사를 할 때에는 손수 나가서 일꾼들을 지휘할 만큼 교회에 헌신적이었다. 어머니가 한글을 배우신 것도 오로지 성경을 읽고 찬송가를 부르기 위해서였다.

어머니는 내가 태어난 것이 하나님의 선물이라 믿어 의심치 않았다. 기도하고 낳은 자식이라 하나님께 나를 바치셨다며 너는 반드시 목사가 되어야 한다고 어려서부터 강조하셨다. 그래서 교회에서 지어준, '성스러운 길을 걸어가라'는 뜻인 '성도(聖道)'라는 이름으로 나를 불렀다. 내 이름은 항렬에 따라 '형규(炯圭)'로 호적에 올랐지만, 늘 '성도'로 불렸기 때문에 보통학교에 들어가서야 비로소 내 이름이 '성도'가 아니라 '형규'라는 것을 실감했다. 하지만 중학생이 되고 자의식이 커지면서 '성스러운 길'이라는 이름이 너무 무겁게 나를 짓누르는 것 같았다. 그래서 '성도'라는 이름을 버리기로 했고, 그러고 나니 아주 홀가분한 해방감이 느껴졌다.

1927년 내가 다섯살이 되던 해 우리는 마산으로 이사했다. 그 이유 중의 하나가 어머니의 신앙생활 때문이었다. 당시만 해도 매우 보수적인 농촌에서 며느리가 제사와 굿을 한사코 반대하며 밤낮 전도한다고 돌아다녔으니, 시부모님의 눈 밖에 났을 것이다. 보다 못한 할아버지께서 우리 집안 다 망치겠다며 땅을 좀 팔아주시면서 나가라고 하셨다. 그래서 우리 친척들은 우리가 마산으로 쫓겨간 것으로 믿었다.

우리가 이사간 곳은 구마산 끝자락에 있는 '비집거리' 뒤, 수십호로 이루어진 시골동네였다. '비집거리'라는 이름은 마을 앞에 송덕비 등 비석과 재실(齋室) 들이 많아서 붙은 것인데, 지금은 '비석거리'로 불린다고 한다.

마산의 우리집은 꽤 큰 초가였다. 아버지는 당시로서는 학식을 가진 분이어서 사업으로 돈도 좀 벌었다. 장가간 머슴이 하나, 장가 안 간 머슴이 너덧쯤 되었을 뿐 아니라 집 안에 소가 돌리는 연자방아도 있었으니 꽤 잘살았던 셈이다. 주변엔 가난한 사람들이 많아 동네사람들이 우리집에 와서 일해주고 무언가를 얻어가곤 했다. 아버지는 농사일을 어머니에게 떠맡기고, 소달구지로 담배, 어물, 곡물 등을 마산에서 떼어다 파는 운송업에 손을 댔던 것 같다. 물에 빠진 담배봉지를 무녀기로 건져와서 마당에서 말린다고 법석을 떨던 일, 생대구를 담은 상자를 잔뜩 싣고 와서 마당에서 말리던 일이 기억에 남아 있다. 우리집 마당은 언제나 작업장이었고 대개 어머니가 일꾼들을 지휘했다.

유치원과 초등학교도 기독교계통으로

나는 어머니의 주장으로 호주 선교부가 운영하는 의신(義信) 유치원을 다녔고, 취학할 나이가 되어서는 창신(昌信)보통학교에 들어갔다. 아버지는 많은 아이들이 다니는 정규 보통학교에 보내고 싶어했으나 어머니의 반대로 뜻을 이루지 못하고 나를 창신학교에 보낼 수밖에 없었다.

창신학교는 호주 선교사들이 세운 기독교계통 학교로, 한학년이 한반이었고 남녀가 함께 배웠다. 정규 보통학교와는 달리 주입식 교육을 하지 않았으며 분위기도 비교적 자유로웠다. 다른 학교에 비해 좋은 선생님도 여럿 있었다. 민족주의 정신을 가진 선생님들은 안창호(安昌浩), 이승만(李承晚), 김구(金九) 등 애국지사들의 독립운동 이야기를 여러번 들려주었다. 그러나 이런 선생님들은 오래 있지 못하고 결국 쫓겨나고 말았다. 어느날 선생님이 보이지 않으면 우리는 만주로 독립운동하러 간 것이라 믿었다.

나는 집안어른들을 통해 3·1운동 이야기를 수시로 들으며 자랐다. 3·1운동은 내가 태어나기 4년 전에 일어났는데, 우리 박씨 문중의 친척들 가운데도 이 운동에 참가한 분들이 많았다. 어떤 이는 잡혀가 모진 매를 맞고, 어떤 사람은 숨어다녀야 했으며, 정신병을 얻어 미친 사람도 있었으니, 독립운동은 먼 곳의 이야기가 아니었다.

어린시절 한때 나는 기차 운전사가 되겠다는 꿈을 꾸었다. 우리집 앞으로 기차가 지나다녔는데, 우리가 손을 흔들면 기차 운전사도 웃으면서 손을 흔들어주었다. 시원하게 달리는 것이 그렇게 멋져 보일 수 없었다. 그러나 조금씩 철이 들면서 우리들의 이상은 만주벌판에서 말을 달리면서 독립운동을 하는 것으로 바뀌었다. 김구가, 안창호가 어쨌다더라, 만주에서 독립운동하는 사람들이 일본사람들을 공격하여 간담을 서늘하게 했다더라 하는 이야기를 들으면서 우리도 커서 독립운동을 해야 하지 않겠느냐고 수군댔다. 1930년대 초에 『소년』인가 하는 어린이 잡지를 보았는데, 그것이 준 영향도 적지 않았을 것이다.

창신학교 시절 나의 성적은 별로 좋은 편이 아니었다. 처음엔 학교에 열심히 다녔으나, 동네 아이들과 새 잡고 연 띄우며 노는 재미가 어찌나 좋은지 거기에 빠져서 나중엔 학교에 가는 것이 싫어졌다. 그래서 학교에 가지 않겠다고 고집을 부렸는데, 이를 걱정스럽게 본 아버지가 머슴에게 혼을 좀 내주라고 명을 내리셨다. 나는 그 벌로 머슴을 따라 풀을 베러 갔고, 서툰 솜씨로 낫질을 하다가 손을 크게 베어 피를 많이 흘렸다. 그뒤로는 마음을 바꾸어 다시는 학교에 가지 않겠다는 말을 꺼내지 않았다.

아버지는 학교교육을 받아야 하지만 그것만으로는 부족하고 한학(漢學)을 해야 진짜 공부를 하는 것이라고 믿고 있었다. 그래서 자신이 배운 한학을 어떻게든 전해주어야 한다고 생각한 나머지, 동문수학한 가난한 친구를 집에 데려다놓고 나와 형에게 천자문을 비롯해 한문을 가르쳤다. 나는 아버지의 명을 따르는 편이었으나, 이름이 승규(升圭)인 형은 공부는 뒷전이고 노는 데만 힘썼다. 교회도 건성건성 다녔다.

체격이 좋고 싸움 잘하는 형은 개구쟁이였고 골목대장이었다. 싸움을 자주 하여, 코피가 터져 돌아오는 일이 잦았다. 어머니의 꾸중을 듣게 생기면 집에 들어가기 전에 돌로 자기 발을 찧어 매를 피하는 지혜도 있었다. 어려서부터 몸이 약했던 나를 끔찍하게 아끼고 보호해준 사람도 형이었다. 그런 형 덕분에 나를 건드리는 아이는 없었다. 한번은 엿장수가 사람들을 모아놓고 심지 뽑기 하는 것을 정신없이 구경하고 있는데, 언제 왔는지 형이 나를 끌어내더니 엿을 사주면서 다시 그런 데 서 있으면 용서하지 않겠다고 호통을 쳤다. 자신은 별별 짓을 다 하고 다닐지언정 동생은 그렇게 해서는 안된다고 생각했던 것 같다.

이 시절 나에게 큰 영향을 준 것은 창신학교 선생님들의 민족주의적인 분위기와 내가 다니던 독립교회의 특별한 분위기였다. 나는 어머니를 따라 처음엔 문창교회에 다녔으나 나중엔 독립교회에 나갔다. 역시 어머니를 따라간 것이었는데, 독립교회는 호주 선교사들의 간섭을 받기 싫어한 신자들이 독립해 나와 만든 교회였다. 이 신자들은 민족주의적 성향이 비교적 강해서 독립운동에 직접 참여하거나 도운 사람들도 여럿 있었다.

독립교회가 생긴 것은 서양 선교사들이 운영하는 교회가 점차 일본의 식민지정책에 동조한 것과도 관계가 있었다. 처음엔 교회가 비교적 자유를 누렸지만 점차 일본이 간섭하며 일본화를 강요하자 교회의 안전을 지켜야 한다는 이유로 선교사들이 조금씩 일본의 정책에 순응하게 된 것이다. 그러다보니 일부 신자들과 선교사들 사이에 마찰이 생겼다.

독립교회운동에는 나의 자형(姉兄) 김근석(金根錫)도 적극 참여했다. 자형은 나보다 15살 위로 말솜씨가 빼어나 강연을 자주 다녔으며, 협동조합운동을 한다고 활발하게 뛰어다녀 어머니의 사랑을 받았다. 그러나 아버지는 그의 행동이 말을 따르지 못한다고 보았는지 별로 신뢰하지 않았다.

해방 전, 신사참배를 거부했다가 감옥에 간 주기철(朱基徹) 목사, 손양원(孫良源) 목사, 최덕지(崔德智) 전도사 같은 옥중 성도(聖徒)들을 도왔던 어머니는 독립교회의 예배당을 지을 때 벽돌 찍어내는 일에 적극 참여하는 등 헌신적으로 봉사했다. 나는 이 교회에 나가면서 비록 어린 나이였지만 교회가 우리 민족의 독립운동에 깊은 관심을 갖고 있는 것을 보았다. 교회가 늘 하늘만 바라보는 것이 아니라 땅 위에서 살아가는 사람들의 문제, 사회문제에 구체적인 관심을 갖고 행동하는 것을 볼 수 있었다.

그럼 아버지도 교회에 열심이셨는가 하면, 아버지는 요즘 말로 '날라리' 교인이었다. 어머니가 하도 성화를 하시니까 가정의 평화를 위해 1년에 몇번, 성탄절과 부활절에나 나갔을 뿐이나. 헌금은 많이 하셨지만, 이것도 어머니의 압력을 견디지 못했기 때문이다.

어릴 적 나는 어머니로부터 거의 절대적인 영향을 받았지만 철이 들면서부터는 아버지의 말씀을 자주 음미하고 이해하게 되었다. 아버지는 어머니와는 반대로 내가 목사가 되는 것을 원치 않았다. 변호사나 의사가 되기를 바라셨다. 독립운동가들을 변호한 김병로(金炳魯) 선생 말씀을 자주 하시며 네가 변호사가 되어 그런 훌륭한 일을 하면 얼마나 좋겠느냐고 했다.

그렇다고 내가 목사가 되겠다고 했을 때 반대한 것은 아니었다. 그때 하신 말씀이 가끔 생각나는데, 목사도 성경만 볼 것이 아니라 동양의 고전들을 반드시 읽어야 한다고 권고하셨다. "구약, 신약 다 읽었는데 구약이 더 재미있더라. 그런데 구약보다도 사마천(司馬遷)의 『사기(史記)』가 더 재미있다. 『사기』는 꼭 읽어야 한다. 구약에 나오는 이야기가 『사기』에 다 나온다"고 하셨다. 그때는 그 말씀을 지나쳐버렸는데 감옥에 갔을 때 그 말씀이 생각나서 『사기』를 통독하고는 대단한 책이라는 것을 알았다. 내가 기독교에서도 리버럴(liberal)한 입장에 서게 된 데에는 아버지의 영향도 적지 않았다고 생각한다.

일본의 오오사까로

무엇 때문이었는지는 잘 모르나 창신학교 3학년 때 아버지의 사업이 실패하여 집이 압류당했다. 빚이 많았던 것 같다. 누님은 출가하여 자형과 함께 일본 오오사까(大阪)에 가 있었고, 형역시 보통학교를 졸업하자마자 고학을 한다면서 일본에 가 있었다.

집달리가 와서 여기저기 빨간딱지를 붙였는데, 무서운 어머니
도 그때는 저항하지 못했다. 그나마 가지고 갈 수 있는 짐을 챙
기느라 바빴다. 집달리가 떠나자 어머니는 마루에 다리를 뻗고
앉아 통곡했다. 한참 후 울음을 그친 어머니는 나와 누이동생의
손을 잡고 대문을 나서며 우리 남매에게 "이제 이 집은 우리집
이 아니다. 지금부터 우리는 고생길에 들어섰다. 그러나 울면
안된다"고 타이르셨다.

이때부터 우리 가족은 가난 속에서 천대받는 고생길을 걸어야
했다. 남의 집에서 셋방살이도 하고, 일본으로 건너가서는 한국
인 빈민촌에서 막노동하는 사람들과 어울려 살았다. 이 시절 나
는 어머니의 가장 위대한 모습을 보았다. 굳센 의지를 갖고 가
난 속에서도 인간의 자존심과 도리를 지키며 어려운 세상을 헤
쳐나가는 한 여성의 꿋꿋한 삶 말이다.

어머니의 의지를 잘 보여주는 일화가 있다. 일본으로 떠나기
앞서 시골 이모네 집으로 30리 밤길을 걸어간 적이 있는데, 갓
난아기인 막내는 어머니가 등에 업고, 나와 6살 되는 누이동생
은 걸어야 했다. 절반쯤 갔을 때 웬 택시 한대가 지나가다 멈춰
서더니 태워주겠다고 했다. 돈을 받지 않을 테니 타라고 권했지
만, 어머니는 한사코 거절했다. 택시는 가버리는 듯하더니 얼마
안 가 또 멈추고 우리를 기다리고 있었다. 아이들만이라도 태우
겠다고 고집하는 운전사와 한참 다툼을 하다가 어머니도 할 수
없다고 생각했는지 차에 올랐다. 덕분에 삽시간에 이모댁에 도

착할 수 있었다.

그러나 다음날 아침 어머니는 이모를 시켜 운전사를 불러오게 하더니 택시요금을 내밀며 받으라고 하셨다. 안 받겠다 주겠다 한참 실랑이를 벌인 뒤 운전사는 하는 수 없이 요금을 받아갔다. 어머니의 말이 타당했기 때문이다. 어머니 말씀은, 추운 겨울날 아이들로 하여금 먼 길을 걷게 하여 어려움을 이겨내는 법을 가르치려 했는데 운전사가 동정심을 발휘하여 교육시킬 기회를 잃었다, 그런데 차비까지 받지 않는다면 아이들이 무엇을 배우겠느냐는 것이었다. 사람은 사리가 분명해야 한다는 것이 어머니의 생활신조였다.

우리가 일본으로 간 것은 내 나이 9살 때였다. 돈을 절약하기 위해 우리 가족은 일본의 오오사까까지 연락선이 아닌 화물선을 타고 현해탄(玄海灘)을 건너갔다. 이사간 곳은 오오사까시 후꾸시마(福島)구의 조선인 노동자들이 사는 빈민가였다. 하수가 내려가는 개천 위에 판잣집을 짓고 살았다. 서울의 옛 청계천 판잣집들을 떠올리면 될 것이다. 주민들은 주로 일본인들로부터 멸시와 천대를 받던 조선인 노동자들이었고, 그래서 노동자들의 합숙소인 '함바〔飯場〕'가 많았다.

우리는 그곳에서 고물과 쓰레기를 줍고 막노동도 하면서 어렵게 살아갔다. 쓰라린 고생을 하면서도 차차 가난을 부끄럽지 않게 여기게 되었다. 새벽마다 어머니와 함께 손수레를 끌고 야채시장으로 가서 일본인들이 버린 배추껍질이나 상한 고구마를

주워와 김치를 담거나 삶아 먹으면서 살았지만, 그것을 수치스
럽게 여긴 적은 없었다.

나는 후꾸시마 소학교 3학년에 들어갔다. 이 학교의 전교생 수
는 500~600명쯤 되었던 것 같고, 한 학급은 30~40명쯤 되었
다. 이 학교에 전학했을 때는 조선인 학생이 거의 없었으나 5학
년으로 올라갈 때엔 10여명쯤 되었다. 모두 일본인 학생들의 멸
시를 받았다. 일본말이 서툴렀던 나는 성적이 좋을 수 없었으
나, 산수만은 잘했다. 다행히도 일본인 담임선생님이 나를 아끼
고 격려해주어 용기를 얻었다.

낮이면 학교에 가고 저녁에는 공사장에서 일하는 한 조선인
노동자가 가르치는 서당에 나가 한글을 배웠다. 어머니와 아버
지가 우리글을 잊지 않게 하려고 한글 가르치는 곳을 찾아내 나
와 3살 아래의 누이동생을 이곳에 보낸 것이었다. 누이동생은
너무 어려 중도에 그만두고 나만 2년 동안 다녔다. 그 어려움 속
에서도 우리말을 잊지 않게 하려고 그곳에 보내준 부모님의 정
성어린 뜻을 가끔 생각해보곤 했다.

중년의 한글선생님은 일터에서 돌아와 10여명의 어린이들을
가르쳤는데, "우리가 이렇게 고생하는 것은 조상들이 못나고 잘
못했기 때문"이라며 중국·러시아·미국 등지에서 독립운동을
하고 있는 독립투사들의 이름을 들어가면서 "우리는 반드시 나
라를 되찾게 될 것"이라고 우리들을 격려했다. 또한 한글을 가
르치기 전에는 으레 막걸리 몇잔을 마시고 비감함에 울곤 했다.
이 시절을 생각하면 영락없이 그 장면이 선명하게 떠오르는 것

으로 보아 내게 깊은 인상을 주었던 것 같다. 교재는 『심청전』『흥부전』『홍길동전』 등에서 뽑아 만든 조선어독본이었다.

아버지는 얼마 후 이 빈민가에서 나무판자로 지은 이층집을 얻어 한약방을 차렸다. 처음엔 벌이가 많지 않았지만 나중엔 제법 큰돈을 벌었다. 옛날에 서당에서 공부한 사람들은 대개 한의학 공부도 좀 했던 모양인데, 특히 우리 외가 쪽에 한약방을 하시던 분들이 많아서 그들에게 여러 비방을 전수받으신 것 같았다. 나도 틈틈이 아버지를 도와 약도 썰고 환약도 만들었다.

아버지가 돈을 벌게 된 계기는 한국인 노동자들에게 약을 팔아서가 아니었다. 일본이 만주로 진출하려고 전쟁을 벌이던 어느 해엔가 오오사카 지역에 장티푸스가 돌아 사람들이 많이 죽었는데, 아버지의 비방에 따라 약을 먹은 사람들은 신통하게도 병이 나았다. 조선인 노동자들이 아버지의 약 몇첩을 먹고 나았다는 소문이 파다하게 퍼지자 차츰 일본인들이 몰려오기 시작했다. 이때부터 꽤 큰돈을 벌게 되었는데, 개중에는 병이 나으면 고맙다는 인사로 약값의 몇배나 되는 돈이나 선물을 가져다 준 사람이 적지 않았다고 한다. 아버지는 여기에서 번 돈을 나중에 형이 앰풀(ampoule)공장을 세울 때 투자했다.

형도 유도를 한 것이 도움이 되어서 돈을 꽤 벌었다. 그는 건장한 체격에 힘도 세어서 유도단수가 5단에 이르렀고 대회에 나가 우승도 많이 했다. 한참 후의 일이지만 귀국해서 부산에 유도도장을 차리기까지 했다. 형은 처음엔 앰풀 만드는 공장에 들어가 직공으로 일했는데, 유도를 잘하고 성격이 활달해 일본인들이 좋아했다. 이후 그들의 도움으로 독립해, 비록 가내공업이 긴 했지만 유명한 제약회사인 '타께다(武田)'에 납품까지 할 정도로 번창해 돈을 적지 않게 벌었다.

이 시절의 일 중 지금도 기억에 남는 것은 한 조선인 노동자로부터 우리 노래와 바이올린 연주를 배운 것이다. 내가 바이올린을 갖고 싶어하는 것을 누님이 알고 사주었다. 그 바이올린을 대학 다닐 때까지 갖고 있었으나 아깝게도 잃어버렸다.

누님을 생각하면 함께 떠오르는 사람이 자형이다. 본명은 김근석이고 호는 '한알의 밀알'이라는 뜻의 일립(一粒)이다. 자형은 일본에서 코오베(神戶)신학교를 다니면서 일본의 진보적 신학자이자 빈민운동가인 카가와 토요히꼬(賀川豊彦)의 제자가 되어 그의 영향을 강하게 받았다. 카가와는 일본에서 처음 빈민운동을 시작한 사람으로, 그 자신 빈민 속에 들어가 살면서 그들을 돌보고 그들의 권리를 주장하면서 복음을 전했다. 자형도 스승을 따라 방직공장의 여직공들을 상대로 선교를 하는 한편, 사회운동과 독립운동에 관여했다. 그의 사상적 경향은 요즘 말로 하면 '기독교 사회주의'라고 할 수 있다. 나는 어린시절 자형을 좋아했고 그의 영향을 적지 않게 받았다.

내가 좋아했던 한 여자아이도 생각난다. 보통학교 6학년 때 내가 다니던 북부교회에서 이 아이를 만났다. 주일학교에서 내 또래의 한국인 2세 아이들에게 우리말을 가르치고 있을 때였다. 나는 한국에서 온 지 얼마 안되는데다가 1년에 한번씩 열리는 동화대회에 나가 1등상을 타왔다는 이유로 한글을 가르치게 되었다. 나보다 한학년 아래였던 그 아이도 나의 '학생'이었는데, 예쁘장하고 귀엽게 생겨 마음에 들었다. 자주 동생을 업고 다니며 돌보아준 것으로 보아 마음씨도 착해 보였다.

그러다가 우리집이 쿄오또(京都)에서 가까운 오오사까 변두리 아와지(淡路)로 이사를 가게 되었고, 교회도 그곳 아와지 한인교회를 다니게 되었다. 우리가 이사간 집은 일본사람이 살던 저택으로, 살림도 하고 공장도 운영할 수 있는 꽤 큰 이층집이었다. 이사간 후 자꾸만 그 아이 생각이 나서 한번 만나보아야겠다는 생각으로 그 아이의 새 주소를 알아내 여러차례 찾아가 그 집 앞을 배회했으나 끝내 만나지 못했다. 대문을 두드려 만나자고 할 만큼의 용기는 없었다.

해가 바뀌어 중학교에 진학한 나는 그해 봄 오오사까시의 여러 한인교회 신자들이 요도가와(淀川) 강가 풀밭에서 연합예배를 본다는 것을 알게 되었다. 그 아이를 만날 수 있을 것이라는 기대를 안고 그곳을 찾아갔고, 북부교회 주일학교를 함께 다녔던 동무들을 반갑게 만났다. 그런데 어찌된 일인가? 서로 좋아한다고 믿었던 그애는 나를 물끄러미 바라만 볼 뿐, 반겨주지 않았다.

나를 실망시킨 것은 그것만이 아니었다. 그 아이는 부모가 이미 정해준 정혼자가 있으니 엄두도 내지 말라는 말을 들은 것이다. 정혼했다는 남자는 나와 같은 학년으로 목사의 아들이라고 했다. 나는 크게 낙담하여 예배가 끝나기도 전에 그곳을 떠났

다. 힘없는 발걸음으로 요도가와강의 다리를 건너다가 멈춰서
서 한동안 강물을 내려다보았다. 물에 빠져 죽고 싶은 충동마저
느꼈다.

나 혼자 좋아한 것이었지만 그 경험이 어린 마음에도 짙은 그
림자를 드리웠던 것 같다. 그 상실감에 말로만 듣던 똘스또이
(Tolstoi)의 『인생론』이나 앙드레 지드(André Gide)도 읽었다.
지드의 『좁은 문』은 눈물까지 흘리며 읽었다. 한번은 오오사까
에서 쿄오또로 가는 전차 안에서 책을 읽다가 상급생한테 두들
겨맞기도 했다. "쪼끄만 게 공부는 안하고 건방지게 어려운 책
만 읽는다"는 게 이유였다.

어쨌든 이런 일을 겪은 뒤 나는 다시 마음을 다져먹고 차츰 공
부에 열중하기 시작했다. 그래서 학업성적도 올라 중학교 3학년
초에는 반장이 되기에 이르렀다.

"천황 사진에 절할 바엔 차라리 죽겠습니다"

나는 쿄오또에 있는 '료오요오(兩洋)'중학에 진학했다. 이 학
교엔 한국과 대만에서 온 학생이 꽤 많았다. 료오요오중학 하면
금방 떠오르는 사람이 있는데, 이 학교의 설립자이자 교장이었
던 나까네(中根正親) 선생이다. 이분은 쿄오또제대(京都帝大)
를 나와 일본 최초로 '나까네 속기술(速記術)'을 개발한 인물이
다. 나까네 교장은 자유주의자로 군국주의가 일본을 휩쓸 당시

에도 천황을 그다지 좋아하지 않았으며 대동아전쟁에 반대하는 기색이 역력했다. 이 나까네 교장이 아니었다면 나는 아마도 학교를 중도에 포기하고 말았을지 모른다. 내가 신사참배와 천황 사진에 절하는 것을 거부했기 때문이다.

나는 어려서부터 어머니에게서 "어떤 일이 있어도 우상숭배를 해서는 안된다"는 교육을 철저히 받고 자랐다. 기독교인으로서 하나님 외에는 어떤 우상에도, 조상에게도 절해서는 안된다는 것이었다. 어머니는 마산 출신의 주기철 목사, 손양원 목사, 최덕지 전도사 등이 신사참배를 거부하다가 감옥 간 이야기를 하시며 매우 존경스러운 분들이라고 하셨고, 나는 어머니의 이러한 가르침을 믿고 따랐다.

그런데 학교에서는 학생들이 들어오고 나갈 때마다 천황의 사진(御眞影)을 향해 절을 하도록 시켰고, 상급생들이 교문에 서서 이를 감시했다. 나는 이것을 피하기 위해 상급생들이 나오기 전에 아침 일찍 등교했고 그들이 철수할 때까지 기다렸다가 퇴교하곤 했다. 신사참배하러 가서는 다행히도 내가 반장이었으므로 맨 뒤에 서서 구령만 하고 뒤로 가서 다른 아이들이 절하는 것을 보기만 했다. 이렇게 한동안 잘 피해나갔는데 어느날 들키고 말았다. 학교 뒷문에서 감시하던 상급생들이 해산하는 것을 보고 교문을 나섰는데 마침 뒤돌아보던 그들이 내가 절하지 않고 나오는 것을 본 것이다.

그들은 나를 불러세우더니 "너 절 안하고 나왔지?" 하면서 절하고 가라고 했다. 나는 버티다가 할 수 없이 "나는 기독교인이기 때문에 도저히 절을 할 수 없다"고 했다. 그들은 "너 미쳤구나, 천황에게 절을 못하다니 말이 되느냐? 네가 아무리 초오센진(朝鮮人)이지만 이럴 수가 있느냐, 지금이 어느 때인데 그러느냐"고 다그쳤다. 그들이 학교 배속 장교에게 고자질하여 학교 교직원 전체가 다 알게 되었다. 그리고 마침내 나까께 교장에게 불려갔다.

그는 나를 타일렀다. "기독교인이 우상숭배 안하는 줄은 잘 안다. 그러나 천황을 우상이라고 생각하지는 마라. 그리고 네가 살아남기 위해서도 우상이라고 생각해서는 안된다. 그러다간 죽는다. 지금이 어느 땐데 그러는가."

"저는 결코 할 수 없습니다. 하나님 외의 다른 신을 섬길 수 없습니다. 절할 바엔 차라리 죽는 게 낫습니다"라고 했더니, 나까께 교장은 기가 찼는지 혀를 차더니 이렇게 말하는 것이었다. "신념을 갖고 사는 것은 좋다. 그러나 이런 시대엔 그런 신념을 가지고 사는 것이 반드시 현명한 것은 아니다. 지금은 그런 생각을 버리고 훗날을 기약해라. 나도 지금 일본이 하는 일을 좋아하지 않지만 어쩌겠느냐. 잘 생각해보고 천황의 사진에 절해야겠다는 생각이 들거든 찾아와라. 그때엔 내가 너를 보호해주겠다. 그렇지 않고 지금의 네 신념대로 살려거든 여기를 떠나 멀리 도망을 가는 것이 좋겠다."

이런 일을 저질러놓고 나는 아버지와 어머니, 형에게 사실대로 말할 수 없어 아침마다 도시락을 들고 여기저기 돌아다녔다. 나까노(中野)도서관엘 주로 다녔다. 일주일이 다 돼가던 어느날, 어머니가 눈치를 채고 밤늦게 내 방에 들어오셨다. 어머니는 내게 무슨 일이 있는 것 같다고 하시며 아버지에겐 이야기하지 않을 테니 솔직히 말하라고 채근하셨다. 나는 할 수 없이 자초지종을 설명드리고, 멀리 만주로 도망을 가겠다고 말씀드렸다.

어머니는 슬픈 표정을 지으시더니 뜻밖에도 나까네 교장과 비슷한 말씀을 하셨다. "하나님은 그렇게 각박한 분이 아니실 거다. 네가 천황의 사진에 절한다고 벌하시겠느냐. 네가 처벌을 받게 되면 네 장래에도 안 좋고 우리집도 어려워질 테니, 참고 훗날을 기다리자" 하고 기도하면서 눈물을 흘리셨다. 그날 나는 처음 당하는 쓰라린 패배에 이불이 젖도록 울었다.

다시 학교를 다니기로 하고 찾아간 나에게 나까네 교장은 "고맙다, 잘했다"고 위로하고는 "너는 조선사람이 아니냐. 지금은 조선이 일본의 지배 아래 있지만 언젠가 너 같은 사람이 조선을 위해 일할 때가 올 것이다. 이런 각박한 전쟁의 와중에 종교적 신념 때문에 네 신세를 망쳐서야 되겠느냐. 열심히 공부해라" 하고 격려해주셨다.

그뒤 나는 학교에 다시 다니게 되었지만 반장 자리도 빼앗기고, 특히 교련 중에는 배속 장교의 총검술 연습의 표적이 되었다. 총검술 연습을 할 때마다 그는 본보기로 나를 불러내어 때려 넘어뜨리곤 했는데, 아무리 피하려 해도 전문가를 당해낼 수는 없었다. 몇번씩 맞고 자빠지면 그렇게 아플 수가 없었다.

전쟁은 날로 격렬해지고 있었다. 4~5학년은 야간행군에까지 끌려다녔다. 정세의 흐름을 비교적 민감하게 읽고 있던 아버지는 일본에 그대로 남아 있다가는 전화(戰禍)에 휩쓸려 어떤 일을 당할지 알 수 없다고 판단했고, 결국엔 집만 남겨놓고 가산을 정리해 귀국하기로 결정했다. 우리 가족은 졸업이 얼마 남지 않은 나만 남겨놓고 모두 부산으로 돌아가버렸다.

그러나 나도 곧 가족들을 따라 일본을 떠나게 되었다. 중학교 5학년 학기말시험을 치르다가 교실에서 각혈을 한 것이다. 그때 내가 결핵에 걸렸다는 사실을 처음 알게 되었다. 이 소식을 들은 어머니는 당장 오셔서 학교고 뭐고 중요하지 않다면서 돌아가자고 하셨다. 1943년 봄이었다.

어머니와 함께 오오사까를 떠날 때 내가 가르치던 아와지교회의 어린이들과 주일학교 선생들이 역까지 나와 전송해주었다. 슬픈 작별이었다. 기차로 시모노세끼(下關)까지 가는 동안 창밖을 내다보며 많이 울었다. 10년 가까이 일본에서 살아온 슬픈 세월이 머릿속을 스쳐 지나갔다. 나까네 교장은 그후 내 졸업장을 우편으로 부쳐주었다. 그분이 세상을 뜨기 전에 한번도 찾아뵙지 못한 것이 후회스럽다.

제2의 고향 진영에서 겪은 소작료 충격

일본에서 가산을 정리해 돌아온 아버지와 형은 부산과 서울에 앰풀공장을 세워 경영했다. 그러나 전쟁이 끝나면 아무래도 수요가 줄어 공장을 운영하기 어려울 것이라 예상하고 경남 김해 군 진영(進永)읍에서 일본인들이 내놓은 농토를 꽤 많이 사들였 다. 사들인 집터도 마당과 텃밭과 대나무숲을 합해 300평이 넘 어 작은 궁궐 같았다. 농토는 소작을 주어 도조(賭租)를 받았는 데, 농토의 3분의 2는 형님 이름으로, 3분의 1과 집은 내 이름으 로 등기해두셨다.

진영은 부산과 마산 사이에 조그만 기차역이 있는 작은 읍이 다. 아버지가 부산에서 이곳으로 이사하기로 결심하신 것은 미 군의 폭격이 시작되면 부산 또한 안전하지 않을 것이라고 예감 했기 때문이다. 이를테면 자발적으로 소개(疏開)한 셈이다.

일본에서 돌아온 나는 아버지가 지어준 한약을 쓰기도 하고 개도 잡아먹고 자라 피도 마시면서 결핵을 치료하기 시작했다. 그리고 보통학교에 가지 못하는 아이들을 위해 세웠다는 진명 (進明)학원의 선생이 되어 아이들을 가르쳤다. 그때 나는 페스 탈로찌(Pestalozzi)를 알고 있었으므로 그의 교육정신을 그대로 실천해야겠다는 생각에서 아이들이 말을 듣지 않으면 스스로 아 이들과 함께 벌을 서기도 했다.

이렇게 병을 다스리며 시골에서 아이들을 가르치던 1943년 어느 가을날, 나는 평생 잊을 수 없는 일을 겪게 되었다. 아버지 의 명으로 우리집에서 서기 일을 보는 사람과 함께 소작료를 받 으러 갔다가 큰 충격을 받은 것이다.

우리집 논을 다섯 마지기쯤 부치는 한 노인의 집에서 서기와 노인이 소작료 액수를 가지고 옥신각신하고 있었다. 그런데 갑자기 21살쯤 되어 보이는 딸이 방문을 박차고 나오더니 소리를 질러댔다. 그 여자는 온몸에 분이 가득 차서 "당신네 땅 다섯 마지기로 우리가 먹고사는 줄 아느냐, 그것 가지고는 살 수가 없다. 내가 부산 가서 몸을 팔아 부모를 봉양하고 있다. 우리는 달라는 대로는 절대 못 준다. 정 가져가려면 다 가져가라!"고 소리쳤다. 그 여자의 삿대질에 놀라기도 했지만, 젊은 여자가 몸을 팔아 부모를 봉양한다는 집에 찾아가 소작료를 더 받아내려는 우리의 모습이 부끄러웠다.

당시엔 지주와 소작인이 7:3으로 나누어가지는 게 통례였는데, 나는 서기에게 소작료를 많이 깎아주자고 했다. 가는 집마다 소작료를 깎아주자고 거듭 부탁을 하니, 내 뜻대로 다 해주지는 않았지만 그래도 집집이 한두섬씩은 깎아주었다. 그해의 소작료가 전년에 비해 꽤 많이 줄어들자, 아버지는 그 이유를 따져물었고 서기는 경위를 말씀드리지 않을 수 없었다. 아버지는 나를 들어오라고 부르시더니 이렇게 말씀하셨다. "이놈아, 한집에 한섬씩만 깎아주어도 백집이면 백섬이고 돈으로 얼마가 되는 줄 아느냐? 그래가지고 어떻게 먹고살겠냐. 네놈은 제대로 밥 먹고 살기 힘들겠다."

나는 묵묵히 아버지의 꾸중을 들을 수밖에 없었다. 그로부터 얼마 후 다시 아버지의 부름을 받았는데 이렇게 말씀하시는 것이었다. "우리 땅을 너의 형 앞으로 3분의 2, 네 앞으로 3분의 1씩 나누어 이름을 올려놓았다. 그리고 이 집은 네 앞으로 해놓왔다. 그러나 내가 살아 있는 동안은 네 마음대로 못하고 내가 관리하겠다. 너한테 맡겼다가는 안심할 수가 없다."

나는 내 생각을 그대로 말씀드렸다. "아버지, 저는 지주 노릇 하기 싫습니다. 소작인들 집에 찾아가보니 사정이 너무 딱합니다. 우리는 그것 없이도 살아갈 수 있지 않습니까? 저는 지주 노릇을 할 수 없으니 제 몫을 소작인들에게 나누어주세요." 그러나 아버지는 "너는 세상물정을 전혀 모르는 놈이다! 앞으로 네가 어떻게 살아갈지 걱정된다"라는 몇마디 말로 안된다고 하셨다. 농민들에게 땅을 나누어주고 싶다는 나의 소박한 꿈은 이렇게 꿈으로만 끝나버리고 말았다.

나는 어린시절 주일학교를 다니면서 예수님은 가난한 사람들의 친구였다는 말을 자주 들으며 자랐다. 그래서인지 우리가 유복하게 사는 데 대해 늘 죄책감을 느껴왔다. 더구나 농민들이 얼마나 가난하게 사는지를 내 눈으로 똑똑히 보아온 터라 우리가 지주라는 사실에 양심의 가책을 느꼈다. 그리고 비슷한 나이의 친구들과도 좁히기 어려운 거리감을 느꼈다. 나는 그들과 가까이 지내고 싶었지만 그들은 나와 함께 노는 것을 달가워하지 않았다.

결혼에 얽힌 이야기들

일본에서 돌아온 후부터 부모님의 관심은 온통 나의 결혼문제에 쏠려 있었다. 폐결핵에 걸려 건강도 안 좋은데다가 징병으로 일본군에 끌려갈 가능성도 있으니 어떻게든 '씨'라도 하나 받아 놓자는 생각이었던 것 같다.

어머니는 여기저기 알아보시다가 당시 마산지역 기독교계에서 존경받고 있던 '윤선생'댁에 좋은 규수가 있다는 것을 알게 되었다. 그래서 선을 보게 되었는데, 매우 건강하게 생긴 처녀였다. 어머니는 어떻게든 그 처녀를 며느리로 삼았으면 좋겠다고 생각했으나, 윤선생댁에서 나를 마땅치 않게 여겨 퇴짜를 놓았다. 이유인즉, 건강도 나쁜데다가 직업도 없어 부모의 유산으로 살아갈 처지가 뻔한데 자신의 생활도 책임질 수 없는 사람에게 어떻게 딸을 줄 수 있느냐는 것이었다.

폐결핵에 걸린 후 결혼에 의문을 가져온 터에 이렇게 퇴짜까지 맞고 나니 장가가고 싶은 마음이 싹 없어졌다. 그래서 장가를 들지 않기로 마음을 정했다. 무고한 사람 과부로 만들고 아비 없는 자식을 만들어 내가 책임질 수 없는 사람들을 부모님에게 떠맡겨서는 안된다고 생각했다.

그런데 나와 함께 진명학원에서 아이들을 가르치던 선생 가운데 김아무개라는 처녀가 있었다. 그녀는 우리 동네에서 제일 잘 사는 김참사집 딸이었다. 왜 '참사'라는 이름이 붙었는지는 모르지만 대궐 같은 집에서 살고 있었으며 오빠들이 거의 다 일본에서 공부하고 돌아올 만큼 당시로서는 꽤 개명한 집이었다. 우리집 또한 '박부잣집'으로 통하기는 했지만, 재산으로 친다면 김참사집이 제일가는 부자였다.

나보다 나이가 어린 그녀는 얼굴이 갸름하고 자태 또한 아리따웠으나, '첩의 딸'이라는 신분의 제약을 벗어나지 못했다. 그녀는 언제나 화려하게 옷을 입고 다녔으며 늘 도도하고 잘난 체하면서 남자선생들을 우습게 보았다. 처음엔 이 아가씨의 거만한 언동에 비위가 상해 접근하는 것을 꺼렸으나, 함께 지내는 시간이 많아지자 점점 관심을 갖고 좋아하게 되었다.

한동네에 살았던 우리는 학교를 마치고 둘만 함께 걸어오는 날이 많았다. 우리는 이야기를 나누며 한가로운 시골길을 걸어오곤 했다. 그런데 이상하게도 어느 길로 집에 갈 것인지 정할 때면 언제나 의견이 엇갈렸다. 내가 큰길로 가자고 하면 이 아가씨는 언제나 사람이 별로 안 다니는 호젓한 길로 가자고 고집을 부렸던 것이다. '참 별난 아가씨가 다 있다'고만 여겼지, 그 이상은 생각조차 못했으니 요즘 젊은이들이 들으면 한심하다고 할 것이다. 결국 그녀의 말을 따를 수밖에 없어 외딴 시골길을 함께 걸어오곤 했는데, 훗날에야 그녀가 그때 나에게 무엇을 원했는가를 깨달았다. 둘이서만 한적하고 아름다운 시골길을 걷고 싶었던 것이 아닐까?

나를 결혼시켜야겠다는 부모님의 생각은 날로 더 강해져서 거역하기가 점점 어려워졌다. 그래서 우연한 기회에 슬며시 김참사집 딸에게 관심이 있는 것처럼 이야기했으나, 부모님은 한마디로 "안된다"고 자르셨다. '첩의 딸' 즉 서출(庶出)이기 때문이었다.

내가 아내 조정하(趙貞夏)를 만난 것은 대체로 사정이 이런 때였다. 아내는 경상북도 상주땅 풍양 조씨가 많이 사는 '터골' 사람인데, 오빠 조민하(趙民夏)의 부인과의 관계로 나와 인연을 맺게 되었다. 사촌언니가 진영으로 시집와서 한동네에 살았던 것도 큰 영향을 끼쳤다. 어머니는 독실한 기독교 집안이라 아주 좋다고 했고, 아버지는 풍양 조씨가 우리보다 지체 높은 양반이라면서 대찬성이었다.

조민하는 이화여대 교수 현영학(玄永學), 감리교신학대 교수 김용옥(金龍玉, 후에 감리교신학대 학장 역임) 등과 함께 일본의 칸사이학원대학(關西學院大學) 신학부를 나온 후 경북 경산에서 전도사로 시무하고 있었다. 나는 그의 집에서 선을 보았다. 언뜻 보니 아직도 애티가 가시지 않은 처녀였다. 선을 보고 어머니가 집으로 떠나시면서 "너는 하룻밤 유하고 오너라" 하셨다. 그래서 그날 밤을 그 집에 머물며 장모가 될 어머님과 시조놀이도 하고 이야기를 나누었는데, 말씀을 들을수록 한문도 꽤 하시는 유식한 분이라는 것을 알 수 있었다.

그때까지도 나는 결혼에 확신을 갖지 못하여 어머님에게 "저는 폐병도 있고 또 머지않아 군대에 끌려갈지도 모릅니다. 이런 사람이 어떻게 결혼을 할 수 있겠습니까?"라고 말씀드렸다. 그러나 어머님은 이미 혼인의사를 굳히셨는지 "열여덟살을 넘기면 정신대에 끌려갈지도 모르니 서두르지 않을 수 없다. 모든 것이 하나님의 뜻이다. 이렇게 만난 것도 하나님 뜻이라고 본다"고 말씀하셨다.

다음날 일요일 오후, 마음이 복잡해서 오르간이나 치려고 교회에 들어갔는데 뜻밖에도 그 규수가 오르간을 연주하고 있었다. 그 처녀는 사람 기척에 뒤를 돌아보다 내가 온 것을 알고는 당황한 얼굴로 일어서서 자리를 비켜주었다. 그러고는 뒤에 서서 나의 오르간 연주를 듣고 있다가 불쑥 "진영교회에서는 시집온 새색시에게 독창을 시킨다면서요?" 하고 물었다. 이미 시집가는 것을 기정사실로 생각하는 것 같았다.

집에 돌아오자마자 중매쟁이가 가부를 알려달라며 채근을 해댔다. 나는 여전히 결혼에 회의적인데다가 그 규수에게 관심도 없었으므로 입장이 난처했다. 그래서 "아름다운 화원에 곱게 핀 한송이 백합을 꺾을 수 없으니 지나가는 나그네로 생각하고 잊어주었으면 좋겠다"는 내용의 편지를 보냈다.

그러고는 다음날 학교에서 마음에 두고 있던 그 여선생을 담장 밖으로 불러내 용기를 내서 마음속에 담아두었던 생각을 털어놓았다. "사실 나는 김선생을 사랑하는 것 같은데…… 김선생은 어떤가?"라고 사랑을 고백했다. 어? 그런데 이게 무슨 일인가? 다소곳이 고개를 숙여 듣고 있던 그녀가 몹시 당황한 기색을 보이더니 갑자기 몸을 돌려 달아나버리는 것이었다.

'원 젠장, 나는 맘먹고 사랑을 고백하는데 대답 한마디 없이 달아나버리는 건 뭔가?' 나는 그녀가 거절한 것으로 받아들이고 크게 실망한 나머지 조정하와 결혼하기로 마음을 정했다. 그러나 나중에 전해들은 말에 따르면, 그날 그녀가 보여준 반응은 '노'가 아니라 정반대였다고 한다. 내 고백에 너무 기쁘고 흥분하고 당황하여 그 자리에 더 있을 수 없었다는 것이다. 남녀간의 의사소통이 이렇게 미묘하고도 복잡하다는 것을 당시의 나는 이해하지 못했다.

한편 혼인하고 싶지 않다는 나의 완곡한 편지를 받아 읽은 조정하 또한 그 편지를 사랑을 고백하는 뜻으로 이해하고 감격했으며, 누가 보면 부끄럽다고 찢어버리기까지 했다니 남녀간의 일이란 정말 알다가도 모를 일이다. 하늘의 뜻에 따라 맺어진 인연이라고밖에는 달리 생각할 수가 없다.

색시 집에서는 내 편지의 내용이 '예스'를 아름답게 표현한 것이라 해석하고는 즉시 '좋다'는 전갈을 보내왔다. 그러자 우리 집에선 마치 난리라도 난 것처럼 혼인준비를 서두르게 되었다. 누이동생의 혼인도 한달 후로 잡아놓았던 터라 나의 혼인을 더욱 서두를 수밖에 없었다.

1944년 7월, 나는 상주에서 혼례를 올렸다. 당시 나이 22세였다. 비가 억수같이 쏟아지는 여름날, 진영에서 삼랑진으로 가서 경부선으로 갈아타고 김천에서 내려 다시 상주선으로 갈아탔다. 청리역(淸里驛)에 내리니 신부댁에서 보낸 가마가 기다리고 있었다. "연로하신 사장어른을 모시려고 가마를 가져왔다"는 길잡이의 말에, 아버지께서 나에게 "가마를 타보아라. 이번에 타는 가마가 네 평생에 처음이자 마지막이 될 거다"라고 권하셨다. 아버지의 권유에 난생처음 가마에 오르기는 했지만, 가마 메는 사람들이 끙끙대는 것이 미안하고 비가 그쳐 땅이 마르기도 해서 내려서 걷다가 양촌 터골 동네에 들어서자 다시 타고 갔다. 마침 청리 장날이라 지나가던 사람들이 "신랑 장가오는가

베" 하면서 가마 속을 들여다보는 것이 좀 부끄러웠다.

처갓집 마당에서 '영수(領袖)'라는 직책을 가진 분의 주례로 결혼식을 올렸다. 예식중 눈물이 나와 좀 당황했는데, 사람들도 이상하게 생각했을 것이다. 그날 비가 얼마나 쏟아졌는지 상주 읍의 사진사는 끝내 올 수 없었다. 우리에게 결혼사진이 한장도 없는 것은 바로 이 비 때문이다.

결혼 후 진명학교 선생들이 아내와 인사를 나누게 해주어야 하는 것 아니냐고 조르는 바람에 나는 아내에게 틈나는 대로 학교에 와서 선생들에게 인사를 하는 것이 좋겠다고 했다. 아내가 학교에 와서 인사하고 간 다음날, 수업을 마치고 교무실로 가다 가 창 너머로 여선생들이 모여 웃고 떠드는 것을 보게 되었다. 여선생들은 새색시의 다소곳한 자태를 흉내내면서 떠들고 있었 는데, 그중에서도 가장 지독하게 흉을 보는 사람이 바로 그녀였 다. 나는 그때 속으로 그녀의 진심을 알아차리지 못한 나의 우 둔함을 책망했다.

그녀는 나중에 좌익운동을 하던 한 청년과 결혼했고, 그때 나도 가서 축하해주었다. 나는 그녀가 행복하게 살기를 바랐 지만, 그녀는 6·25전란의 와중에 남편이 좌익이라고 진영파 출소에 끌려갔고 거기서 비참하게 죽고 말았다. 나는 그때 매 카서사령부에 있었는데, 나중에야 그 소식을 알고 큰 충격을 받았다.

일제로부터 받은 모진 고문

1944년 봄, 이른바 '대동아(大東亞)전쟁'이 막바지로 치달으면서 징병의 위협이 점점 가까이 다가오고 있었다. 1924년 이후 출생한 사람만 징병한다는 말이 들려와 호적상 1923년 12월 7일생이었던 나는 한동안 안심하고 있었으나, 1923년 12월 5일 이후 출생자들을 뽑아가는 것으로 규정이 바뀌는 바람에 나는 불과 이틀 차이로 징병대상이 되었다. 징병 1기였다. 원래 나는 양력 10월 5일에 태어났으니, 아버지의 게으름으로 출생신고를 늦게 하는 바람에 자식을 죽이게 됐다면서 어머니의 원망이 아버지에게로 쏟아졌다.

나는 일본군대에 끌려가 개죽음당할 수는 없다고 생각했다. 그 무렵엔 일본에서 돌아온 후 한약과 보신탕, 자라 피 등 민간요법을 써서 폐결핵이 많이 호전된 상태였는데, 이제 징병을 피하기 위해 거꾸로 결핵을 악화시켜야만 했다. 나는 폐병 걸린 사람이 나팔을 불면 폐가 더 나빠진다는 말을 듣고 소리조차 잘 나지 않는 교회의 트럼펫을 열심히 불었다.

1944년 늦은 여름, 마산중학교 강당에서 징병신체검사를 받았다. 나는 중학교 때 폐결핵을 앓아 각혈을 심하게 했다는 것을 특히 강조했다. 그래서인지 병종(丙種, 최하위등급) 판정을 받고 징병에서 면제될 수 있었다. 만주에 가서 독립운동은 못할지언정 일본군대에 끌려갈 수는 없다고 결심했던 터라 징병면제

판정이 고맙기는 했으나, 함께 검사를 받고 일본군대에 끌려가게 된 고향 젊은이들과 그 가족들을 보기가 미안해서 아버지의 재촉에 따라 서둘러 자리를 떴다.

전쟁이 갈수록 격화되면서 사태가 막바지를 향해 치닫는 것 같았다. 일본이 망하는 것 아닌가 하는 희망 섞인 예감에 고물 라디오를 구해 일본의 항복을 권고하는 영어방송에 귀를 기울이기도 했다. 서툰 영어지만 열심히 들었다.

해방이 되면 우리말을 마음놓고 쓸 수 있을 테니까 어린이들에게 한글을 가르쳐야겠다는 생각이 들어 나는 동료 선생들과 함께 우리부터 한글과 영어 공부를 열심히 해보기로 뜻을 모았다.

우리가 한글공부를 시작한 데는 한 가톨릭 신부님과의 인연도 크게 작용했다. 일제말 우리나라 개신교 목사들은 대개 일제와 타협했고 친일행위를 한 사람도 적지 않았으나, 진영의 작은 성당을 지켜온 정재석(鄭在碩) 신부님은 그와 대조적으로 민족적 자존심과 기개를 잃지 않았다. 나보다 15살 정도 위였던 신부님은 한글학자이기도 해서 주시경(周時經) 선생을 존경했고, 또 최현배(崔鉉培) 선생의 『한글갈』(훈민정음 및 옛 문헌 연구서)을 가지고 뜻있는 후학들을 가르쳤다. 신부님은 종교의 자유도 중요하지만 지금 시급한 과제는 일본으로부터 해방되는 것이라면서 만주로 가서 독립운동을 하고 있는 젊은이들의 이야기를 들려주시곤 했다.

그런데 이 한글공부가 들통나고 말았다. 당시 모든 경찰이 그랬던 것처럼 김해경찰서도 사상통제 차원에서 청년들의 동태를 은밀히 감시하고 있었는데, 그들이 심어놓은 스파이가 우리 주변에도 한 사람 있었다. 시계방을 경영하는 젊은이였는데, 그가 우리들의 한글공부를 경찰에 밀고한 것이었다. 이 일로 나는 함께 활동했던 구본영(具本瑩), 허병오(許炳吾)와 함께 경찰서에 잡혀가 조선인 형사에게 무지막지한 고문을 당했다. 경찰이 우리집에 들이닥쳐 책을 두 가마니 정도 압수해갔다는 사실은 경찰서에서 풀려난 뒤에야 알았다. 그들은 중학교를 졸업한 사람 치고 책이 너무 많다면서 일본사람이 쓴 책이 아니면 모두가 불온사상을 고취하는 것이라며 가져가버렸다 한다.

내 생애 그렇게 심한 고문은 당해본 적이 없다. 군사독재 아래서 감옥을 여러번 드나들었지만 그때처럼 고통스럽지는 않았다. 내가 폐결핵에 걸린 것을 알고서 두 팔을 뒤로 묶어 천장에 매다는 고문이 제일 견디기 어려웠다. 이 고문을 당하면 죽고 싶어도 혀를 깨물 수가 없으니 죽을 수도 없었다. 그나마 팔이 늘어져 발가락이 땅에 닿으면 살 것 같았지만, 고문기술자는 금방 다시 줄을 당겨 발끝이 땅에서 떨어지게 했다. 허병오와 구본영은 몇번의 고문으로 하지도 않은 일까지 했다고 자백했는데, 나는 우직하게 "하지 않았다, 모른다"고 우긴 것이 화근이었다. 경찰이 요구한 자백은 우리가 비밀조직을 만들어 한글과 영어를 배우는 등 은밀하게 독립운동을 했다는 것이었다.

나를 고문한 자는 '이또오(伊藤)'라는 일본이름을 가진 윤(尹) 형사로, 일제의 앞잡이역을 너무나 악랄하게 하여 악명을 떨치고 있었다. 일제하 경찰에서 앞잡이 노릇을 한 조선인 형사가 일본인 형사보다 동포들에게 가혹한 짓을 더 많이 했다는 것은 모두가 다 아는 일이다. 윤형사는 "너는 참으로 미련한 놈이다. 허병오, 구본영은 안한 짓도 했다고 부는데 너만 고집을 부리는 이유가 뭐냐? 네가 폐결핵을 악화시켜 군대를 안 가려고 일부러 나팔을 불고 백묵을 갈아 마셨다는 것도 우리는 잘 알고 있다. 사람이 이 험한 세상을 살아가려면 슬기로워야 하는데, 너같이 고지식해서야 어떻게 살아가겠는가? 이 바보새끼, 안 불어?"라고 윽박지르면서 때리고 달아맸다.

내가 잡혀가자 아버지는 돈을 싸들고 서울로 김경진(金慶鎭)이라는 사람을 찾아갔다. 김경진은 김해 제일의 갑부로 총독부 참의원이었다. 돈을 얼마나 갖다주었는지는 모르나 아버지의 간청에 못 이긴 김경진이 아버지와 함께 김해로 내려와 경찰서장에게 나를 포함한 세 청년의 석방을 부탁했다. 우리는 끌려간 지 이주일 만에 풀려났다. 아들을 구해내려는 아버지의 간절한 노력으로 석방됐지만, 우리가 석방된 데에는 징병을 앞두고 있었던 구본영이 입대영장을 받은 것도 도움이 되었을 것이다.

그러나 나의 수난은 석방으로 끝나지 않았다. 풀려난 다음날 이번에는 일본인 헌병이 찾아와 다짜고짜 술집으로 데려갔다. 그러더니 술을 몇잔 마시게 하고는 권총을 들이대면서 일본을 위해 스파이 노릇을 해달라고 했다. 스파이? 나는 그런 짓은 절대 못한다고 단호하게 거절했다. 그러자 그 다음날 윤형사가 찾아와 첩자 노릇을 하지 않으면 죽여버리겠다고 협박했다. 당시 일본헌병은 그렇게 풀려난 젊은이들을 스파이로 쓰고 있었다.

그때는 몰랐지만 나는 오래전부터 삼랑진 헌병대의 감시를 받고 있었다.

나는 집을 등지고 도망가는 수밖에 없었다. 할 수 없이 부모님과 상의한 끝에 처가 가까이에 있는 상주 갑장산(甲長山)으로 들어갔다. 여기 산사에서 숨어 지낸 것이 아마 한달쯤 될 것이다. 나는 답답함을 참으면서 어서 세상이 바뀌기만을 고대하고 있었다.

그러던 중 세상 돌아가는 것이 하도 궁금해 1945년 8월 14일 밤 몰래 집에 들렀다. 부모님은 무척 반가워하셨지만 내가 또 불시에 잡혀갈까 걱정된다면서 하룻밤만 자고 가라고 하셨다. 그리고 그동안 일어난 일들을 알려주셨다. 결혼반지를 빼앗긴 것은 물론이고 숟가락까지 걷어갔으며, 나를 잡아가려고 일주일에 한번꼴로 경찰서와 헌병대에서 찾아온다고 했다.

이튿날인 8월 15일은 내 친구 한명이 징병소집장을 받고 떠나는 날이었다. 나는 위험을 무릅쓰고 그날 낮 12시에 열린 송별회에 참석했다. 그런데 입영하는 친구의 형이 라디오방송을 듣고 달려왔다. 진영역의 역부(驛夫)로 일하고 있던 그는 흥분한 목소리로 일본천황이 항복했다는 기막히게 기쁜 소식을 전해주었다. 그게 사실이냐고 묻는 우리의 질문에 그는 분명히 들었다고 거듭 확인해주었다. 우리는 소리를 지르며 환호하고 또 환호했다. 서로 부둥켜안고 울면서 「울밑에 선 봉선화」를 부르고 만세를 외쳤다. 감격해 울고 웃으면서 마음껏 해방을 축하했다.

일본군대에 끌려갔던 구본영은 만주에서 해방을 맞았다. 그는 만주에 한동안 더 있다가 돌아와서는 윤형사를 잡아 죽이겠다고 찾아나섰다. 그러나 윤은 이미 서울로 도망가고 없었다. 8·15날 청년들은 윤의 집에 불을 질러 태워버렸다. 구본영은 그후 여러 차례 서울까지 올라와 윤형사를 집요하게 찾아다녔는데, 어느 날 운좋게도 길거리에서 윤을 만났다. 마침내 이놈을 처단할 날이 왔다 싶어 그를 붙잡고 "네 이놈, 이제야 너를 만났구나. 네가 무슨 짓을 했는지 알지? 이제 너는 죽었다!"라면서 소리쳤다. 아, 그러나 그는 윤이 하는 말을 듣고는 기가 막혔다. 이자가 미군정청 경찰당국의 꽤 높은 지위에 있었던 것이다. 경찰도 보통 경찰이 아니었다. 그때 구본영의 마음이 어떠했을까. 얼마나 분개하고 낙담했을 것인가.

민족적인 양심을 가진 사람치고 이런 현실에 분노하지 않은 사람이 있었을까? 해방의 감격 속에서 새로운 희망을 품고 나라를 바르게 살려보려던 젊은이들에게 거꾸로 된 이런 현실은 큰 분노와 절망을 느끼게 했다.

구본영은 그후 "에이, 더럽다"면서 이북으로 넘어가버렸다. 그뒤 그의 운명은 어떻게 되었을까? 바른말 잘하고 괄괄한 성격의 그가 이북에서 잘 견뎌낼 수 있었을까? 추측건대 아마도 그러지 못했을 것이다.

해방 후의 사회적·사상적 혼란을 겪으며

일제로부터 해방되자 내가 사는 진영에도 약간의 혼란이 있었다. 일본으로부터 받은 압제와 수모를 되갚아주려는 민중의 분노가 일본인들에 대한 보복으로 나타났던 것이다. 못되게 굴던 일본인이나 친일행위를 했던 부자들이 살해당하는 일이 일어나기 시작했다.

그러나 진영에 살던 일본인 가운데는 한국사람들을 도와준 사람도 있었다. 일본인이면서도 거만떨지 않고 한국사람에게 친절했던 진영 철도병원 의사도 그중 하나였다. 그런데 그가 어느날 살던 집에 불을 놓고 온 가족이 자살한 사건이 벌어졌다. 절망적인 상황에서 신변의 안전마저 위태롭다고 생각했기 때문일 것이다.

일본인에 대해서만이 아니라 가난한 농민과 지주들 사이에서도 갈등이 생겨 지주가 소작인에게 맞아죽는 일도 벌어졌다. '농민회'라는 조직이 만들어지면서 지주들과의 싸움은 잦아졌다. 그런 혼란을 보면서 나는 이런 일이 되풀이되어서는 안된다고 생각했다.

일본인들에 대해서도 그들의 재산은 빼앗되 생명은 보호하여 무사히 돌아가게 해주는 것이 옳다고 보았다. 일본인일지라도 합법적으로 질서있게 처리해야 한다고 생각했다. 그래서 진영읍의 청년들이 치안대 비슷한 것을 만들어 질서를 잡아나가기로 했다. 무엇보다 일본인들이 밖에 나오지 못하게 하고 보복을 당하지 않도록 청년 경비대가 일본인들의 집을 지켰다.

그러던 어느날 마흔쯤 되어 보이는 건국준비위원회의 김해군 치안대장이라는 사람이 찾아와서 나에게 진영읍의 치안대장을 맡아달라고 부탁했다. 임명장도 없는 구두임명이었다. 그래서 졸지에 진영 치안대장이 되었는데, 아마도 내가 김해경찰서에 끌려가 일본인들에게 고문당하고 쫓겨다닌 것이 애국활동으로 보였기 때문인 것 같았다. 그때 내 나이가 23세였으니, 오늘날에는 있을 수 없는 일이다. 그러나 나의 치안대 활동은 그리 오래가지 못했다. 미군정이 실시되어 경찰이 다시 치안을 맡게 되었기 때문이다.

해방 후 많은 젊은이들이 좌우익의 대립과 갈등 속에서 큰 혼란을 겪고 있었다. 나 또한 그러했으나 좌익운동이나 폭력적인 농민운동에는 참여하지 않았다. 크리스천으로서 갖고 있던 신앙이 이런 것을 받아들일 수 없었기 때문이다. 아버지도 좌익운동엔 반대하는 입장을 분명히하고 있었다.

이런 시대상황 속에서 나의 눈길을 끈 것이 강성갑(姜成甲) 목사의 기독교 사회개혁운동이었다. 이분은 덴마크의 사회운동가 그룬트비히(Nikolai F. Grundtvig)를 매우 존경하여 기독교의 복음정신과 농민운동 및 사회정화운동을 결합해 점진적으로 사회를 개혁해나가야 한다는 생각을 갖고 있었다. 연희전문학교에서 최현배 선생의 지도를 받은 한글학도이기도 했으며, 졸업 후 일본 쿄오또에 있는 도오시샤(同志社) 대학 신학부를 마치고 귀국하여 부산 초량교회 목사로 시무하고 있었다.

해방이 되자 장로교회는 신사참배 문제로 사분오열되어 주도권 다툼이 치열해졌다. 이때 강목사는 사표를 내고 교권싸움에서 물러났다. 진영장로교회의 목사도 사표를 냈는데, 친일파였던 그는 해방 후 급히 도망가는 일본인들에게서 토지, 가옥, 창고 등 재산에 관련된 문서와 양도각서를 넘겨받는 바람에 갑자기 진영읍에서 제일가는 자산가가 되었다.

일제하에서 신사참배를 거부하다가 순교한 주기철 목사도 마산에서 활동하신 분이다. 이분은 마산 문창교회와 부산 초량교회를 거쳐 평양 장대현교회 목사로 시무하실 때 신사참배를 거부하고 최덕지 여전도사, 손양원 목사와 함께 투옥됐다. 마산과 부산 지역의 교회에는 이분들의 영향을 받은 신자들이 많았다. 이들은 옥에 갇힌 교역자들의 가족을 돕기 위해 비밀리에 모금운동을 벌였다. 나도 두어번 그들에게 생활비를 전하는 심부름을 한 적이 있다. 어머니가 그 비밀조직의 중심에 있었다는 것은 나중에 알았다. 주기철 목사를 따르던 신자들이 나중에 고려신학대학을 만들었고, 이 '고신파' 신자들이 초량교회를 떠나 삼일교회를 만들었다.

강성갑 목사를 진영교회로 모시자고 주장한 것은 우리 어머니였다. 강목사는 진영교회에서 목회를 하면서 교육운동을 펼쳤다. 농민들이 사람답게 살려면 우선 깨우쳐야 한다며 흙벽돌로 변두리 지역에 학교를 세웠다. 그 학교들이 진영 한얼중학교의 전신이다.

해방 후의 사회적·사상적 혼란 속에서 나는 강성갑 목사의 영향을 많이 받았다. 그러나 급격한 사회적 혼란과 정치적인 혼미, 한반도에서 벌어지고 있는 미·소 양진영의 대립 등 복잡한 현실을 이해하기에는 나 자신이 너무 어리고 무식하다는 생각이 들었다.

부산대학 철학과에 입학하다

나는 대학에 진학하기로 결심하고 1946년 4월 국립부산대학 예과 1기생으로 입학했다. 부산대학은 지방에 세워진 첫번째 국립대학이었다. 이 대학은 예과 2년, 학부 3년의 일본학제를 따라 시작했지만, 그후 학제가 미국식으로 바뀌어 예과가 없어지고 대학 4년, 대학원 석사과정 2년이 되었고, 캠퍼스도 부산 대 신동으로 옮겼다. 지금의 부산대는 종전 후 넓은 새 부지에 신축한 것이다.

부산대학에 들어간 것은 형님이 부산에서 사업을 하고 있었기 때문이다. 나는 서울로 가기를 원했지만 부모님이 반대하셔서 포기해야 했다. 예과 1학년 때는 장상문(張相文)이 학생회장을 맡았고 2학년 때는 내가 학생회장을 맡았다. 해방 후 좌우갈등이 학생들 사이에도 있었으나, 정치투쟁이 학업을 중단할 만큼 격렬하지는 않았다. 나는 학생이 정치문제에 개입하는 것은 옳지 않다는 입장이었다. 그래서 좌우 학생들로부터 비판을 받았으나 학생은 학업에 충실해야 한다는 입장을 굳게 지켰다.

예과 2년을 마친 뒤 1948년에 학제가 바뀌었다. 그러면서 예과 2년을 마친 학생은 이해에 새로 입학한 학생이 3학년으로 올라갈 때까지 2년 동안 학교에 나오지 않아도 된다는 결정이 내려졌다. 그래서 나는 2년 동안 직장을 갖기로 했다.

나는 경상남도 장학관으로 있던 처남 조민하의 알선으로 창녕 공립중학교 교사로 들어가 1년 동안 음악을 가르쳤다. 그리고 1949년 3월부터 1년 동안은 부산에 세워진 미국문화원(USIS, U.S. Information Service)의 도서관장으로 일했다. 이곳에 들어간 것은 친구 장상문이 함께 일해보지 않겠느냐고 권고했기 때문이다. 장상문은 부산대학 예과 2년을 함께 다닌 동기로, 훗날 외무부 과장, 국장을 거쳐 대통령 외무국방담당 비서관, 주 스웨덴 대사, 유엔대표부 대사를 역임했으며, 퇴직한 후 불교방송국을 설립하여 사장을 지냈다. USIS에서 일할 때 그는 행정을 담당했고, 나는 미국에서 보내온 수천권의 책을 직원 3명과 함께 십진법에 따라 정리한 후 책을 빌려주고 돌려받는 일들을 관장했다. 그리고 2년 뒤인 1950년 봄학기가 되자 그와 나는 직장을 그만두고 학교로 돌아갔다.

나는 부산대학 철학과에 들어갔다. 철학과를 택한 것은 중학교 3학년 때부터 사람이 살아가는 의미, 죽음 같은 것들에 대한 의문을 버리지 못했기 때문이다. 좀처럼 완치되지 않는 결핵도 나로 하여금 죽음을 자주 생각하게 만들었다. 똘스또이나 키에

르케고르(Kierkegaard)의 책에서도 많은 영향을 받았다. 일제 말기의 절망적인 상황을 거쳐 해방 후 또다시 심각한 사상적 혼란을 겪은 것도 당시 젊은이들에게 철학적인 고민을 하지 않을 수 없게 만들었다. 물론 내가 품고 있던 기독교신앙의 여러 문제를 먼저 철학적으로 풀어보고 싶다는 신앙상의 이유도 작용했다.

아버지는 내가 법과대학에 들어가 변호사가 되든지 의과대학을 나와 현대식 양의(洋醫)가 되기를 바라셨지만, 어머니는 예수 믿고 낳은 아들이라고 당연히 목사가 돼야 한다며 신학교에 가기를 원하셨다. 하지만 나는 어려서부터 목사가 돼야 한다는 말을 들어왔음에도 중학생이 된 후로는 목사가 되겠다는 생각을 버렸다. 어렸을 때부터 들어온 교리에 너무 모순이 많고, 또 내가 갖고 있는 의문에 시원하게 대답해주는 사람도 없었기 때문이다. 나는 기독교를 철학적으로 이해하고 싶었다.

내가 철학에 관심을 갖기 시작한 것은 일본에서 중학교를 다닐 때였다. 일본 쿄오또대학에 하따노 세이이찌(波多野精一)라는 교수가 있었는데, 이분이 쓴 『철학입문(哲學入門)』을 읽고 많은 감명을 받았다. 그는 칸트를 전공한 학자이면서 크리스천이었는데, 칸트철학의 입장에서 철학개론을 쓴 것이다. 당시로서는 아주 잘 쓴 책이어서 빠져들게 되었다.

이렇게 철학에 입문한 후로는 키에르케고르에도 관심을 갖게 되었다. 인생에 대해 깊이 고민했고 기독교사상을 철학적으로 정리해준 사람이라 특히 그랬다. 그뒤 마르쎌(G. H. Marcel)과 같은 가톨릭계통의 철학자에게도 관심이 이어져 나중엔 철학을 전공해서 실존주의 철학교수가 되어볼까 생각해본 적도 있었다. 이러한 관심은 마침내 하이데거(Heidegger)에까지 이어졌는데, 나중에 일본 토오꾜오(東京)신학대학에서 신학을 공부할 때 하이데거의 책을 본격적으로 읽을 수 있었다. 그뒤 미국 유니온(Union)신학교에 가서는 하이데거의 '현존재'(Dasein)론에 따라 신학을 정리해보는 시간을 갖게 되었다.

두가지 극단 사이에서 고민하며

내가 학생회장을 맡을 당시 '국대안'(1946년 미군정 학무국이 경성대학과 9개 관립전문학교를 통폐합하여 '국립서울대학교'를 설립하려던 사건) 문제가 등장했다. 좌익학생들은 이 국대안이 '반동교육'의 보루를 만들려는 것이라 하여 반대했고 우익은 이를 지지하여 갈등을 일으켰는데, 그 파장이 부산대학까지 밀려왔다.

당시 부산대학 예과를 졸업한 학생들 가운데 일부는 서울대의 학부로 진학했는데, 그중 한 사람이 박정희정권 때 국회의원을 지낸 김택수(金澤壽)씨다. 그는 깡패 고등학생들을 이끌고 내려와 부산역 근처에 사무실을 두고 국대안을 반대하는 좌익학생들에 대한 테러를 주도하고 국대안 지지세력을 강화하는 임무를 맡고 있었다.

나는 좌익도 우익도 모두 반대했다. 이런 문제에서 초연하고 싶었던 것이다. 학생회의 책임을 맡는 위치에 있었으므로 함부로 행동할 수도 없었다. 양쪽 다 거부하고 다수 학생의 의사에 따라 공부에 열중한다는 입장이었다. 좌익이 국대안을 반대한 데는 그 나름의 논리가 없지 않았지만, 그들은 무엇보다 박헌영(朴憲永)의 남로당과 연결되어 이 문제를 정치이슈화하려 했다. 하지만 우리는 박헌영이 철저한 공산주의자로서 폭력혁명을 주장할 뿐만 아니라 실제로 폭력을 행사한다고 들었을 뿐, 그 사람이나 남로당의 노선에 대해 자세히 아는 바가 없었다. 당시 부산대학에서는 그런 정치문제에 관심을 갖는 학생이 소수에 지나지 않았다. 학생들은 여운형(呂運亨)의 노선이라면 함께 갈 수 있다고 생각하는 것 같았지만, 박헌영의 노선엔 대부분 동조하지 않았다.

우익도 별다를 바 없었다. 그래서 나는 좌·우 양쪽에서 테러를 당할 뻔했다. 한번은 김택수의 부하들이 나를 테러하려는 것을 김택수가 막아준 적도 있었다. 예과 동기라 하여 나를 보호해준 것이다. 중간 입장에 선다는 것이 참으로 어렵고 괴롭다는 것을 이때 체험했다. 이제 와 돌이켜보면 국대안 문제는 큰 이슈가 못되는 것 같은데, 당시의 젊은 학생들은 인생의 갈림길에서 중요한 선택을 해야 하는 문제로 받아들였던 것 같다.

해방 후의 이런 혼란 속에서 나는 또하나의 혼란, 즉 신앙상의 혼란도 겪었다. 어머니가 속한 교단은 일제하에서 신사참배를 반대하여 감옥에 갔다 풀려난 '출옥성도(出獄聖徒)'들과 그들을 추종하는 사람들로 이루어진 교회였다. 그들은 극단적인 율법주의를 따랐으며, 성서가 신의 계시와 영감을 받아 씌어진 것이므로 한 글자 한 글자 그대로 받아들여야 한다는 '축자영감설(逐字靈感說)'을 믿었다. 그리고 일제의 강요로 신사참배를 했거나 교회 안에 신주를 설치했던 교회는 우상을 섬기는 교회라고 주장하면서 실제로 몇몇 교회를 불질러 없애기도 했다.

나는 일제의 강요에 굴복하여 신사참배를 하고도 참회를 거부한 기성 교단의 태도에도 동의할 수 없었지만, 그리스도교 신앙이 극단적인 율법주의로 치닫는 것도 인정할 수 없었다. 이러한 교회의 두가지 태도 사이에서 곤혹을 느꼈다.

지금까지 나의 생애를 돌아보면 언제나 두가지 극단 사이에서 고민하며 살아온 것이 아닌가 싶다. 가정에서는 유교적·동양적 전통을 소중히 여기는 아버지와 모든 토속적인 것을 우상숭배라 하며 거부해온 어머니 사이에서, 교회에서는 율법주의 내지 근본주의와 자유주의 사이에서, 사회에서는 좌익과 우익이 싸우는 부대낌 속에서 살아왔다는 생각이 든다.

군속이 되어 유엔군사령부로

1950년 대학에 복교한 지 3개월 만에 6·25전쟁이 일어났다. 그리고 전쟁이 시작된 뒤 약 10여일이 지났을 즈음 USIS 원장이 우리를 불렀다. 그는 전란으로 서울의 미국대사관과 연락이 두절돼 부산 USIS로 연락이 왔다면서 일본 토오꾜오에 있는 유엔군사령부(미극동군사령부 또는 매카서사령부로 불리기도 한다) G-2 소속의 유엔군사령부방송, 즉 'VUNC'(The Voice of United Nations Command)에서 일하지 않겠느냐고 물었다. 영어로 된 방송원고를 한국어로 번역하는 일을 해달라는 것이었다. 신분과 보수에 대한 자세한 내용은 알 수 없으나 전쟁은 곧 끝날 것이고 충분한 보답이 있을 것이니 가달라고 했다.

장상문과 나는 학생신분이라 전쟁이 끝나면 즉시 학업에 복귀할 생각이었다. 그러나 VUNC는 우리를 놓치지 않으려고 일은 저녁에 해도 좋으니 낮에는 일본의 어느 대학이든 가서 공부를 하고 VUNC가 해체될 때까지 일해달라고 했다. 그 제안에 우리는 가기로 결심했고, 장상문은 와세다(早稻田)대학 경제학부에, 나는 토오꾜오신학대학 학부 4학년에 편입했다.

잠시 다녀온다는 것이 9년이 될 줄은 몰랐다. 유엔군사령부에서 일하면서 토오꾜오신학대학 대학원을 마치고 돌아온 것이 1959년이었으니 말이다. 내가 유엔군사령부에 가기로 한 것은 부모님의 강력한 반대를 무릅쓴 모험이었지만, 결과적으로 새로운 경험과 신앙적 결단을 할 수 있는 계기가 되었다.

나와 장상문은 부산방송국의 여자아나운서와 함께 캐세이패시픽(Cathay Pacific) 소속 여객기를 타고 토오꾜오로 갔다. 비행기 조종사와 승무원 한두 사람을 빼고는 탑승자가 세 사람뿐이었다. 물론 여권 같은 것도 없었다. 일본 하네다공항에 내리니 세관통과 절차도 없이 미군 지프차가 기다리고 있다가 싣고 갔다.

유엔군사령부에 도착해보니 이미 한국사람 몇이 와서 일하고 있었다. 미군정 때 문교부장관을 지낸 오천석(吳天錫) 선생과 서울대 총장을 했던 장이욱(張利郁) 박사도 와 있었고, 서울대 철학과 교수로 있었던 김종협(金鍾協) 교수, 그리고 함경도의 의과대학에서 교수로 일했다는 황진남(黃鎭南)씨도 함께 일하고 있었다. 황교수는 글도 잘 쓰고 이야기도 잘하는 재사(才士)로 무려 5개 국어를 하는 어학의 천재였다. 그러나 프랑스 국적인 부인은 소련으로 끌려가버리고 6·25 직전 홀로 남하하여 가족이 풍비박산된 상태였다. '빌리 유'라고 불리던 류의상(柳宜相)씨도 함께 일했다. 그 또한 어학에 천재적인 능력을 지닌 사람이었는데, 그가 다석(多夕) 류영모(柳永模) 선생의 큰아들이라는 것은 훗날에야 알았다. 그 밖에도 방송작가 김영수(金永壽)씨와 홍양보(洪陽寶), 위진록(韋辰祿)이라는 KBS 아나운서도 함께 일했다.

그곳에서 내가 한 일은 VUNC 한국어 방송을 위해 영어를 우리말로 번역하는 것이었다. 주로 뉴스를 한국말로 옮겼다. 그러나 방송일을 할 사람이 매우 적었으므로 김영수가 방송드라마를 쓰면 그 드라마에 성우로 출연하기도 했다.

토오꾜오에 온 지 얼마 안되어 아까이와 사까에(赤岩榮) 목사가 담임하고 있는 교회를 방문한 적이 있다. 대부분의 신자가 좌익사상을 가진 토오꾜오대 학생들이었다. 예배를 마쳤는데, 학생들을 지도하는 기독교대학의 아베 코오조오(安部行藏)라는 교수가 학생들과 이야기를 나누어보지 않겠느냐고 했다. 내가 한국에서 왔기 때문이다. 그래서 학생들을 만나 한국전쟁에 대해 이야기해주었더니 학생들 모두가 한국전쟁은 '북침'에 의해 일어났다고 주장하는 것이었다. 그 반대라고 거듭 말해주어도 인정하지 못하겠다고 했다.

아까이와 목사의 말이 더 심했다. "당신이 북쪽에서 왔으면 더 좋았을 것"이라고 말했기 때문이다. 나는 이 사람과 더이상 이야기하는 것은 무의미하다고 보고 아베 코오조오에게 북침이라고 주장하는 근거가 있느냐고 물었다. 그랬더니 그의 대답도 놀라웠다. 그는 자신이 따르는 이데올로기에 따라 사실을 판단한다고 했다. 미국 발표를 믿느냐 소련 발표를 믿느냐 선택할 수밖에 없는데, 자기들은 소련 발표를 믿는다는 것이었다. 그때 이데올로기에 따라 '진실'이 달라지는 것을 보고 큰 충격을 받았다.

사령부에 근무하고 있었으므로 나는 전쟁이 어떻게 진행되고 있는가를 비교적 잘 알 수 있었다. 국군이 계속 패퇴하여 낙동강 전선마저 위태롭게 되었다는 것을 알았을 때는 안타까웠다. 그곳에서 일하는 한국사람들의 마음도 정상일 수 없었다. 절망하여 자살한 사람도 나왔고 정신착란을 일으켜 병원에 입원한 사람도 있었다. 나도 부모와 아내, 두 아이가 부산에 살고 있었으므로 불안하기 짝이 없었다. 낙동강 전선이 무너지면 부산이라고 안전할 수 없었기 때문이다.

영문 뉴스를 번역하면서 우리는 전쟁의 실상과 보도 사이에 거짓이 있음을 알고 분노했다. 작전지휘부가 철수 계획을 갖고 있음에도 그것을 알려주지 않아 국군이 큰 피해를 당하는 것을 보기도 했다. 한국방송(지금의 KBS)은 국군이 계속 승승장구한다고 거짓말을 되풀이하고 있었는데, VUNC도 크게 다를 바 없었다. 전쟁중에는 전술상 또는 심리전을 위해서 보도에 거짓이 들어가게 마련이지만, 그래도 기본적인 진실은 알려야 하는 것이 의무라고 생각했다. 더구나 국군측에 막대한 인명피해가 나고 있지 않은가.

우리 한국인들은 이 문제를 놓고 파업을 하기로 뜻을 모으고 행동에 들어갔다. 후퇴할 때는 후퇴한다고 정직하게 보도하라는 것이었다. 그래서 양측이 타협을 하게 되었는데, 그 결과 나온 말이 '전략적 후퇴'(strategic retreat)라는 것이었다. '후퇴'라는 말이 군과 국민들의 사기를 저하시킬 수 있으므로 '전략적'이라는 말로 중화시키자는 것이었다.

미군당국은 치밀했다. 영문 보도자료를 우리가 번역하면 오끼나와(沖繩)에 있는 모니터팀이 모두 듣고 번역이 제대로 되었는지, 누가 번역했는지를 체크했다. 번역을 잘못하면 그것을 잡아내 질책하고, 큰 실수를 저지르거나 고의성이 있다고 판단되면 책임을 물어 그 사람을 쫓아냈다.

휴전을 몇달 앞둔 1953년 늦은 봄, 나는 사령부의 명령을 받고 잠시 서울로 출장을 오게 되었다. 미군의 인천상륙작전 이후 전세가 역전되어 미군과 국군이 북진을 계속해 한때 평양을 접수했으나, 중공군의 개입으로 급히 북에서 철수하는 위기에 처해 있을 때였다. 나는 US마크를 단 군복 차림에 권총까지 차고 여의도 비행장에 내려 마중나온 지프차를 탔다. 차 안에서 내다본 조국의 참상은 머릿속으로 그리던 것 이상으로 비참했다. 내가 계속 눈물을 흘리자 지프차를 운전하던 미군병사가 "당신은 한국인도 아닌데 왜 우느냐?"고 물었다. 눈물을 닦으면서 "나는 US마크를 달고 있지만 미 육군성에 차출된 한국인 학생이다"라고 말해주었다. 그후로 이 운전병은 나를 동정하고 한국인들의 고통을 이해하는 것 같았다.

내가 서울에 출장온 것은 서울중앙방송국(지금의 KBS)에서 방송국장 보좌관으로 일하기 위해서였다. 전시하의 서울중앙방송은 사실상 미군당국의 관할 아래 있었다. 당시엔 이승만정부가 부추기는 휴전반대 북진통일데모가 연일 전국적으로 벌어지고 있었다. 이승만의 이러한 입장은 미국의 정책에 정면으로 배치되는 것으로, 서울방송은 북진을 주장하는 시위에 관한 보도는 물론 대통령의 연설도 방송하지 말라는 미극동군 사령관의 명령을 받았다. 그러나 방송국의 한국인 직원은 감히 대통령의 연설을 방송하지 않을 수는 없다고 버텼다. 그래서 연설중에 '북진'이라는 말이 나오면 그 부분만 잠시 전원을 끄는 것으로 타협이 됐다.

방송국장인 미군장교가 한국말을 몰랐으므로 보좌관인 내게 그 임무가 주어져, 이승만 대통령의 방송담화에서 '북진통일'이란 말만 나오면 그 부분만 꺼버릴 수밖에 없었다. 이 사실이 알려지자 나는 이승만정부에게 밉보일 수밖에 없었고, 오랫동안 여권을 발급받지 못해 일본에서 돌아올 수 없었다.

문익환 목사와의 첫 만남

문익환(文益煥) 목사도 같은 시기에 유엔군사령부에서 일했지만, 토오꾜오에 있을 때는 전혀 몰랐다. 일하는 부서(Section)가 다르면 숙소도 달랐기에 만나기가 어려웠다. 문익환 목사처럼 미국유학을 한 사람들은 대부분 포로교육이나 정보 분야에서 일하고 있었다.

내가 문목사를 처음 만난 것은 서울중앙방송에서 일할 때였다. 당시 장상문이 나처럼 일시 파견되어 부산방송에서 일하고 있었는데, 내가 부산의 가족을 만나야겠으니 일주일 동안만 교대근무를 하자고 해서 부산에 내려간 일이 있었다. 가족을 만난 뒤 서울로 다시 올라가려고 부산 수영비행장에서 비행기를 기다리는데, 누군가 다가와서는 "아 유 재패니즈 어메리칸(당신 일본인 출신 미국인이오)?" 하고 묻는 것이었다. 한국사람인지 일본사람인지 잘 구별되지 않아 그렇게 물었을 것이다. "아니다, 한국사람이다"라고 했더니, "아, 한국사람이네" 하고는 손을 내밀어 악수를 청했다.

문목사와 나는 대기실로 들어가 커피를 마시면서 인사를 했다. 토오꾜오로 돌아가는 길이었던 문목사는 거제도에 수용된 반공포로들을 교육하기 위해 수시로 국내에 드나들고 있었다. 당시 유엔군사령부에서는 자기가 맡은 분야 이외에는 일이건 사람이건 일절 알 수 없었다. 알려주지도 않고 만나게 해주지도 않고, 그저 각자가 하나의 기계부품처럼 쓰일 뿐이었다.

문익환 목사도 나도(그보다 훗날이지만) 미국에서 공부한 사람으로서, 경력으로 보면 친미주의자가 되는 것이 자연스러울 수 있는데도 우리는 그렇지 않았다. 미국의 좋은 점과 나쁜 점을 알고 있었기 때문이다. 그곳에서 일하면서 우리는 미국이 한국을 위해서 싸운다는 대의명분을 내걸고 있지만, 실제로는 미국 자신의 이익을 위해 싸우고 있다는 것을 실감했다.

나는 초등학교와 중학교 시절 일본인들을 겪어보면서 반일주의자가 되었다. 일본사람들이 한국인을 '초오센진'이라고 경멸하고 박해하는 것을 보면서 일본을 용서하지 않겠다고 맹세한 적도 있다. 그러나 당시 유엔군사령부의 지배하에 있는 일본의 현실을 보고는 일본을 용서하자는 마음이 생겼다.

되찾은 신앙, 새로운 결단

서울에서 몇달을 보낸 후 토오꾜오의 사령부로 다시 돌아왔다. 돌아와보니 일이 몇배로 늘어나 그 부담이 나를 더욱 짓눌렀다. 한국에서 장관이나 대학총장 등을 지낸 연로하신 분들에게 시키기 어려운 일들은 모두 우리 젊은이들에게 넘어왔다. 밤을 새워 일할 때도 있었고, 급하다며 밤중에 깨워서 일을 시키기도 했다.

그래서인지 폐결핵이 재발되었다. 몸이 점점 쇠약해져 검사를 받으니 폐결핵이 진행중이라는 것이었다. 미국사람들은 폐결핵을 매우 두려워했으므로 나를 급히 미육군병원에 입원시켰다. 나는 거의 절망상태에 빠져 있었다. 희망을 가질 만한 것이 아무것도 없었다. 그동안 애써 치료하여 다 나았다고 믿었던 결핵이 도진데다가 양쪽 폐가 다 이 병에 걸려 수술도 할 수 없게 되었다는 데 큰 충격을 받았다. 당시에는 결핵치료제나 예방약이 제대로 개발돼 있지 않아서 전염을 막기 위해 환자를 격리수용하는 것이 최선의 대책이었다.

결핵병동은 거의 감옥이나 다름없었다. 결핵환자는 안정이 최우선이라 하여 화장실에 갈 때도 간호사가 휠체어로 데려다주었다. 내 경우에는 음식이 입에 맞지 않아 식사조차 제대로 할 수 없었다. 모든 것이 나를 우울하게 했다. 이렇게 병들어 돌아가면 부모님과 가족들에게 짐만 될 것 같았다. 이럴 바에야 차라리 여기서 죽어버리는 게 낫겠다 싶어 자살하고 싶은 충동을 여러번 느꼈다. 그런 생각을 하는 사람이 나 혼자만이 아니었던지, 고층건물에서 뛰어내려 자살한 사건이 있은 후 결핵환자의 방 창문엔 철망을 쳐놓고 환자마다 간호사를 한명씩 붙였다.

이렇게 우울한 나날을 보내던 어느날, 문득 '나는 크리스천인가? 내가 크리스천이라면 죽기 전에 한번만이라도 성서를 다 읽어야 하는 것 아닌가' 하는 생각이 들었다. 그래서 가져간 조그만 성서를 창세기부터 읽기 시작했다. 그러나 결핵환자는 절대안정을 취해야 한다면서 성경도 제대로 읽지 못하게 했다. 미군 여간호사가 언제나 곁에서 지켜보고 있어 몰래 읽을 수도 없었다.

그래서 궁리해낸 것이 화장실에서 읽는 것이었다. 적어도 화장실에서만은 자유로웠기 때문이다. 아침, 점심, 저녁 세번 화장실에 드나들면서 성서를 읽었다. 화장실에 들어가면 문을 걸어잠그고 좀처럼 나오지 않았다. 그럴 때마다 간호사는 "미스터 박, 아직 안 끝났어요?" 하고 물었고, 내 대답은 언제나 "조금만 더 기다려요"였다. 이렇게 구약성서를 읽어내려가는데, 어느날 이사야서 1장 18절의 말씀이 내 마음을 흔들었다.

야훼께서 말씀하신다.
오라, 와서 나와 시비를 가리자.
너희 죄가 진홍같이 붉어도 눈과 같이 희어지며
너희 죄가 다홍같이 붉어도 양털같이 되리라.

이 말씀이 내 마음을 때렸다. 어머니가 누누이 하신 말씀도 새삼 크게 들려왔다. "너는 내가 예수님 믿고 낳은 아들이라 하나님께 바치기로 했다. 네 이름은 '성도'다. 거룩한 길을 가라는 뜻이다. 하나님의 뜻이니 너는 훗날 반드시 목사가 되어 하나님을 섬겨야 한다."

어머니의 이런 간곡한 소망을 나는 거의 잊고 살아왔다. '성도'라는 이름도 거부반응을 일으켜 쓰지 않았다. 나는 이제까지의 삶을 돌아보며 회개했다. 이 모든 시련을 통해 하나님이 나에게 회개하기를 원하시는 것으로 받아들였다. 긴 참회의 기도로 나는 하나님과 약속했다. "하나님, 제 생명은 살아도 죽어도 하나님의 것입니다. 살고 싶지만 안 살려주셔도 할 수 없습니다. 그러나 만약 살려주신다면 꼭 목사가 되겠습니다." 나는 그리스도의 은총에 모든 것을 맡겼다. 이렇게 결단하고 나니 마음에 평화와 기쁨이 찾아왔다. 몸에도 성령의 치유의 은총이 내리는 것 같았다.

나는 병자들의 감옥이라 할 수 있는 미육군병원에 있는 한, 내 병을 치료하기 어렵다는 결론을 내렸다. 무엇보다도 서양음식을 먹을 수 없었다. 일본엔 결핵요양소가 많으니 그곳으로 보내달라고 여러번 부탁했으나, 병원 규정상 어렵다는 대답만 들었다. 그래서 병원장에게 직접 말해보기로 했다. 원장은 육군중장이었는데, 일주일에 한번씩 병실을 돌았다. 나는 병실의 내 이름표 위에 영어로 이렇게 써붙였다. "나는 미국인이 아니고 한국인이다. 한국인은 일본인과 비슷하니 일본 요양소로 보내주면 훨씬 치료효과가 좋을 것으로 생각한다."

몇번 그냥 지나쳤던 그가 하루는 나를 찾아왔다. "여기서는 무엇보다도 음식 때문에 못 버티겠다"고 했더니 고개를 끄덕이고는 마침내 토오꾜오 외곽에 있는 고다히라(小平) 결핵요양소로 나를 옮겨주었다. 그곳은 군대병원과 달리 규칙도 엄하지 않고, 중환자병동인데도 미국인 선교사들이 찾아와 전도를 하고 있었다. 나는 선교사들의 통역을 맡아 일본인 환자들에게 함께 전도했다. 선교사와 함께 성경을 읽고 기도도 하고 봉사활동을 하면서 그동안 소홀했던 나의 신앙생활은 본래 상태로 돌아갈 수 있었고 또한 새로워졌다. 아픔이 도리어 축복이 된 것이다.

이 병원에는 나이 지긋한 한국여성이 간호보조원으로 일하고 있었는데, 한국사람은 아플 때 곰국을 먹어야 한다면서 일주일에 한번씩 곰국을 끓여주었다. 정신대로 끌려갔다가 일본군의 관과 결혼했으나 남편이 전사하여 미망인이 된 분이었다. 파란많은 삶을 살아온 동포의 인생을 바라보면서 안타까움을 느꼈고, 그런 처지에도 동족이라고 자상하게 보살펴주는 따뜻한 인정에 깊이 감동했다.

나의 병세는 빠르게 호전되어 일본 요양소로 옮긴 지 열달쯤 지났을 때 폐의 동공(洞空)이 모두 석회화되었다. 일본인 의사들도, 검사결과를 확인한 미육군병원 의사들도 모두 빠른 회복에 놀라워했다.

나는 사령부의 직장으로 다시 돌아왔다. 상관 데이비드 황도 무척 반가워했다. 젊고 일도 열심히 하니까 전에는 나에게 많은 일을 맡기곤 했지만, 병을 앓고 돌아온 후엔 일을 시키려 하지 않았다. 그는 사무실에 출근하지 않아도 출근한 것으로 처리하겠다면서 유급휴가를 주겠다고 했다. 그가 많이 돌보아주어 나는 월급을 다 받으면서도 일하지 않고 목사가 되기 위한 공부, 말하자면 신학교에 가기 위한 준비를 할 수 있었다.

2

신학을 찾아서

토오꾜오신학대학 4학년에 편입하다

1954년 봄, 나는 오윤태(吳允台) 목사님이 계시는 재일대한기독교 토오꾜오교회에 나갔다. 이 교회는 교단의 중심이라 할 수 있는 큰 교회였다. 여기에 나가면서 여러 사람을 알게 되었는데, 그중 한분이 이인하(李仁夏) 목사다. 신학교를 가고 싶어하는 나에게 이목사는 자기가 다녔던 토오꾜오신학대학을 추천했고, 나는 1년 뒤인 1955년 4월 편입시험을 치고 학부 4학년으로 들어갔다. 메이지(明治)시대에 우에무라 마사히사(植村正久)라는 분이 세운 이 학교는 원래 이름이 일본기독교신학전문학교였는데, 대학 4년 대학원 2년의 6년제로 학제를 개편하면서 토오꾜오신학대학으로 이름을 바꾸었다.

당시 일본에는 이 신학대학 외에 토오꾜오의 아오야마학원대학(靑山學院大學) 신학부가 있었고, 오오사까, 코오베 등 칸사이(關西)지방에는 칸사이학원대학 신학부 등 선교사들이 세운 대학들이 있었다. 우리나라 신학계의 거목 장공(長空) 김재준(金在俊) 목사님은 아오야마학원 신학부를 다니셨고, 문익환 목사와 문동환(文東煥) 박사 형제는 일본신학교를, 그리고 현영학 교수는 칸사이학원대학 신학부를 나왔다.

내가 토오꾜오신학대학 4학년에 편입할 수 있었던 것은 한국에서 대학을 3년 다녔기 때문이다. 이 대학은 건실한 학문적 토대를 갖춘데다가 일본이 자랑하는 신학자들을 대거 배출하여 세계적으로 알아주는 신학교였다.

토오꾜오교회는 재일동포들이 많이 사는 곳에 교회를 개척하기 위해 전도소를 여러개 갖고 있었다. 그리고 신학교에 입학한 학생들을 전도소에 배치하여 전도사를 돕게 했다. 개척교회들 가운데서도 사정이 좀 나은 곳에서는 신학생들에게 교통비를 조금 주고, 여유가 있으면 학비도 약간 보태주었다. 반대로 상황이 열악하여 아무것도 해줄 수 없는 전도소도 있었다. 그런 곳은 대개 어른 4~5명, 아이들 7~8명 정도 모일 뿐이었다. 아따찌구(足立區)에 있는 니시아라이(西新井) 전도소가 그런 곳이었는데, 나는 일부러 여기 가겠다고 자원했다. 신학교 학생들이 교통비라도 좀 받을 수 있는 곳을 선택하고 나니까 남는 곳이 이곳밖에 없었다. 나는 미군 군속으로 제법 많은 월급을 받는 처지였으므로 기꺼이 가장 열악한 곳으로 갔다.

당시 내 월급은 학비와 생활비를 제하고도 남을 만큼 넉넉했다. 부산의 가족들에게 송금도 해주고 등록금을 못 내는 교포학생들의 등록금도 내줄 수 있는 액수였다. 오윤태 목사님이 딱한 처지에 있는 학생들과 밀항해온 젊은이들을 소개해주어 그들을 도와주었다.

지금 생각해보면 그땐 젊은 나이였기에 세가지 일을 동시에 할 수 있었던 것 같다. 나는 아침 일찍 학교에 갔고 학교가 끝나면 바로 직장에 가서 저녁 5시부터 9시까지 일했다. 잠자리에 드는 건 밤 12시가 넘어서였다. 주일과 수요일에는 전도하는 일도 도왔다. 이렇게 고달픈 삶을 살면서도 건강을 유지할 수 있었던 것은 신앙의 힘이었다. 기쁜 마음으로 자신을 바쳐 일하면 고달픈 일도 기쁨과 보람을 주는 일로 바뀔 수 있다는 것을 그때 처음으로 체험했다.

여기서 잠시 당시의 재일교포 사회에 대해 이야기하고 넘어가는 것이 좋겠다. 그때는 재일교포 사회가 오늘날의 민단(民團)과 조총련(朝總聯)처럼 분열돼 있지 않았다. 민단과 조총련이 서로 격렬하게 충돌하게 된 것은 박정희의 쿠데타 이후부터라고 한다. 대도시 변두리에서 일본사람들에게 천대받으며 집단을 이루어 살던 처지라 노선이 달라도 교류는 유지되었다. 양쪽 어디에도 속하지 않으면서 통일지향적으로 산 사람도 적지 않았다. 오오사까에서 어린시절 나와 함께 교회를 다닌 친구 조기형(曺基亨)이 그러한데, 그는 제주도 출신인데도 조총련이나 민단 어느 쪽에도 속하지 않고 끝까지 버텼다. 교포들 가운데 제주도 출신들은 대개 조총련에 들어가고, 경상도 사람들은 민단에 들어가는 이가 많았다.

'분단'이란 말도 당시에는 별로 쓰이지 않았으나, 내가 분단의식을 갖기 시작한 것은 대학 다닐 때부터였다. 대학에 다니면서 비로소 우리 민족의 많은 불행이 원죄처럼 분단에서 비롯되었다는 것을 알게 되었다. 2차대전 후 주체적으로 분단의 위기를 극복한 핀란드가 부러웠다.

그러나 당시 그런 문제에 대한 관심은 절실하지 않았다. 역시 가장 중요한 관심사는 신앙문제였다. 신앙생활을 하면서 부딪히는 여러 의문들을 철학적으로, 신학적으로 풀어내 나를 하나님께 전폭적으로 바치고, 믿지 않는 사람들에게 복음을 전하며, 그들을 위해 봉사하는 것이 가장 큰 관심사였다. 기독교 목회자로 살아가기로 결단한 후였으므로 여타의 문제는 뒤로 밀릴 수밖에 없었다.

신학사상을 찾아서

토오꾜오신학대학은 외국의 신학사상을 광범위하게 연구하여 일본인들에게 적합한 새로운 신학사상을 창출해내는 산실 역할을 하고 있었다. 칼 바르트(Karl Barth, 1886~1968)의 신학을 본격적으로 일본에 소개하고 깊이 연구한 것도 이 학교였다. 쿠와다 슈우엔(桑田秀延)이라는 조직신학의 대가가 학장을 맡

고 있었고, 『하나님의 아픔의 신학(神の痛みの神學)』이라는 저서로 세계적으로 유명해진 키따모리 카조오(北森嘉藏) 교수도 조직신학을 가르치고 있었다.

후나미즈(舟水)라는 젊은 교수의 구약신학 강의도 재미있었다. 교회사를 강의한 후꾸다(福田) 교수는 매우 경건한 분으로 강의도 눈을 감고 기도하듯이 했다. 마치 신앙고백과 같았다. 이 분의 강의에서 기억에 남는 것은 교회의 타락을 바라보는 그의 관점이었는데, 그는 교회가 권력, 돈과 결탁하면 반드시 타락한다, 이러한 타락에서 교회를 구해준 것은 교회 내부의 혁신이 아니라 밖에서 일어난 순수한 신앙운동이었다고 강조했다.

초대 기독교회의 역사를 되짚어보면 박해당하고 고생할 때는 훌륭한 신앙공동체를 이루었으나, 콘스탄티누스(Constantinus) 대제 이후 권력과 결탁한 뒤부터는 교회 내에 싸움이 시작되고 분열이 거듭되었다. 권력과 돈에 대한 탐욕을 그럴듯한 교리로 포장하여 채우려는 과정에서 서로 싸우고 죽이는 죄악을 저질러왔다. 이런 타락에도 불구하고 교회가 2천년의 역사를 이어온 것은 교회 밖에서 순수한 신앙운동이 일어났기 때문이라는 것이다. 예컨대 로마교회가 타락했을 때 교회 밖에서 성 프란치스꼬(St. Francis of Assisi)라든지 성 도미니꼬(St. Dominic) 같은 성인들이 수도회운동을 일으켜 교회를 쇄신시켰다는 이야기였다.

이 학교는 세계적인 신학자들을 초청하여 강의와 대중강연을 하면서 새로운 신학사상을 소개했다. 취리히(Zürich)대학에서 조직신학 및 실천신학 교수로 강의했으며 1953~55년 토오꾜오에 있는 국제기독교대학에서 방문교수로 강의한 바 있는 스위스 출신의 에밀 브루너(Emil Brunner, 1889~1966), 미국의 마이켈슨(Michaelson) 같은 학자들이 초빙되었다. 나는 특히 미국의 신학자인 마이켈슨의 강의에 많이 끌렸다. 그는 학문적으로 뛰어난 업적을 이루었을 뿐 아니라 영어, 독일어, 불어, 폴란드어에 이르기까지 탁월한 언어능력을 지닌 분이었다. 일본어는 못해서 영어로 강의를 했기 때문에 일본학생들은 잘 알아듣지 못했으나 나는 직업상 영어에 익숙했기에 이분의 강의를 흥미 있게 들을 수 있었다. 그의 강의를 통해 처음으로 불트만(R. K. Bultmann, 1884~1976)의 신학사상을 접할 수 있었고, 그로부터 많은 자극을 받았다. 그는 칼 바르트보다는 불트만을 공부해야 한다고 했다.

당시 일본신학계에서 가장 주목한 신학자는 칼 바르트와 에밀 브루너였다. 칼 바르트는 스위스 바젤(Basel)에서 태어난 신학자로, 세상이 신이 아닌 것을 신이라고 섬길 때 단호하게 '아니다!'라고 말하는 것이 참다운 그리스도교 신앙이며, 앞장서서 그 역할을 해야 하는 것이 교회라고 주장했다.

그런데 마이켈슨은 칼 바르트의 신학에서 더 전진한 불트만의 신학을 소개해준 것이다. 불트만은 그리스도교 신앙의 '비신화화(非神話化)'를 주장했다. 성서를 비롯하여 그리스도교 신앙 속에 들어와 있는 신화적 요소와 언어를 비신화화해서 현대인이 받아들일 수 있도록 재해석해야 한다는 것이다. 훗날 뉴욕의 유니온신학교에 진학하면서 신학사상에 대한 나의 시야는 더 넓어졌지만, 토오꾜오신학대학에서 새로운 신학사상의 드넓은 지평을 만난 느낌이었다.

나의 신앙과 신학사상에 가장 큰 영향을 준 사람은 칼 바르트, 불트만, 그리고 본회퍼(D. Bonhoeffer, 1906~1945)였다. 유니온신학교에서 본회퍼를 만나기 전까지 특히 내 눈길을 끈 사람은 칼 바르트였다. 그는 히틀러(A. Hitler)가 등장했을 때 제일 먼저 악마라고 소리친 사람으로, 히틀러를 받아들이는 교회는 교회가 아니라고 외쳤다. 독일 괴팅겐(Göttingen)대학, 뮌스터(Münster)대학, 본(Bonn)대학에서 강의를 했던 그는 히틀러에 대한 충성을 거부하다가 히틀러의 분노를 사 끝내 스위스로 쫓겨갔다. 독일 고백교회가 1934년 바르멘선언(Barmen Declaration)을 발표했을 때도 주도적인 역할을 했으나, 그의 주장은 광야에 울리는 외로운 외침이었을 뿐 독일의 교회는 거의 다 나찌에 굴복하고 말았다.

칼 바르트의 외침을 이어받아 끝까지 나찌와 싸우다 죽은 사람이 독일 고백교회의 본회퍼였다. 그는 광기의 권력과 싸워 죽음으로부터 사람들을 구해내는 것, 야만적인 폭력에서 인간의 존엄을 지켜내는 것이 크리스천의 피해갈 수 없는 의무라고 생각했다.

칼 바르트나 본회퍼처럼 히틀러의 독재에 행동으로 맞선 크리스천이 있기는 했지만, 대부분의 독일교회들과 기독교신자들은 적극적으로 저항하지 못했다. 그러나 그들은 나찌가 패망한 후 나찌에 굴종한 자신들의 죄를 고백하고 참회했다. 나찌에 가담했던 목사들은 근신했고, 독일교회는 철저한 자기반성을 통해 새로이 출발했다. 특히 프랑스는 나찌 협력자들을 찾아내 처벌하는 데 시한을 두지 않았다. 반인륜적 범죄, 역사적 범죄를 처벌하는 데는 시효가 없다는 것이 그들의 입장이다. 의문사 사건을 규명하기로 결정하는 데도, 군사독재에 항거하다가 유죄판결을 받은 사람들의 명예를 회복하는 데도 그토록 오랜 시간을 기다려야 했던 우리나라와는 사뭇 대조적이다. 우리나라에서는 이런 사건들을 한시법으로만 다루고 있을 뿐이다.

일제시대 때 일본 또한 조선의 교회에 신사참배를 강요했다. 일본의 교회에 대해서도 마찬가지였다. 이름없는 몇몇 교회를 빼고는 거의 모든 교회가 신사참배에 가담했다. 심지어 어떤 유명한 신학자는 예수와 천황을 동일시하는 논리까지 폈다. 예수가 하나님의 아들이라면 천황도 하나님의 아들이라는 주장이었다. 패전 후 일본의 교회는 그런 글을 쓴 사람들을 찾아내 단죄했다.

칼 바르트의 "교회로 하여금 교회 되게 하라"(Let the church be the church)는 유명한 말은 크리스천으로서의 삶을 이끌어온, 내 인생의 모토였다. 진리와 사랑을 실천하고 지키는 것이 교회이지, 권력과 돈에 굴복하거나 타협하는 교회는 교회가 아니라는 그의 주장은 평생 내 가슴속에 남아 있었다.

그의 인카네이션(incarnation, 肉化)론도 감명깊었다. 신(神)론은 다른 종교에도 많지만, 이 '인카네이션'의 의미를 통해 기독교를 다른 종교와 구별지어준 것이 칼 바르트다. 그는 예수 그리스도가 하나님의 육화요 강생(降生)이라고 주장했다. 그리스도란 무엇인가? 신이 인간으로 육화한 것이 그리스도다. 육화한, 강생한 곳은 어디인가? 인류역사요, 교회다. 즉 신은 인간의 고통에 참여하기 위해 육화하셨고, 인류역사와 교회를 통해 참여하신다는 것이다.

예수는 베들레헴(Bethlehem)의 마구간에서 태어나 평생 억눌린 자, 가난한 자 들과 함께 지내다가 십자가에 못박혀 죽었다. 로마와 유태인 지배자들이 정치적으로 결탁하여 그를 능멸하고 가장 잔인한 고통 속에서 죽게 했다. 그것이 바로 인카네이션이다. 예수 자신의 생애가 이러할진대 그를 믿고 따른다는 교회가 어찌 현실문제에, 정치사회적인 문제에 나 몰라라 할 수 있겠냐는 것이다.

1956년 4월 토오꾜오신학대학을 졸업할 때도 칼 바르트의 사상에 관한 학위논문을 제출했다. '속죄론'에 관한 것이었는데, 데일(R. W. Dale)이라는 영국학자의 저서에서 도움을 받아 '인류가 어떻게 십자가에 박혀 죽은 예수의 피로 속죄받게 되었는가'를 다룬 논문이었다. 나는 이 논문을 준비하면서 신학사상의 전개과정, 특히 계몽주의 이후 신학의 발전과정을 체계적으로 공부할 수 있었다. 쿠와다 학장께서 직접 지도해주신 이 논문으로 조직신학 석사학위를 받았다.

윤창섭 형과의 우정

토오꾜오신학대학에서 졸업논문을 쓸 당시 내 논문을 깨끗이 정서(淨書)해준 석조가(石彫家) 석윤(石尹) 윤창섭(尹昌燮) 형의 이야기도 하지 않을 수 없다. 어찌나 글씨를 잘 쓰던지 그가 정서해준 논문의 글씨를 내 글씨로 알고 교수들이 크게 칭찬해주었다.

그는 1920년생이고 나는 1923년생인데, 처음 만난 것은 1952년 개성에서 북·미간 휴전회담이 진행되던 때라고 기억한다. 같은 유엔군방송부처에서 일하던 빌리 유(류의상) 선배가 자기 숙소로 오라고 해서 갔더니, 거기 윤형이 와 있었다. 두분은 어릴 때부터 가까이 지낸 사이 같았다. 후에 안 일이지만 유선배는 다석 류영모 선생의 장남이었고, 윤형도 일찍이 개화된 지식인, 예술가 집안 출신이었다.

윤형은 영어, 일본어, 중국어를 잘해서 미국의 UP통신에서 외신부장을 지내다가 전쟁중에 피신하지 못하고 붙잡혀 조선중앙통신에서 일을 하게 되었다. 그러다 미군이 상륙하자 인민군이 그를 북으로 끌고 가다가 도중에 방면해주었다. 그러나 그것이 끝이 아니었다. 이번엔 국군에게 잡혀 처형당할 위기에 처한 것이다. 다행히 미군이 와서 그를 구해주고는 미군 함정에 실어 토오꾜오까지 데리고 와서 증명서 한장을 주고 가버렸다. 그는 이후 일본에서 살아남기 위해 겪은 고난에 대해서는 말하지 않았다. 다만 그가 하고 있는 석조 이야기를 들려주었다. 90세가 된 지금도 그는 마음속에 담아둔 어머니의 얼굴과 심상(心像)을 석상(石像)으로 표현하려고 석조와 유토(油土)로 계속 작업하고 있다.

10여년 전 미국에 사는 누이동생의 초청으로 뉴저지(New Jersey)에 간 그와 때때로 서신을 주고받는데, 얼마 전에 보내온 「석영만가(石英晩歌)」 5수(首)를 읽고 깊은 감상에 젖었다. 파란 많은 삶을 살다가 아직도 이국땅을 떠돌며, 나이 90이 되어서도 어머니와 고국을 그리워하며 죽음을 준비하는 그의 시가 내 마음을 울렸다. 그 가운데 일부를 옮긴다.

흰 구름 푸른 하늘 때때로 보이건만
내 고향 멀리 떠나 돌아갈 길 못 찾아
저무는 언덕에서 석양만 바라보니
아득한 기억 속의 옛길이 다가오네

꿈속에 그린 고향 언제나 돌아가나
금년에 못 가거든 후년에 돌아가지
한평생 타향신세 불원간 마감짓고
천리만리 허공이야 흰 구름 끼어안고
북망산 언덕 위로 조용히 날아가지

강원룡, 김관석 목사와의 첫 만남

대학, 직장, 개척교회를 바쁘게 뛰어다니던 어느날, 토오꾜오교회의 오윤태 목사님이 전화를 걸어왔다. 토오꾜오에서 아시아기독교교육대회라는 국제적인 모임이 있는데, 한국에서 젊은 목사 두분이 대표로 참가하니 한번 만나보고 그들과 인연을 맺어두는 것이 좋겠다는 말씀이었다. 이 대회는 아시아기독교협의회 (CCA, Christian Conference of Asia)가 주최하는 꽤 규모가 큰 모임이었다. 한분은 경동교회를 담임하는 강원룡(姜元龍) 목사였고, 다른 한분은 『기독교사상』의 주간을 맡고 있는 김관석(金觀錫) 목사였다. 나는 이 두분을 어떻게 대접해야 하나 고심했다.

둘 다 나보다는 훨씬 연장자로 보였다. 우리는 식사를 함께했는데, 식사를 하는 동안 시종 강목사가 대화를 이끌어갔고 김목사는 때때로 맞장구를 칠 뿐 별반 말이 없었다. 나 또한 한국교계의 중견지도자들이 보여준 식견과 의기에 압도되어 간간이 화제를 이어가기 위해 질문을 던질 뿐, 듣는 데 충실할 수밖에 없었다. 그때 강원룡 목사의 정열적인 기독교 갱신론에 매혹되었다.

강원룡 목사와는 아시아기독교교육대회가 끝난 후 다시 만나게 되었다. 쿄오또에서 열린 재일교포 기독교청년여름대회에서였다. 강목사가 주제 강사로, 내가 성서연구 강사로 참가했다. 그때도 강목사의 강의를 들으면서 한국에도 이렇게 열려 있고 지성있고 진보적인 목사가 있구나 하는 감명을 받았다. 강목사도 그때 나를 눈여겨보았던 것이 아닌가 생각된다.

1958년 말쯤 유엔군사령부가 오끼나와로 옮겨가면서 나는 직장을 그만두기로 결심했다. 휴전협정 후 유엔군방송이 한국국민에게 크게 기여하는 것도 아닌만큼, 되도록 빨리 귀국하여 내가 꿈꾸어왔던 참된 목회자로 일해보고 싶었다. 함께 일했던 사람들은 대부분 오끼나와로 따라갔다. 나는 신학석사(神學碩士) 학위(Master of Theology)를 받고 귀국할 때까지 신학대학의 기숙사에서 살았다.

그러나 여권문제로 귀국은 한없이 늦어졌다. 앞에서 말했다시피 서울중앙방송국에 잠시 출장가 있는 동안 이승만 대통령의 담화발표를 중계방송하면서 '북진통일'이란 말이 나올 때마다 방송을 잠깐씩 중단시킨 것 때문에 한국정부는 내게 여권을 내주지 않았다. 그래서 휴가기간에도 한국인 직원 중 나만 귀국을 할 수 없었다.

그러다 처남 덕으로 다행히 여권문제가 해결되었다. 처남 조민하가 뉴욕 컬럼비아(Columbia)대학으로 유학을 가면서 대통령 비서실장인 박찬일(朴贊一)씨의 명함 한장을 갖고 와서 내게 주었다. 명함 뒷면에는 "박형규씨를 잘 돌봐주시오"라고 적혀 있었다. 대사관을 찾아가 이 명함을 보여주자 류태하(柳泰夏) 주일대사가 친절하게 대해주면서 박찬일 실장과는 어떤 관계냐고 물었다. 나는 잘 모르는 사람이라고 시치미를 뗐으나 여권은 그날로 발급됐다. 박찬일씨는 조민하와 대구 계명학교 동기동창이었다. 이때 권력의 힘이 어떻게 통하는가를 여실히 볼 수 있었다. 이듬해인 1959년 3월, 드디어 귀국길에 올랐다. 약 9년 만의 귀향이었다.

귀국 후 공덕교회 전도사로

신학교에 들어갈 때 나는 농촌이나 벽지 또는 낙도(落島)처럼 남이 가려 하지 않는 곳을 찾아가 가난한 사람들과 함께 어울려 살면서 전도하겠다는 생각을 갖고 있었다. 그러나 그것은 실현될 수 없는 꿈이었다. 공덕교회 전도사로 목회를 시작한 이래 나는 서울을 벗어나지 못했다.

귀국을 앞둔 나에겐 두가지 길이 열려 있었다. 하나는 모교인 부산대학에서 교수의 길을 가는 것이고, 또하나는 목사가 되어 교회를 섬기는 것이었다. 당시 부산대학교 윤인구(尹仁駒) 총장은 나에게 철학과 교수로 학생들을 가르치면서 함께 대학교회를 개척해보자고 했다. 윤총장은 영국 에든버러(Edinburgh)대학에서 신학으로 박사학위를 받은 목사였고, 부산대학 총장으로 부임하기 전에는 송창근(宋昌根), 김재준, 최윤관(崔允寬), 한경직(韓景職) 목사 등과 함께 조선신학원(한국신학대학의 전신)의 교수로 강의했다.

그 무렵 부산대학엔 처남 조민하가 부총장 격의 위치에 있었고, 내 윗동서인 백영구(白永九)가 교무국장으로 꽤 높은 직책을 맡고 있었다. 나는 일찍이 목사의 길을 가기로 결심한데다가 가까운 친척들이 한 직장에 모여 있는 게 마음에 걸려 주저하고 있었다.

그때 두군데서 제안이 왔다. 하나는 강원룡 목사의 주선으로 서울 마포의 공덕교회에서 부목사로 일해달라는 초청이었고, 다른 하나는 이상철(李相哲) 목사의 초청이었다. 이목사는 당시 성암교회를 담임하고 있었는데, 머지않아 캐나다로 유학갈 계획이라서 후임목사가 필요하니 부목사로 와주지 않겠느냐고 했다.

기독교장로회 소속인 공덕교회의 당회장은 한국신학대학 교수를 겸하고 있던 최윤관 목사였다. 나는 최목사로부터 긴 편지를 받고 공덕교회로 가기로 결정했다. 구구절절 감동을 주는 눈물겨운 편지였다. 공덕교회가 어떤 교회인지 알려주고는, 그동안 가족을 미국에 두고 이 교회를 섬겨왔으나 이제는 은퇴할 나이도 됐으니 후임자를 찾아 교회를 맡기고 가족에게 돌아가고 싶다는 것이었다.

최목사는 당시 나이가 육십이 넘었는데, 공덕교회에서 이미 15년이나 봉직하고 있었다. 미국유학을 다녀온 이분은 영어를 아주 잘해서 미군정청으로부터 보건사회부장관을 맡아달라는 교섭을 받았으나 거절하고 한국신학대의 영어교수를 겸임하고 있었다.

또한 해방 후 미군정시절 군정당국과 교섭하여 지금의 영락교회, 경동교회, 성남교회 등의 부지와 건물을 불하받는 데 결정적 역할을 했다. 일제시대에 일본 천리교가 포교를 위해 썼던 건물들이었다. 이처럼 최목사는 가족과 떨어져 혼자 살면서 교회와 학교를 위해 헌신적으로 봉사해온 매우 겸손한 인품의 성직자였다.

1959년 4월 28일, 나는 공덕교회에 전도사로 부임했다. 공덕교회는 오랜 역사를 지닌 큰 교회였다. 내가 갔을 때는 이미 신도 수가 약 200명 가까이 되었다.

같은 해 10월, 기독교장로회 서울노회에서 목사안수를 받고 공덕교회 부목사가 되었다. 당시엔 남대문시장 안에 있었던 향린교회에서 안수를 받았다. 어머니의 뜻에 따라 목사가 되기로 했지만, 세속에 미련이 많이 남아 있었던지 안수받을 때 그렇게 기쁘지만은 않았다. 목사라는 직분이 도중하차를 할 수 없는 것이어서 한번 목사가 되면 평생 벗어나기 어려웠다. 때문에 죽을 때까지 내가 목사로 살 수 있을까 하는 두려움이 있었다. 전차를 타고 마포에서 남대문으로 가는데, 그냥 돌아가버릴까 하는 충동까지 느꼈다.

목사안수를 받을 때 아버님은 이미 목사의 길이 힘들고 고달프고 가난한 길이라는 것을 알고 계셨다. 그때 써주신 글을 지금도 나는 소중히 간직하고 있다.

靑鵬信天猶有種　푸른 붕은 하늘을 믿고 살아도 씨를 남기고
寒鵠經雪尙有身　한곡은 눈 속을 다녀도 제 몸을 지킨다

하늘을 믿고 사는 목사의 길이 쉽지는 않지만 그래도 다 헤쳐나갈 수 있을 것이라고 격려해주신 글이다. 이 글을 보고 나는 아버님이 공맹(孔孟)보다는 노장(老莊)에 더 가까운 사상을 가지고 계셨음을 짐작했다.

당시 공덕교회는 빈민촌에 자리잡고 있어서 가난한 교인들이 많았다. 나는 교회가 주변의 가난하고 소외당한 사람들의 이웃이 되어야 한다는 생각을 갖고 있었다. 그래서 신도들과 함께 찌그러져가는 집을 수리해주기도 하고 가난한 사람들의 결혼식이나 장례를 무료로 치러주는 등, 불우한 사람들을 위해 열심히 봉사했다.

최윤관 목사는 주일 낮예배 설교만 하시고 그 밖의 설교는 내가 맡아서 했다. 나이가 젊어 전통적인 목회자상과는 다른 '신식목사'의 이미지 때문인지 젊은이들이 특히 잘 따라주었다. 부모님을 모시고 살던 교회의 한옥사택은 교회 제직(諸職)들과 젊은이들이 즐겨 모이는 장소가 되었다. 주일 오후엔 내가 일본에서 가져온 전축으로 젊은이들이 음악을 감상하곤 했다. 이렇게 교회 일을 열심히 한 것이 결실을 보았는지 부임할 때 약 200명이었던 신자가 100명 가까이 늘어 300명가량 되었다.

내 삶의 진로를 바꾸어놓은 4·19

나는 그때까지 사회 전반의 부조리나 부정부패 같은 것에는 거의 관심을 두지 않은 채 평범한 목회활동을 즐기고 있었다. 그러다 1960년 4월 19일 역사적인 날을 맞게 되었다. 이날은 우리나라 역사에서도 중요한 날이지만, 내 삶에 있어서도 잊을 수 없는 날이다. 수많은 젊은이들이 뜨거운 피를 쏟은 4·19혁명을 현장에서 지켜보면서 생각이 크게 바뀌었기 때문이다.

4·19날 나는 경무대(지금의 청와대) 근처 궁정동에 있는 큰 식당에서 결혼식 주례를 하고 있었다. 교인 아들의 화려한 결혼식이었다. 주례를 마친 뒤, 교회 여신도들과 함께 밖으로 나왔는데 총소리가 계속 들려왔다. 이상하다 싶어 총소리가 나는 곳으로 가까이 가보니 학생들이 경무대 쪽으로 가다가 총을 맞고 밀려나오고 있었다. 총에 맞아 쓰러져 피를 흘리는 학생도 보였다.

나는 몹시 충격을 받고 학생들을 구해야 한다고 소리를 지르면서 학생들이 있는 곳으로 뛰어가려 했으나, 교인들이 붙잡아 대열 속에 들어갈 수는 없었다. 들것에 실린 학생들이 피를 흘리는 모습을 보았을 때, 무언가 내 머리를 강하게 내리치는 느낌이 들었다. 그들에게서 나는 십자가에서 피 흘리는 예수의 모습을 보았다. 하나님의 진노(震怒)가 쏟아지는 것 같은 강렬한 느낌이었다.

나는 시위군중과 함께 광화문 쪽으로 밀려갔다. 총 맞은 학생들이 실려가는가 하면, 학생들과 시민들이 트럭을 잡아타고 소리를 지르고 팔을 휘두르면서 거리를 질주하고 있었다. 물결처럼 밀려다니는 군중 속에 섞여 나는 하루 종일 거리를 걸어다녔다. 교회의 여집사들도 내내 나를 따라다녔는데, 아마 내가 좀 돌았다고 생각했을 것이다. 혁명적인 분위기가 이런 것이로구나 그때 실감했다.

그날 나는 많이 울었다. 순결한 젊은 학생들이 왜 저렇게 피를 흘리며 죽어야 하는가? 젊은이들이 저렇게 죽어가는데 내게는 책임이 없는가? 그동안 나는 결혼식 주례나 하고 사회와 정치 문제에는 나 몰라라, 무관심했던 목사가 아니었던가? 가난한 이웃들을 도와주는 것만으로 목사의 직분을 다했다고 착각하고 있었던 것이 아닌가? 나야말로 강도 만난 사람을 외면하고 지나갔던 위선자가 아닌가?

피 흘리는 학생들을 보았을 때 받았던 그 격렬한 느낌을 거듭 떠올리며 자신을 돌아보지 않을 수 없었다. "하나님, 저를 용서해주소서. 저는 정말 거짓된 목사요, 위선자입니다. 우리나라 교회도 거짓된 교회입니다. 교회가 진짜 교회였다면 이런 일은 일어나지 않았을 것입니다."

부정선거를 해놓고도 항의하는 학생들에게 발포하는 뻔뻔하고 무자비한 권력에 대해서도 분노를 억누를 수 없었다. 총부리를 들이댄 정권이 자칭 기독교 정권이라는 데 대한 분노이기도 했다. 대통령과 부정선거의 원흉인 내무부장관 최인규(崔仁圭)가 교회 장로라면서 이승만정권 스스로 기독교 정권임을 내세우지 않았던가.

우리나라 교회가 현실도피적인 신앙 속에 잠들어 있던 것은 어제오늘의 일이 아니었다. 나는 4·19혁명을 통해 나 자신과 교회에 대해 성찰하면서 그것을 깨달았다. 소수의 기독교 지도자들이 3·1독립운동에 적극 참가했고 신사참배를 거부하다가 박해받고 고난을 당한 빛나는 기록도 갖고 있기는 하지만, 대다수의 교회지도자들과 신도들은 일제의 문화정책 이후 초창기 한국 기독교의 민족주의적이고 현실참여적인 모습을 버린 채 기복신앙 속에 안주해왔다. 일제가 문화정책을 앞세워 탄압을 완화시켜주는 척하며 우리 민족을 문화적 불구자로 만들려고 했을 때도 그 술책에 넘어갔다. 약간의 자유를 주면서 너희는 종교에 관한 것, 기독교에 관한 것에만 관심을 갖고 현실에는 참여하지 말라며 종교가 가진 사회참여적인 요소를 제거해버렸을 때 기독교는 저항없이 이를 받아들였던 것이다.

이렇게 현실도피적인 신앙 속에 잠들어 있었기 때문에 기독교 신도들은 세계정세에 어두웠고, 해방이 오리라는 것도 예측하지 못했다. 그것이 구약의 예언자들과 다른 점이었다. 이스라엘의 예언자들은 바빌론에 잡혀갔을 때나 어떤 정치적인 억압을 당했을 때도 항상 해방의 날을 바라보면서 준비했다.

그러나 우리는 잠들어 있었다. 그래서 해방을 맞자 한쪽은 소련, 무신론, 공산당의 편에, 다른 한쪽은 미국, 유신론, 기독교의 편에 서서 양분된 사고방식에 사로잡혀 역사를 보는 예리한 눈을 가질 수 없었다. 이승만정권은 이런 상황을 이용해 '경찰서 100개를 짓는 것보다 교회 하나 만드는 것이 낫다'든지 '온 국민을 기독교신자로 만들어야 한다' '무조건 교회에 나오면 복 받고 잘살게 된다'는 등의 싸구려 복음을 팔았지만, 대부분의 교회는 정치에 이용당하는 줄도 몰랐다.

이처럼 당시의 기독교와 교계 인사들은 현실과 역사를 보는 신학적 안목이 없었다. 물론 그 당시에도 그런 안목을 갖고 비판적 발언을 한 분들이 아예 없었던 것은 아니다. 김재준 목사라든지 함석헌 선생 같은 분들이 계셨지만, 그런 분들은 아주 소수였고 대부분의 개신교 교회는 자유당 정권을 지지했다. 김재준 목사는 4·19가 "암운을 뚫고 터진 눈부신 전광"이었다면서 다음과 같이 썼다.

4·19는 암운을 뚫고 터진 눈부신 전광이었다. (⋯) 그 윤리적 높은 행위가 일반의 양심에 자화상을 소출(塑出)시켜주었다. 교회도 이 섬광에서 갑자기 스스로의 모습을 보았다. 그리하여 구정권의 악행에 교회가 전적으로 책임을 져야 한다고 몸부림치는 교인들까지 생겨났다. 교회기관으로서 스스로의 과오를 사회에 성명한 문서가 한두종이 아니었다. 8·15 이후 교회가 급변하는 사상의 와중에서 스스로를 정돈하지 못하고 분쟁과 윤리적 혼미에 빠졌다는 것은 사실이며, 따라서 대(對)사회적 책임에 두드러진 기록을 남기지 못했다는 것은 자괴하기 족한 일이었다.

— 김재준 「4·19 이후의 한국교회」,
『기독교사상』 1961년 4월호 36~42면

나는 여러날을 4·19혁명에서 받은 충격 속에서 살았다. 그리고 나 자신이 엉터리 목사로 살아왔다는 것을 거듭 뉘우치고 진짜 목사가 되기로 결심했다. 나아가 '값싼 복음'을 파는 목회를 청산하고 칼 바르트의 말처럼 '교회를 교회 되게 하는' 일에 나를 바치기로 맹세했다.

유니온신학교로 유학길에 오르다

4·19를 겪은 후 나의 생각과 행동은 점점 달라지기 시작했다. 설교에서도 사회·정치 문제를 자주 다루었고 정부의 행태에 직격탄을 날리기도 했다. 젊은이들은 이런 설교를 좋아했지만, 나이든 보수적인 교인들은 다르게 받아들였다. 그들은 나의 행동이 위험해 보였던지 잠시 나를 외국에 내보내기로 의견을 모으고, 한국기독교협의회(NCCK, National Christian Council in Korea)에 간청한 모양이었다.

어느날 NCCK 청년부 간사였던 박상증(朴相增) 목사에게서 연락이 왔다. 세계교회협의회(WCC, World Council of Churches)에서 미국유학 장학생을 뽑는 명단에 내 이름을 올려놓았으니 영어테스트를 받으러 오라는 것이었다. 당시엔 한국신학대학 출신들이 주축인 기독교장로회가 캐나다 연합교회와 자매관계를 맺고 있었기 때문에 캐나다유학은 영어능력 테스트를 받지 않아도 갈 수 있었다. 대신 순서를 기다리는 젊은 목사들이 많았다.

토오꾜오신학대학 출신인 나의 경우엔 WCC 장학생으로 미국에 가는 것이 상책이라고 생각한 박상증 목사가 누군가의 부탁을 받고 내 이름을 에큐메니컬(Ecumenical) 유학생 후보 명단에 올려놓은 것이었다. 영어테스트는 의외로 쉽게 끝났다. 당시 감리교신학대 학장이었던 홍현설(洪顯卨) 박사가 심사위원장을 맡고 있었는데, 이분이 영어로 몇마디 질문을 던진 게 다였다. 다른 심사위원들은 내가 영어로 답변하는 것을 듣고는 더이상 질문을 하지 않았다. 며칠 후 NCCK에서 합격했다는 통보를 해왔다.

1962년 9월, 나는 공덕교회에서 1년간 휴가를 얻어 미국 뉴욕의 유니온신학대학원(Union Theological Seminary)으로 유학을 떠났다. 출국하는 것도 순조롭지는 않았다. 신원조회에 걸려서 여권이 나오지 않았고, 폐결핵을 앓은 흔적 때문에 신체검사에서 문제가 생겼다. 결핵검사를 한 위생병원측에서는 자기들은 판단하기 힘드니 위생관계 미국비자를 다루는 본부가 있는 홍콩으로 사진을 보내라고 했다. 즉시 그곳으로 자료를 보냈지만 판독 결과는 신학교의 입학식이 끝난 후에야 보내주었다.

신원조회에서도 말썽이 된 것은 내가 공공연하게 박정희의 군사쿠데타를 비판하는 설교를 했기 때문이다. 여권이 문제될 무렵, 당시 청와대 비서실에 근무했고 나중에 농림부장관을 지냈던 조신형을 만났다. 그는 육군대령으로 박정희 쿠데타의 핵심 멤버 중 하나였다. 매부 김재윤(金載潤)의 친구였던 그가 어느날 찾아와 인사를 하기에 "총 가지고 쿠데타를 하더니 이젠 미운 사람에게 여권마저 안 내주기로 한 거냐?"고 했더니, 그 다음날 여권을 내주었다. 그때 청와대 비서실의 권력이 어떤가를 실감했다.

원래 내가 가고자 한 학교는 유니온신학대학원이 아니라 시카고(Chicago)대학 신학부였다. 전부터 폴 틸리히(Paul Tillich)의 철학적 신학(philosophical theology)에 관심을 갖고 있었는데, 그가 유니온신학대학원에서 시카고대학으로 옮겨갔기 때문이었다. 그러나 나는 이미 유니온신학대학원 STM코스(석사과정)에 배정돼 있었다. 유니온측에서 몇년 동안 한국학생을 받지 못했으니 이번에는 한국학생을 배정해달라고 강하게 요청해 에큐메니컬 장학재단의 학생배정위원회가 그렇게 결정했다는 것이었다.

여권이 늦게 나오는 바람에 나는 다른 학생들이 이미 강의를 듣고 있을 때인 1962년 9월 말에 뉴욕에 도착했다. 당시 이 대학에는 800명 가까운 학생들이 있었지만, 한국인은 서광선(徐洸善, 전 이화대학 문리대 학장) 교수 단 한명뿐이었다. 일본인은 도오시샤대학의 타께나까 마사오(竹中正夫) 교수가 교환교수로 와 있었고, 학생들도 4~5명은 되었다.

서광선은 일리노이(Illinois)주립대에서 철학으로 석사학위를 받고 신학공부를 하기 위해 유니온에 와 있던 터라, 미국에서 공부한 지가 꽤 오래됐다. 나는 처음 온 처지라 여러면에서 그에게 의지했고 도움을 많이 받았다.

유니온에서 만난 신학자들

유니온신학대학원은 세계적인 명성답게 세계에서 가장 앞서가는 개방적인 신학교였다. 오랜 전통을 지닌 이 학교는 한때 장로교계통이었으나 이후 모든 교파를 망라한, 초교파적인 신학교가 되었다. 가장 개방적이고 진보적인 신학사상의 중심이었기 때문에 근본주의적인 교회들은 이 학교를 불신하여 악마의 소굴쯤으로 여겼다. 그럼에도 보수주의적인 교파에 속한 적지 않은 젊은 신학자들이 교단의 반대를 무릅쓰고 이곳에서 공부하고 있었다.

라인홀트 니버(Reinhold Niebuhr)가 1928년 이 학교의 교수가 되어 강의했고, 존 베일리(John Baillie), 헨리 반 듀쎈(Henry P. Van Dusen), 존 C. 베넷(John C. Bennet), 제임스 모팻(James Moffat) 등 쟁쟁한 사람들이 이 대학의 강단에 섰다. 유럽에서도 많은 신학자와 학생 들이 이곳에 와서 공부하거나 강의하고 싶어했다. 1930년엔 디트리히 본회퍼도 장학금을 받고 이곳에 와서 공부했다.

이 학교는 일찍이 에큐메니컬운동(Ecumenical movement, 기독교 각 교파들이 다양성을 인정하고 교류·협력할 것을 주장하는 운동)의 중심이 되어 세계적인 신학자나 교회지도자 중에 유니온을 거쳐가지 않은 사람이 거의 없을 정도였다. 에큐메니컬운동의 본부는 제네바에 있지만, 그것을 신학적으로 이끌고 정신적으로 지도한 곳은 바로 유니온이었다. 동서냉전이 고조되던 당시에 소련에도 유니온 출신의 러시아정교회 사제들이 적지 않았다는 것은 놀라운 일이다.

그 무렵 성탄절을 맞이하여 미국기독교교회협의회(미국NCC)가 소련에 있는 러시아정교회 사제들을 약 100명쯤 초청한 일이 있었다. 그들은 유니온신학교 바로 옆 리버싸이드(Riverside)교회에 머물고 있었다. 당시엔 꾸바에 소련의 핵미사일이 들어오고 있다 하여 미국은 물론 세계가 긴장하고 있었다. 그래서인지 그들의 유니온 방문 요청은 정부의 허락을 받지 못했다. 그러자 이 사제들이 유니온과 리버싸이드교회 사이의 눈 덮인 길에 서서 우렁차고 아름다운 남성합창으로 성탄절 성가를 한시간 가까이 불렀는데, 그때의 감동을 잊을 수가 없다.

이 학교에서 여러 강의를 들었고, 구약과 신약도 새로운 관점에서 열심히 공부했다. 그 유명한 존 C. 베넷 교수가 주선하여 초청한 일본 도오시샤대학 신학부의 타께나까 마사오 교수와 또 한 사람의 교수가 공동으로 맡은 '기독교와 공산주의'라는 강좌에도 참가했다. 쎄미나 형식으로 진행된 이 강좌엔 약 100여 명에 이르는 세계 각국의 학생들이 참가하여 격론을 벌였다. 자본주의와 공산주의로 갈라져 있는 세계를 교회가 어떻게 하나로 통합시킬 수 있느냐가 토론의 주제였는데, 그 과정에서 기독교 사회윤리의 중요성과 정치와 종교의 갈등 및 야합의 문제가 심도있게 다루어졌다. 서광선 교수가 아주 멋있는 강의라고 권하는 바람에 제임스 뮬런버그(James Muilenburg) 교수의 구약학 강의도 들었다. 그야말로 예언자처럼 생긴 분인데, 아주 정열적으로 강의했다. 당시 나는 기독교의 예언자적 역할에 관심이 많았던 터라 그의 강의에서 깊은 감명을 받았다.

당시 유니온은 컬럼비아대학과 제휴하고 있어 서로 자유롭게 강의를 들을 수 있었고, 누구든 원하기만 하면 컬럼비아대학에서 박사학위를 받을 수도 있었다. 미국유학중에 내가 얻은 사회과학 지식의 대부분은 컬럼비아대학 도서관에서 얻은 것이라 할 수 있다. 컬럼비아대학 도서관은 풍부한 자료를 갖추고 있었고 북한에서 온 책과 신문도 볼 수 있었다. 북한 자료들은 책이고 신문이고 모두 기독교의 교리문답 못지않게 '위대한 수령'을 우상화하고 있어 많이 놀랐다. 거의 모든 책과 논문이, 심지어 자연과학책도 '수령'의 교시로부터 시작되었다.

나는 허리가 잘려 남북이 서로 적대하고 있는 조국을 멀리서 바라보면서 세계적 냉전체제 속에서 우리나라의 분단상태를 극복하는 데 기독교가 할 수 있는 일이 무엇인가를 모색하는 것도 교회가 짊어진 주요 과제 중의 하나가 아닌가 생각했다. '독일의 교회가 서 있어야 할 곳은 바로 동서냉전이 격렬하게 전개되고 있는 그 경계선'이라고 말했다는 칼 바르트의 말을 되새겨보지 않을 수 없었다.

나의 논문 지도교수는 영국인인 존 맥쿼리(John Macquarie) 교수였다. 하이데거의 『존재와 시간』(*Sein und Zeit*)을 영어로 번역한 분으로 학문의 지평이 아주 넓었다. 나는 이분을 통해 개신교 이외의 광범위한 종교철학을 소개받을 수 있었다. 프랑스 예수회의 신부로 고고인류학자이자 철학자인 떼이야르 드 샤르 댕(Teilhard De Chardin) 신부를 포함해서 내가 관심을 가져야 할 가톨릭 쪽 신학사상가들을 소개해주었다. 또한 그의 강의를 통해 하이데거 철학을 공부했고, 그의 지도하에 「영(靈) 개념의 현대적 해석」(*A Contemporary Interpretation of the Concept of Spirit*)이란 논문을 준비했다. 하이데거가 말하는 '현존재(現存在, Dasein)'적 관점에서 '영(靈, Spirit)'을 현대적으로 해석해본 것이다.

이 논문에서 구약, 신약을 통틀어, 특히 구약의 진짜 예언자 역할을 주목하면서 '영'이란 주어진 현실을 그냥 받아들이는 것이 아니라 그것을 극복하는 인간의 정신이라는 것을 논증했다. 존재가 그냥 '자인'(Sein) 상태로 있을 때는 아무것도 아니지만, 어떤 상황 속에서 '현존재'가 되어 그 상황을 극복할 때 참다운 의미의 '영'이 된다는 내용이었다. 나는 구약의 예언자들이나 사도 바울로의 활동, 교회의 생성 등 기독교의 모든 발전과정이 현존재 속에서 성령이 활동함으로써 이루어진 것이라고 보았다. 이것을 성서적·역사적으로 해석한 논문이었다.

이 논문을 준비하면서 구약, 신약을 새롭게 다시 읽고 많은 깨우침을 받았다. 성경을 통틀어볼 때 몇가지 조류가 있는데, 역시 가장 중요하고 기본적인 흐름은 예언자종교라는 것도 알게 되었다. 대개 성경은 제사장종교와 예언자종교로 나뉘고 양자 간에 대립한 일이 많은데, 제사장종교측은 주로 폭군이나 악한 왕이 지배할 때 그쪽에 붙어서 아부하거나 이용당하는 일이 많았다. 예언자종교도 그런 예가 없지는 않지만, 참다운 예언자란 언제나 왕의 통치에 대해 올바른 비판을 하고 민중들에게 바른 말을 하는 그런 사람이었다.

왕에게 직언하고 민중의 타락상을 고발하여 때때로 희생을 당하는 것이 구약성서의 예언자 전통이다. 그러므로 성직자가 감옥에 가는 것은 성서로 보면 당연한 것이다. 구약시대 예언자들은 감옥 출입하는 것을 당연한 일로 여겼다. 신약시대에 와서도 그랬다. 예수 그리스도에 앞서 세례 요한은 헤롯왕에게 직언을 했다가 목이 잘렸고, 예수 자신도 쫓겨다닌 기록이 있을 뿐만 아니라 오랜 박해 끝에 마침내 십자가에 못박혀 죽었다. 사도 바울로도 가는 곳마다 로마의 질서를 문란케 했다는 죄목으로, 또는 유대교에 반하는 이단이라는 이유로 비난받고 투옥되었으며, 마침내는 로마의 질서에 꽤 기대를 걸고 있었음에도 로마의 감옥에서 사형을 당하고 만다.

이런 성경의 전통을 볼 때, 적어도 기독교의 참다운 전통은 세상 속에 들어와서 세상문제에 관여하여 하나님의 뜻을 밝히고 그에 위배되는 것에 대해 직언을 하는 것이라고 나는 보았다. 즉 세상을 포기하는 것이 아니라 끊임없이 세상일에 관여하며, 현존재로서 그때그때의 상황을 극복해야 한다고 생각했다.

따지고 보면 원래 우리나라에 들어온 기독교는 역사에 참여하는 종교였다. 그런데 기독교가 자꾸만 도그마화되고 신비주의로 흘러 탈세속적이고 보수적으로 변해갔다. 특히 이는 일제의 탄압에서 살아남기 위해 종교의 역사참여적인 측면을 제거하면서 비롯되었다. 예컨대 일제 말기에 교회가 신자들에게 구약성경을 못 읽게 한 일도 있었는데, 구약성경이 역사참여의 색채가 강하니까 금지한 것이다. 이렇게 볼 때 한국의 보수주의 신학은 일제의 통치에 굴복해서 본연의 역사참여적인 성향을 잃고, 대신에 신비주의적이고 도그마적인, 백성을 길들이는 데 알맞은 면을 강조한 데서 영향을 받은 것이 아닌가 싶다.

물론 보수주의도 여러 종류여서 신사참배 문제가 일어났을 때 문자주의(文字主義, 축자영감설이라고도 하며, 성경말씀을 문자 그대로 믿는 것) 쪽 사람들이 완강하게 저항한 일도 있다. 그러나 그 저항은 민족의식에서 나왔다기보다는 자신들의 도그마를 지킨다는 의미가 컸다고 볼 수 있다. 자기 종교에 대한 충성이지, 민족주의나 역사의식과는 거리가 있었던 것이다.

본회퍼, 니묄러, 그리고 씨몬느 베이유

유니온신학교가 나에게 준 가장 큰 선물 중의 하나는 디트리히 본회퍼와 마르틴 니묄러(Martin Niemöller, 1892~1984)를 깊이있게 알게 해준 것이다. 토오꾜오신학대학원 시절부터 본회퍼에 관한 이야기를 듣고 관심을 가져왔지만, 그의 생애와 신학사상을 깊이있게 공부할 수 있었던 것은 유니온신학교에서였다.

1906년 2월 4일 독일의 브레슬라우(Breslau)에서 태어나 1945

년 4월 9일 플로센뷔르크(Flossenbürg) 수용소에서 사형당한 본회퍼의 생애와 사상은 다른 어떤 사상가보다 나에게 가까이 다가왔다. 그의 신학사상도 깊은 감명을 주었지만, 무엇보다 그의 삶, 자신의 생명을 바쳐 신앙과 신념을 실천한 '순교자'의 삶이 내 마음을 사로잡았다. 그를 만나면서부터 평범한 목회자로 살아가려던 꿈을 접고 사회와 역사에 대해 고민하는 크리스천의 길을 택했다. 그가 바로 유니온신학교에서 약 1년간 신학을 연구했다는 사실도 나로 하여금 더 친근감을 느끼게 해주었다.

1933년 1월 30일 히틀러가 힌덴부르크(Hindenburg) 대통령에 의해 독일의 재상(Reich Chancellor)으로 임명되었을 때만 해도 이 새로운 강력한 지도자가 악마 같은 독재자로 모습을 바꾸고 데마고그와 테러로 독일을 전체주의국가로 타락시켜 마침내 수많은 사람들을 무서운 죽음의 행렬로 끌고 가리라고는 예측하지 못했다.

그러나 일찍이 나찌정권의 악마성을 꿰뚫어볼 수 있었던 예언자의 눈을 가진 소수의 사람들이 있었다. 그중 한 사람이 본회퍼 목사다. 히틀러가 재상에 임명된 다음날인 2월 1일 밤, 27세의 젊은 신학자요 목사인 본회퍼는 라디오방송을 통해 '젊은 세대가 보는 지도자 개념의 변천'이란 강연을 했다.

그는 이 강연에서 "1차대전 후 독일의 젊은이들이 삶의 목적을 잃어버리고, 정치적 권위 또한 상실되어 자신의 영혼을 값싸게 사이비 지도자에게 팔아넘길 위험이 있다"고 지적하고, "스스로를 메시아요 신국(神國)의 건설자라고 자처하는 지도자야말로 반드시 나라와 국민을 오도(誤導)하는 자가 될 것"이라고 경고했다. 그리고 "스스로를 신격화하는 지도자는 반드시 신과 인간을 욕되게 하고 손상시키고 만다"고 역설했다. 이 방송은 당국에 의해 때때로 중단되면서 오히려 더 유명해졌다. 그러나 당시 그의 예언자적 메씨지를 제대로 파악한 사람은 많지 않았다. 그는 이 방송을 통해 자신이 히틀러의 적이라는 것을 공공연하게 드러내고 말았다.

당시 독일은 혼란에 휩싸여 있었다. 1933년 3월 5일로 예정된 독일의 '마지막 민주적 선거'를 앞두고 나찌의 사악함은 한층 심해져 2월 27일 '국회의사당 방화사건'이 일어났고, 히틀러는 이를 구실삼아 힌덴부르크 대통령을 설득해 '국민과 국가의 보안을 지키기 위한 긴급명령'을 내리게 했다. 히틀러는 이로써 헌법에 보장된 국민의 자유와 권리를 박탈했으며, 최대의 적인 공산당을 파괴할 수 있었다. 총선에서 제1당이 된 나찌당은 군소정당을 포섭하여 3월 23일, 이른바 '전권부여법'을 통과시켜 입법권, 조약체결승인권, 헌법수정발의권을 한손에 쥐게 되었다. 이로써 독일은 '일원화(一元化)'의 길로 질주하게 되었다.

내가 유니온에서 본회퍼의 생애와 사상을 공부할 때만 해도 국민의 기본권을 박탈하고 국가의 이름으로 폭력을 휘두르며 국민 위에 군림하는 나찌의 전체주의화 과정이 우리나라에서도 비슷한 양상으로 전개되리라고는 상상도 하지 못했다.

전통적으로 국가의 보호 아래 있으면서 독일민족의 도덕적 지주임을 자처하던 독일교회는 처음엔 정치적 격동 속에서도 정교(政敎)분리의 원칙에 따라 정치문제에 관여하지 않음으로써 신앙적 양심을 지킬 수 있다고 생각했다. 그러나 그후 히틀러가 "기독교는 우리 전체의 도덕률의 기초가 될 것이며 국가는 이를 전적으로 보호할 것"이라고 하자 그 '약속'을 그대로 믿고 국가의 권위에 순종하라고 설교했으며, 마침내 히틀러를 열광적으로 지지하기에 이르렀다.

히틀러의 악마성이 '유태인 박해'를 통해 또다시 드러나자 본회퍼는 신앙고백을 통한 '행동'을 역설했다. 그는 '유태인 문제에 대한 교회의 입장'이란 강연을 통해 "독일인이나 유태인이나 똑같이 하나님 말씀 앞에 서 있다"면서 "교회는 국가라는 자동차에 깔려 희생되는 사람들의 시체를 치우는 일에 힘쓸 것이 아니라 그 차를 저지해야 한다"고 주장했다. 또한 "이러한 행동이 교회의 정치적 행위 또는 반국가적 행동으로 보일는지 모르나, 사실은 이렇게 함으로써 교회는 국가로 하여금 참다운 국가가 될 수 있게 하는 것"이라고 설파했다.

그는 유태인에 대한 국가의 박해에서 권력의 횡포를 보았고 이를 '신앙고백의 사태'로 파악했으며, 이것을 저지하는 교회의 궁극적인 노력은 '국가폭력'에 대항하는 투쟁일 수밖에 없다고 보았다. 히틀러의 일원화정책에 호응하여 국수주의적이고 민족주의적인 기독교운동이 나찌당의 지시에 따라 제국교회가 되고, 그것을 국가가 감독하는 '제국감독'체제로 치닫자 본회퍼는 니묄러와 함께 '목사 긴급동맹' 운동에 자신을 던졌다.

이 운동마저도 끝내 국가폭력에 의해 좌절되자 본회퍼는 "미치광이가 모는 자동차를 멈추게 하는 길은 이 미치광이로부터 자동차의 핸들을 빼앗는 길밖에 없다"고 보고, 고뇌 끝에 히틀러를 암살하는 계획에 참가했다. 그러나 이 계획은 실패로 돌아갔고, 1943년 4월 5일 본회퍼는 게슈타포(Gestapo)에 체포되고 만다. 그리고 2년 후, 2차대전의 종전을 눈앞에 앞둔 1945년 4월 9일 사형이 집행되어 39세의 짧은 생애를 마쳤다.

나는 본회퍼의 삶에서 그를 신학적으로 도운 칼 바르트와 니묄러를 비롯한 용기있는 신앙인들을 함께 보았다. 또한 한 사람의 신앙이 사회적 실천과 어떻게 연결되는가를, 그리고 신앙과 양심과 인간의 존엄이 어떻게 죽음의 세력을 이기는가를 보았다. 그의 삶은 한 사람의 열렬한 사회적·역사적 실천이 성화(聖化)되는 모습을 몸소 보여준 것이다.

본회퍼는 사상적으로도 칼 바르트나 불트만을 뛰어넘었다. 그는 종교의 틀을 거듭 확장해서 동양적인 것까지 흡수하여 우주적 차원으로 확대했다. 불트만은 성서의 비신화화, 즉 성서에서 신화적인 것을 벗겨내야 한다고 주장했지만, 본회퍼는 종교를 벗겨내어 종교를 초월하는 경지까지 나아갔다. 종교까지 탈피해야만, 종교의 틀까지 벗어나야만 참다운 의미의 크리스천이 될 수 있다고 본 것이다.

그는 우리나라 신학계에도 큰 영향을 끼쳤다. 작고하신 서남동(徐南同) 목사, 안병무 박사 등 우리나라 민중신학을 이끄신 분들은 대부분 본회퍼의 영향을 받았다고 본다. 본회퍼의 신학이 우리나라에서는 민중신학으로 발전한 셈이다. 하지만 그동안 우리나라 신학계가 본회퍼를 좀더 깊이있게 연구하지 못한 것이 아쉽다. 하루 속히 군사독재를 무너뜨려 민주화를 이루어야 한다는 열망 때문에 동학이나 민중의 저항·봉기와 같은 역사적 사건들을 신학과 결합시켜 실천신학, 현실참여신학, 민중신학을 창조하고 발전시키는 데 열중한 나머지, 본회퍼를 본격적으로 연구할 여유가 없었던 것이 아닌가 싶다. 이제라도 그를 깊이있게 연구해야 한다.

니묄러는 어떤 사람인가? 1934년 1월 25일 쿠데타를 일으켜 정권을 장악한 독일재상 히틀러는 독일교회의 지도자들을 초청해 접견하는 자리에서 다음과 같이 요구했다. "성직자 여러분은 부디 천국과 영혼의 구원에 관한 문제에만 전념해주시고, 나라의 정치에 관한 문제는 나에게 일임해주시오." 장내엔 무거운 침묵이 흘렀다. 교회지도자들은 서로 옆사람의 표정만 살필 뿐 아무도 입을 열지 않았다. 그때 목사 한 사람이 일어서서 다음과 같이 대답했다. "이 세상의 어떤 권력도, 독일의 재상인 당신도 우리의 조국 독일을 위해 하나님이 우리에게 지워주신 책임을 박탈할 수는 없습니다." 그가 바로 니묄러 목사다.

우리는 나찌독재에 항거하여 순교한 본회퍼 목사의 이미지에 압도되어 자칫 니묄러 목사의 투쟁과 업적을 잊어버리기 쉽다. 그러나 니묄러의 사상과 행동을 모르고는 독일교회의 저항운동을 이해할 수 없을뿐더러 본회퍼의 생애도 제대로 배울 수 없다.

니묄러는 1937년 체포되어 작센하우젠과 다하우(Dachau)의 집단수용소에 7년 동안 억류되어 있다가 독일이 연합국에 항복한 1945년 5월 8일 한 독일병사에 의해 기적적으로 구출되었다.

그는 일찍이 히틀러의 악마성을 알아보고 1933년 「아리안(게르만) 문제를 보는 교회에 관한 조항」이라는 글을 발표했다. 이 글에서 그는 유태인에 대한 차별과 탄압의 부당성을 지적하는 한편, 게르만민족의 우수성을 내세우는 나찌의 주장은 성서와 종교개혁의 정신에 입각한 기독교의 바른 신앙과 절대로 양립할 수 없다고 공격했다. 그야말로 진정 행동하는 목사였다. 그가 조직한 '목사 긴급동맹'에는 당시 독일교회 목사의 3분의 1인 약 7천명이 가담했다. 그리고 그의 행동을 뒷받침해준 이론가가 신학계의 큰 별 칼 바르트였다.

나찌의 폭력에서 간신히 살아남은 니묄러는 2차대전이 끝난 후 독일의 재건에 중요한 역할을 했다. 그는 전후에도 기독교인의 양심에 따라 국가의 잘못된 정책을 비판하면서 기독교 평화운동의 지도자가 되었다. 때로는 횃불을 들고 데모에도 참여했으며, 독일의 통일을 위해 지속적으로 발언하는 한편 핵무장 해제 문제에도 각별한 관심을 보였다. 그는 언제나 "기독교신자는 평화를 위해 기도만 할 것이 아니라 행동해야 한다"고 말했다. 1961년에는 WCC 의장으로 선출되었으니 자신의 주장과 실천을 세계적으로 확장한 셈이다.

유니온시절 내 영혼에 깊은 영향을 준 또 한 사람은 씨몬느 베이유(Simone Weil, 1909~1943)였다. 나는 20세기의 불행을 상징하는 2차대전중에 세기의 고통을 짊어지고 34세의 짧은 생애를 마친 이 프랑스 여성에게서 고난과 인생과 신에 대한 심오한 진리를 배웠다. 유태계 프랑스인 씨몬느 베이유는 유년시절부터 이 세상에 고난의 메씨지를 전하기 위해 부르심을 받은 사람 같은 징조를 드러냈다. 1909년 빠리의 부유한 의사 집안에서 태어난 베이유는 1914년 1차대전이 일어났을 때 일선 병사들이 사탕을 먹고 싶어도 없어서 못 먹는다는 말을 듣고 자신도 사탕을 입에 대지 않았다고 한다. 함께 학교에 다니는 노동자의 아이가 양말이 없어 맨발로 다니는 것을 보고는 자기도 양말을 벗어버렸다. "어릴 때부터 항상 내 마음속 깊이 기독교적인 이웃사랑의 감정이 움직이는 것 같았다"고 베이유는 훗날 회고했다.

베이유의 특별함은 생각이나 말로 끝나는 것이 아니라 행동으로 옮겨진다는 점에 있다. 베이유는 2차대전 초기에 부모와 함께 미국으로 건너갔다. 그러나 나찌독일 점령 아래서 고통당하는 동포를 생각하자 마음이 괴로워 런던에 있는 프랑스 망명정부의 직원으로 자원해갔다. 그리고 본국의 레지스땅스(Resistance) 운동가들이 당하는 희생과 어린이들이 겪는 고통을 생각하며 본국으로 돌아가 레지스땅스 운동에 가담하겠다고 지원했으나, 몸이 튼튼하지 못한 유태인 여성이라는 이유로 뜻을 이루지는 못했다.

씨몬느 베이유는 늘 본국 동포들이 겪는 고통을 함께 나누어야 한다고 생각했다. 굶주리는 어린이와 레지스땅스 운동가 들의 고통에 동참하기 위해 음식을 아주 조금밖에 먹지 않았고, 그 때문에 영양실조로 세상을 떠났다. 이처럼 베이유는 학생시절부터 언제나 가난한 사람, 약한 사람, 억눌린 사람, 노동자의 편에 서고자 했고, 자신도 그들 가운데 하나라고 생각했다.

그러나 노동자들은 수재 중의 수재만이 들어간다는 프랑스의 최고 명문학교인 고등사범학교(École Normale Supérieure)를 나오고 국가교수 자격시험에 합격한 이 지식인을 그렇게 보아주지 않았다. 그럼에도 베이유는 국립고등학교의 철학교수로서 임지에 가면 언제나 그곳 노동자들을 찾아가 그들의 심부름꾼으로 봉사했다. 때로는 노동쟁의에 참가하여 시위도 하고 단체교섭에 나서다가 좌익분자 또는 공산주의자로 낙인찍혀 벽지학교로 쫓겨가기도 했다. 또한 노동자의 삶을 알려면 실제로 노동자가 돼보아야 한다고 생각해 1년 동안 빠리에서 여공생활을 했다. 처음에는 전기공장에서 일하다가 해고당하자 제철소와 자동차공장을 전전하면서 질병과 피로에 시달렸다.

맑스주의의 영향을 받은 흔적이 없지 않지만, 그녀는 소련의 공산주의체제에 비판적이었고 특히 스딸린의 독재와 공산관료주의에 강한 분노를 느꼈다. 베이유가 믿은 것은 공산주의가 아니라 강자의 억압에 대한 도전이었다.

내가 베이유의 생애에서 받은 깊은 인상 가운데 하나는 그녀가 도달한 특별한 경지, 즉 기독교 신비가로서의 보기 드문 체험이었다. 그녀는 스페인 인민전선에 참여했다가 화상을 입고 돌아온 후 "무언가 초월적인 위대한 힘이 있다"는 것을 알게 되었고, 1938년 29세 때 수도원에서 "그리스도께서 내려와 나를 붙드시는" 체험을 하게 된다.

유니온시절 본회퍼와 니뮐러, 그리고 씨몬느 베이유를 알게 된 것은 하나님이 나에게 베푸신 고귀한 선물이었다. 진리라고 믿는 것을 실천하면서 고난 속에서도 굽힘없이 자신의 길을 걸어간 이들의 고결하고 거룩한 생애는 내 영혼에 깊이 각인되어 지속적인 영향을 끼치고 영감을 주었다.

유니온신학교 시절의 추억

유니온신학교 시절을 돌아보면 제일 먼저 그리고 가장 많이 생각나는 사람이 서광선 박사다. 우리는 거의 매일 붙어다녔다. 일요일이면 나는 학교 근처에 있는 한인교회에 나갔고, 그는 뉴욕 외곽에 있는 교회에 목회 현장실습을 하러 가서 저녁 늦게야 돌아왔다. 우리는 늦은 저녁식사를 함께하면서 낮에 교회에서 있었던 일, 학교 교수들에 관한 이야기, 신학 이야기, 그리고 집안 이야기 등 많은 대화를 나누었다. 그중에서도 신학에 대해 가장 진지하게 대화를 나누었다. 한국인, 한국교회의 입장에서 어떻게 신학을 해야 하느냐는 것이 당시 우리의 고민이었다. 이 시절의 내 모습은 서교수 자신이 쓴 다음 글에 잘 나타나 있다.

박목사님과 가까이 지내게 되면서 그는 고학생인 나에게 거의 매주일 돈을 꾸러 오는 버릇이 생기기 시작했다. 비교적 풍부한 장학금을 받는 박목사님이 거의 항상 돈이 딸리는 것이었다. 나에게서 꾼 돈은 장학금을 지급받는 날 갚아주시긴 했지만, 얼마를 갚아야 하는지조차 모르는 일이 많았다. 빠듯하게 학생생활을 영위하는 나에게 박목사님의 씀씀이가 은근히 걱정이 되었다. 나도 망하고 박목사님도 '파산'하면 어쩌나 걱정을 하다가 궁리 끝에 과감한 제안을 하였다. 매달 받는 장학금을 나의 저금구좌에 넣고, 한주일에 한번씩 용돈을 받아 쓰시라는 제안이 그것이었다. 목사님이 돈을 쓰는 것은 유니온과 컬럼비아대학 근처의 책방에 들르기만 하면 정신없이 책을 사재기하기 때문이었다. 그당시 프로이트와 융의 정신치료에 대해서 심취하고 있었기 때문에 책의 값도 생각하지 않고 마구 사재기하는 바람에 자금이 딸릴 수밖에 없었던 것이다.

나의 제안을 아주 간단히 받아들이고 그대로 실행하셨다. 한주일에 한번씩, 마누라에게 용돈을 타가는 남편처럼 쑥스러운 표정으로 나에게서 자기 용돈을 타가시는 모습이 아직도 눈에 선하다. 목사님도 미안해하시고 나도 미안해서 용돈 드리는 날엔 내가 꼭 점심이나 저녁을 대접하곤 하였던 기억이 난다. 박목사님은 자기 돈을 타쓰시면서도 늘 부끄러워하였다. 너무 순진해 보이기도 하고 아이들 같아서 나는 그때를 생각하면서 아직도 웃음을 머금게 된다. (…)

박목사님은 그 당시에 뉴욕 거리를 한복을 입고 다니는 것을 좋아했다. 1960년대 초 한국사람이 많지 않은 시대에 미국사람들 눈에는 목사님의 한복차림이 신기할 수밖에 없었다. 컬럼비아 대학 교정에 한복 두루마기 자락을 펄펄 날리면서 활보하면 사람들의 눈길을 모두 끌었다. 박목사님은 그것이 좋았던 것이다. 틀림없는 광대다. 무엇에든 거칠 것이 없는 자유정신 그 자체라고나 할까. 나는 그에게서 자유라는 것이 무엇인지 몸으로 배웠다. (…) 김활란 선생님께서 베푸신 아주 큰 파티가 있었는데, 우리 박목사님은 홀로 한복을 입고 나타나셨다. 김활란 선생님의 한복도 아름다웠고 좋았지만 박목사님의 한복과 너무도 잘 어울려서 그 파티에 참석한 모든 사람들을 즐겁게 해주었다. 박목사님은 역시 광대였다. 노래솜씨로 손님들을 즐겁게 했을 뿐만 아니라 그의 한국춤 솜씨는 보통 이상이었다. 나는 여러가지로 목사님의 흉내를 내기도 하고 본을 따르지만 평생 노래솜씨와 춤솜씨는 흉내도 못 낼 것이 분명하다고 느꼈다.

— 박형규 목사 고희기념문집 출판위원회 편
『행동하는 신학 실천하는 신앙인』, 사회평론 1995, 258~260면

서박사의 말대로 당시 나는 경제관념이 별로 없어서 돈을 헤프게 썼다. 한달에 약 2천달러의 장학금을 받았는데도 늘 모자랐다. 2천달러면 당시엔 꽤 큰돈이었다. 그래서 서교수의 통장에 넣어놓고는 살살 빌어서 받아썼다. 아무튼 서박사가 없었으면 뉴욕생활을 하기가 무척 힘들었을 것이다.

서박사가 위의 글에서 내 춤솜씨를 거론하면서 광대라고 했는데, 사실 나는 모임에 나가면 흥을 돋우기 위해 가끔 노래를 부

르고 춤도 춘다. 내 춤과 노래 솜씨에 사람들이 나에게 붙여준 별명 중의 하나가 '광대'였다. 나는 이 별명을 기분좋게 받아들였는데, 내가 무대에서 연기를 하는 광대라면 각본을 써주고 뒤에서 움직이시는 분은 하나님이라고 생각했다.

사람들은 내 춤솜씨가 남다르다며 어디서 춤을 배웠느냐고 물어오곤 한다. 내가 춤을 배운 것은 중학교 3학년 때다. 일본에서 중학교를 다닐 때 한국춤의 명인 한성준(韓成俊) 선생이 일본에 오셔서 공연을 한 적이 있었는데, 감성이 풍부할 나이에 한국에서 유명한 사람이 와서 공연을 한다니 안 가볼 수 없었다. 돈이 없어서 책을 팔아서 표를 샀다. 공연장에 가보니 실랑이가 벌어지고 있었다. 일본당국이 혹시 불온한 대사라도 나올까봐 말은 하지 말고 음악과 춤으로만 공연을 하라고 했기 때문이다. 공연을 하네 마네 실랑이를 하다가 결국 하게 됐는데, 한성준 선생이 혼자 승무라는 것을 추었다. 어찌나 춤이 멋있던지 나는 그만 그 춤에 빠져버리고 말았다. 그리고 내가 한국사람이라는 데 긍지를 느꼈다.

여름방학이 되어 한국으로 돌아오자 춤을 배우기로 결심했다. 어디서 배우면 좋으냐고 물으니, 부산의 동래(東萊)에 있는 권번(券番, 일제시대 기생들의 조합)을 찾아가보라고 했다. 그래서 아버지 돈을 '슬쩍'해가지고 그곳을 찾아갔다. 말을 꺼내자마자 학생은 이런 데 오는 게 아니라면서 쫓아내려고 했다. 그래서 나는 술 마시고 놀러 온 것이 아니고 춤을 배우러 왔다, 멀리서 찾아왔는데 이럴 수가 있느냐고 항의하면서 춤을 가르쳐줄 것을 간곡히 청했다. 그때 방에서 듣고 있던 할머니가 나오더니 학생이 이렇게 갸륵하게도 춤을 배우고 싶어하니 내가 좀 가르쳐주겠노라고 허락했다. 할머니는 열두세살쯤 먹은 처녀아이를 데려와 그 소녀에게 춤을 가르쳐주라고 하고는 장구로 장단을 맞추어주었다. 한동안 권번에 드나들며 춤을 익혔더니 기본을 꽤 많이 익히게 되었다. 아주 잘 추는 춤은 못되지만 내 춤은 그래도 돈을 주고 전문가에게 배운 춤이다.

민주화운동을 하는 사람들의 모임이나 교회의 청년학생들이 야유회를 가서 술 마시고 기분이 좋아지면 나에게 춤을 추어달라고 청하는데, 나는 기꺼이 응했다. 국악을 하는 여성분들과도 함께 어울린 적이 있는데, 내 춤을 보고 기본이 잡혀 있다고 칭찬해주었다.

유니온시절 만난 사람들 가운데는 박순경(朴淳敬, 전 이화여대 교수) 교수와 변선환(邊鮮煥) 교수, 그리고 김용옥 교수 등도 있다. 또한 김활란(金活蘭) 박사가 몇달 동안 뉴욕에 머물 때는 이화여대 출신의 유학생들과 김박사를 찾아온 여러 유명인사들을 만났다. 그리고 드류(Drew)대학에서 열린 신학생협의회에서는 토오꾜오신학교 시절 내게 불트만을 소개해주었던 마이켈슨 교수를 만날 수 있었다.

박순경 교수는 드류대학 대학원에서 조직신학 박사과정을 끝내고 학위논문을 준비하고 있었다. 드류대학에서 열린 쎄미나를 마친 뒤 그녀가 캠퍼스 내에 있는 자기 아파트로 오라고 해서 갔는데, 저녁식사라고 내놓은 것이 걸작이었다. 이 이야기는 박교수 자신의 회고담을 듣는 것이 더 좋을 것 같다.

나는 저녁식사를 대접한답시고 치즈쌘드위치를 네쪽 만들어놓고는 "이거 참 맛있어요. 드세요" 말했더니, 그는 하도 어이없다는 듯이 나를 바라다보더니, "이게 저녁이야?" 입속말처럼 말하더니 겨우 한조각을 먹었던 것 같다. 나는 치즈를 미국애들보다 더 잘 먹었고, 시간을 절약하는 음식을 잘 먹었던 것이다. 나는 그후 여러해 동안에도 그때의 내 대접이 얼마나 기막히는 일이었는지를 전혀 느끼지 않았다. 그후 그는 한국에서 나를 볼 때마다 "어쩌면 그래, 뭐 쌘드위치? 피넛쌘드위치?" 여러번 이 말을 듣다보니 내 대접이 과연 상식 밖의 일이라는 것을 알아차렸다. (…)

그날 저녁 신학토론을 한참 하다가 나는 "저녁이 늦었으니 변선환(전 감신대 학장, 당시 조직신학 석사과정)의 기숙사에 가셔서 주무세요" 했더니, "빨리 날 쫓아내려고?" "그런 게 아니라 가셔서 이야기 더 하시라고요." 그가 변선환에게 떠난 다음 나는 그렇게 인상 좋고 이해력이 풍부한 사람을 왜 진작 몰랐을까 하는 생각을 하면서도 그가 떠나니 해방감을 느꼈다.

——『행동하는 신학 실천하는 신앙인』 304~305면

그때 내가 받은 인상은 그녀가 '신학에 빠져 신에게 미칠 수 있는' 사람이라는 것이었다. 세월이 지나 우리는 통일운동을 추진하는 재야인사들의 모임에서 자주 만났다. 훗날 박교수는 민주화운동과 통일운동을 하다가 투옥되는 등 고난을 겪었는데, 이런 수난은 옛날 그녀가 보여준 칼 바르트 신학에 대한 정열로 보아 놀라운 일이 아니다.

STM코스의 졸업논문을 준비하는 데는 지도교수인 존 맥퀘리 교수 외에도 반 듀쎈 학장과 라저 신(Roger Shinn)이라는 신학 자가 나를 도와주었다. 특히 반 듀쎈 학장은 나에게 너무 기독 교에만 매달리지 말고 동양적인 것, 즉 노자, 공자, 불교 등에 이르기까지 인간의 정신세계를 폭넓게 공부하라고 거듭 격려해 주었다.

1963년 6월, 논문 마감시한이 다 되었는데도 나는 논문을 완 성하지 못했다. 그래서 논문을 귀국해서 보내겠다고 했더니, 그 런 약속을 하고 귀국한 학생치고 논문을 보내온 사람은 한 사람 도 없었다며 자기들이 휴가를 이주일 연기하겠다고 했다. 죄송 하기 짝이 없었다. 그래서 무더운 뉴욕의 여름날, 방에 틀어박 혀 밥을 해먹어가면서 논문을 써서 제출했다. 그때가 아마 7월 중순께쯤이었을 것이다. 세 교수님은 나를 불러 몇차례 구두심 사를 하고는 수고했다면서 내 논문에 B⁺를 주었다. 지도하는 학 생의 논문을 심사하기 위해 소중한 휴가까지 미루면서 제자를 보살펴주는 이분들의 자애와 성실성에 나는 큰 감동을 받았다.

B⁺를 받으면 박사과정까지 올라갈 수 있었다. 교수들은 공부 를 더 하고 싶으면 계속하라고 권고했지만, 나는 빨리 돌아가야 한다고 했다. 학문을 더 하고 싶은 생각이 없었던 것이다. 나에

게 장학금을 준 미국NCC의 내 담당인 중국계 미국인 닥터 진 (陳)이 특히 공부를 계속해보라고 권고했으나, 나는 박사학위에 대한 필요를 별로 느끼지 못해 그해 8월 15일 귀국했다.

3

도시빈민 속으로

한일굴욕외교 반대운동

　미국에서 귀국한 후 휴직했던 공덕교회로 돌아왔다. 그러나 몇달 못 가 중대한 결심을 해야만 했다. 1964년 들어 최윤관 목사님이 근속 20년을 맞아 은퇴의사를 밝히며 나를 후임 담임목사로 지명하자, 교회의 당회가 공동의회를 열어 투표를 통해 나를 후임목사로 선임한 것이다. 내 설교가 자주 사회문제를 날카롭게 건드리고 교회활동에서도 개방적이었기 때문에 나에 대해 불안해하던 장로들도 있었는데, 다수의 장로들이 나를 뽑아야 한다고 생각한 모양이었다. 그런데 나를 지지했던 장로들이 "목사는 한번 취임하면 특별한 이유가 없는 한 죽을 때까지 그 교회에서 봉사해야 한다"며 단단히 다짐을 주었다. 나는 최윤관 목사의 경우로 미루어 그 말이 무엇을 뜻하는지 잘 알고 있었고, 미국에서 돌아오면서 앞으로 무엇을 할 것인지 결심한 바가 있기도 해서 공덕교회를 그만두기로 했다.

그래서 사표를 냈는데 받아들여지지 않았다. 세번째 사표를 냈을 때는 장로들이 울면서 사표를 되돌려주었다. 나는 모질게 마음을 먹고 당분간 서울을 떠나 숨어 있기로 작정하고 짐을 싸들고 나왔다. 반려받은 사표는 청주에서 우편으로 다시 보내고, 아내에게 편지를 썼다. '나는 속리산으로 들어가니 학교 다니는 큰애는 누이동생에게, 큰딸은 처남 집에 맡기고, 부모님 모시고 마산으로 가라'는 내용의 편지였다. 속리산에 도착해서는 법주사 근처에 숙소를 정하고 등산도 하고 절에서 스님들도 만나면서 두어달을 지냈다. 공덕교회는 나를 찾다가 포기하고 몇달 뒤 후임목사를 선임했다.

속리산에 머무는 동안엔 아내 외에 한 사람에게만 소식을 전했다. 일본의 니시아라이교회 시절 함께 전도활동을 했고, 그후 남편 하동주(河東周) 선생과 함께 계속 나를 도와준 박영희(朴英熙) 전도사였다. 하루는 박전도사가 초동교회 조향록(趙香祿) 목사가 WCC의 훈련기관인 '보쎄이 에큐메니컬 인스티튜트' (Ecumenical Institute de Bossey)에 가 있게 되었으니 1년만 초동교회 강단과 당회장직을 맡아달라는 전갈을 가지고 나를 찾아왔다.

나는 이 제안을 받아들여 1964년 7월 초동교회 부목사로 취임, 1965년 10월 조향록 목사가 돌아오기까지 이 교회를 섬겼다. 당시 초동교회에는 쟁쟁한 젊은이들이 많았고 청년회의 활동도 매우 활발했다. 서영훈(徐英勳) 전 적십자사 총재가 당시 이 교회의 집사로 봉사하고 있었다.

초동교회 시절을 돌아보면 굴욕적인 한일회담 반대운동이 가장 먼저 생각난다. 1964년 이른 봄부터 신문에 오르내린 이른바 한·일 국교정상화 교섭이 막바지로 접어들수록 국민들의 분노도 커져만 갔다. 박정희정권이 일본의 침략에 대해 아무런 사과도 받아내지 못한 채 나라의 소중한 권리를 돈 몇푼에 팔아먹고 있다는 의혹이 곳곳에서 제기되었다. 박정권은 우리 민족의 자존심을 갖고 있는가? 오만한 일본 앞에서 저자세로 일관하면서 국권을 헐값에 팔아먹고 있지 않은가? 박정권의 굴욕외교를 보면서 지식인들과 학생들은 분노했다. 많은 학생들이 거리로 쏟아져나와 항의시위를 벌이는 것을 보면서 나는 4·19혁명을 다시 생각했다. 그때 나는 얼마나 부끄러워했던가.

평소 가까이 지내던 홍동근(洪東根) 목사도, 덕성여대의 지명관(池明觀) 교수도 분노하고 있었다. 우리는 영락교회 부목사로 일하던 홍동근 목사 집에서 자주 모임을 갖고, 이런 중대한 사태를 맞아 교회가 발언하지 않으면 안된다고 보고 한일회담 반대성명을 내기로 했다. 여기엔 윤보선(尹潽善) 전대통령, 백낙준(白樂濬) 선생, 김재준 목사, 한경직 목사를 비롯한 33명의 교계인사가 참가했다. 33명으로 한 것은 3·1운동의 33인을 상징하고자 함이었다. 그외에 몇몇 젊은 교역자들도 참가했다.

영락교회에서 큰 집회를 열고 성명을 발표했다. 큰 집회는 단

한번밖에 열지 못했지만, 이 사건은 한국의 기독교가 전 교회적으로 정치적 발언을 하기 시작한 계기가 되었다. 그리고 1965년 6월 한일협정이 조인된 후에도 7월과 8월 두달 동안 전국의 여러 교회에서 철야 금식기도회와 가두시위를 계속했다.

비록 비준 반대운동이 목적을 이루지는 못했지만, 이 운동은 당시 대두되기 시작한 세속화 신학 등 새로운 신학사조와 결합하면서 교회의 갱신과 현실참여 문제에 활발한 토론을 불러일으켰다.

기독교계의 한일회담 반대성명은 타오르는 불에 기름을 붓는 격이어서 박정희정부를 매우 놀라게 했음에 틀림없다. 그뒤 성명에 참여한 인사들에게 회유와 압력이 들어온 것으로 보아도 알 수 있다. 한 예로, 우리와 함께 이 운동을 조직한 홍동근 목사는 마침내 영락교회에서 쫓겨나고 말았다. 홍목사는 영락교회의 한경직 목사가 평양에서 내려올 때 함께 데리고 온 신앙상의 아들이라 할 수 있는데도, 박정권의 압력 때문에 교회를 떠날 수밖에 없었다. 그는 그뒤 일본으로 건너가 쿄오토 재일대한기독교회에서 목회활동을 하다가 미국으로 건너가 오랫동안 로스앤젤레스에서 목회와 통일운동을 했다.

홍목사는 당시 정부 압력에 저항하다가 쫓겨난 경우지만, 한일회담 반대서명자 33인 가운데 적지 않은 인사들이 박정권의 집요한 회유와 협박에 못 이겨 사회참여활동을 포기했다.

교회갱신운동에 뛰어들다

공덕교회와 초동교회를 거치면서 사회참여적 신앙운동은 젊은이가 중심이 돼야 한다는 것을 깨달았다. 생각이 바뀔 수 있는 사람은 역시 젊은이들, 대학생들이었다. 나이든 보수적인 신자들은 좀처럼 바뀌지 않았다. 교회 내에서 기득권을 누리는 사람들도 교회의 갱신을 원하지 않았다. 평신도 가운데서도 특히 청년, 여성, 학생층에서 갱신운동이 일어나야만 했다.

1965년에 이런 생각을 실현해볼 수 있는 좋은 기회가 찾아왔다. 기독교장로회 여신도회 전국연합회의 위촉을 받아 '베다니 평신도 지도자학원'을 운영하는 책임을 맡게 되었던 것이다. 초대 원장이었던만큼 책임이 무거웠다.

베다니학원이 생긴 것은 당시 WCC를 중심으로 활발하게 펼쳐진 평신도신학, 평신도운동과 관계가 있다. 평신도신학은 하나님은 인간의 삶의 현실과 고통의 현장에서 일하신다는 인식 아래 사회적·정치경제적 억압 속에 놓여 있는 인간의 구원에 촛점을 두고, 평신도를 가장 중요한 주체로 강조했다.

학원의 사무실은 종로2가에 있는 기독교서회 건물 안에 있었지만 훈련캠프는 천호동의 산비탈에 있었다. 당시 기독교서회 건물은 지금의 종로5가에 있는 기독교회관과 비슷한 역할을 하고 있었다. 한국기독교협의회, 기독교방송, 기독학생회, 기독교서회 등이 모여 있는, 말하자면 한국 에큐메니컬운동의 본산이었다.

베다니학원은 여성지도자를 양성하는 기관이었으므로 내가
맡은 일은 여성의 지도력을 개발하고 그들의 사회적 관심과 역
할을 촉발시키는 것이었다. 신학교를 나온, 영어도 잘하는 김윤
옥(金允玉, 전 한국교회여성연합회 회장) 간사가 함께 일했다. 김윤
옥 간사는 그뒤 독일에서 공부한 후 많은 어려움을 뛰어넘고 당
시의 여성으로는 보기 드물게 목사가 되었다.

젊은 여성들이 씩씩하게 발전해가는 것을 보는 것은 큰 기쁨
이었다. 교회에서 여성은 그다지 중요한 대접을 받지 못했다.
그러나 여성은 원래 남성보다 강하다는 것이 내 생각이다. 나의
어머니를 보아도 그렇고, 예수의 시대를 보아도 그러했다. 최후
까지 그리스도의 십자가 아래 있었던 것도, 처음으로 예수의 무
덤을 찾아간 사람도 여성이었다.

여성훈련의 효과를 보고 이것을 청년층으로 확대해야겠다는
욕심이 생겼다. 그래서 대학 4학년에 다니는 청년들을 위한 프
로그램을 만들었다. 졸업 직전에 있는 기독교장로회 계통의 학
생들을 모아 일주일 동안 숙식을 함께하면서 매일 강사 한분씩
을 모셔다놓고 말씀을 듣고 질문도 하는 그런 프로그램이었다.

한번은 김재준 목사를 강사로 모셨다. 말은 좀 어눌한 편이었
지만, 그분의 진지함과 학식, 정열이 학생들의 마음을 사로잡았
다. 이날 김재준 목사는 젊은이들이 던지는 온갖 질문에 아주
솔직하고 진지하게, 친구와 대화하듯이 말씀해주셨다. 나는 이
때 그분의 참모습을 보았다.

미국에서 돌아온 후, 초동교회에서도 베다니에서도 나는 기회 있을 때마다 젊은이들에게 교회갱신의 필요성을 강조했다. 교회갱신은 교회가 그 본연의 상태에서 이탈되었다는 것을 전제로 한다. 그리고 교회가 어떻게 그 본질에서 이탈했느냐는 것은 교회의 본질이 무엇이냐를 말한 다음에 비로소 논할 수 있다.

교회는 그리스도께서 그랬던 것처럼 하나님과 세상의 중간에 자리잡고 있다. 그리고 이 중간지점에서 교회가 하는 기능은, 첫째가 하나님의 사죄(赦罪)의 은혜를 선포하는 일이며, 둘째가 가난하고 억눌리고 병든 사람 등을 위해 봉사하는 것이고, 셋째가 그리스도 안에서 새로운 인간관계의 모형으로서 사랑의 공동체를 만드는 일이다.

교회가 이 세가지 중에서 어느 하나에만 치중하고 다른 기능을 포기하거나 상실했을 때, 또는 그 방향이 세상을 향하지 않고 자기보존이나 확대를 목표로 할 때, 그것은 교회가 본질에서 이탈했다는 중대한 징후다. 그런 이탈은 복음에 대한 잘못된 인식에 기인한 것이므로 교회의 철저한 자기비판과 복음에 대한 재인식이 요구된다.

이 세가지 기능 가운데서 한국의 개신교가 가장 잘한다고 자부할 수 있는 것이 복음 선포다. 세계 어느 곳에서도 한국처럼 자주 설교하는 교회를 찾아보기 어렵다. 그러나 설교의 내용이 얼마나 성서에 근거했는지, 복음적인지는 자못 의심스럽다. 납득할 수 있는 설명을 요구하는 구도자들에게 설교자들이 주는 마지막 말은 무조건 믿으라는 것이다. 지성의 희생이라는 값을 치르고 교회에 들어와 현실도피적이고 비이성적인 교리로 세뇌 당한 신도는 신앙과 지성의 갈등 속에서, 말세에 대한 환상과 세속적 현실 사이의 모순 속에서 독선적인 광신자가 되든지, 그렇지 않으면 진짜 신앙생활을 포기하고 세속적 삶에 안주하게 된다. 한국교회의 그 많은 설교에도 불구하고 신도들이 성숙한 자아확립에 이르지 못하고, 신비로운 경험을 갈구하며, 현실도 피적인 종교생활을 추구하는 것은 설교 내용이 복음에서 이탈 했기 때문이다.

세상을 위한 교회의 봉사도 그렇다. 한국교회는 마치 몸이 너무 비대해져서 동작이 둔해진 사람과 비슷하다. 한국교회가 아직 어리고 체구가 작았을 때는 오히려 민족의 수난에 민감하게 반응하여 정치, 경제, 문화 모든 면에서 책임있는 참여를 당연하게 여겼다. 3·1운동을 전후한 선교 초기의 한국교회는 민족의 고난을 곧 교회의 고난으로 여기고 저항운동에 과감히 참여 했으며, 민족의 상처를 치유하기 위한 구호사업과 계몽운동에 정열을 쏟았다.

그러나 일제의 탄압이 악랄하고 교묘해짐에 따라 교회는 어느새 자기보전을 가장 중요하게 여기고, 종교적인 문제와 영혼의 구원과 내세의 안락에만 관심을 기울이는 폐쇄적인 집단으로 타락해버렸다. 교회에서 정치, 경제, 사회 문제를 논하는 것은 터부를 범하는 것으로 인식되었고, 설교에서 이런 문제를 다루는 목사는 신령하지 못한 성직자로 낙인찍혔다.

사랑의 공동체를 만드는 일도 그렇다. 세계의 교회들이 일치와 연합을 위해 노력하고 있을 때, 한국교회에서는 분열이 거듭되고 치열한 분파싸움이 벌어지고 있었다는 것은 숨길 수 없는 사실이다. 싸움하는 교회, 법정에서 송사하고 성단 앞에서 폭행까지 하는 교회의 모습은 이미 낯선 것이 아니었다.

나는 한국교회의 모습을 있는 그대로 드러내고 그것이 어떻게 바뀌어야 하는가를 자주 역설했다. 그리고 율법적인, 교조적인 틀 속에 갇혀 있는 신앙에서 벗어나 '참된 자유'를 누리는 개방적인 신앙을 갖도록 권고했다. 나의 이러한 신앙관은 여태껏 고정관념에 사로잡혀 있던 젊은이들에게 파격적이고 신선한 것으로 받아들여졌던 것 같다. 당시를 돌아보면서 쓴 김윤옥 간사의 글이 있다.

예배형식도 전통적 형식에 얽매인 예배가 아니라 파격적으로 그날 아침 신문보도와 그에 따른 성서구절, 명상, 결단 등을 종합하여 예전화(禮典化)하는 시도라든지, 당시의 진보적인 우수한 신학자들을 강사로 영입하여 지방 여성지도자들의 인식전환을 위한 장을 마련한 일은 참으로 그 당시로서는 가히 혁명적인 시도였습니다.

목사님은 이미 취임하신 다음해인 1966년 5월에 여성신학을 기장 여신도회 지도자들을 위한 교육에 등장시키셨어요. 김재준 목사님이 '복음과 여성의 사회적 자각'이라는 주제의 그 교육에서 '여성문제의 신학', 즉 여성신학을 가르치셨습니다. 그리고

'교회와 여성' '교회기구의 변천과 여성의 참여' '개체교회에 있어서의 여성의 위치'…… 이런 교육내용은 바로 오늘날의 여성신학의 주제들입니다. 돌이켜보니 우리는 그때 이미 여성신학을 했던 거예요. 미국의 여성신학자들에게 배운 게 아니구요.

그뿐입니까? 1967년도에는 '현대교회와 새로운 여교역자상'이라는 주제의 여교역자 교육에서 지금은 고인이 되신 김정준 교수님의 도전적 강의에 힘입고 기장의 여교역자들은 드디어 한국 최초의 '여교역자연합회'를 조직하기에 이르렀습니다. 이 조직 덕택에 각 교파에서도 여교역자협의회가 생겼고 지금은 '여교역자연합'이라는 이름으로 하나가 되었습니다. 베다니학원이 말하자면 여교역자들의 이러한 움직임을 위한 씨를 뿌렸던 거지요.

──『행동하는 신학 실천하는 신앙인』82면

베다니에서 일하면서 소중한 분들도 많이 알게 되었다. 서남동, 문동환, 안병무, 현영학 같은 분들이 그들이다. 문동환 박사는 문익환 목사의 친동생으로 지금까지 친교를 이어오고 있다. 이분들과 그때 만난 젊은이들은 그뒤 민주화운동의 동지가 되어 같은 길을 걸었다.

또한 베다니에서는 월요강좌라는 이름으로 월요일마다 시민대학 형식의 강좌를 열었는데, 대성황이었다. 나는 이분들을 다양한 강좌와 일주일 동안 숙식을 함께하는 훈련프로그램에 초빙했다.

당시 가장 뜻깊은 일 중의 하나는 해외의 새로운 신학사상을 우리나라에 소개하는 것이었다. 그중 하나가 하비 콕스(Harvey Cox)의 『세속도시』(*Secular City*)를 우리말로 번역, 간행한 것이다. 이 책은 세계적으로 주목받은데다가 그 내용이 당시 교회 갱신운동을 벌이던 교회지도자들이나 신학자들의 생각과 일치하여 큰 관심을 모았다. '하나님은 하늘 위에만 계신 것이 아니다. 그분은 세상의 현실 속에서, 세속적인 사회 속에서 일하신다. 그러므로 교회도 세상의 현실을 외면하고 하늘나라 갈 생각만 할 것이 아니라 매일매일 살아가는 사회현실 속에서 하나님을 만나야 한다'는 내용이 담긴 것으로 기억한다.

그 밖에 『하나님의 아픔의 신학』이란 책도 함께 번역했다. 해외의 새로운 신학사상이나 주목할 만한 새 책들을 열심히 소개해주신 분은 한신대와 연세대의 조직신학 교수였던 서남동 목사였다.

베다니시절 나는 아버님을 여의었다. 1966년 2월 15일이었다. 아버님은 그동안 어머님과 함께 우리집에서 살아오셨다. 그날도 며느리와 시장에서 좋아하는 찬거리를 사서 어머님과 아이들과 함께 저녁식사를 잘 드셨다고 한다. 그때는 밤 12시가 통행금지시간이었으므로 나는 12시 전에 집으로 돌아왔다. 내가 잠자리에 들자마자 사랑채에서 아버님의 세찬 기침소리가 들려왔다. 가보니 아버님은 어머님 품에 안겨 있고, 어머님은 아버님 입에 손가락을 넣어 목에 막힌 가래를 꺼내느라 안간힘을 쓰고 있었다. 곧바로 동네병원 의사를 데리고 왔지만 의사가 왔을 때는 이미 숨을 거두신 후였다. 향년 78세였다. 친척들이 몰려와 호상(好喪)이라며 잔치를 하는 것 같았다. 초동교회 묘지에 장지를 마련했으나 친척들의 결정으로 마산시 진전면 신촌에 있는 선산에 모셨다.

한국기독학생회에서 젊은이들과 함께

기독교서회에서 『세속도시』가 출간되고 얼마 후, 번역을 함께 했던 한국기독학생회(KSCM, Korea Student Christian Movement)의 총무 손명걸(孫明杰) 목사가 미국으로 유학을 가게 되었다. 그 공백을 한국기독교협의회(NCCK) 청년부의 박상증 간사가 총무대행으로 메우고 있었는데, 내가 베다니학원 원장을 사임하면서 그 짐을 지게 되었다.

KSCM에는 전국 50여개 대학과 200여개 고등학교 기독학생회가 회원으로 가입해 있었다. 나는 베다니학원 때보다 더 바쁘게 돌아다녀야 했다. 학생조직의 목회자로, 각급 학교 집회의 연사와 설교자로, 신학강사로 전국을 뛰어다녔다. 때로는 학생들과 숙식을 함께하며 밤을 새우고, 함께 고민하고, 춤추고 노래했다. 한국사회와 교회의 앞날이 젊은 기독학생들의 어깨에 지워져 있다고 보고 기독학생운동을 활성화시켜야 한다는 생각에 열심히 일했다. 비록 몸은 고달팠으나 학생들을 상대로 기독교의 갱신을 설득하는 일은 보람있고 반응도 좋았다.

1966년의 일로 기억된다. 대학생 여름대회를 부산 수산대학에서 열었다. 이 대회의 주제는 '우리 민족의 장래와 기독교'였고, 강사는 김관석 목사였다. 기독교가 우리 민족과 나라의 현실문제에 관여하지 않고 개인의 구원과 교세 확장에만 전념하는 한 언젠가는 교회가 우리 민족과 하나님으로부터 버림받게 될 것이라는 생각에서 이런 주제를 내걸었다. 그리고 그 배경에는 한국의 기독교가 단순히 서구의 신학과 교회의 전통을 모방하거나 수용만 할 것이 아니라 우리의 현실과 체질에 맞게 주체적 신학과 신앙형태를 만들어내야 한다는 요청이 깔려 있었다. 나는 기회 있을 때마다 젊은이들에게 우리 현실 속의 기독교, 우리 역사 속의 기독교를 강조해왔다. 김목사의 강연은 열띤 연설이라기보다는 마치 강의하는 것처럼 차분하게 진행되었다. 그러나 학생들은 선동적인 연설을 듣는 것보다 더 깊은 인상을 받는 것 같았다. 이 대회가 있은 후 학생들 사이에서는 '한국의 복음화'라는 구호 대신에 '기독교의 한국화'라는 말이 널리 쓰이게 되었다.

　　1967년 4월 24일과 25일에는 다가오는 선거를 앞두고 전국 5대 도시에서 '한국 민주주의의 성장과 기독자의 현존'이라는 주제로 창립 20주년 강연회를 열었다. 나라의 민주주의를 발전시키려면 기독자들이 정치에 대해 책임을 느끼고 여기에 적극 참여해야 한다는 취지의 집회였다. 강연과 함께 열띤 토론시간도 가졌다.

당시 강연회 주제에 '기독자의 현존'이라는 말이 들어간 것은 1964년 7월 아르헨티나에서 열린 세계기독학생회총연맹(WSCF, World Student Christian Federation)의 성명과 관련이 있다. WSCF의 성명이 '기독자의 현존'(Christian presence)이란 말을 자주 사용하여 이 말이 곳곳에서 논의의 대상이 되었기 때문이다.

'presence'란 말은 '거기에 있다'는 뜻으로 '부재'(absence)라는 말의 반대어일 터인데, 우리는 이 말을 '현존(現存)'이라 번역하여 거기에 실존적 뉘앙스를 가미했다. 이 말은 하나님의 '현재하심' 또는 반대로 '신의 부재'라는 표현으로 구약성서에 나온다. 신학용어로는 오랜 역사를 지닌 말이다. 그런데 이 말이 기독자의 실존을 표현하는 말로서 사용된 것은 급격한 세속화과정에서 기독자의 존재이유를 전면적으로 재검토해야 했던 현대적 상황과 관련이 있다.

'기독자의 현존'이란 '그리스도의 현존'이라는 말과 대응되는 말이다. 그것은 기독교신앙의 중심을 표현하는 동시에 이에 대한 우리의 응답을 뜻한다. '그리스도의 현존'이란 그리스도의 성육신(incarnation), 즉 하나님이 우리와 같은 인간이 되셔서 우리 가운데 사셨고 또 지금도 살아 계신다는 것을 뜻한다.

인간 예수는 우리를 위해 그가 아버지라 부르는 신의 아들로서 인간의 삶을 살았다. 그분이 우리와 같은 인간이 되었다는 것, 그분의 겸손, 그분이 보여주신 자유, 이유를 불문하고 사회에서 버림받은 사람에게 보여주신 관심과 사랑, 섬기는 이로서의 모범, 용서와 심판, 그리고 그분이 겪으신 죽음과 같은 것들은 언제나 우리를 감동시킨다.

'기독자의 현존'이란 세상 속에서 가난하고 보잘것없는 사람들과 함께 계셨던 '그리스도의 현존'을 본받아 우리가 있어야 할 '그곳'에 우리가 있는 것이다. 그리스도의 이름으로 있는 것이다. 위험과 두려움을 무릅쓰고 그곳에 있는 것이다. 나는 학생들에게 기독자의 현존이란 '참여'를 뜻한다고, 우리 사회의 구체적인 현실 속에 참여하는 것이라고 말했다. 모든 비인간화 세력에 대항해서, 모든 악마의 세력에 맞서 싸우는 것이라고 했다.

우리는 그리스도를 궁극적인 가치의 원천으로 삼기 때문에 세속적인 이념을 우상화하지 않고 그것을 비판할 수 있으며, 그리스도를 최후의 충성의 대상으로 삼기 때문에 모든 세속적인 권위 앞에서 자유로울 수 있다. 기독자는 바로 이러한 지혜와 자유와 긍지를 갖고 있기 때문에 그리스도의 이름으로 사회를 성화(聖化)하는 사명을 두려움 없이 수행할 수 있다고 나는 젊은이들에게 역설했다.

KSCM에서 일하고 있을 때 일어난 가장 중요한 사건은 에큐메니컬 기독교 학생단체들을 하나로 통합한 것이다. 당시 우리나라엔 큰 규모의 기독학생단체가 3개 있었다. KSCM과 대학 YMCA, 대학 YWCA가 그것이다. 그리고 이 단체들의 협의체로 '한국학생기독교운동협의회'(KSCC, Korea Student Christian Council)가 있었다. KSCM은 대학생부와 고등학생부로만 구성되어 있었으나, YMCA와 YWCA는 청년과 대학생 들로 이루어져 있었다.

많은 사람들이 이 세 단체의 학생조직이 통합되기를 바랐으나, YMCA와 YWCA의 대학생부가 모두 떨어져나와 KSCM과 하나가 되어야 하기 때문에 쉽게 실현되지 못하고 있었다.

교회가 갈라졌는데 학생들까지 갈라져서야 되겠느냐, 그러니 적어도 우리 학생들끼리는 하나가 되자는 것이 통합논의의 배경이었다. 더욱이 조직적으로 일사불란하게 국민을 억압해오는 정치권력에 맞서 그리스도의 복음을 증거하고 사회정의를 이룩하기 위해서는 운동세력 또한 거기에 대응하여 통합된 조직을 갖추어야만 했다. 그러나 통합의 원칙에는 찬성하면서도 서로의 이해관계가 다르고 독자성을 유지해야 한다는 오랜 미련 때문에 좀처럼 발을 내딛지 못하고 있었다.

통합논의가 거듭되다가 1968년 4월, KSCC가 교수(이우정, 서남동, 현영학), 학생(한기태, 장화인, 이원규), 실무자(오재식, 이종경, 박형규) 대표로 이루어진 통합조직위원회를 조직하고, 7월에는 YMCA 전국연맹이사회가 홍현설, 백영흠, 안상용, 김용옥, 신태식을 통합전권위원으로 선출함에 따라 지지부진하던 통합논의가 힘을 얻어 구체적인 협의단계에 들어가게 되었다. 이 협의가 결실을 이루어 KSCM과 대학 YMCA 전국연맹이 '한국을 새롭게'라는 주제 아래 1968년 7월 16일에서 20일까지 수원에 있는 서울대 농대에서 열린 여름대회에서 마침내 통합을 선언하게 되었다. 그러나 YWCA는 학생들이 원했음에도 연맹의 이사들이 반대하여 통합운동에서 이탈하고 말았다.

한국기독학생회총연맹 발족

1969년 11월 23일은 우리나라 기독학생운동사에서 기념할 만한 날이다. 이날 종로2가 YMCA 강당에서 KSCM과 대학 YMCA 연맹의 역사적인 통합대회가 열려 '한국기독학생회총연맹'(KSCF, Korea Student Christian Federation)이 발족되었기 때문이다. 막상 통합에는 합의했으나 누가 회장을 맡아 하나의 조직을 구성하느냐 하는 문제가 남아 있었다. 이는 운동의 주도적 역할을 어디에 두느냐를 결정하는 어려운 문제였다. 결국 1967년부터 KSCM에 참여했지만 학생간부가 아니었던 나의 아들 박종렬(朴鍾烈)이 양 조직을 통합하는 KSCF 초대 학생회장을 맡게 되었다. 나로서는 뜻깊은 사건이었다.

KSCF는 1970년 1월 이사장에 박대선(朴大善), 부이사장에 정희경(鄭喜卿)을 선출하고 초대 사무국장에 오재식(吳在植)을 선임했다. 그리고 뒤이어 이직형·전용환(학사단), 안재웅(출판부), 김경재(대학부), 김정일(고등부) 등 5명의 사무국 직원을 인준함으로써 일할 준비를 마쳤다.

이 일을 위해서는 당시 YMCA 전국연맹의 대학부 간사를 맡고 있던 오재식 선생이 실무를 담당하느라 수고를 많이 했다. KSCC의 간사를 맡고 있던 최성묵(崔聖默) 목사도 많은 노력을 기울였고, WSCF의 아시아지역 간사를 맡고 있던 강문규(姜汶奎) 선생도 지원을 아끼지 않았다.

KSCF의 지난날을 돌아볼 때 잊을 수 없는 것이 '학생사회개
발단(학사단)' 운동이다. 이 운동은 KSCM과 YMCA 전국연맹
대학부가 기구상의 정식통합을 이루기에 앞서 실제적인 행동통
합을 이루어내기 위해 1968년 여름부터 공동사업을 논의해오다
가 1969년 1월 동계대학에서 '학사단운동 5개년계획'을 세움으
로써 본격화되었다.

이 운동은 옛날의 농촌 봉사활동과는 전혀 달랐다. 요컨대 농
어촌, 산간벽지를 포함하여 공장, 빈민지역 등 민중의 삶의 현
장에 들어가 그들과 함께 생활함으로써 사회현실을 몸으로 인
식해보자는 것이었다. 배경에는 민중의 삶의 현장이 바로 '한
국의 갈릴리(Galilee, 예수가 활동했던 주요 무대)'라는 인식이 깔려
있었다. 학사단은 우리 사회의 문제가 결국은 사회구조에서 나
온 것임을 알아야 한다면서 그들의 기본자세를 다음과 같이 밝
혔다.

우리는 문제의 지역에 들어가 우리 자신이 그들의 문제를 해결
해주기 위해 노력하는 것이 아니다. 다만 그 속에 구체적으로 문
제되고 있는 것이 무엇이며 그 문제를 지역주민이 깨닫게 하는
것이 주목적이다. 그들 스스로 지도력을 키우고 자신들의 목적을
위해 조직하도록 돕는 것이다.

1970년부터 학생들의 활동은 대학별로 나뉘어 도시지역 가운

데서도 청계천 뚝방지대, 뚝섬 공장지대, 면목동 철거지대, 봉천동 연립주택지대 등 공장과 빈민지역에 집중되었다. 그것은 당시 한국의 어떤 학생운동단체도 엄두를 내지 못하던 새로운 운동의 시작이었다.

학사단활동은 다양한 단체의 학생들이 참가했음에도 불구하고 친교와 협력 속에서 힘차게 전개되어갔고, 기독학생단체들의 통합이 어려울 것이라는 우려를 말끔히 씻어주었다. 이 활동에 참가한 학생들의 현장 보고대회도 학교 안팎에서 큰 반향을 일으켰다. 학사단운동은 1974년까지 6년 동안 계속되었고, 여기에 참가했던 학생들 가운데 일부는 그후에도 주민조직운동가의 길을 걸었다.

KSCM에서 일하는 동안 나는 여러 중요한 인사들과 훌륭한 일꾼들을 만나는 행운도 함께 누렸다. 그 가운데 한 사람이 오재식 선생인데, 그때 만난 후로 우리는 서로 의기투합하여 오랫동안 고락을 함께하며 민주화를 위한 멀고 험한 길을 함께 걸어갔다.

그는 자기를 내세우는 일 없이 묵묵히 일하는 사람이었다. KSCF의 초대 총무를 지낸 뒤 아시아기독교협의회(CCA, Christian Conference of Asia) 산하 도시산업선교(UIM, Urban Industrial Mission)의 총무가 되어 활동했고, WCC의 개발국장(CCPD, Commission on the Churches' Participation in Development)과 WCC의 제3국인 정의·평화·환경국장 등을 잇따라 역임, 제네바를 중심으로 세계 곳곳을 다니며 민주화를 위한 한국교회의 투쟁을 소개했다. 그는

일본의 토오꾜오에 있을 때나 제네바에 있을 때나 한국의 민주
화운동을 지원하는 국제네트워크의 핵심인물 중 하나가 되어
많은 어려움을 무릅쓰고 우리의 민주화운동과 인권상황을 세계
에 알리는 일을 해냈다.

김관석 목사를 NCCK의 총무로

1967년 어느 겨울날로 기억된다. 2층에 있던 김관석 목사가 4
층에 있는 KSCM의 내 사무실로 찾아왔다. 당시 기독교서회 건
물 안에는 NCCK, 기독교서회, KSCM, 기독교방송국(HLKY),
베다니학원 등 여러 기독교단체들이 함께 있었다. 김목사가 이
날 나를 찾아온 데는 아주 특별한 이유가 있었다.

김목사는 나에게 부탁할 것이 있다면서 단도직입적으로 "내
가 NCCK 총무를 맡는 것이 어떻겠느냐"고 물었다. 나는 약간
혼란스러웠다. NCCK 총무는 WCC 같은 국제기구와의 업무 협
조는 물론, 기구에 가입해 있는 교단 등 여러 관계를 조정해야
하는 정치적 능력이 요구되는 자리인데, 김목사에게 정치적 수
완이 있다고 보는 사람은 많지 않았다. 물론 그에겐 많은 장점
이 있었다. 무엇보다 사람들을 자신의 주변에 끌어모으는 매력
이 있었다. 또한 남의 이야기를 잘 들어주어 회의할 때도 자신
의 의견을 먼저 내놓는 일이 없었다. 주장을 관철시키기 위해
자신의 생각을 강요하거나 장황하게 설득하는 사람도 아니었

다. 언제나 남의 이야기를 다 듣고 자기 생각을 말했다. 그러나 결과적으로 대개 그가 제안한 대로 일을 진행케 하는 그런 특별한 인품을 지닌 사람이었다.

하지만 사람들이 그의 능력이 NCCK에 맞다고 보아줄까? 나는 그에게 반문했다. "정말 NCCK 총무를 해볼 생각인가? 또 해낼 수 있다고 생각하는가?" 그는 내 질문에는 대답하지 않고 이미 결심했으니 최선을 다해달라고만 하고 가버렸다. 나는 생각해보았다. 김관석 목사가 왜 그런 결심을 했을까? NCCK에서 무슨 일을 하려는 것일까? 그가 총무가 된다면 NCCK는 어떤 모습이 될까? 변화를 만들어낼 수 있을까?

나는 그를 이해할 수 있을 것 같았다. 그가 몸담아 일하던 기독교서회는 김춘배(金春培) 목사가 은퇴한 후 조선출(趙善出) 목사를 총무로 임명했다. 교계에서는 『기독교사상』의 주간으로 사실상 기독교서회의 이인자 역할을 해왔던 김목사가 당연히 총무직을 계승할 것으로 예상했다. 기독교장로회(이하 '기장') 에서 예수교장로회(이하 '예장')로 교단을 옮긴 조선출 목사가 기독교서회의 총무로 선출된 것은 교파간 정치적 흥정의 결과라고 불만을 토로하는 사람들도 있었다. 김목사는 조목사 밑에서 정기간행물 부장 겸 『기독교사상』 주간으로 몇달 더 일했는데, 아무래도 그 자리를 떠나야겠다는 생각을 굳힌 것 같았다. 이제는 다른 변화를 모색해야 한다고 결심한 것 같았다.

때마침 NCCK에서는 길진경 목사가 총무직에서 은퇴하고 후임자 선출을 놓고 교파간에 탐색전을 벌이고 있었다. 당시 NCCK

는 아직 '기독교교회협의회'로 개편되기 전이어서 예장, 기장, 감리교, 성공회, 구세군, 복음교회 등의 교파 대표와 KSCM, YMCA, YWCA 등 청년학생조직 및 기독교방송, 성서공회, 기독교서회, 그리고 각 선교회(북장로교 선교부, 감리교 선교부, 캐나다 선교부)의 대표들이 NCCK 실행위원으로 후임자 선출에 참가할 수 있었다.

나는 여러모로 생각한 끝에 당선 가능성은 낮지만 그가 우리가 지향하는 에큐메니컬운동을 위해 가장 바람직한 인물이라는 결론을 내렸다. 1968년 봄 NCCK는 총회를 열어 총무 인선문제를 논의했으나 갑론을박하다가 끝내 결론을 내리지 못하고 실행위원회에 일임하기로 했다. 이제 문제는 실행위원회에서 어떻게 과반수를 얻어내느냐는 것이었다. 총무인선위원회가 진통을 겪는 가운데, 예장에서는 유호준(兪虎濬) 목사가, 감리교에서는 홍현설 박사가 추천되었다.

나는 우선 KSCM의 이사회에서 이 일을 논의하고 동의를 얻었다. 그리고 교단의 지도자들을 찾아다니며 김관석 목사를 지지해주도록 설득했다. 구세군의 김해득(金海得) 정령이 적극 찬성했고, 예장의 김인한(金仁漢) 장로도 적극 협력하겠다고 약속했다. YMCA와 YWCA의 실행위원들을 설득하는 것은 쉬웠다. 문제는 예장과 감리교의 표를 얼마나 얻어내느냐에 있었다.

김관석 목사가 속한 기장은 김목사와 강원룡 목사가 추천한 이해영(李海永) 목사 두 사람을 놓고 논의하다가 이목사에게 결격사유가 있다 하여 김목사를 단독후보로 내세웠으나 교단의 전폭적인 지지를 확신할 수는 없었다. 이해영 목사의 결격사유란 지난 인선위원회에서 과반수 이상의 득표를 했어야 하는데, 유호준 목사, 홍현설 박사, 이해영 목사 세 사람을 놓고 투표를 한 결과 셋 다 과반수를 얻지 못했으므로 일사부재의의 원칙에 따라 또다시 후보가 될 수는 없다는 것이었다.

가장 큰 어려움은 김목사가 목회를 해본 적이 없다는 점이었다. 더구나 김목사는 기장 교단에 속해 있으면서도 기장 총회의 지지를 얻지 못하고 있는 형편이었다. 아무리 표를 점검해보아도 과반수를 얻기가 어려웠다.

나는 감리교의 실행위원들을 집중적으로 설득했다. 투표를 하루 앞두고 나의 그런 노력이 효과를 보아 감리교 교단이 김목사를 지지하기로 약속했다. 그렇게만 된다면 과반수를 얻을 가능성이 충분히 있었다. 그러나 감리교측은 투표 직전 이 약속을 철회한다고 알려왔다. 뜻밖의 일이었다. 너무 놀란 나는 투표를 코앞에 두고 예장과 감리교 대표들, 그리고 선교사 대표들에게 이 사실을 알리고 지지를 호소했다. 특히 선교사들을 열심히 설득했다.

마침내 투표하는 날이 왔다. 최선을 다했지만 이기리라고 기대할 수는 없었다. 그런데 개표 결과 김관석 목사가 과반수를 얻어 총무에 당선되었다고 발표하는 것 아닌가. 김목사는 단 2표 차이로 당선되었다. 42표의 과반수는 21표인데 23표로 당선된 것이다.

간발의 표차로 총무가 된 김목사는 그후 약 2년 동안 고전을 면치 못했다. 나를 찾아와서 그에 대한 불만을 토로하고 가는 사람들도 있었다. 특히 교단 대표들의 반발이 심했다. 교회 대표들만 모여서 총무를 뽑았어야 하는데, 교회의 기관과 연합기관의 대표들이 자기 소속 교단이 있는데도 독자적으로 투표를 해서 이런 총무를 뽑았다는 것이었다. NCCK 간부들의 반발도 대단했다.

그러나 김관석 목사는 모든 반발과 수모를 잘 참고 수습해나갔다. 서두르지 않고 하나하나 자신의 주변을 정리해나가면서 교단의 지도자들을 자신의 지지자로 만들어갔다. 물론 그의 총무 역할에 끝까지 불만을 토로한 사람들도 있었지만, 대부분의 교계 지도자들은 소리내지 않고 일하는 김목사의 스타일을 좋아하고 그를 신뢰하며 지지했다. 그는 떠벌리며 화려하게 일하는 것을 싫어했다. 언제나 과묵했으며 조용하고도 꾸준히 일했다. 젊고 유능한 일꾼들이 특히 그를 지지하고 방패막이가 되어준 것은 그의 이러한 인품 때문이었을 것이다.

1968년 4월 NCCK 총무에 취임한 후 김목사가 겪은 어려움 중의 하나는 '한국기독교협의회'(National Christian Council in Korea)를 '한국기독교교회협의회'(National Council of Churches in Korea)로 바꾸지 않으면 안되도록 압력을 받은 것이다. 여기엔 에큐메니컬운동에 참여한 진보적인 엘리뜨들이 김목사를 중심으로 움직이게 된 것도 한 요인으로 작용했다.

기성 교회와 교단은 김목사를 과격하다고 보았고 세속화나 사회적 책임을 강조하는 사람들의 대표로 생각했다. 사회의 부조리와 산업화과정에서 드러난 자본주의의 모순에 대응하는 신학과 교회, 즉 에큐메니컬 운동세력을 대표하는 김목사가 총무가 되자 보수적인 교회와 교단 들은 긴장했다. 그래서 어떻게 해서든 세속화 신학, 에큐메니컬 신학, 학생운동, 청년운동을 배제하려 했고, WCC가 '세계교회협의회'이듯 한국도 교회협의회로 가야 한다고 주장했다.

그리하여 NCCK의 헌장과 구조를 바꾸어 그를 총무로 당선시키는 데 협력했던 YMCA, YWCA, KSCM 등 청년학생단체들과 기독교방송국, 선교사들이 NCCK에서 투표권을 행사하지 못하도록 모두 회원자격을 박탈했다. 결국 NCCK가 6개 교단의 교회협의기구로만 바뀌어버린 것이다. 그것은 기구의 구성범위가 축소되어버린 것을 뜻했고, NCCK의 활동에서 젊은이들의 역동적인 힘과 다양성이 배제되어버리는 손실을 의미했다. 불행한 변화였다.

그러나 그때 만약 김관석 목사가 총무가 되지 않았다면 어떻게 되었을까? 그가 그때 그곳에 없었다면 NCCK가 과연 박정희 유신독재와 맞서 그렇게 열심히 싸울 수 있었을까? 그가 NCCK 총무가 아니었다면, 그의 지원이 없었다면 나의 활동도 불가능했을 것이다. 언제 어느 직책에 누가 있느냐는 것이 얼마나 중요한가를 나는 그후 여러번 실감했다. 지금도 나는 그가 그때 NCCK 총무가 된 것이 하나님의 선택이었다고 믿고 있다.

김관석 목사는 오랜 세월 우리나라의 민주화운동을 지원하기 위해 만들어진 국제연결망의 중심에 있었다. 유신체제 이후 장기간에 걸쳐 군사독재와 치열한 싸움이 벌어지고 있을 때 그는 아주 조용히 이 국제네트워크를 움직여왔다. 그 자신이 해외에 나갈 때마다 국내의 민주화운동과 인권상황을 세계에 알리고 또한 해외의 지원을 국내로 가져왔다.

『기독교사상』의 주간이 되다

김관석 목사가 NCCK의 총무가 된 후, 나는 그의 후임으로 기독교서회의 정기간행물 부장 겸 『기독교사상』의 주간을 맡게 되었다. 『기독교사상』은 1957년 대한기독교서회의 창립 76주년에 창간된 월간잡지였다. 나는 이 잡지가 발전적으로 변화되어야 한다고 생각하고 편집방향을 크게 바꾸었다. 『기독교사상』이 목회자를 위해서만 봉사하는 매체가 아니라 한국의 기독교가 사회에서 어떤 역할을 해야 하느냐는 문제를 다루는, 다수의 기독교인들이 읽는 잡지가 되어야 한다고 생각했던 것이다.

이를 위해 기독교서회의 총무였던 조선출 목사와 상의하여 편집위원 진용을 바꾸기로 하고, 교회라는 울타리 밖에서 일하는 지식인들, 특히 언론계에서 일하는 분들의 도움을 받기로 했다. 그리하여 언론인 김용구(金容九, 당시 『한국일보』 논설위원) 선생과 이철범(李哲範, 당시 『서울신문』 논설위원) 선생을 편집인으로 모셔오고, 『기독교사상』이 다루는 의제(agenda)도 우리 사회의 중요한 문제로까지 차츰 확대해갔다. 권두언(卷頭言)은 계속 내가 썼다.

그리고 종교문제도 불교로까지 확장하여 '기독교와 불교의 대화'를 주제로 토론회를 갖고 그 내용을 특집으로 싣기도 했다. 한번은 '구원론'(salvation)을 주제로 가톨릭, 개신교, 불교 간의 토론회를 가졌다. 불교와 가톨릭과 개신교가 말하는 구원은 무엇이며, 같은 점과 다른 점은 무엇인가를 찾는 토론회였다.

이런 시기에 종교간의 교류와 대화의 자리를 마련했던 이유는 날로 더해가는 박정희정권의 횡포를 저지할 정치세력이 미약한 가운데, 그나마 종교간 협력의 통로라도 열어놓자는 데 있었다.

이러한 문제의식이 담긴 토론에서 불교 쪽에서는 법안(法眼) 스님이 발제강연을 해주셨다. 그러나 불교용어가 너무 생소하여 기독교측에서는 이해하기 어려웠다. 그래서 중요한 불교용어를 기독교용어로 해설해주는 스님이 계셨는데, 그분이 바로 법정스님이었다. 나중에 알고 보니 법정스님은 『기독교사상』의 정기구독자였다. 이런 인연으로 나는 가끔 이 스님을 만나게 되었고, 내가 '남산 부활절예배 사건'으로 재판을 받을 때는 이분이 함석헌 선생과 함께 방청석 맨 앞줄에 앉아 있었다. 그 고마움을 잊을 수 없어 출옥 후 강남에 있는 봉은사로 인사차 찾아갔다가 차대접을 받기도 했다.

예 할 것은 예, 아니오 할 것은 아니오 하라

『기독교사상』에서 일할 때 내가 겪은 중요한 사건은 박정희 대통령의 3선개헌이었다. 5·16쿠데타 이후 박정희정권의 행태를 지켜보면서 이 정권이 언젠가 장기집권 음모를 꾸미지 않을까 우려했는데, 1969년 1월부터 과연 그런 계획이 드러나기 시작했다. 그동안 세계 곳곳에서 일어난 군사정권의 장기집권과 민주주의 기본질서를 지속적으로 파괴해온 박정권의 행태를 보면서 가져왔던 우려가 현실로 나타난 것이다.

박정권은 이미 오래전부터 음산한 공포정치의 그림자를 드리운 뒤 갈수록 불법적 행동을 서슴지 않았다. 중앙정보부가 공작을 통해 정치판을 주무르고 무소불위의 권력을 휘둘러 공포의 대상이 되었던 것은 세상이 다 아는 일이다. 언론도 수사기관이 무서워 알려야 할 뉴스를 보도하지 못했다. '남산'이라고 불린 중앙정보부의 언론통제팀과 보안사 등 수사기관원들이 신문사 편집국을 수시로 드나들면서 편집에 간섭했던 것이다. 자신들의 비위를 거스르는 보도가 나가면 기자와 편집국 간부를 끌어다 위협하고 폭력을 가하는 판국이었다. 신문도 잡지도 재갈이 물린 채 침묵하고 있었다.

나는 고민하지 않을 수 없었다. 종교잡지일지라도 언론은 언론인데, 민주주의의 장래가 걸린 중대한 문제를 외면한 채 그냥 넘어가서야 되겠는가? 그러나 유명한 신문 잡지들도 다 침묵하는 판에 기독교계의 조그만 종교잡지가 이 문제를 다룰 수 있을까? 과연 감당해낼 수 있을까?

이런 고민을 하고 있던 1969년 여름 어느날, 장공 김재준 목사님이 사무실로 나를 찾아오셨다. 차를 놓고 마주앉아 이야기하는데, 대뜸 "자네, 『기독교사상』이 뭐 하는 잡진가?" 하고 물으시는 것이었다. 나는 순간 당황하여 "『기독교사상』이야 뭐 기독교사상을 취급하는 잡지지요" 하고 대답했다. 그랬더니 "그래가지고 되겠어?" 하며 호통을 치시는 것이었다. "자네, 지금 세상이 어떻게 돌아가는지 아나? 3선개헌을 하는 판이야. 3선개헌을 하면 어떻게 될 것 같아?"

장공 선생은 평소 이런 식으로 말씀하시는 분이 아니었다. 늘 조용히 차분하게 말씀하시던 분이 이날은 좀 달랐다. "이런 때 『기독교사상』이 3선개헌 문제를 다루지 않으면 어떻게 하나? 예수께서도 '예' 할 때는 '예' 하고 '아니오' 할 때는 '아니오' 하라고 하지 않으셨나? 『기독교사상』마저 이러고 있으면 어떻게 하나?" 하면서 다그치셨다. 그때 나는 정말 부끄러웠다. 속으론 '이걸 어쩌나' 하고 긴 한숨을 내쉬었다.

장공 선생의 탄식은 계속되었다. "내가 신학교에서 잘못 가르쳤어. 내 제자라고 떠벌리고 다니는 사람들 가운데는 쓸 만한 사람이 하나도 없어! 3선개헌 같은 나라의 중대문제를 보고만 있어 되겠느냐고 말했는데도 말을 듣는 사람이 하나도 없단 말이야. 마침 자네가 『기독교사상』에 있으니 한번 해봐." 당시 장공 선생은 아끼던 몇몇 제자들을 만나 이 문제에 대해 말씀을 나누었으나 제자들이 별다른 반응을 보이지 않아 크게 분노하고 있었던 것이다.

나중에 안 사실이지만, 김재준 목사님은 이미 1969년 봄부터 꾸준히 '3선개헌반대 범국민투쟁위원회'의 결성을 준비해오고 있었다. 3선개헌반대 범국민투쟁위원회는 그해 7월 17일 대성빌딩 강당에서 329명의 발기인 가운데 260명이 참가하여 결성식을 가졌다. 이희승(李熙昇), 윤보선, 함석헌, 박순천(朴順天), 장준하(張俊河), 김대중(金大中), 김영삼(金泳三), 이병린(李丙璘) 선생 같은 분들이 간부로 참여했고, 김재준 목사님은 위원장을 맡았다.

나는 편집위원회를 열어 "3선개헌을 반대하기는 해야겠는데, 어떻게 하면 좋겠냐"고 상의했다. 그래서 내린 결론이 개헌론 특집을 하되 반대하는 주장만 실으면 당장 탄압이 들어올 테니까 찬반 양론을 싣자는 것이었다. 물론 반대 쪽에 무게를 많이 둔다는 방침이었다.

원고 청탁을 하자 『기독교사상』이라는 잡지의 성격 때문인지 찬성론을 쓰겠다는 사람은 없고 반대 쪽 글만 쓰겠다고 나섰다. 그래서 결과적으로 이 특집은 개헌반대 특집으로 끝났다. 우리는 당국의 간섭과 배포중지에 대비하여 이 특집을 은밀하게 준비하고 신속하게 배포했다.

1969년 8월호 특집에는 「민주 헌법의 기본원리」(마상조), 「법의 권위와 정치권력」(부완혁), 「크리스천의 정치적 관심과 참여방식」(강원룡), 「법질서의 성서적 이해」(안병무), 「한국 헌법의 변개와 그 의미」(박길준) 등의 글과 함께 인터뷰 형식으로 장공 선생의 「나는 3선개헌을 이렇게 본다」를 실었다. 장공 선생은 이렇게 말했다.

나는 공화당이 박대통령을 당선시키기 위해 개헌을 해야 한다는 데는 반대합니다. 대통령후보 하나 내지 못하는 정당이 무슨 정당이겠습니까? 도대체 민주주의 국가에서 꼭 누구라야 한다는 법은 없다고 봅니다.

—『기독교사상』 1969년 8월호 127면

중앙정보부는 이 특집을 아주 괘씸하게 보았을 것이다. 그러나 그때만 해도 아직 우리에게 노골적인 탄압을 가해오지는 않았다. 개헌을 앞두고 기독교 쪽과 싸워 여론을 악화시키는 것이 불리하다고 생각했기 때문일 것이다.

김동리 선생과의 찬반 토론

나는 당시 YMCA가 주최하는 Y시민논단에도 운영위원장으로 관여하고 있었는데, 때마침 Y시민논단에서도 개헌론을 다룬다고 하여 참여했다. 역시 찬반 양론 발제강연을 하고 토론하는 방식이었다. 찬성 쪽에서는 발제강연자로 작가 김동리(金東里) 선생이 나오기로 했는데, 반대 쪽은 여러 사람에게 교섭을 했으나 하겠다는 사람이 없었다. 김동리 선생과 맞먹는 논객을 찾아야 하는데 나서는 사람이 없어 할 수 없이 위원장인 내가 하기로 했다.

YMCA 강당의 토론장은 분위기가 제법 고조되어 있었다. KBS방송이 흑백TV를 방영한 지 얼마 지나지 않은 때였다. 여러 언론사에서 기자들이 나와 취재하는 모습이 이 토론에 큰 기대를 거는 것 같았다.

두 사람이 단상에 올라가 인사를 나눈 뒤 사회자가 누가 먼저 발제강연을 하겠느냐고 물었다. 김동리씨는 내 고향 마산과 가까운 통영 사람으로, 나보다 열살 가까이 많은 대선배였다. 그래서 나는 "선배님이 먼저 하시지요" 하고 선수를 양보했다. "그럼 그러지" 하고 단상에 선 김동리 선생은 "나는 이제까지 무엇이든지 무조건 반대만 하고 살아왔는데, 이제부터는 무엇이든 무조건 찬성하고 살기로 했소" 하고 선언하는 것이었다. 그러고는 "박정희 대통령이 5·16혁명을 일으켜서 이제까지 잘해왔으니 3선개헌을 해서 정권을 더 잡으면 어떻습니까? 박대통령이 더 할 수 있도록 밀어줍시다"라는 요지의 말을 하는 것이었다. 눈 딱 감고 박정희 지지를 보여주기로 작심하고 나온 것 같았다. 도대체 말에 논리가 없었다. 찬성을 하든 반대를 하든 분명한 이유와 논리가 있어야 할 것 아닌가? 나는 실망하면서도 그가 당국의 압력을 받은 게 아닐까 짐작했다. 그가 말을 마쳤을 때 청중의 반응은 냉담했다

나는 박대통령이 개헌의 이유로 내세웠던 것들을 하나씩 반박

160

하는 방식으로 반대주장을 폈다. 반대하는 이유는 7가지였다. 정부는 마땅한 후계자가 없다는 이유를 내세우고 있지만, 박대통령도 처음 대통령이 됐을 때 미리 대통령을 연습하고 된 것이 아니지 않느냐, 5·16 이후 많은 후진들이 정치수업을 했으니 그들 가운데서 후보를 골라서 국민의 선택을 받게 하고, 국민이 그를 지지해주면 그라고 못할 것도 없지 않느냐 등의 논리를 폈다. 말을 마쳤을 때 청중들은 뜨거운 박수를 보내주었다. 내가 말을 잘해서가 아니라 3선개헌에 반대하는 자신들의 입장을 대변해주었기 때문일 것이다. 그러한 자신들의 반대의사를 국민 앞에 뜨거운 박수로 표현하고 싶었을 것이다.

토론을 마친 후 집으로 돌아가 텔레비전 뉴스를 보았다. 나는 방송국에서 열심히 취재해갔으므로 내가 말한 반대입장도 당연히 보도될 것이라고 기대하고 있었다. 그러나 내 모습은 그림자조차 비치지 않고, 김동리 선생의 얼굴만 잠깐 비추고는 "작가 김동리씨가 3선개헌에 찬성하는 강연을 했다"고 짤막하게 말하고 끝내버렸다. 이튿날의 신문도 방송과 별다를 바 없었다. 나는 우리나라의 언론이 어떤 상태에 있는지 이미 잘 알고 있었지만 이 토론회를 통해 직접 실감했다.

이해 7월 25일 대통령 특별담화를 통해 개헌논의가 공식화되자 개헌 지지성명이 신문지면을 덮기 시작했다. 9월 2일에는 기독교 보수진영에서도 목사 242명이 성명을 내고 종교는 개헌문제에 중립을 지켜야 한다고 주장하더니, 3일 뒤에 '대한기독교연합' 이름으로 또다시 성명을 발표하고는 "우리들 기독교교인들은 개헌문제에 대한 박대통령의 용단을 환영한다"고 선언했다.

기독교 보수진영이 이처럼 개헌을 적극 지지하고 나오자 NCCK도 가만히 있을 수 없었다. 그래서 NCCK는 대한기독교연합과 아무런 관련이 없는 단체라는 것을 밝히고 "국론의 분열과 약화를 초래하는 3선개헌 발의에 깊은 우려와 유감을 표한다"는 성명을 발표했다.

나라의 장래를 걱정하는 많은 국민들이 3선개헌을 저지하느냐 못하느냐가 우리 민주주의의 중요한 갈림길이 된다고 보았음에도 개헌안은 1969년 9월 14일 일요일 새벽, 박정희의 지시를 받은 공화당 국회의원들에 의해 국회의사당 길 건너편에 있던 국회 제3별관에서 변칙적으로 기습처리되었다. 그리고 박정권이 온갖 수단을 다 동원한 가운데, 그해 10월 17일 국민투표에 의해 확정되었다.

3선개헌안이 이처럼 변칙적으로 강행처리된 직후, 나는 『기독교사상』 1969년 10월호에 이렇게 썼다.

목적 달성을 위해 수단과 방법을 가리지 않는 그들의 폭거는 4·19를 촉발시킨 이승만정권의 말기를 방불케 하고 있다. 이제 다시 흑암의 세력이 고개를 들기 시작했다. 빛의 아들도 하나님의 전신 갑주를 입을 때가 왔다. 조국의 광명을 지키기 위해 일본 제국주의와 싸웠고 또 공산주의자들과 접전하여 많은 순교의 피를 흘린 한국교회는 이제 다시 대두되는 밤의 세력과 대결하지 않을 수 없게 되었다.

1969년 당시만 해도 한국교회는 3선개헌과 같은 중대한 문제에 대해 분명하고 적극적인 태도를 보여주지 못했다. 아직까지 교계의 운동이 몇몇 성직자들의 개인적 수준을 넘지 못한데다가 교회지도자들의 정치문제에 대한 관심과 훈련 또한 부족했기 때문이다. 그러나 NCCK가 마침내 3선개헌 반대성명을 발표하자 점차 분위기가 바뀌어갔다. 이 성명서를 통과시킬 때에도 찬반 논쟁이 있었다. 교회 안에는 여(與)도 있고 야(野)도 있는데, 왜 한쪽 편만 드느냐는 것이었다. 중앙정보부의 한 국장이 반대성명을 내지 말라는 압력을 가해오기도 했다. 그러나 기독교는 이러한 내부의 논쟁에도 불구하고 4·19의 충격이 준 반성에서 출발하여 한일회담 반대운동, 6·8부정선거 규탄운동, 3선개헌 반대운동 등을 거치면서 정치적·사회적 참여를 거듭해가는 변화를 보이게 되었다.

도시빈민선교를 시작하다

1960년대 이후 정부가 추진해온 경제개발정책, 즉 공업화 중심의 고도성장정책과 수출주도정책은 1960년대 말부터 많은 문제점을 드러냈다. 정부는 농촌을 희생시키는 저곡가정책과 노동자들에 대한 저임금정책을 중심으로 수출주도정책을 폈다.

"수출만이 살길"이라는 구호를 내걸었는데, 정부가 말하는 수출 경쟁력이란 바로 값싼 노동력이었다. 도시노동자들의 임금을 낮게 묶어두려면 저곡가정책을 쓰지 않을 수 없었다. 생계를 유지하기 어려운 노동자들뿐만 아니라 일반 서민에게도 높은 쌀값은 그야말로 치명적이었기 때문이다.

그 결과 농촌은 피폐해질 대로 피폐해졌고 살길이 막막해진 농민들은 생존을 위해 고향을 버리고 도시로, 서울로 몰려들었다. 1960년 약 245만명이었던 수도권 인구가 1970년도에는 약 554만명으로 두배 이상 늘어났으니 이농(離農)의 규모가 어떠했는지 알 만하다.

이같은 이농현상은 모든 자원이 공업화에 집중되어 농업분야의 상대적 낙후가 가속화된 데 따른 것이었다. 대표적인 예로, 1965년까지 농촌가계 대 도시가계 수입은 9,350원 : 9,300원으로 농촌가계가 상대적 우위를 누려왔으나, 1966년에 10,848원 : 13,460원으로 역전된 데 이어 그 격차가 계속 확대되면서 1970년에는 21,317원 : 31,700원으로 현저하게 벌어졌다. 농사를 지어서는 생존을 이어갈 수 없다고 본 농민들은 성장산업으로 등장한 공업분야를 향해 대도시로 몰려들기 시작했다. 1966년부터 1970년 사이에 대도시, 특히 서울로 몰려든 농촌인구는 연평균 약 60여만명에 이르렀는데, 이러한 인구의 도시집중은 공업화가 제공할 수 있는 고용기회를 훨씬 능가하는 것이었다.

농촌에서 삶의 터전을 잃고 대도시로 몰려온 이주민의 대부분은 삶의 근거는커녕 당장 살아갈 집조차 마련할 수 없었다. 그래서 청계천 같은 개천가의 뚝방이나 산중턱 등 빈터가 있으면 어디에나 판잣집을 짓고 살았다. 이른바 도시빈민지역이 형성되기 시작한 것이다. 이들은 집이라고도 할 수 없는, 악취나고 더럽기 짝이 없는 비좁은 공간에서 비참하게 살아가야만 했다.

판자촌 지대의 확산은 취업문제, 도시환경 문제, 범죄문제 등 여러 문제를 일으켰다. 그러나 정부당국은 아무런 대책도 마련하지 않은 채 판자촌을 몰아내려고만 했다. 이들이 밤새도록 판잣집을 지어놓으면 다음날 당국이 이를 철거해버리는 일이 곳곳에서 벌어졌다. 누추하고 비좁은 공간에서 최저생활비로 겨우 삶을 이어가고 있는데, 그 판잣집에서도 추방당하고 있었다. 농촌에서 밀려나온 사람들을 다시 한번 절망상태로 몰아넣는 무자비한 횡포였다.

1967년 이후 1970년 중반까지 3년 6개월 동안에 서울에는 140,596채의 판잣집이 세워지고 8,692채가 철거된 것으로 집계되었다. 더이상 밀려날 곳이 없는 판자촌 주민들은 때때로 당국과 충돌했다. 그러나 대부분의 경우 자신들의 권리를 집단적으로 주장할 만큼 생존권에 대한 권리의식을 갖고 있지 못했고, 조직화되지도 못하여 쉽게 철거당하곤 했다. 그들이 할 수 있는 일이란 판잣집이 언제 뜯길지 몰라 전전긍긍하다가 철거당하면 다른 곳에 또 판잣집을 세워 잠시나마 살아가는 것뿐이었다.

도시는 온갖 부조리의 전시장 같았다. 한편에서는 고도성장의 혜택을 입은 고층빌딩과 호화주택 들이 들어서고 있는데, 그 옆

에는 너덜너덜한 판잣집들이 촘촘하게 자리잡아 극단적인 대조
를 이루었다.

경제개발정책이 가져다준 사회적 질환이 극심해지던 1968년
어느날, 당시 YMCA연맹 대학생부 간사였던 오재식 선생이 미
국 연합장로교에서 도시산업선교의 책임을 맡고 있던 조지 타
드(George Todd) 목사를 나에게 소개시켜주었다. 그는 아시아
에서 '주민조직'(CO, Community Organization)을 기초로 한 새로운
형태의 선교를 모색하다가 오재식 선생의 권고로 한국을 찾아
온 것이었다.

조지 타드는 미국의 주민조직이론가이자 활동가인 쏠 D. 알
린스키(Saul D. Alinsky)와 아주 가까웠으며 그의 사상을 실천
에 옮기고 있었다. 그는 우리나라의 도시빈민 문제가 심각한 상
태에 와 있다는 것을 잘 알고 있었다. 그는 한국의 크리스천들
이 이런 문제를 나 몰라라 방치해둘 수만은 없다고 지적하고,
주민조직운동을 일으켜서 그들이 살아가게 해주어야 하지 않겠
느냐고 제안했다. 주민조직운동이란 공동체의 주민들, 특히 가
난한 도시빈민들이 자발적으로 조직을 만들어 각성되고 단결된
힘을 통해 문제를 해결하는 것을 뜻했다.

타드 목사는 한국의 주민조직운동을 위해 미화 10만달러를
내놓으며, 이 돈을 교회에 주면 예배당을 짓는 데 다 써버릴 테
니 절반은 도시문제연구소를 만들어 조사연구 활동을 하는 데
쓰고 나머지는 현장조직을 만드는 데 쓰는 것이 어떻겠냐고 제
안했다. 그리고 나에겐 주민조직운동의 책임을 맡아보지 않겠

느냐고 물었다. 그는 그후에도 활동가들을 양성하는 연수프로그램을 비롯해 그 밖의 활동에 필요한 많은 경비들을 지속적으로 대주었다. 어찌 보면 한국의 주민조직운동은 이분에게 잊을 수 없는 커다란 은혜를 입은 셈이다.

도시빈민 문제는 뜻있는 크리스천들 사이에서 외면할 수 없는 '괴로운 문제'로 인식되고 있었으므로 나는 이 제안을 아주 고맙게 받아들였다. 그리하여 연세대학교 안에 개신교와 가톨릭이 함께 연합하여 도시문제연구소(The Institute of Urban Studies and Development)를 만들었다. 소장으로 노정현(盧貞鉉) 교수가 임명되어 조사연구 분야를 관할하는 한편, 주민조직 실무자를 훈련시키는 도시선교위원회의 책임을 내가 맡게 되었다. 노교수는 내가 미국 유니온신학교에 다닐 때 만나 이미 잘 아는 사이였다. 연구소의 발족에는 가톨릭의 박성종 신부와 마거릿(Margaret) 수녀가, 개신교에서는 현영학 교수와 오재식 선생이, 그리고 평신도 몇분이 함께 참여했다.

이리하여 나는 주민운동의 조직가(organizer)들을 훈련시키는 일을 시작하게 되었다. 이 무렵 영등포와 인천에서는 조지송(趙之松), 인명진(印名鎭), 조승혁(趙承赫), 조화순(趙和順) 목사 등 한국 산업선교의 선구자들이 노동자들 속으로 들어가 노동조합운동을 시도하고 있었으나, 도시빈민 조직운동이 시작된 것은 처음이었다.

우리는 주민조직에 대한 경험이 전혀 없었으므로 같은 해 도시주민조직의 전문가인 미국 연합장로교의 허버트 화이트

(Herbert White) 목사를 훈련전문위원으로 초빙하여 약 2년 동안 신학교 졸업생들과 젊은 평신도들에게 빈민조직에 필요한 훈련을 시켰다. 한번에 7~8명을 선발, 빈민지역에 보내 실태조사를 하는 한편, 주민조직 활동에 들어가게 했다. 주민조직 훈련은 6개월씩 세번으로 끝나고 화이트 목사는 같은 일을 하기 위해 필리핀으로 떠났다.

이 프로그램에는 YMCA, 가톨릭노동청년회(JOC, Jeunesse Ouvrière Catholique) 등 기존의 기독교단체에 속한 사람들도 참가하여 모두 30여명이 훈련을 받았다. 권호경(權晧景) 목사는 이 훈련과정의 제2기생이었던 것으로 기억한다. 그는 훗날 서울제일교회의 부목사로 나를 도왔고, '남산 야외음악당 부활절 연합예배' 사건 때는 나와 남삼우(南三宇) 감리교청년회 회장과 함께 투옥됐다.

주민조직운동가들은 판자촌에 들어가 주민들과 똑같이 먹고 자고 일하며 조직에 나섰다. 주민들의 처지를 살펴 노동에 관한 법규와 노동자의 권리 등을 알려주는 한편, 그 밖의 어려운 일들을 뒷바라지해주었다. 물론 종교에 대해 도움을 필요로 하는 사람들에게는 신앙문제를 상담해주고 신앙을 갖도록 도와주었다.

1969년 1월부터 6월까지 실시된 제1차 훈련프로그램은 옛날 러시아대사관 자리에 세워진 판자촌에서 실행되었다. 이곳 주민조직에 참여했던 전용환과 박야고보는 상수도 문제를 중심으로 주거환경을 개선해보려고 노력하다가 신분이 노출되어 경찰에 연행되기도 했다. 한편 창신동에 들어갔던 이직형과 윤종대는 추운 2월 말에 판자촌이 철거된다는 소식에 절망해 있던 주민들을 조직하여 거듭 시청을 찾아가 항의케 했다. 이런 노력으로 판자촌 철거시기는 추위가 풀린 4월로 연기되었고, 세입자도 철거된 지역에 건설될 서민아파트 입주권을 받을 수 있었다.

1969년 7월에서 12월까지의 제2차 훈련은 청계천을 따라 형성된 용두동, 답십리 등의 빈민지역에서 화장실 개수, 전기가설 등의 문제를 해결하는 데 주민들이 스스로 조직된 힘으로 나서도록 이끌고 도와주었다.

도시빈민 문제가 이처럼 주민들의 조직적인 운동으로 전개되자 서울시 당국은 1969년부터 3년 동안 2천동의 시민아파트를 짓고 13만가구를 입주시켜 32만가구에 달하는 무주택자의 약 3분의 1을 수용하겠다고 발표했다.

서울시는 1968년 말 31동의 아파트를 지은 상태에서 새로 406동을 지었는데, 이들 아파트가 날림공사의 표본이 되었다. 공무원과 건설업자 간의 부패가 그 원인이었다. 고지대에 엉성하게 지어진 시민아파트는 보기 흉한 또하나의 슬럼이 되어갔다. 마침내 1970년 4월 8일, 마포구 창전동 산2번지에 자리잡은 5층짜리 와우아파트 15동이 붕괴하는 사태가 일어나 33명이 죽고 40명이 크게 다치는 경악할 사건이 터졌다. 김지하(金芝河) 시인이 와우아파트 붕괴사고와 동빙고동에 지어진 호화주택들을 대조시켜 박정권의 부패를 풍자한 담시(譚詩)「오적(五賊)」을『사상계』에 발표한 것이 그 얼마 후인 1970년 5월이었다.

1970년 1월부터 시작된 3차 프로그램은 이 위태로운 시민아파트 문제에 집중되었다. 권호경과 전용환, 이영일이 서대문의 금화아파트에, 이직형과 김혜경(金惠敬, 전 민주노동당 대표)이 창신동의 낙산아파트에, 신상길과 이화춘이 연희동의 시민아파트에 투입되어 주민조직운동을 시도했고, 마침내 와우아파트 붕괴사태(4월 8일)를 계기로 40개 지구의 시민아파트 319동 12,547세대, 62,735명을 포괄하는 '서울 시민아파트 자치운영연합회'(회장 진산전陳山佃)를 발족시키는 데 성공했다.

이 연합회는 시민아파트의 안전보장을 촉구하는 한편, 서울시 당국이 아파트 골조공사비 20만원에 대한 융자금을 일시불로 상환하도록 정책을 변경했을 때는 이에 항의하여 대대적인 시위를 벌임으로써 변경을 취소하게 만드는 원동력이 되었다. 1971년 6월 30일 입주자 3천여명이 서울시청 앞 광장에 모여 시위를 벌인 사건이 그것이다. 권력의 잇따른 강압조치로 사회 분위기가 매우 위축돼 있던 시기에 가난한 주민들이 생존권을 지키기 위해 단결된 힘을 보여주었던 이 사건은 당시 사회적으로 큰 파장을 일으켰으며, 한달 후 광주대단지 사건(8월 10일)으로 발전하는 데 큰 영향을 주었다.

교회의 선교에서 하나님의 선교로

참으로 오랜 기간 보수신앙에 의해 지배당해온 한국의 기독교에서 어떻게 '빈민선교'와 빈민조직운동까지 벌어지는 놀라운 변화가 생긴 것일까? 개인 영혼의 구원사업을 가장 중요한 목표로 삼아왔던 목회자들과 평신도들이 어떻게 가난한 사람들의 '생활'도 구원되어야 한다면서 삶의 현장 속에 뛰어든 것일까?

이것은 어느날 갑자기 이루어진 것이 아니다. 우리나라의 기독교가 여기까지 오는 데는 꽤 오랜 시간이 걸렸다. 앞에서도 이야기했지만 한국의 교회는 1960년 4·19혁명이 일어났을 때만 해도 이승만정권과 유착되어 있었다. 그리고 신학적 분열에다 교파적·지역적 이해관계가 충돌하여 갈등 속에 빠져 있다보니 다른 데 관심을 갖고 발언할 여유가 없었다.

그러나 1960년대에 들어서면서 변화가 일어났다. 유럽과 미국 등 세계 각지에서 공부하고 돌아온 신학도들과 목회자들이 구미의 신학을 교계와 신학계에 소개하면서 '보수적 신앙'을 고수해오던 한국교회의 어제와 오늘을 돌아보게 만들었다. 신학교를 통해, 그리고 『기독교사상』을 통해 한국의 신학계는 서구의 신학적 흐름을 빠르게 흡수했다. 바르트와 불트만, 틸리히와 니버, 슐라이어마허(F. E. D. Schleiermacher), 트뢸치(E. Troeltsch) 등 많은 신학자들의 사상이 소개되었다. 100년이 넘는 서구신학의 흐름을 소화하고 또 논쟁했다. 본회퍼의 신학과 하비 콕스의 『세속도시』, 존 로빈슨(John A. T. Robinson)의 『신에게 솔직히』(Honest to God) 등이 큰 영향을 주었다.

뿐만 아니라 기독교 복음의 토착화를 둘러싼 논쟁과 세속화 논의 또한 우리나라의 기독교가 한국의 전통문화와 역사를 어떻게 수용할 것인가에 대한 활발한 토론을 일으키면서 한국의 기독교를 성장시키는 데 기여했다. 물론 당시 세계교회가 교회의 사회적 책임과 참여를 새로운 선교의 중심개념으로 놓고 논의한 것도 적지 않은 영향을 주었다. 외국인 선교사가 토착민을 개종시키기 위해 전도하는 것을 선교의 개념으로 보았던 것에서 벗어나 교회가 세속적 문제에 참여하는 것을 선교의 새로운 개념으로 보는 변화가 나타났던 것이다.

1960년대 말과 70년대 초에 걸쳐 우리 교계에 가장 큰 영향을 준 것은 네덜란드의 신학자 호켄다이크(J. C. Hoekendijk)의 '하나님의 선교'(Missio Dei) 신학이었다. 이 'Missio Dei'의 신학사상은 1952년 독일의 빌링겐대회에서 처음 그 모습을 드러낸 후 1960년대 들어 세계교회에 널리 보급되었다.

지금까지의 선교가 '교회의 선교'였다면 이제부터는 그 주체가 하나님 자신이라는 것, 그리고 '교회의 선교'가 개인의 구원을 중심으로 하는 것이었다면 '하나님의 선교'는 하나님의 피조물인 사회 전체의 구원, 즉 정치, 사회, 경제 등 총체적인 구원이 그 목표가 된다는 것이었다. 교회가 자신의 정치경제적 팽창을 위해 선교를 도구로 사용해온 것에 반해, 하나님의 선교는 교회를 선교의 도구로 사용하여 인간을 자유롭게 하고 하나님의 나라를 확장시키는 것이라 보았다. 인간이 만든 사회와 역사뿐만 아니라 자연과 우주 전체가 선교의 대상이라고 보는 신학사상이었다.

하나님의 선교의 신학이 우리나라 교회에서 처음 논의된 것은

1969년 1월 27일 NCCK가 주최한 '제2회 전국기독자협의회'에
서였다. 협의회가 주제를 '오늘의 한국에서의 하나님의 선교'로
하고, 교회에 대해 새로운 인식을 가질 것과 교회의 혁신을 제
창함으로써 세속사회에 대한 교회의 개방과 참여를 적극 뒷받
침하는 계기를 마련했던 것이다.

주민조직 이론의 선구자 알린스키

그런데 당시 빈민선교에 참여했던 사람들은 왜 '빈민전도'라
하지 않고 '빈민선교'라고 했을까? 그것은 '전도'와 '선교'가 비
슷한 말이긴 하지만 분명하게 구별할 필요가 있었기 때문이다.
'선교'는 하나님의 선물을 세상에 나누어주는 일이고, '전도'는
교회 안에 끌어들여서 내 사람을 만든다는 의미가 강하다. 물론
전도를 통해 기독교신앙을 가질 수 있게 하므로 전도도 필요하
다. 전도를 받은 사람이 그 다음에 해야 할 일이 선교다.

전도는 사람을 교회로 끌어들이는 일이지만, 끌어들인 사람을
세상에 내보내 각기 하나님이 보내신 일꾼으로서 이웃사랑을
실천하게 하는 것이 선교다. 세상에서 강도 만난 이웃들을 도와
주는 착한 사마리아인(눅 10 : 33)이 되게 하는 것이다. 하나님은
오늘도 일하시고, 그리스도는 지금도 십자가의 길을 걸어가시
며, 성령은 교회를 움직여 그리스도의 뒤를 따르게 하신다는 사
실을 알게 하는 것, 그것을 우리는 선교(mission)라고 부른다.

선교의 창시자와 주체는 언제나 하나님이요, 사람은 보내심을 받은 자에 불과하다. 전도는 선교일 수도 있고 아닐 수도 있다. 전통적으로 전도는 개종시키는 것을 목적으로 하기 때문에 개종하지 않거나 개종할 가망이 없는 사람은 전도의 대상에서 제외되어 전도자의 관심 밖으로 떨어진다. 전도자는 개종할 가망이 보이는 사람은 사랑하지만 그럴 가망이 없는 사람은 다만 불쌍히 여길 뿐이다. 그러나 선교는 하나님이 하시는 일이기 때문에 아무도 그 대상에서 제외시킬 수 없다.

이처럼 한국에서는 기독교의 사회참여와 선교이론에 대한 신학적 발전이 놀라우리만큼 이루어졌음에도 불구하고, 그것을 구체적으로 실천하는 데 필요한 이론이나 방법에 대한 지식은 갖추고 있지 못했다. 그때 많은 도움을 준 것이 미국의 민권운동가 쏠 D. 알린스키의 주민조직 이론과 브라질의 성인교육학자 파울로 프레이리(Paulo Freire)의 의식화 이론이었다.

알린스키는 이미 1946년에 주민조직운동을 시작했고, 이 분야 활동가들을 길러내는 조직 IAF(Industrial Area Foundation)를 만들었다. 주민조직운동의 세계적인 선구자인 알린스키와 조지 타드 목사를 우리나라에 처음 소개한 사람은 오재식 선생이다. 알린스키를 오선생에게 처음 소개해준 사람은 조지 타드였고, 조지 타드를 소개해준 것은 전 주한 미국대사 제임스 레이니(James Laney)였다고 한다. 레이니씨는 대사로 부임하기 전인 1960년에 선교사로 한국에 와서 4년 동안 오선생과 함께 일한 적이 있고, 대만에 선교사로 와 있던 조지 타드를 소개시켜주었다. 1966년 조지 타드가 한국을 방문했을 때 오선생은 한국의 노동운동에 관심있는 그를 안내하면서 깊이 사귀게 되었다.

그뒤 미국 연합장로교 도시산업선교국장이 된 타드는 미국 예일대 신학교 석사과정을 마친 오선생에게 약 석달 동안 미국 전역의 대표적인 흑인 거주지역과 산업현장을 돌아볼 수 있는 기회를 주었다.

오선생은 이때 미국 흑인사회의 주민조직운동을 직접 볼 수 있었고, 조지 타드의 소개로 알린스키를 알게 되었다고 한다. 그뒤 오선생은 로스앤젤레스에서 알린스키가 지도하는 주민조직 연수프로그램에 이주일 동안 참여하여 그의 강의에서 많은 감명을 받았다. 알린스키는 조지 타드의 권고와 지원하에 1971년 6월 한국을 방문하여 조승혁 목사와 함께 빈민지역을 직접 찾아가 현장을 돌아보고 운동가들을 지도했다.

오재식 선생에 의하면 알린스키는 오바마(Obama) 미국대통령의 정신적 스승이었다고 한다. 오바마는 알린스키의 IAF에서 연수를 받고 시카고에서 지역 주민조직운동에 투신하면서 자신의 정치적 기반을 닦았다. 오바마의 선거자금 모금액은 공화당의 존 매케인(John S. McCain)을 능가했는데, 그에게 선거자금을 열심히 모아준 것도 이 주민조직이었다고 한다. 주민들이 자발적으로 10달러, 20달러씩 모아준 것이 이렇게 큰 자금이 되었다는 것이다. 미 국무장관 힐러리 클린턴(Hillary Clinton)의 졸업논문도 알린스키에 대한 것이었다니, 그동안 우리 사회는 알린스키에 대해 너무 무관심했거나 낡은 이데올로기에 사로잡혀 그의 사상적 가치를 몰라본 셈이다.

한국에서 한동안 주민조직 훈련 책임을 맡은 허버트 화이트 목사 또한 이런 이론을 소개하고 이해시키는 데 열심이었다. 그는 주민조직 훈련에 온갖 정성을 쏟아부었다. 매주 한번씩 보고받고, 일하는 사람들의 생활비와 활동비 등도 세심하게 챙겨주었다.

그런데 당시를 돌아볼 때 한가지 유감스러운 것이 있다. 주민조직 활동에 참가한 사람들이 그때그때 제출한 보고서가 현재 여기에 남아 있지 않다는 것이다. 이 보고서는 연세대 도시문제 연구소에 보관돼 있었는데, 누군가가 미국으로 다 가져갔다고 들었다. 아마도 한국의 정보기관이 이를 압수해갈 경우 복잡한 문제가 생길 가능성이 있다고 보았기 때문일 것이다. 이 보고서는 그 어려웠던 시절 판자촌 사람들이 얼마나 가난하게 살았는지, 조직가들이 그들과 함께 살면서 비참한 생활과 억울함을 어떻게 기록했는지, 그리고 그들이 자신의 생존권을 지키기 위해 어떻게 싸웠는지를 생생하게 증언한 우리 민중의 귀중한 생활사다. 우리 현대사의 중요한 자료일 뿐만 아니라 이 회고담에도 많은 도움이 되었을 터인데 아쉽다.

기독교방송의 상무가 되다

『기독교사상』 주간과 정기간행물 부장을 겸하면서 도시빈민선교 일로 바쁘게 뛰어다니던 1970년 3월 중순, 기독교방송 (CBS, Christian Broadcasting System)의 오재경(吳在璟) 이사장으로부터 방송담당 상무로 와서 일해주지 않겠느냐는 제의를 받았다. 오이사장은 지난날 공보부장관을 지낸 분이지만, 방송에 대한 경험이 전혀 없던 터라 기독교계 인사 중에 방송경험이 있는 사람을 찾고 있었다. 그러던 중 내가 유엔군사령부의 VUNC에서 일한 경험이 있다는 것을 알게 되어 내게 제안을 해온 것이었다.

그 시절 오재경씨는 그동안 사장을 하던 미국인 오토 디캠프 (Otto E. De Camp, 한국이름은 감의도로 1954년 12월 15일 기독교 라디오방송을 설립했다) 선교사가 정년퇴직하자 후임으로 사장직을 맡고 있었다. 당시 CBS의 사장 및 간부직원은 NCCK의 음영(音影)위원회가 여러 교단의 의견을 모아 추천하는 절차를 거쳐 임명하게 되어 있었다. 방송국엔 방송담당 상무와 영업담당 상무 두명이 있는데, 방송담당 상무는 보도국과 편성국, 기술국을 지휘했다. 오이사장은 보도와 편성 등 방송국의 중요한 일들을 모두 믿고 맡길 테니 와서 도와달라고 간곡히 부탁했다.

CBS의 제안을 기독교서회의 총무(당시엔 사장직을 맡고 있던 사람을 총무라고 불렀다)였던 조선출 목사에게 상의했다. 그랬더니 "무슨 소리를 하고 있어?" 하면서 놓아주지 않았다. 그러자 오이사장이 조목사를 찾아가 적절한 사람을 찾을 때까지 몇 달 동안만이라도 사람을 빌려달라고 한 모양이었다. 그래서 오전에는 기독교서회에서, 오후에는 CBS에서 일하는 어정쩡한 상태가 한동안 계속되었다. 당시는 종로5가에 기독교회관이 완공

되어 기독교서회는 1, 2층을, CBS는 8, 9층을 썼다.

한달쯤 됐던가? 그런 상태로는 더이상 일을 제대로 할 수 없어서 조선출 목사에게 "이렇게는 더이상 못하겠습니다. 양쪽 사이에 끼어서 몹시 고단합니다. 선택을 해주십시오" 하고 호소했다. 조목사도 더는 어쩔 수 없다고 판단했는지 나를 CBS로 보내주었다.

그리하여 1970년 4월부터 나는 CBS에서 방송·기술담당 상무로 일하게 되었다. 첫 출근날, 오재경 이사장 겸 사장을 만나 내가 생각하는 CBS의 성격을 말씀드리고 동의를 얻어냈다. CBS가 기독교계의 뉴스를 우선 다루는 것은 당연하지만, 언제나 힘없고 억압당하는 사람들 편에 서야 하며 정치문제는 여야 공평하게 시간을 배당해야 한다는 것이었다.

전태일의 죽음이 준 충격

CBS에서 일한 지 반년이 지났을 무렵인 1970년 11월 13일, 가난한 노동자 전태일(全泰壹)이 "근로기준법을 준수하라! 우리는 기계가 아니다!"라고 외치며 온몸에 석유를 뿌리고 분신하여 23살의 꽃다운 나이에 세상을 뜬 사건이 일어났다. 그동안 우리 사회에는 여러 의로운 죽음이 있었지만, 1970년대 이후 오늘에 이르기까지 전태일의 죽음처럼 큰 영향을 준 것도 드물 것이다. 그의 이름은 민주주의와 인권을 주장하는 학생, 노동자,

지식인 들의 외침 속에 끊임없이 등장하여 양심을 일깨워주고 의로운 싸움을 격려해주는 상징이 되었다.

전태일이 분신했을 때 동대문 평화시장 안에 밀집되어 있던 1천여개의 봉제공장에서는 약 2만7천여명의 노동자들이 일하고 있었다. 그들은 14세에서 24세 사이의 젊은 여성들로, 거의가 가난한 농촌 출신이었다. 그들의 노동조건은 상상하기 어려울 만큼 열악했지만, 업주는 말할 것도 없고 정부도 이런 상태를 시정해달라는 노동자들의 탄원을 10여차례나 묵살했다. 언론에 호소도 해보았지만 효과가 없었고 경찰의 방해로 시위도 좌절당했다. 이런 절망적인 상태를 타개하기 위해 전태일이 선택할 수 있는 길은 죽음밖에 없었다.

1948년 8월 대구에서 태어난 전태일은 16살의 나이에 평화시장 봉제공장에 취직한 이후 "아침 8시부터 저녁 11시까지 하루 15시간 가위질과 다리미질을 하며" 기나긴 고통의 날들을 보냈다. "허리가 결리고 손바닥이 부르터 피가 나고, 손목과 다리가 조금도 쉬지 않고 아프니 정말 죽고 싶을" 만큼 괴로워하며 살았다. 이런 노동조건을 개선해보려다가 해고당한 그는 막노동판을 전전하다가 다시 평화시장으로 돌아와 다른 동료들과 함께 근로조건을 바꾸기 위한 시위를 벌였다. 그러나 업주와 경찰의 방해로 또다시 좌절할 수밖에 없었다.

당시 평화시장의 노동자들은 어떤 상태에 놓여 있었던가? 고(故) 조영래(趙英來) 변호사는 그의 저서 『어느 청년노동자의 삶과 죽음——전태일 평전』(돌베개 1983)에서 다음과 같이 썼다.

노동시간은 작업량이 비교적 많은 기간(가을, 겨울, 봄)은 보통 아침 8시 반 출근에 밤 11시 퇴근으로, 하루 평균 14~15시간이었다. 일거리가 밀릴 때는 물론 야간작업을 하는 일도 허다하며, 심한 경우는 사흘씩 연거푸 밤낮으로 일하는 경우도 있다. 업주들이 어린 시다들에게 잠 안 오는 약을 먹이거나 주사를 놓아가며 밤일을 시키는 것도 이런 때이다. (…)

미싱사의 손가락 끝의 살갗이 닳고 닳아서 지문이 없다. 자크를 달 때는 둘째와 셋째 손가락 끝이 빨개져서 누르면 피가 솟아 나온다. 하루의 일을 끝내고 자리에서 일어나면 어지럼증이 나고 장딴지가 붓고 몸 구석구석이 쑥쑥 아리며 힘이 빠져서 걷기가 힘들다. 퇴근할 때 구두를 신으려면 부어오른 발등이 구두에 들어가지 않아 억지로 구두끈을 졸라맨다. 미싱사들의 발등에는 거의 예외없이 구두끈 자국이 남아 있다. (…)

나쁜 작업환경 중에서도 가장 대표적인 것은 앞에서도 설명한 다락방이란 것이었다. 이것은 업주들이 좁은 작업장 공간을 최대한으로 활용함으로써 생산비를 절감하고자 만든 것인데, 바로 이 사실이야말로 한국의 저임금 경제가 딛고 선 냉혹한 인간경시, 인간 비료화, 저 참혹한 노동지옥을 상징하고도 남음이 있다. 부모로부터 물려받은 멀쩡한 육신을 제대로 바로 펴지 못하고 비좁은 작업장 사이를 허리를 꾸부리고 걸어다니는 노동자들을 상상해보라.

—『어느 청년노동자의 삶과 죽음』 86~90면

이것이 바로 평화시장 노동자들이 놓여 있는 상태였다. 우리가 도시빈민 조직운동을 하고 있던 판자촌 주민들 대부분도 이와 크게 다르지 않았다. 전태일의 분신 소식에 나도 놀랐다. 그의 죽음에 얽힌 이야기를 들으면서 나는 우리가 하고 있는 일, 즉 도시빈민선교와 주민조직운동이 옳다는 것을 다시 확인했다. 우리의 일이야 고작 그들에게 고통의 바다 위에 떠 있는 한 조각 조그만 배에 불과하지만, 그래도 그것이 조금이나마 도움과 위안이 될 것이라고 믿었다.

나는 지금도 그 옛날 내가 직접 보고 들었던 노동자들의 고통스런 삶을 떠올릴 때마다 오늘 우리가 누리는 경제발전이 그들의 피나는 고통과 눈물로 이룩된 것이라는 믿음을 거듭 확인하며 그들에게 감사한다. 우리의 경제발전이 '개발독재' 덕분에 이룩된 것이라면서 그 독재를 긍정하는 사람들이 있는가 하면 그 시대에 향수마저 느끼는 사람들도 있다. 그들은 우리의 '오늘'이 근원적으로 어디에서 온 것인가를 제대로 알고 있는 것일까? '오늘'의 뒤에 인간 이하의 대접 속에 피 흘리며 일한 수많은 노동자들의 고통과 눈물이 있었다는 것을 모르거나 잊어버리거나 외면하는 것은 아닐까?

전태일의 분신자살은 그 다음날인 11월 14일 『한국일보』에 짤막하게 보도되었으나, 그가 왜 극단적으로 자기 몸을 불사르지 않으면 안되었나에 대한 이유, 즉 평화시장 노동자들의 비참한 실태에 대한 보도는 없었다. 특히 주요 방송은 이 사건에 대해 단 한마디도 보도하지 않았다. 권력이 무서워 제대로 보도할 용기도 없었을뿐더러 노동문제를 오랫동안 금기사항으로 취급해온 터라 아예 다룰 생각조차 하지 않은 것이다.

CBS는 이 사건을 정규방송 뉴스로 짤막하게 보도했으나, 이 죽음이 말해주는 의미를 어떻게 알릴 것인가 고심했다. 그러던 차에 아주 좋은 계기를 만났다. 당시 CBS는 주일마다 교회에서 예배를 녹취하여 목사님들의 설교를 방송했는데, 마침 경동교회에서 강원룡 목사가 설교를 통해 전태일의 죽음을 이야기한 것이었다. 전태일이 분신한 지 이틀 뒤의 주일예배 설교였다.

CBS는 이 설교 전체를 녹음해서 방송했다. 거의 모든 신문 방송이 침묵하고 있던 때라 우리들의 보도는 청취자들로부터 아주 좋은 반응을 얻었다. 웅변으로 토해내는 강목사의 설교는 자세한 사실을 알려줄 뿐만 아니라 사건에 대한 그의 뜨거운 견해를 담고 있었으므로 사람들의 마음을 울리기에 충분했다. CBS는 이런 보도를 통해 일반시민들, 특히 학생들로부터 많은 신뢰를 얻었다.

중앙정보부는 언제나 방송을 모니터하고 있었으므로 당연히 전태일 사건에 대한 CBS의 보도를 다 듣고 있었다. 예상대로 즉시 오재경 이사장에게 전화를 걸어 "당신네들 정말 이럴 거냐"고 협박을 해왔다. 오이사장은 "우리는 늘 하던 대로 주일예배를 녹취하여 내보냈을 뿐"이라고 대답했다. 전태일 사건을 보도한 것이 아니라 주일예배 설교를 방송한 것이라는 대답이었다.

노동운동을 하던 한 젊은 노동자가 '근로기준법' 책과 자기 몸을 불태운 이 사건이 세상에 알려지자 놀라운 변화가 일어나기 시작했다. 참혹한 노동현실이 알려지면서 사람들은 비로소 노동자들에게 관심을 갖게 되었으며 오랫동안 금기로 여겨왔던 '노동'이라는 말을 입에 담을 수 있게 됐다.

근로기준법이 난해하여 "아, 나에게는 왜 대학생 친구가 없는가"라고 탄식했던 전태일의 말은 특히 대학생들의 마음을 울렸다. 그가 죽은 지 사흘째 되던 날인 1970년 11월 16일, 이 이야기를 들은 서울대 법대생 100여명이 모임을 갖고 전태일의 시체를 인수하여 서울대 법대 학생장으로 장례식을 거행키로 했다. 뒤이어 서울대 상대 학생 400여명이 집회를 열고 정부를 비판하면서 무기한 단식에 들어갔는가 하면, 다시 서울대 법대, 문리대 학생들과 이화여대생들이 서울대 법대 구내에서 '전태일 추도식'을 갖고 전태일을 죽인 기업주, 정부당국, 어용노총, 지식인들을 고발하며 항의시위에 나서 경찰과 충돌했다. 당국이 서울대에 무기한 휴교령을 내리자 학생들의 철야농성이 이어졌다. 이처럼 전태일의 죽음은 학생, 지식인, 종교인 들의 잠자던 양심을 일깨워 그들을 노동자들과 결합시켜주는 촉매가 되었다.

김대중 전대통령에게 방송에서 발언할 기회를 주다

1971년 4월 초 어느날, 나는 『동아일보』의 천관우(千寬宇) 주필로부터 붓글씨로 쓴 편지 한장을 받았다. 사회 중진들이 민주화운동을 지속적으로 펴나가기 위해 '민주수호국민협의회'를 결성하려고 하는데, 여기에 참여해주시고 CBS가 이를 잘 보도해주기 바란다는 내용이었다. 천주필은 자신이 속해 있는『동아일보』도 이 뉴스를 제대로 보도하지 못할 거라면서 CBS에 기대할 수밖에 없다고 썼다. 나는 김재준 목사를 통해 이 모임이 준비되고 있다는 것을 이미 알고 있었다.

민주수호국민협의회는 4월 27일로 다가온 대통령선거가 우리나라의 민주주의에 결정적 중요성을 지닌다고 보고 재야 지식인들이 이에 적극 대처하기 위해, 그리고 민주화운동을 좀더 조직적으로 펴나가기 위해 만든 조직이었다. 중요한 사태를 맞을 때마다 일시적인 성명 발표로 끝내는 운동방식을 넘어서자는 취지였다.

학계, 언론계, 법조계, 종교계, 문화계 등 각계 인사 25명은 1971년 4월 8일 서울 YMCA 회관에서 모임을 갖고 민주수호국민협의회를 발족시키기로 합의하고 '민주수호 선언'을 발표했다. 나도 이 선언과 조직에 참여했다. 정석해, 정하은, 조용범, 장용, 이병린, 이병용, 신순언, 천관우, 양호민, 남정현, 구중서, 김지하, 박용숙, 이호철, 방영웅, 최인훈, 조태일, 한남철, 박태순, 김재준, 장기철, 조향록, 윤현, 김정례 등이 이 단체에 참여한 주요 인사들이다. 민주수호국민협의회는 11일 뒤인 4월 19일 대성빌딩 강당에서 정식 발족되었으며, 김재준, 이병린, 천관우씨를 대표위원으로 선출했다. 나는 CBS 기자들을 데리고 대회에 참석하여 이 조직의 탄생을 비교적 충실하게 보도했다.

협의회는 전원이 비정치인으로 구성되었으므로 정당정치로부터 초연한 입장에서 민주화운동을 펴나갔다. 이는 재야 민주화세력이 비장한 결의로 독자적 민주화투쟁 단체를 만들어 운동을 펼친 본격적인 조직투쟁의 탄생을 뜻하는 것이었다. 이 단체는 '3선개헌반대 범국민투쟁위원회'(위원장 김재준 목사)처럼 재야, 지식인들의 연합체였다. 지식인을 중심으로 한 협의회가 민주화운동과 공명선거운동을 펼쳐나가자 청년학생들도 여기에 호응하여 민주수호전국청년학생연맹, 민주수호청년협의회, 민주수호기독청년협의회 등의 단체를 발족시켜 선거참관운동 등을 펴나갔다.

3선개헌 후 우리나라 민주주의의 장래가 걸려 있다는 대통령 선거가 다가오고 있었다. 박정권은 법이 금지하고 있음에도 각종 단합대회, 기공식, 선심공사 등을 마구 벌여나가면서 부정선거운동을 자행했다. 극히 불리한 조건에서 야당이 의존할 수 있는 것은 언론뿐이었는데, 그 언론도 권력의 노골적인 압력을 받아 야당은 무시하고 여당 쪽의 주장만 내보내고 있었다.

이런 상황에서 CBS가 야당을 도울 수는 없을까? 야당 대통령 후보가 어떤 사람이며 그가 어떤 정치적 비전과 정책을 갖고 있는지 국민들은 알 권리가 있지 않은가? 나는 김대중 후보에게 자신의 정견(政見)을 말할 수 있는 기회가 주어져야 한다고 보았다. 그래서 생각해낸 것이 김대중 후보와 김수환(金壽煥) 추기경이 방송에 나와 대담을 하는 것이었다. 두 사람 모두 가톨릭신자였으므로 조금은 자연스런 인상을 줄 수 있고, 만약 문제를 삼는다면 가톨릭신자끼리 오늘의 현실문제에 대해 이야기를 나누어본 것이라고 주장할 셈이었다. 성공회의 조광은(趙光恩) 신부가 사회를 보는 가운데 두시간에 걸쳐 대담을 하고 그것을 한시간씩 이틀에 걸쳐 내보내기로 했다. 처음엔 신앙 이야기로 시작했으나, 점점 정치 이야기로 옮겨가 김대중 후보의 생각과 주장이 그런대로 전달될 수 있었다.

이 대담프로는 우리가 예상한 것보다 훨씬 반응이 좋았다. 김대중 후보의 음성이 방송전파를 탔다는 사실 자체가 신선한 뉴스가 된 것 같았다. CBS를 틀면 다른 방송이나 신문에서는 접할 수 없는 뉴스를 듣게 된다는 소문이 입에서 입으로 퍼져나가 청취율도 계속 올라갔다.

이 프로그램의 1회분이 나가자 청와대는 크게 흥분한 모양이었다. 곧 공화당 대변인이라는 사람이 나를 찾아왔다. 먼저 오재경 사장을 찾아갔으나 방송 실무에 대해선 담당 상무를 찾아가보라고 한 모양이었다. 그는 나를 만나자마자 "상무님, 나를 좀 도와주십시오. 우리를 좀 도와주세요. 이런 식으로 나가면 참 곤란합니다. 제발 다음회분은 내보내지 말아주십시오"하면서 반은 호소하고 반은 협박조로 나왔다.

나는 이 프로그램이 정치 프로그램이 아니라 종교인들끼리 나누는 대화라고 거듭 강조했다. 그리고 CBS가 어떤 원칙 아래 보도하고 있는가를 설명하면서 이런 원칙은 어길 수 없으며 앞으로도 계속 지켜질 것이라고 말했다. 그랬더니 그는 "계속 이렇게 나오면 방송허가를 취소할 수도 있다"고 공갈했다. 상대가 이렇게 나오면 겁이 날 만도 한데, 그땐 나도 좀 돌았는지 조금도 겁나지 않았다. 그는 "어디 두고 봅시다"라는 말을 남기고는 문을 박차고 나가버렸다.

CBS 뉴스는 박정희정권 쪽에서도 많이 듣는 모양이었다. 전해들은 이야기지만, 박대통령이 광주로 유세를 가서 광주 보안대에 들렀을 때의 일이다. 박대통령이 어느 방에 들어갔더니 뉴스가 방송되고 있었다. "그거 어느 방송이야?" 하고 대통령이 물었다. 보안대 직원이 엉겹결에 "예, CBS입니다"라고 대답하자 "아니, 보안대에서 KBS를 안 듣고 CBS를 들어?" 하고 뜻밖이라는 듯 힐난조로 물었다. 그랬더니 그 보안대원의 대답이 또 뜻밖이었다. "각하, CBS를 들어야 정세를 제대로 파악할 수 있습니다." 정보는 객관적이고 정확해야 정보로서의 가치가 있다는 것을 말해주는 일화다.

언론을 향한 중앙정보부의 탄압

CBS가 자기 원칙을 굽힘없이 지켜나가자 마침내 중앙정보부가 전면에 나섰다. 우리 방송의 보도국장을 잡아다 족치기 시작한 것이다. 보도국장은 한때 주요 일간지에서 일하면서 꽤 많은 취재와 보도 경험을 쌓은 사람인데도, 정보부에 한번 끌려갔다

오더니 갑자기 달라져버렸다. 협박공갈을 되게 당한 모양이었다. 그뒤부터 마땅히 보도해야 할 주요 뉴스가 쓰레기통에 들어가버린다는 불평이 들려왔다. 당시 CBS엔 똑똑한 기자들이 많았는데, 그들이 열심히 뛰어다니며 취재해온 주요 기사가 보도되지 않는다는 이야기를 들으니 가만있을 수 없었다.

그래서 이것을 바로잡고자 뉴스방송이 시작되기 15분 전쯤에 보도국장실에 들어가 국장 옆에 의자를 놓고 앉았다. 보도국장이 기사를 쓰레기통에 버리려 하면 "어디 좀 봅시다, 이거 별로 문제될 거 없는데…… 이런 뉴스는 내보내야 하는 것 아닙니까?" 하고 보도를 지시했다. 뉴스시간마다 보도국장 옆에 앉아 감독을 하니까 그도 어쩔 수 없었다.

물론 모든 뉴스나 프로그램의 방송 여부를 나 혼자 결정한 것은 아니었다. 중요한 사항은 이사장과 상의해 결정해야 했다. 그러다보니 보도하고 싶었으나 내보내지 못한 뉴스도 적지 않았다. 하지만 다른 언론사에 비하면 훨씬 좋았다. 학생들은 주요 일간신문과 방송에서 취재하러 오면 "단 한줄도, 한마디도 보도하지 못하는 주제에 취재는 무슨 취재냐"고 야유하면서 돌려보냈다. 그러나 CBS 기자만은 받아들였다. 학생들의 이러한 취재 거부는 다른 언론사 기자들에게는 견디기 어려운 모욕이었다.

1971년 4월 15일 『동아일보』 기자들이 '언론자유수호선언'을 발표하고 뒤이어 주요 언론사 기자들이 언론자유수호운동을 벌여나간 것도 언론에 대한 불신과 비판이 젊은 기자들의 양심을 자극했기 때문이다. 그러나 기자들의 몸부림에도 불구하고 주요 신문과 방송의 보도는 별로 달라지지 않았다. 중앙정보부를 비롯한 수사기관원들이 노골적으로 언론통제를 강화해갔기 때문이다.

한번은 기자들이 '오직 우리 방송만의 특종'이라면서 녹취해온 학생들의 격렬한 시위를 보도하자고 주장했다. 나는 고심하다가 이런 녹취보도는 일단 이사장의 의견을 들어보는 것이 마땅한 절차라고 생각하고 기자들을 설득했다. 기자들은 서울대 법대 학생들이 총회를 하면서 성명서를 낭독하고 구호를 외치는 생생한 현장녹음을 이사장에게 들려주면서 "이것은 우리 CBS만이 내보낼 수 있는 것이니 뉴스에 포함시키면 어떨까요?" 하면서 그의 안색을 살폈다. 이사장은 우리 방송만의 특종이란 이야기에 용기를 내는 듯하더니, "박목사, 날 좀 봐줘. 이거 나가면 우린 끝장이야" 하고 난감해했다. 나는 어쩔 수 없이 "알았다" 하고 나와서는 "야, 우리 이사장 좀 봐주자. 그러지 않아도 힘들 텐데 이거 내보냈다가는 큰일날 거다" 하고 기자들을 설득했고, 결국 그 기사는 방송에 나가지 못했다.

이런 일이 있을 때면 CBS 기자는 다른 방송사보다 월급도 적게 받는데 이런 것이라도 방송으로 나가야 일하는 의미가 있지 않겠느냐, 나가지도 못하는 기사 취재는 해서 뭐 하느냐고 항의하기도 했다. 당시 나는 기자들을 달래는 한편 이사장을 설득해야 하는 어려운 처지에 놓여 있었다.

그러나 우리의 보도활동이 정해놓은 원칙을 크게 벗어나는 일은 없었다. 우리 기자들의 요구를 전적으로 만족시킬 수는 없었지만, 학생들의 주요한 시위에 관해서는 자극적인 현장녹음을 빼고는 대부분 보도했다.

이런 일이 반복되자 정보부에서 슬그머니 방침을 바꾸어 이사장을 직접 협박하기 시작했다. 나한테는 더이상 어떻게 해볼 도리가 없다고 판단했던 모양이다. 하루는 김모라는 정보부 차장이 어느 호텔로 이사장을 불러내 "박형규를 내보내시오. 박형규를 안 내보내면 당신도 무사하지 못할 겁니다" 하고 협박했다. 그리고 집요하게 이사장을 심리적으로 압박하고 괴롭혔다. 그들은 이사장의 전화를 대놓고 도청했고 가는 곳마다 따라다니며 미행했다. 심지어는 결혼식 주례를 하는 데도 따라와 압박을 주었다.

CBS를 사직하다

그러다가 정보부로부터 어떤 결정적인 협박을 받았는지 대통령선거를 약 일주일 앞둔 어느날, 이사장이 나를 불렀다. 그러고는 "박상무, 이제부터 보도부 결재는 내가 직접 할 거야" 하고 나에게 통고했다. 그것은 상무직의 직권을 박탈하고 방송관계의 모든 것을 직접 결정하겠다는 이야기였다.

나는 그의 결정을 우회적인 사직 권고로 받아들였다. 그래서 "그러면 내일부터 나오지 않겠다"고 했더니 이사장이 난처한 표정으로 매일 나와서 자리에는 앉아 있어달라고 부탁했다. 직원들이 알고 문제를 일으킬까봐 두려워하는 것 같았다. 그후 나는 며칠 동안 하는 일 없이 방송국에 왔다갔다하는 딱한 날들을 보내야 했다.

"국민들이 직접투표로 대통령을 뽑는 마지막 선거"라고 김대중 후보가 말했던 1971년 4월 27일의 선거는 결국 그의 패배로 끝났고, 그의 말대로 박정희가 죽기까지 국민이 자신의 손으로 대통령을 뽑는 선거는 없었다. 김후보의 패배는 약 94만6천표차였다.

나는 이날 투표를 마치고 수원에 있는 아카데미하우스의 훈련원을 찾아갔다. 쉬기도 하고 생각도 정리하고 싶었다. 마침 오재경 이사장이 와서 강원룡 목사와 이야기하고 있었다. 이사장은 곧 떠났고 강목사가 내게 긴히 할 이야기가 있다고 했다. 그는 "박목사, 참 힘들게 생겼다" 하고 말문을 열더니 그동안 일어난 일들을 이야기해주었다. 내가 대충 아는 내용들이었다. 그는 정보부가 이사장 전화를 도청하고 미행하며 감시한다는 이야기를 한참 하더니, "정보부 차장이라는 사람이 이사장을 호텔로 불러내 박형규를 안 내보내면 방송허가를 취소하겠다"고 협박했다면서 어떻게 하면 좋으냐고 물었다. 오재경 이사장이 방금 그 때문에 다녀갔다는 것을 알 수 있었다.

나는 오이사장이 어떤 입장에 처해 있는지, 또 강목사가 무슨 이야기를 하고 싶어하는지를 잘 알고 있었다. 그래서 "사실은 내가 일주일 전부터 직권정지를 당했는데, 그때부터 사표를 써서 갖고 다닌다. 그동안 이사장이 자리에 앉아 있어달라고 부탁하고 또 선거를 앞두고 직원들이 동요하여 시끄러워지지 않을까 신경쓰여 사직을 미루어왔다. 할 일 없이 자리에 앉아 있는 것도 괴로운 일이다. 이젠 선거도 끝나고 했으니 내일 사표를 내겠다"고 말해주었다.

그리고 다음날 사표를 냈다. 이사장은 사표를 받지 않겠다고 했으나 상무이사의 사표는 일단 NCCK 음영위원회의 공식적인 절차를 밟게 되어 있었다. 내 사표는 두어달 동안 처리되지 않다가 6월쯤 수리되었다.

아무 준비 없이 직장을 잃어 살아갈 길이 막막하긴 했으나 그렇게 불안하지는 않았다. 우선 한바탕 할 일을 하고 그만두었다는 자위감도 있고, 이 어려운 시대에 이만한 고초는 겪는 것이 당연하지 않느냐는 생각도 들었다. 그리고 나에겐 살아갈 집도 있지 않은가?

나는 베다니학원에서 기독교서회로 옮기면서 화양동에 집을 마련했다. 베다니학원은 사택을 제공했지만 기독교서회는 그러지 못했으므로 당장 거처할 곳이 필요했다. 다행히 부모님이 남겨주신 시골집을 정리하고 친구 장상문과 박영희 전도사 내외분의 도움을 받아 성동구 송정동 수도사범대학 뒤쪽에 새로 지은 주택을 하나 마련할 수 있었다.

당시 우리집 주변은 농토를 택지로 만든 곳이어서 비가 오면 언제나 질퍽거렸다. 우리 가족은 이 집에서 26년을 살았다. 내 인생의 격동기를 이곳에서 보낸 셈이다. 정보기관은 박정희 유신정권이 들어서면서 나를 감시하기 위해 이 동네 골목 입구 구멍가게에 기관원을 상주시켰다. 그래서 동네사람들이 "박목사 덕분에 우리 동네에 도둑은 들지 않지만 장사는 망쳤다"고 불편을 토로하기도 했다.

CBS 재직시절을 생각하면 아쉬운 것이 하나 있다. 1970년 5월호 『사상계』와 『민주전선』에 실린 유명한 담시 「오적」이 문제되어 감옥에 갔다 온 김지하 시인이 하루는 나를 찾아와 CBS에서 일하고 싶다고 했다. 뛰어난 예술적 재능을 지닌 인재여서 그를 영입하자고 이사장에게 권고했으나 이사장이 난색을 표해 성사되지 못했다. 권력의 미움을 사고 있는 사람을 쓰는 것이 쉽지 않았을 것이다. 「오적」이 폭발적인 반응과 화제를 일으켰던 터라, 그가 왔더라면 CBS는 더 특별한 프로그램을 만들고 더 많은 청취율을 누렸을 것이다.

수도권도시선교위원회를 만들다

방송국을 그만둔 후 나는 도시빈민선교 일을 더욱 열심히 했다. 그 밖에 내가 하는 일이란 매주 서울제일교회에 나가 주일예배 설교를 하고, 강원룡 목사의 부탁으로 크리스천 아카데미에서 일을 계속하는 것이었다. 서울제일교회는 1970년 3월 이기병(李基炳) 목사님이 작고하신 이래 담임목사가 없어 나에게 무보수로 설교를 부탁해왔다. 당시 이 교회엔 약 200여명에 이르렀던 교인들이 뿔뿔이 흩어져 50여명밖에 남지 않았으며, 교회 재정이 어려워 담임목사를 초빙할 형편이 못되었다.

크리스천 아카데미에서는 비상근으로 프로그램 위원장을 맡고 있었다. 나는 이때처럼 미친 듯이 일해본 적이 없었다. 이때는 내 전공이 아니었지만 갈브레이스(J. K. Galbraith)의 『풍요한 사회』(The Affluent Society)를 우리말로 번역하면서 경제학 공부를 하기도 했다.

이렇게 바쁘게 움직이던 1971년 7월 어느날, 크리스천 아카데미의 강원룡 목사가 나에게 지금 맡고 있는 프로그램 위원장직을 아카데미하우스의 원장대리로 격상시키고 약간의 급료를 지급할 테니 정식 출근하면서 젊은 목회자들의 사회의식을 높여주는 프로그램을 맡아보지 않겠느냐고 제안해왔다. 강목사의 제안 속엔 직장이 없는 나를 딱하게 여겨 돕고자 하는 뜻도 담겨 있었다.

그후 크리스천 아카데미에서 젊은 목사들과 가톨릭 사제들을 모아 쎄미나를 하고 빈민촌을 찾아가 주민들의 이야기도 들었다. 무너진 와우아파트 현장을 데리고 가서 보여주기도 했다. 간접적으로 듣는 것과 직접 보는 것은 다르게 마련이다. 빈민가의 비참한 삶은 우리 사회의 현실을 달리 보게 하고, 가난하고 소외된 형제들을 위해 크리스천이 무엇을 해야 할 것인가를 다시 생각하게 했을 것이다.

이런 모임을 위해 장소를 제공해주며 도와주신 분이 이한택(李漢澤) 신부였다. 당시 예수회의 고위직에 있으면서 서강대학 총장과 이사장을 역임했고, 지금은 주교가 되어 의정부교구 장을 맡고 있는 분이다. 내가 이분을 처음 알게 된 것은 미국에 서 같은 비행기를 타고 오면서였다. 비행기 안에서 내가 한국에 서 하고 있는 일에 대해 이야기했더니 자신도 돕겠다고 나섰다. 그뒤 자신이 관장하던 가톨릭의 '피정의 집'을 수시로 쓸 수 있 게 해주고, 가톨릭 사제들을 모아주는 등 이분의 도움을 많이 받았다.

이때 훗날 천주교정의구현전국사제단을 조직하고 이끈 김승 훈(金勝勳) 신부와 함세웅(咸世雄) 신부를 만났다. 그리고 당시 나와 함께 일을 열심히 한 사람이 얼마 전까지 국가인권위원회 의 이사이자 인권대사로 일했던 박경서(朴庚緖) 박사다. 당시 그는 크리스천 아카데미에서 원장을 대신해 운영을 총괄하는 직책을 맡고 있었다.

1970년 4월의 와우아파트 붕괴사건에 이어 1971년 8월 10일 에 터진 '광주단지' 주민들의 대규모 소요사태는 도시빈민 문제 를 더욱 중요한 사회문제로 등장시켰고, 따라서 빈민선교도 더 적극적으로 대응해야만 했다.

광주단지 사태는 서울시 당국이 강제로 광주(지금의 성남시) 로 이주시킨 판자촌의 가난한 사람들을 쓰레기 버리듯 내팽개 친 채 아무런 대책도 세워주지 않고, 주민들에게 했던 약속마저 일방적으로 파기한 사건이었다. 1969년 5월부터 서울 청계천 지역을 비롯한 여러 판자촌을 철거하면서 광주지역으로 옮겨진 이주민들은 14만5천명에 이르렀다. 이들은 도로도 배수시설도 없는 황량한 땅에 천막을 치고 살았다. 일자리도 없어 굶주리는 사람 또한 적지 않았다.

이 지역을 개발한다는 소식에 투기꾼들이 몰려들어 땅값이 뛰기 시작하자 서울시는 당초의 약속을 어기고 토지를 유상으로 불하하고 가옥취득세도 부과하겠다고 발표했다. 내 집과 땅을 가질 수 있다는 희망 하나에 모든 것을 걸었던 주민들의 분노는 하늘을 찔렀다. 그들은 대책위원회를 만들어 토지불하가격을 내려주고 가옥취득세도 내려달라고 요구했으나, 서울시는 대답이 없었다.

어린이부터 노인에 이르기까지 5만여명의 주민들이 "일자리를 달라" "백원에 산 땅을 만원에 파는 폭리를 취하지 말라" 등의 플래카드를 들고 경찰과 충돌했다. 주민들은 광주단지 성남출장소에 불을 지르는가 하면 버스와 트럭을 탈취해 플래카드를 들고 단지를 누비고 다녔다. 문제의 심각성을 뒤늦게 깨달은 서울시장이 주민들의 요구를 무조건 들어주겠다고 약속한 뒤에야 사태는 가라앉았다. 주민과 경찰 100여명이 다치고 23명의 주민이 구속된 이 시위는 주민들의 격렬한 집단행동으로는 유례가 없던 것으로, 도시빈민 문제가 얼마나 심각한가를 일깨워주었다.

이처럼 날로 심각해지는 도시빈민 문제를 보면서 이들을 대상으로 선교활동을 해오던 사람들은 더욱더 도덕적 책임을 느꼈다. "세상에서 가장 보잘것없는 사람에게 해준 것이 나에게 해준 것"이라는 마태복음(25:40)의 예수님 말씀을 거듭 되새겨보지 않을 수 없었다. 저 버림받은 사람들이야말로 이 시대의 가장 보잘것없는 사람들이 아닌가? 그들이야말로 오늘 우리 눈앞에 나타난 예수가 아닌가? 지금 그들에게 해줄 수 있는 것이 무엇인가? 옛날에 해오던 식으로 얼마간의 돈을 모아 구제활동을 하면 그만인가? 그런 것도 물론 도움이 될 것이다. 그러나 지금 그들에게 가장 필요한 것은 그들 스스로 각성하고 조직하여 문제를 해결해나가도록 돕는 일이 아닐까?

도시빈민선교에 대한 문제의식이 높아지던 가운데, 1968년 9월 연세대 도시문제연구소의 산하기관으로 시작된 도시선교위원회에 대한 미국 연합장로교의 3년에 걸친 지원이 끝나가고 있었다. 그래서 우리는 그동안의 경험을 살려 더 적극적으로 빈민선교활동을 해나가기로 하고, 1971년 9월 1일 초교파적인 선교기구인 '수도권도시선교위원회'를 발족시켰다. 가톨릭, 예수교장로회, 기독교감리회, 기독교장로회 등 주요 교단의 성직자들이 참여한 조직이었다. 내가 위원장을 맡고 총무 조승혁, 주무간사 권호경, 위원 김동수, 이성길, 현영학, 신익호, 김정국, 박봉배, 최종철, 한철하, 임인봉, 도건일, 그리고 협력실무자 김동완, 전용환 등 여러분들이 참여했다. 초창기 실무자들의 생활비는 소속 교단으로부터 지원받기로 했다.

수도권도시선교위원회가 하고자 하는 일은 발족취지문에 잘 나타나 있듯이 급격한 산업화와 도시화로 인해 생겨난 도시빈민 문제를 "그들의 입장에 서서 조직적으로, 정책적으로 대처"하는 것이었다. "종래와 같은 자선적 입장에서가 아니라 지역사회 주민 스스로가 자신들의 문제를 인식하고 스스로 힘을 모아 조직화된 힘에 의해 해결해나가도록 돕는 것"이었다.

창립 후 위원회는 활동지역을 나누어 실무자들에게 책임을 맡겼다. 서울 중구 오장동 중부시장은 권호경 전도사, 영등포 구로동은 김동완(金東完) 전도사, 한양대 뒷산 사근동은 김진홍 전도사, 성동지역은 가톨릭의 윤순녀 자매, 인천의 만석동은 전용환 전도사, 안양지역은 한성인씨 등이 담당했다. 김혜경 여사도 빈민지역에 들어가 일하면서 1985년 천주교 도시빈민회를 창립했으며, 2004년엔 민주노동당 대표를 역임했다.

또한 수도권도시선교위원회는 민중선교를 지향하는 단체들끼리 서로 협의하고 도와야 할 필요를 느껴 1971년 9월 28일 결성된 '크리스천사회행동협의체'에 참여했다. 이 단체는 신·구교를 망라하여 빈민선교를 하는 학생단체, 산업선교단체, 도시빈민선교단체 등이 참여했다. 천주교의 박홍(朴弘) 신부가 이사장을 맡았고 내가 부이사장을 맡았다.

그러나 이 협의체는 유신체제가 들어선 후 여러가지로 제약을 받아 제대로 활동할 수 없었다. 그래서 발전적 해체를 한 후 이듬해인 1972년 3월 6일, 그 이름을 '에큐메니컬 현대선교협의체'로 바꾸고 조직을 재정비하여 다시 출발했다.

지학순 주교의 용기와 침묵시위

크리스천사회행동협의체를 생각하면 떠오르는 사건이 하나 있다. 이 협의체에 속한 회원단체 대표 26명이 1971년 10월 8일 혜화동에 있는 가톨릭학생회관에서 '사회정의 실현 촉진대회'를 열고 시가행진에 나선 일이다. 이 대회는 가톨릭 원주교구에서 일으킨 부정부패 규탄운동을 지지하고 발전시키기 위해 계획된 것이었다. 당시 박정희정권의 부정과 비리가 계속 터져나오자 이를 보다 못한 가톨릭의 지학순(池學淳) 주교가 행동에 나섬으로써 이 운동이 시작되었다.

1971년 10월 5일 천주교 원주교구의 성직자, 수도자, 평신도 등 약 1천5백명이 벌인 부정부패 규탄 시위농성은 한국의 가톨릭교회가 집단적인 행동을 통해 정권을 비판했다는 점에서, 특히 고위 성직자인 주교가 앞장서서 시위를 주도했다는 점에서 사회와 종교계에 큰 충격을 주었다. 이 사건의 정신적 배경에 대해 지학순 주교는 『창조』 1971년 12월호에 실린 글 「부패의 실상과 사회정의」에서 다음과 같이 설명했다.

종교란 원래 인간에게서 악을 제거하고 행복하게 해주려는 데 근본 목적이 있다. 물론 그리스도교에 있어서는 이것이 종말론적 의미에서야 완성을 볼 수 있다고 한다. 그러나 현세에서도 상대적으로 그 과업을 수행해나가야 할 중대한 임무가 있다는 것을 교회

는 늘 강조하고 있다. (…) 도시 주변의 하수구와 같이 권력층에
썩은 물이 범람하는 것을 보고도 말 못하는 교회라면 죽은 교회라
고 생각했다. 정의가 완전히 무시되고 조직적 악의 세력이 되어
조금도 주저없이 선민을 짓밟아버리는 그들 앞에는 행동만이 있
을 뿐이다. 이 길은 바로 진리의 길이요 구국의 길이라고 단정하
였다. 그리하여 나는 반부정부패 시위를 벌이기로 결정하였다.

——『1970년대 민주화운동 I』, 한국기독교교회협의회 1987, 147~150면

그러나 지주교의 결정이 행동으로 옮겨지기까지는 교회 안에
서 적지 않은 어려움이 있었던 모양이다.

결정은 하였으나 시위란 혼자 할 수 있는 일이 아니어서 교회
안의 여러 사람에게 협조를 구했더니 다음과 같은 몇가지 문제가
일어났다. 첫째는 교회가, 또 주교가 어떻게 시위를 할 수 있느
냐? 이 문제에 대해서는 내가 위에서 말한 대로 교회니까, 주교
니까 시위를 해야겠다고 누누이 설명하여 알아들을 수 있는 사람
들은 쉽게 알아들었지만 완고한 사람들에게는 좀처럼 이해가 안
된다. 이 사람들은 시위 자체가 부정으로 생각하고 시위라면 난
동이나 폭동을 일으키는 것으로 알고 있다. 그래서 수없는 설득
을 통해서 평화적인 시위와 인간의 기본권에 대하여 인식을 시켜
놓고 불순분자들이 끼어들어 난동을 일으킬 염려에 대하여도 대
책을 세울 수 있는 방안을 이야기하여 겨우 납득을 시켰다.

——『1970년대 민주화운동 I』 150면

그가 겪었을 어려움을 나는 충분히 이해할 수 있었다. 교회가 어떻게 시위에 나설 수 있느냐는 반론은 당시 보수적인 교인들 사이에서 흔히 들을 수 있는 주장이었다. '더구나 교구의 수장인 주교가 앞장서서 시위를 하다니!' 하고 그들은 비판했을 것이다. 그런 어려움을 알기에 지주교와 원주교구가 보여준 행동은 나에게 더욱 큰 감명과 용기를 주었다.

나는 이 사건을 계기로 지주교에게 깊은 유대감을 갖게 되었고, 우리나라의 천주교회가 우리 가까이 있음을 느꼈다. 이 사건이 있은 후, 민청학련 사건으로 지주교와 내가 함께 투옥되면서 나와 지주교 사이는 매우 가까워졌다. 어려운 일이 생기거나 천주교와 공동으로 추진해야 할 일이 있을 때는 원주의 주교관으로 찾아가 그와 함께 협의하곤 했다. 때로는 주교관에서 자면서 긴 이야기를 나누었다. 지주교는 언제나 나를 따뜻하게 맞아주고 자신이 할 수 있는 모든 것을 동원해 도와주었다.

박홍 신부의 집전으로 미사를 봉헌한 사회정의 실현 촉진대회에서 우리는 "분연히 궐기한 천주교 원주교구의 성직자와 신도들의 의롭고 거룩한 행동을 적극 지지하며 함께 정의의 대열에 참여하고자 한다"는 선언문과 12개의 요구사항으로 된 결의문을 채택했다.

그리고 '부정부패 일소' '사회정의 실현'이라고 쓴 띠를 두르고 사회의 소금이 되겠다는 뜻으로 소금을 나누어먹은 뒤 한 손엔 소금이 든 컵을, 다른 손엔 말씀의 등불인 성경책을 들고 기독교회관을 향해 침묵시위를 시작했다. 그러나 시위대열은 긴급출동한 기동경찰대원들에게 포위되어 10여분 동안 실랑이를 벌이다가 경찰에 연행당했다. 박홍 신부, 사무총장 조승혁 목사 등과 함께 나도 동대문경찰서로 끌려갔다. 우리는 약 4시간 동안 조사를 받은 뒤 석방되었다.

부정부패 추방운동은 전국적으로 번져나갔다. 우리가 침묵시위를 한 다음날, 천주교 대구교구의 서정길(徐正吉) 대주교 등 천주교 지도자 800여명이 '꾸르실료'(Cursillo, 가톨릭교회 내부에서 실시하는 평신도 교육운동) 전국지도자협의회의 특별미사를 통해 부정부패근절운동에 앞장선다는 결의문을 채택했다. 한국기독학생회총연맹(KSCF), 한국가톨릭학생연합회 등 교회 청년학생단체들도 이 운동에 참여했고, 서울대 문리대, 법대, 상대생 들의 데모로 이어지더니 마침내 지방대학의 시위로까지 발전했다. 더이상 이를 좌시할 수 없다고 본 박정희정권은 10월 15일 학원질서 확립 9개항을 발표하면서 서울 일원에 위수령(衛戌令)을 발동했고, 서울시내 10여개 대학에 무장군인들을 진주시키고 약 2천명에 이르는 학생들을 연행했다. 이런 상황 속에서도 크리스천사회행동협의체의 신·구교 대표 50여명은 천주교 중앙협의회 강당에 모여 "대통령이 부정부패 원흉을 공개처단할 것"을 요구하면서 "요구가 관철될 때까지 신명을 바쳐 투쟁하겠다"고 결의했다.

갈 곳 없는 방황 속에 피어난 우정

위수령으로 인해 나는 크리스천 아카데미를 그만두고 서울제 일교회의 담임목사를 맡게 되었다. 위수령이 발동되자 강원룡 목사가 나를 불러 더이상 함께 일할 수 없게 됐다고 말했기 때문이다. 강목사는 크리스천 아카데미에서 진행하고 있던 일련의 프로그램이 수사당국의 주목을 받고, 또 보안사에서 찾아와 나를 감시하고 협박해대는 통에 신경이 많이 날카로워져 있었다.

위수령이 발동되고 얼마 지나지 않아 강목사로부터 급히 만나자는 연락이 왔다. 그는 나를 보더니 "상황이 심상치 않다. 우리가 아카데미에서 함께 일하면 둘 다 당할 것이 확실하다. 그러니 여기서 헤어지자. 그리고 오늘밤엔 나도 집에 안 들어갈 테니까 박목사도 안 들어가는 게 좋을 것 같다. 딴데 좀 가 있어라"라고 말했다. 강목사의 말엔 내가 더이상 크리스천 아카데미에서 일할 수 없다는 뜻이 담겨 있었다.

그날 밤 나는 집에 들어가지 않았다. 갈 곳이 없었다. 친척이나 교인들 집에는 갈 수 없었다. 어디로 가나 망설이다가 최여사가 하는 '항아리'라는 술집을 찾아가기로 했다. 항아리는 광화문에서 '현해탄'이라는 큰 일식집 마담으로 일하던 최여사가 청계천 골목에 낸 작은 술집이었다. 나와 동료들은 즐겨 이 집에서 모임을 갖고 밥도 먹고 술도 마셨다. 물론 외상으로 하는 날도 많았다. 민주화운동을 하는 교수들과 변호사, 그리고 젊은

동지들도 많이 드나드는 곳이었다.

나는 그날의 상황을 이야기해주면서 여기서 하룻밤 자고 갈 수 있겠느냐고 물었다. 최여사는 선선히 허락해주었다. 지적인 데다가 사회의식도 열려 있어 민주화운동을 하는 사람들을 따뜻하게 대해주던 사람이었다. 그런 의식이 없었다면 훗날 민청학련 사건으로 내가 감옥에 들어갔을 때 출간한 책 『해방의 길목에서』(사상사 1974)도 읽지 않았을 것이다. 최여사는 그 책이 나오자마자 사서 읽었다고 한다.

그후 남산 부활절 연합예배 사건으로 감옥에 갔다온 직후 예배시간에 설교를 하고 있는데, 옷을 깨끗이 차려입은 웬 여인이 뒷자리에 앉아 있는 게 눈에 띄었다. 사람들은 당국이 보낸 스파이가 아니냐고 의심했다는데, 나는 그 사람이 최여사라는 것을 단번에 알아보았다. 거의 1년에 한번꼴로 감옥을 드나들다가 언젠가 출옥한 뒤 동료들과 함께 다시 찾아갔더니, "앞으로는 감옥 가시지 말고 숨을 일이 있으면 저를 찾아오세요"라고 했다. 따뜻하고 고마운 우정이었다. 그러나 최여사의 집에 신세지는 일은 다시는 없었다. 최여사는 어떤 연유에서였는지 그뒤 독실한 크리스천이 되었다고 한다.

항아리에서 하룻밤을 자고 다음날 밤은 건축공사장 구석에서 밤새 떨면서 지냈다. 더이상 갈 곳이 없어 잡아갈 테면 잡아가라 결심하고 집으로 들어갔다. 그러나 집으로 날 잡으러 온 사람은 없었다.

자유가 없는 곳에서는 이웃사랑도 할 수 없다

앞서 말했던 수도권도시선교위원회는 1972년 4월 권호경 간사가 마닐라에서 훈련을 마치고 귀국한 이후 더욱 본격적인 활동에 들어갔다. 그리고 활동지역을 조정하여 남대문시장(김동완), 송정동(김진홍), 도봉동(이규상), 신정동(김혜경), 성남시(권호경), 인천시 동구(전용환) 등지에서 각자 활동에 들어갔다.

이들은 주민들을 진료하기 위해 의료기관의 설립을 추진하는 한편, 미취학 어린이들을 위해 지역사회학교를 설립하고 부녀자들의 부업을 위해 생활자립대책위원회를 조직했다. 탁아소와 주민교회도 세웠다. 이해학(李海學) 전도사가 새 실무자로 일하게 된 성남시(광주단지)에서는 의료문제를 해결하기 위해 꾸준한 노력을 기울인 끝에 주민들 스스로 의료협동조합을 조직하는 성과를 거둠으로써 200여명의 조합원이 진료를 받을 수 있게 되었다.

이런 성과들은 활동가들이 가난한 주민 속에 들어가 주민들과 형제애로 결합되지 않으면 이루어낼 수 없는 일이다. 고통과 기쁨을 함께 나누지 않는다면 어떤 주민이 그들을 신뢰할 것인가? 활동가가 지도자 의식을 갖고 일방적으로 운동을 이끌어나가려고 하면 주민과 활동가 사이에 틈이 생기고 주민들의 자발성이 떨어지게 마련이다. 때문에 이 활동에 뛰어든 사람들은 끊임없이 자신을 낮추어 그들과 하나가 되려는 결단을 해야 하고, 삶과 행동으로 직접 보여주어야 한다. 당시 참여자들은 이 일이 얼마나 어려운가를 절실히 체험했을 것이다.

가난의 밑바닥까지 내려가 있는 사람들과 하나가 되기 위해 자발적으로 가난을 선택한다는 것은 결코 쉬운 일이 아니다. 불결한 화장실까지 함께 써야 하는 열악한 환경에서 고통을 함께 한다는 것이 어찌 쉬운 일이겠는가?

나는 현장에서 일하는 동료들을 생각할 때마다 마음이 편치 않았다. 후배들은 이렇게 고생하는데, 위원장이라는 사람이 솔선하지는 못할망정 그들만 고생시키고 있다는 생각에 늘 미안했다.

그래서 어느날 아내를 데리고 김진홍 목사(당시엔 장로교신학대학 학생이었다)가 일하는 한양대학 뒤 뚝방 판자촌으로 찾아가 현장을 보여주면서 우리도 이런 곳에 들어와 함께 살면서 일해보자고 설득했다. 아내가 어떤 반응을 보일지 이미 예상하고 있었지만 대답은 역시 예상대로였다. 그런 곳에서는 도저히 살 수 없다는 것이었다. 나는 아내에게 강요한다고 될 일이 아니라는 것을 잘 알고 있었다. 그래서 교회의 젊은 일꾼들이 어떤 환경 속에서 일하고 있는가를 아내가 직접 보고 알게 된 것만으로 위안을 삼을 수밖에 없었다.

도시빈민 속에서 벌여온 우리의 선교활동은 점점 더 어려움을 겪었다. 권력의 감시와 억압이 날로 심해졌기 때문이다. 주민들이 자신들의 요구를 얻어내려면 집단행동이 필요했다. 찾아가 요구하고 안해주면 항의하고…… 그러나 행정당국은 주민들의 항의를 공산주의운동 또는 북한의 지시를 받은 간첩활동으로 몰아갔다. 때문에 우리는 공개적으로 일할 수도 없었다. 그때 깨달은 것이 선교와 정치가 분리될 수 없다는 것이었다. 자유가 없는 곳에서는 선교의 자유도 없고, 이웃사랑도 할 수 없다는 것을 절실히 깨달았다. 그리고 정치적 투쟁 없이는 자유를 얻을 수 없다는 확신을 굳히게 되었다.

1973년은 수도권도시선교위원회에 우여곡절이 많은 해였다. 이해 7월 남산 부활절예배 사건으로 나와 권호경 전도사가 구속되고, 김동완 전도사가 보안사령부 서빙고분실에서 심한 고문을 당하고 즉결에 회부되는 등 위원회의 실무자들이 큰 시련을 당했기 때문이다. 9월에는 이해학 전도사가 부활절예배 사건에 대한 진실을 해외언론에 알리려다가 중앙정보부에 30일 동안 구금되는 일이 벌어져 우리의 활동은 구속된 사람이 풀려난 그해 10월까지 중단될 수밖에 없었다.

서울제일교회 임직식에서 흘린 눈물

1971년 3월부터 서울제일교회의 초청을 받아 주일예배 설교를 맡아왔던 나는 이 교회와의 인연이 점점 두터워져서 전도목사, 임시당회장을 거쳐 다음해인 1972년 11월 26일 담임목사로 초빙받아 부임했다. 1970년 3월 이기병 목사가 갑자기 세상을 떠난 뒤부터 교회는 거의 마비상태에 있었다. 내가 임시당회장을 맡기 전에는 한때 조향록 목사가 임시당회장을 맡아 수고했지만, 그후로는 여러 목사들이 번갈아가며 예배 인도를 해오고 있었다.

서울제일교회는 1953년 5월 17일 당시 서울시립병원(훗날 메디컬센터가 되었다) 강당에서 이기병 목사와 16명의 신자들이 모여 첫 창립예배를 보면서 발족되었다. 그러므로 내가 부임했을 때 이 교회는 약 19년의 역사를 지니고 있었다.

1909년 함경북도 경성군 오촌면에서 태어난 이기병 목사는 독실한 기독교신자였던 어머니의 영향을 받아 어려서부터 신앙을 갖게 되었으며, 경성고보를 졸업한 후엔 아버지가 하던 조그만 사업을 크게 일으켜 30대의 젊은 나이에 경성과 만주 일대에서 세 손가락 안에 들어가는 부자로 꼽힐 정도로 큰 성공을 거두었다. 그는 벌어들인 돈을 교회를 세우는 일과 교역자를 양성하는 일에 아낌없이 쓰면서도, 자신은 매우 검소하여 조밥을 해먹고 언제나 낡은 기성복에 낡은 구두를 신고 다녔다고 한다. 김재준 목사도 미국으로 공부하러 갈 때 이기병 목사의 도움을 받은 것으로 알려져 있다.

그러나 그가 고향을 버리고 38선을 넘어 빈손으로 남쪽으로 내려오면서 고난에 찬 삶은 시작되었다. 그는 어느날 "내가 지금까지는 돈 권세로 하나님을 믿어왔는데 이제부터는 신학공부로 하나님을 섬겨야겠다"고 결심하고, 1946년 한국신학대학에 들어가 1950년에 졸업했다. 목사가 된 뒤 처음 부임한 곳은 서울동부교회였다.

몇몇 신자들과 함께 동부교회를 떠나 개척교회를 세우기로 결심하고 시립병원 강당, 가구점 2층의 다락방 등등을 전전하다가 서울시 중구 오장동에 있는 지금의 터를 구한 것이 1953년 9월이었다. 당시 중부시장 부근은 전쟁으로 폐허가 된 상태였고, 아직 어떤 교회도 피난에서 돌아오지 않아 이 지역에 맨먼저 자리를 잡았다 하여 '서울제일교회'라 이름지었다고 한다.

그와 독실한 몇몇 교인들이 교회를 짓기 위해 집을 팔아 360평의 대지를 싼값에 사들였다. 그러나 교회 건물을 세우는 일은 더욱 어려웠다. 그래서 미군이 병사(兵舍)로 쓰던 조립식 간이 건물을 동대문국민학교에서 구입하여 17년 동안 예배당 겸 목사의 숙소로 쓰다가 1968년 교회 건물을 기공하기 시작했다. 내가 부임했을 때는 지하 1층에 지상 2층을 세워놓고 있었다. 이기병 목사는 이 터에 여러층의 번듯한 건물을 세울 계획이었지만, 어려운 경제사정 때문에 건물에서 받은 임대료에 건축헌금을 보태 근근이 다음 공사를 이어가야 했다.

애초에 교회를 유지하기도 어려운 상태에서 건물을 짓는다는 것 자체가 힘겨운 시도여서 여기까지 오는 동안 목사도 신도들도 모두 지쳐 있었다. 결국 신도들과 목사 사이에 대화와 협력이 잘 이루어지지 않다가 이기병 목사는 고립되었다. 그는 건축 자재 구입, 건축현장 감독 외에도 예배 인도와 심방(尋訪)까지 모두 혼자 해야 했다. 신도들은 그런 목사를 따라가기가 힘들었을 것이다. 가정형편 또한 어려웠다. 교회에서 주는 빈약한 사례비와 연세대병원에서 간호사로 일하던 부인의 힘으로 간신히 꾸려가고 있었다.

이기병 목사는 걱정하던 대로 건물의 완성을 보지 못한 채 약 2천만원의 빚을 남기고 세상을 떠나고 말았다. 그는 끝까지 분투하다가 외로움 속에서 하나님의 부르심을 받았다.

1972년 11월 26일, 서울제일교회에서 나의 임직식(任職式)이 열렸다. 그후 1992년 8월 27일 이 교회의 목사직을 사임했으니, 나는 20년 동안 이 교회를 섬긴 셈이다. 고난과 영광이 뒤섞인 내 인생의 황금기였다.

이 예배에 김재준 목사께서 오셔서 설교해주셨다. 장공 선생은 "목사는 강단에서 죽을 각오를 해야 한다, 순교를 각오해야 한다, 죽음을 각오하고 진리와 교회를 지켜야 한다"는 내용의 설교를 간곡한 어조로 말씀해주셨다. 특히 '순교'라는 말, '죽음을 각오하고'라는 말이 내 혼을 울렸다. 이 말씀은 그뒤에도 어려움을 만났을 때 나를 격려해주고 바로잡아주는 힘과 채찍이 되었다.

사람이 자신의 고귀한 생명을 바쳐 진리와 신앙을 지킨다는 '순교'라는 말처럼 종교인에게 거룩하고 신비롭게 들리는 말도 없을 것이다. 이 말은 역설의 극치이기도 하다. 죽음으로써 오히려 산다는 것, 진리를 위해 자기 생명을 버리지만 그 생명은 오히려 참다운 의미에서 거룩하게 다시 살아난다는 역설의 신비. 목사님의 그 설교를 지금도 이렇게 생생하게 기억하고 있으니 내 영혼에 깊이 각인되어 있음에 틀림없다.

그날 앞으로 닥쳐올 험난한 앞날을 예견했던 것일까. 원래 나는 눈물이 별로 없는 사람인데, 그날은 비장감에 휩싸여 울면서 축도(祝禱)를 했던 것을 지금도 기억한다. 유신체제라는, 가장 우려했던 일이 현실로 나타나고 있는 암울한 시대상황에 대한 분노와 절망이 겹쳐 그랬을 것이다.

4

유신체제와의 대결

유신체제와 민주주의의 죽음

3선개헌이 되고 1971년 위수령이 발표되면서 많은 사람들이 우려했던 '영구집권음모'가 결국 '10월유신'으로 나타났다. 1972년 10월 17일 박정희는 중앙청 앞에 탱크를 진주시킨 가운데 자신을 종신 대통령으로 만드는 이른바 '10월유신'이라는 것을 '대통령 특별선언'으로 발표했다. 그는 이날 전국에 비상계엄을 선포하고 국회를 강제해산했으며 정당과 정치활동을 금지시켰다. 헌법기능이 정지되었고 그 권한은 비상국무회의로 넘어갔다. 언론은 사전검열을 받았고 대학은 문을 닫았다. 박정희가 '악질'로 분류한 15명의 야당 국회의원들은 중앙정보부와 보안사에 끌려가 발가벗겨진 채 고문을 당하는 만행을 겪었다.

그해 11월 대통령 종신제를 내용으로 하는 헌법개정안이 공포 분위기 속에서 실시된 국민투표에서 90% 이상의 '찬성'으로 통과되었고, 12월 23일에는 통일주체국민회의에서 박정희가 99.99%의 '지지를 받아' 대통령이 되었다. 정치도 민심도 꽁꽁 얼어붙었다. 많은 국민들이 경악했고 나 또한 그랬다.

역사책에서나 보았던 끔찍한 일이 이 땅에서 벌어지고 있었다. 일련의 사태는 불길하게도 1933년 봄에 시작된 나찌의 등장을 떠올리게 했다. 국민의 자유와 권리를 박탈한 히틀러의 '국민과 국가의 보안을 지키기 위한 긴급명령', 입법권을 비롯해 헌법수정발의권 등 모든 권력을 독점하여 히틀러 일인독재의 길을 열어주었던 나찌의 '전권부여법'은 박정희의 유신체제와 무엇이 다른가? 이성의 상실, 문명세계의 보편적 상식을 무시한 야만과 폭력, 광기가 다를 게 없었다.

당시 독일의 교회와 크리스천 들은 이런 사태를 어떻게 보고 대응했던가? 기독교인의 입장에서 나찌시대를 돌아볼 때 언제나 용기와 영감을 주는 사람은 디트리히 본회퍼 목사였다. 대다수의 독일교회가 나찌에 속아 히틀러를 지지했을 때 일찍이 그 악마성을 꿰뚫어보고 경고하며 저항한 사람이 그였기 때문이다.

권력이 국가의 이름으로 정의와 법과 인권을 유린할 때 교회는 어떻게 해야 하나? 그는 먼저 교회가 국가를 향해 국가로서 정당한 행동을 하고 있는지 물어야 한다고 주장했다. 그리고 국가라는 차에 깔려 희생된 사람들을 위해 교회가 봉사해야 하며, 단순한 봉사를 넘어 국가라는 미친 자동차의 질주를 저지시키지 않으면 안된다고 했다. 교회의 이런 행동은 정치적 행위, 또는 반국가적 행동으로 보일지 모르나, 실은 그렇게 함으로써 국가를 참된 의미의 국가로 만들 수 있다고 그는 주장했다.

그는 교회는 복음의 빛 아래에서 시대를 지켜보아야 하며, 정의와 불의를 판단하는 사명을 수행해야 한다고 생각했다. 교회가 이 사명을 다하기 위해 깨어 있지 않으면 세속의 권세는 하나님의 법도를 벗어나 인간을 노예로 만드는 폭력으로 변하고 마침내 교회까지도 시녀로 삼게 된다. '하나님의 나라'는 하늘만이 아니라 이 땅을 하나님의 사랑과 공의로 다스린다는 주권의 선포다. 그것은 하나님이 개인의 영혼과 사후의 생명을 지배할 뿐만 아니라, 인간이 처한 사회적 환경을 지금 여기에서, 그리고 앞으로도 지배한다는 선언이다.

본회퍼나 니묄러가 살아 있어 한국에서 일어나는 사태를 바라본다면 무어라고 할까? 유신체제 역시 '미친 자동차'로 보지 않았을까? 그렇다면 한국의 교회는, 나는 무엇을 어떻게 해야 하나? 지난날 독일의 고백교회가 그랬던 것처럼 이 역사적 상황을 심각한 '신앙고백'의 차원에서 맞이하고 준비해야 하지 않을까?

오르지 않은 횃불——남산 부활절 연합예배 사건

1973년 4월 22일 부활절이 다가오고 있었다. 이해의 부활절 새벽예배는 한국 기독교의 진보세력을 대표하는 NCCK와 보수세력 연합체인 '대한기독교연합회'가 함께하기로 한 최초의 연합예배였다. 그전엔 17년 동안이나 두 단체가 각각 예배를 보아온 것이다. 예배는 남산 야외음악당에서 오전 5시에 거행될 예정이었다.

나는 부활절예배를 연합으로 본다는 것을 NCCK의 김관석 총무에게서 들었다. 그는 이 집회에서 우리의 목소리를 낼 여지는 거의 없다고 푸념 비슷하게 말했다. 우리의 목소리? 그렇다. 우리의 목소리가 있어야 했다.

당시의 사회 분위기는 유신정권의 살벌한 강압조치로 극도로 위축되어 있었다. 어디에서라도 조그만 목소리를 내서 이 상황에 돌파구를 열어야 하지 않을까? 그렇다면 수많은 기독교신자들이 모이는 부활절예배야말로 좋은 기회가 아닌가?

우리는 빈민선교를 하는 사람들이 중심이 되어 이 집회를 통해 기독교인들에게 교회의 시대적 사명과 정치·사회적 책임을 일깨우는 메씨지를 전하기로 했다. 일반 기독교인들도 각성시켜 정치적·사회적 운동에 참여시킬 필요가 있다고 생각했던 것이다. 설교와 기도 등 중요한 절차가 대부분 보수교단의 지도자들에게 돌아가 있었으므로 그들에게서 사회적·역사적 메씨지를 기대할 수는 없었다.

때마침 베트남전쟁에서 공을 세운 윤필용(尹必鏞) 장군이 유신체제를 비판했다는 이유로 보안사 서빙고분실에서 모진 고문을 당하고 있다는 소문이 나돌았다. 나는 얼마 전까지 나와 같이 '공해방지협회' 이사를 하다가 정부의 압력으로 함께 물러난 바 있는 전 신민당원 남삼우씨를 통해 이 사실을 확인하고 유신은 '반공투사'도 잡아먹는 지독한 독재체제라는 것을 실감했다. 그리고 이러한 정권 내부의 분열을 부활절예배를 통해 국민에게 알려야 한다고 생각했다.

며칠 동안 숙고한 끝에 유신체제를 비판하는 플래카드와 전단을 만들어 배포하기로 했다. 당시 서울제일교회에서 함께 시무하고 있던 권호경 전도사에게 거사자금 10만원을 주면서 남삼우씨와 협력하되 거사는 반드시 예배가 끝난 후에 해야 하며 용어는 철저하게 기독교적인 표현을 써야 한다고 당부했다.

권호경 전도사는 남삼우씨와 만나 플래카드와 전단에 쓸 내용을 의논한 끝에 "주여, 어리석은 왕을 불쌍히 여기소서" "선열의 피로 지킨 조국 독재국가 웬말이냐" "서글픈 부활절, 통곡하는 민주주의" "사울왕아 하늘이 두렵지 않느냐" "꿀 먹은 동아일보, 아부하는 한국일보" "회개하라 이후락 정보부장" 등을 쓰기로 합의했다. 그리고 군 내부의 갈등을 암시하는 뜻에서 업무상횡령 혐의로 구속된 전 수도경비사령관 윤필용 장군에 대해서도 언급하기로 하고 "윤필용 장군을 위해 기도합시다"라는 글귀도 포함시켰다.

권호경 전도사는 플래카드 제작을 남삼우씨에게 맡기고, 수도권도시선교위원회에서 함께 일하던 반석교회 김동완 전도사를 만나 거사계획을 논의한 뒤 전단제작과 배포를 부탁했다. 전단에는 간단한 구호만을 넣기로 하고, "회개하라, 때가 가까웠느니라" "회개하라, 위정자여" "주여, 어리석은 왕을 불쌍히 여기소서" "화 있을진저 위정자여, 국민주권 대부받아 전당포가 웬

말이냐" "주님의 날이여, 어서 옵소서, 부활절 주일 새벽에" 등 성서적인 표현을 주로 썼다. 전단에도 "회개하라 이후락 정보부장" "윤필용 장군을 위해 기도합시다"라는 내용을 포함시켰다.

전단제작과 배포를 담당한 김동완 전도사는 빈민선교를 함께 해온 이규상 전도사의 도움을 받아 전단을 등사했다. 그리하여 플래카드 10개, 전단 2천여장이 준비되었다.

부활주일 전날, 나는 NCCK 총무인 김관석 목사에게만은 알려주어야겠다고 생각해 다음날에 있을 일을 간단하게 귀띔해주었다. 이야기를 듣더니 그는 빙그레 웃을 뿐이었다.

4월 22일 새벽 5시, 남산 야외음악당에서는 6만여명의 신자들이 모인 가운데 부활절 연합예배가 열리고 있었다. 나는 미국 감리교회의 잡지기자 한 사람과 함께 음악당 맨 뒷자리에 서서 일이 성공적으로 진행되기를 바라면서 지켜보고 있었다. 기자에게는 예배가 끝난 뒤에 볼 만한 광경이 벌어질 테니 사진 찍을 준비를 하라고 했다.

그런데 이게 어찌된 일인가? 예배가 끝나고 사람들이 흩어지기 시작하는데도 현수막 하나 올라가지 않고 전단을 뿌리는 학생 한명 보이지 않았다. 예배가 끝난 후 단상 주변에 플래카드를 펼쳐서 사람들에게 보여주기로 되어 있었는데, 아무런 움직임도 없었다. 나중에 알고 보니 금화아파트 주민들이 현수막을 가져왔으나 경찰병력이 포위한 음악당 주변의 분위기가 너무 살벌하고 무서워서 머뭇거리다가 기회를 잡지 못한 채 버리고 도망쳤고, 그중 한 사람은 그것을 접어 집으로 갖고 갔다는 것이었다.

다만 부활절 전날 갑자기 김동완 전도사로부터 부름을 받고 영문도 모른 채 달려왔던 한국기독학생회총연맹(KSCF) 소속 학생들만이 김전도사에게서 간단한 설명을 들은 후 전단을 받아 근처 여관에서 하룻밤을 지내고, 다음날 새벽 예배에 참가하여 헌금바구니에 헌금 대신 '유신독재 물러가라'는 전단을 약간 집어넣었다. 그리고 귀가하는 교인들에게 전단을 조금 나누어 주고 몇장을 승용차에 집어넣었을 뿐, 남은 것은 모두 쓰레기통에 버렸다.

이리하여 우리의 거사계획은 아쉽게도 실패로 끝났다. 우리는 모든 것이 아무 성과 없이 끝난 줄로만 알고 실망한 채 일상으로 돌아갔다. 그야말로 최소한의 행동으로 그친 일이기에 이 사건이 당국의 수사대상이 되지 않을 거라 생각했다.

그러나 우리가 예상하지 못한 일이 벌어지고 있었다. KSCF 회원들이 나누어준 전단이 당국의 손에 들어가 있었다. 유신당국은 내용을 읽어보고 긴장하지 않을 수 없었다. 비록 표현은 기독교적이었지만, 그 내용은 아주 위험하다고 보았다. 그토록 위협적인 기세로 유신체제를 출범시켰는데, 겨우 반년도 못되어 도전을 해오다니 유신당국으로서는 방치할 수 없는 일이었을 것이다.

박정희정권은 중앙정보부의 지휘 아래 남대문경찰서에 수사본부를 차리고 전단을 만들어 배포한 사람들을 색출하도록 명령했다. 곧 수사가 시작되었고, 비슷한 혐의로 수사를 받은 사람들을 대상으로 조사를 벌였으나 별 성과가 없었다. 이때 수도권도시선교위원회의 실무자로 일하던 손학규(孫鶴圭) 간사도 조사를 받았다. 그는 당시 세계기독학생회총연맹(WSCF)에서 발행하는 영문잡지에 실린 「중국에서의 지역의료」라는 논문을 번역하고 있었고, 따라서 이 사건에는 전혀 관여하지 않았다.

그러나 그는 과거의 학생운동 경력 때문에 남대문경찰서에 연행되어 조사를 받았고, 경찰은 아무런 혐의도 찾아내지 못하자 그의 집을 수색해서 가져온 몇권의 책과 자료를 문제삼아 반공법 위반 혐의로 기소했다. 그가 감옥에서 풀려나기까지는 1년이 걸렸다. 당시 손학규를 변론한 이는 강신옥(姜信玉) 변호사였다. 강변호사는 1년 후 군사법정에서 민청학련 사건을 변호하다가 법정에서 구속됐다. 당시 반공법은 유신체제에 도전하거나 위협하는 젊은이들을 묶어두는 수단으로 이용되고 있었다.

권호경 전도사도 손학규 간사의 불온문서 소지 혐의와 관련하여 진술해달라는 말을 듣고 남대문경찰서에 출두하여 조사를 받고 나왔다. 그러고는 아무 일도 없이 시간이 흘러 그것으로 사건이 끝나는 줄 알았다.

그러나 여기서 끝난 것이 아니었다. 권호경 전도사는 6월 29일 서울제일교회 사무실에서 다시 연행당했고, 나도 같은 날 손학규 위원을 면회하고 나오다가 기다리고 있던 육군보안사령부 요원에게 연행당했다. 6월 30일에는 김동완 전도사가 기독교회관 내 '에큐메니컬 현대선교협의체' 사무실에서 연행당했다. 7

월 1일에는 KSCF 회장 나상기가, 그리고 뒤이어 학생사회개발단장 황인성(黃寅性, 참여정부의 청와대 수석비서관)과 정명기, 서창석, 이상윤 등 사건관련자 전원이 연행되었다.

　사건은 전혀 다른 곳에서 터지고 있었다. 부활절예배 때 사용하지 못한 플래카드를 현장에 버리지 않고 집으로 가지고 갔던 사람이 그것을 친구와 친척 들에게 보여주며 자랑한 것이 화근이었다. 헌병대 출신인 이종란이라는 사람이 매부 집에서 이 플래카드를 보게 되었는데, 불온한 물건을 소지하고 있다고 고발하겠다며 매부에게 금품을 요구했다. 몇번 돈으로 무마했으나 보안대 요원이라면서 돈을 요구하는 행위가 의심스러워 이번에는 매부가 이종란을 보안사에 고발했다. 이런 한심한 일로 이종란 역시 공무원을 사칭했다는 혐의로 보안사령부에서 조사를 받고 구속되어 함께 재판을 받았으니 코미디 같은 일이 아닐 수 없다. 이렇게 해서 남산 부활절 연합예배 사건은 뜻하지 않게도 보안사령부의 손에 넘어가게 되었다.
　내가 보안사 분실인 서빙고에 연행됐을 때는 플래카드를 제작한 남삼우와 진산전 등이 이미 끌려와 무지막지한 고문을 견디다 못해 내란음모에 가담했다는 허위자백을 한 뒤였다. 나상기, 황인성 등 학생들도 고문 끝에 내란음모에 가담했다고 진술하지 않을 수 없었다. 나상기는 당시를 이렇게 회고했다.

　(…) 직업군인들이 직접 담당한 서빙고 수사는 처음부터 발가

벗기고 고문하는 의자에 앉혀 야구방망이로 발바닥을 가격한다. 서너명의 수사관들이 달려들어 폭행을 가하는 등 초장 수사 국면을 폭행과 구타로 온몸을 망가뜨린 후에야 "야, 이제 불겠지" 하면서 심문을 하는 방식으로, 잠을 재우지 않는 지구전식의 중앙정보부 방식과 판이하다.

── 민청학련운동계승사업회 편 『1974년 4월』(실록 민청학련 1),

학민사 2004, 213면

권호경과 김동완은 내란음모가 아니라고 고집하는 바람에 일주일 내내 갖은 고문을 당해야 했고, 결국 조서에 손도장을 찍었다.

나도 끝내는 내란음모를 했다는 거짓자백을 할 수밖에 없었다. 내란음모라니! 예배하는 장소에서 전단 조금 나누어주고 끝나버린 사건이 어떻게 내란음모가 된단 말인가. 어이가 없었다. '내란'이란 말 자체가 큰 중압감을 느끼게 했다. 살기등등한 박정희정권의 행태로 보아 마음을 단단히 먹고 대처하지 않을 수 없었다.

내란예비음모라니!

이런 상황을 보고 놀란 것은 아내였다. 정국과 사회 분위기가 살벌한데다 죄목이 내란음모라니 크게 걱정되었을 것이다. 아내는 가만히 앉아 있을 수만은 없다고 생각하고 강원룡 목사와 NCCK의 김관석 총무를 찾아갔다. 아내를 만난 김관석 목사는 한동안 말없이 눈물만 흘렸다고 한다. 나중에 아내는 김목사의 눈물에서 많은 위로를 받았다고 말했다. 물론 내가 들어가 있는 동안 김목사는 NCCK를 중심으로 대책을 마련하기 위해 열심히 뛰어다녔고, 우리 가족에게 큰 힘이 되어주었다.

나와 권호경, 남삼우, 이종란 4명이 구속되고 나머지 11명은 즉심에 회부되었다. 7월 6일 새벽, 우리는 뉴용산호텔로 끌려가 고문수사관 입회하에 조사를 받고 검찰청으로 이송됐다. 오랏줄에 묶인 채 수갑을 차고 부장검사인 듯한 사람 앞에 섰다. 그는 귀찮다는 듯 내 얼굴을 쳐다보지도 않은 채 "오늘 검사를 만났지요? 그 진술 그대로지요?" 하고 물었다. 나는 고문하는 수사관이 배석하여 사실대로 말할 수가 없었다고 대답했다. 그는 내 얼굴을 힐끔 보더니 "그럼 여기 앉아서 진술서를 다시 쓰시오" 하면서 문 옆에 앉아 있는 여비서에게 책상을 비워주고 종이와 볼펜을 가져다주라고 시켰다.

나는 수갑을 찬 채로 진술서를 쓰느라 여념이 없었다. 늦은 오후라 사람들이 퇴근준비를 하는 것 같았다. 가끔 사람들이 내 옆을 지나 부장실에 드나들곤 했다. 발소리만 들리는 방의 분위기가 무겁게 느껴졌으나 서빙고에 비하면 천국이었다. 여기서는 고문당하는 소리를 듣지 않아도 되는 것이다. 한참 진술서를 써내려가는데 누군가가 내 옆에 와서 멈추어서더니 작은 목소리로 말했다. "목사님, 여기 계셨군요. 모두들 걱정하고 있습니다. 용기를 내십시오."

고개를 들어보니 한승헌 변호사였다. 내가 할 말을 찾고 있는데, 그가 조용히 내 손을 한번 잡고는 문밖으로 나가버렸다. 그 순간에 느낀 감회를 어떻게 표현할 수 있을까. 그는 마치 신이 보낸 전령 같았다.

그날 밤 나는 서대문구치소에 수감되었다. 9사 23방, 똥통이 있는 1.75평짜리 독방이었다. 누추한 곳이지만 일단 수사관들을 벗어나 감방에 들어오니 제집에 온 것 같았다. 검찰청에서 한승헌 변호사를 만난 것은 신의 섭리로 이루어진 기적이며, 이 사건이 하나님의 섭리 안에서 이루어지고 있다고 생각하니 불안이 사라지는 것 같았다.

수감 후 사흘째 되는 날 '검취(검사의 취조를 줄인 말)'라는 것을 받았다. 시국사범이라고 오랏줄에 꽁꽁 묶여 '비둘기집'이라고 부르는 비좁은 대기실에서 몇시간을 기다린 뒤에 담당검사에게 끌려갔다. 고(故) 문호철 검사가 내 담당이었다. 거구에 호탕해 보이는 사내였다. 나는 그와 끊임없이 입씨름을 해야 했다. 그는 우리가 폭력시위를 하려 했다고 우기고, 나는 시위를 할 계획은 없었다고 거듭 주장했다. 그는 거의 매일같이 나를 불러내어 하루 종일 비둘기집에 가두어놓고는 만나지도 않은 채 돌려보냈다. 일종의 고문이었다.

비둘기집에 끌려가 무료한 시간을 보낸 지 4~5일이 지나자, 문검사가 나를 자기 방으로 불러 수갑을 풀어주면서 공안검사로서 자기의 딱한 사정을 이야기하면서 협조를 요청했다. 어려운 고시를 치르고 겨우 검사가 됐는데, 어쩌다 공안부에 배속되었다면서 이 사건을 기소하지 못하면 옷을 벗어야 한다는 것이었다.

결국 검찰은 '내란예비음모'를 했다는 죄목으로 우리를 기소했다. 첫 재판은 8월 21일로 잡혔다. 그동안 우리에게는 가족면회는 고사하고 변호사 접견도 허락되지 않았다. 우리가 변호사를 만난 것은 재판이 열리기 3일 전이었다. 교회에서 의뢰한 박승서(朴承緖) 변호사가 먼저 나를 접견했고, NCCK에서 의뢰한 한승헌 변호사도 감옥으로 찾아와 그동안 밖에서 일어난 일들과 가족의 안부를 소상하게 전해주고는 자기가 변호인 반대신문을 할 것이니 이 기회에 하고 싶은 말을 다 하라고 일러주었다.

기소내용은 우리가 현정부를 타도하기 위해 내란음모를 한 것으로 되어 있었다. 처음부터 끝까지 거의 한 문장으로 되어 있어 읽기조차 숨찬 기소장이었다. (당시엔 그렇게 쓰는 것이 명문 기소장인 줄 알고 있었으니 우스운 일이다.) 검찰은 처음부터 우리를 현정권을 전복하려 한 세력으로 규정하고는 "기독교 세력과 과거의 야당세력이 봉기하여 윤필용 추종세력의 지지를 받아 현정부를 타도하려 했다"고 주장했다. 이를 위해 "약 6만 명이 참석할 것으로 예상되는 부활절예배 군중 속에 행동대원들을 배치해두었다가 예배가 끝날 무렵 일제히 플래카드를 쳐들고 삐라를 살포하면서 행동대원들의 선도 아래 서울시내를 향해 폭력데모를 전개토록 했다"는 것이다.

그리고 "데모대가 음악당을 벗어나면 데모대를 양분하여 남삼우의 지휘로 서울중앙방송국(당시 남산에 있었음)으로 진출케 하여 동 방송국을 점거한 다음 현정부를 타도하기 위해 전국민이 호응할 것을 호소하기로 했다"고 썼다.

또 "데모대의 다른 일대는 권호경의 지휘로 서울시내로 진입하여 중앙청과 국회의사당을 비롯한 중앙관공서를 파괴 점거하고 서울시내를 완전히 장악한 다음, 일반 국민과 윤필용 장군 추종세력의 지지 아래 현정부를 강제로 축출 타도하고 각계각층의 양심적이고 민주적인 인사들로 임시통치기구를 구성한 후 유신헌법을 폐기하기로 했다"는 것이 기소장의 주요 내용이었다.

기소내용을 이렇게 길게 인용한 것은 유신독재 시대의 이른바 시국사건이라는 것이 얼마나 억지로 조작되었는가를 보여주고 싶었기 때문이다. 오늘날 이 기소장을 읽어본 사람은 한편의 코미디를 보는 것 같아 웃지 않을 수 없을 것이다. 플래카드와 전단에 "윤필용 장군을 위해 기도합시다"라고 쓴 것이 윤필용 추종세력의 지지를 받아 정부를 전복시키려 한 것으로 되어 있었다. 맨주먹밖에 없는 사람들이 어떻게 서울시내를 '폭력'으로 장악할 수 있단 말인가. 전단과 플래카드 몇개로 어떻게 한번에 정부를 타도 축출하고 3권을 통괄하는 임시통치기구를 만들 수 있단 말인가.

유신정권은 불발로 끝난 이 사건을 왜 그토록 무리하게 '내란예비음모'로 몰고 갔던 것일까? 유신체제에 대한 어떤 도전도 엄중처단한다는 것을 본보기로 보여주고 공포 분위기를 조성해

민주화 요구를 초기에 봉쇄하겠다는 의도였을 것이다. 그러나 당시엔 이를 다른 시각에서 본 사람들도 있었다. 홍콩의 『파 이스턴 이코노믹 리뷰』(*Far Eastern Economic Review*)지는 1973년 7월 16일자 기사에서 이렇게 썼다.

정부를 놀라게 한 것은 부활절예배에서 약 2천장의 전단을 10만 신앙인들에게 뿌린 것이 아니며, 특히 '무력에 의한 정부타도'도 아니고, 박목사와 그 밖의 몇몇 사람들이 서울의 빈민촌에 사는 민중 100만을 조직하고 있었기 때문이다. 박목사는 지역행동위원회의 지도자였다. 그들의 목적은 빈민들을 조직하여 그들로 하여금 거주의 안정과 그들 자녀를 위한 교육권한을 요구하게 만드는 데 있었다. 정부의 보고는 이러한 면은 언급하지 않았다. 체포된 사람들은 불만 있는 기독교인들을 조직하여 정부를 전복시키려 했다고만 했다. (…)

서울시 당국은 3월에 송정동에 사는 1,500명의 주민들에게 6월까지 그들의 판자촌을 철거하라고 명령하였다. 그 지역의 땅이 지하철 공사에 필요하다는 것이었다. 박목사는 즉시 이기성이 이끄는 몇명의 조직원을 보냈다. 5월에 그 지역 주민은 진정서를 낼 정도로 단결하여 보상을 요구하는 진정서를 박대통령에게 보냈다. 그 결과 그들의 지도자 강모씨가 체포되어 구타당하고 그러한 진정서운동을 하지 말라는 경고를 받았다.

그 위원회의 다음 행동은 서울에 있는 외교사절과 외국에 있는 교회에 지원을 요청하는 편지를 보내는 것이었다. 이러한 행동은 정부를 더욱 자극하였다. 왜냐하면 북한을 상대로 하는 유엔에서의 대결에서 외국의 지지가 필요함에도 불구하고 그 외국인들 앞에서 추태를 드러냈기 때문이다. 그 위원회의 회원들은 체포되어 고문을 당한 후 석방되었으며 기소되지는 않았다. (…)

박목사와 함께 일하는 사람들 가운데 몇몇 젊은 사람이 전단을 뿌린 것은 부인할 수 없지만 정부를 전복하려고 했다는 점은 설명되지 못한다. (…) 박목사의 소송을 기다리는 동안 빈민촌에서 활동했던 민중조직은 정지상태에 빠져 있다. 틀림없이 정부는 이런 결과를 기대한 것 같다.

—『1970년대 민주화운동 I』 261면

하나님의 보이지 않는 손

7월 6일 정부당국이 사건을 발표하자 NCCK는 긴장하지 않을 수 없었다. 1972년 12월 은명기 목사의 포고령 위반 사건(유신체제를 비판해온 은명기 목사가 12월 13일 교인들과 함께 나라와 민족을 위한 철야기도회를 열다가 구속된 사건)을 통해 권력의 행태를 보아온 NCCK는 사태에 적극 대응하지 않으면 앞으로 더 큰 탄압을 피할 수 없을 것이라 보았다. 그래서 사건발표 나흘 뒤 회장단의 법무부장관 면담을 요구하는 한편, NCCK 실행위원회를 소집했다. 실행위원회는 구세군의 김해득 정령을 위원장으로 하는 조사위원회를 구성했다. 오충일(吳忠一) 목사

(복음교회), 이재정(李在禎) 신부(성공회), 김창희 목사(감리교), 김윤식(金允植) 목사(예장), 이영민(李英敏) 목사(기장), 김관석 목사(NCCK 총무), 한승헌 변호사가 그 위원들이었다.

지난날들을 돌아보면, 나는 지금도 이 사건에 하나님의 보이지 않는 손이 작용했다고 믿고 있다. 실패로 끝났다고 실망했던 이 사건이 새삼스럽게 부상하여 전혀 상상하지 못한 파장을 일으키며 발전해갔기 때문이다. 그런 점에서 이 사건은 나의 신앙생활에서 잊을 수 없는 신비로운 체험이다.

끝난 줄 알았던 사건이 두달 이상 지나서 갑자기 문제가 된 것도 그렇고, 정부당국이 터무니없는 억지로 사건을 무리하게 만들어 독재권력의 노골적인 횡포를 국민들에게 알린 점도 그러했다. 이에 대처하는 과정에서 교파를 뛰어넘는 기독교계의 단결을 가져와 그후 민주주의를 위한 싸움에서 교단들의 연대를 강화시킨 것도 전혀 예상치 못한 일이었다. 사건이 국제적으로 알려져 해외 여러 나라에서 박정희정권을 더욱 부정적으로 보게 되고 한국의 민주화운동 진행상황을 주시하는 결과를 가져온 것도 그러했다.

덮어두었으면 없었던 것으로 잊혔을지도 모를 사건을 공포 분위기를 조성한다고 대대적으로 문제삼아 세상에 떠들썩하게 알림으로써 오히려 유신체제는 공포의 대상이 아니라 도전할 수 있는 대상이라는 것을 국민이 알게 되었다. 하나님은 자유의지를 가진 사람을 통해 일하시지만 그 진행과 결과는 하나님께서 만들어가신다는 것을 그때 체험했다.

이 사건이 일어나자 우리가 속해 있던 기독교장로회가 대책위원회를 구성하고 NCCK와 공동보조를 취했으며, 한국교회여성연합회(회장 이우정李愚貞), 기장 여신도회 전국연합회(회장 주재숙) 등의 기독교단체와 『기독교사상』 『제3일』 등의 교계 언론기관이 성명서를 발표하고 관계당국에 탄원서를 제출하는 등구명운동을 벌였다. 이런 사실은 석방된 뒤에야 알았다.

그리고 우리를 적극 지원하기로 결정한 해외의 교회들과 연합기구들이 한국에 조사단을 파견했다는 사실도 알았다. 에드윈레이던스(Edwin Leidens, 미국NCC 극동아시아 담당 총무), 조지 타드(George Todd, WCC의 UIM 간사), 나까지마(中嶋, 일본NCC 총무), 타께나까 마사오(竹中正夫, 동아시아기독교협의회 EACC의 UIM 위원장) 등 4명으로 구성된 조사단은 김포공항에 도착한 순간부터계속 감시를 받으면서도 사건의 진상과 한국교회의 대처상황을조사한 보고서를 만들어 전세계에 알렸다.

이 사건에 대한 교회의 관심은 날로 확대되어 첫 공판이 있기전날인 8월 20일 오전, 경동교회 교육관에서 구속 성직자와 가족들을 위한 기도회가 초교파적으로 열렸고 대책위원회가 구성되었다. 이러한 대책활동은 NCCK에 인권위원회가 만들어지는 토대가 되었다. 해외 기독교인들의 관심과 지원도 확대되어갔다.

2회 공판 때부터는 방청객들이 공판에 앞서 법원 가까이 있는정동교회의 젠센기념관에서 구속자들을 위한 기도회를 가졌다.이것을 계기로 그뒤 민주화운동기간 내내 종로5가 기독교회관

2층에서 구속자 석방을 위한 목요기도회가 열렸다.

"성경과 찬송가로 내란을 일으킬 수 있다고 생각했습니까?"

1973년 8월 21일, 첫 공판이 서울 형사지법 합의7부(재판장 김형기 부장판사)의 심리로 대법정에서 열렸다. 뒤를 돌아보니 함석헌 선생과 법정스님이 방청석의 맨 앞줄에 앉아 있고 안병무 교수 등 기독교계 인사들과 학생들이 법정을 꽉 채우고 있었다. 이날 법정에는 어머님도 계셨다. 앞서 이야기했지만 어머님의 말씀에 용기를 얻어 하고 싶은 말을 다 할 수 있었다.

제3회 공판은 9월 12일에 열렸는데, 이때 한승헌 변호사의 반대신문이 있었다. 방청 온 사람들이 재판내용을 세상에 알리려고 열심히 기록한 덕분에 당시 법정에서 진술한 내용이 남아 있다. 한변호사는 우리가 폭력시위를 하려 하지 않았다는 것을 증명하기 위해 나에게 이렇게 물었다.

문 기독교에서는 폭력을 사용하는가?

답 안한다.

문 폭력을 사용하지 말라는 것은 성경이 그렇게 말하고 있는가?

답 그렇다. 성서도 그렇게 말하고 있고 일반적으로도 그렇게 안다.

문 남산 예배시에 주로 어떤 연령층의 사람들이 모인다고 보았는가?

답 중년 이상의 성인신자들, 특히 부인들이 중심이 되어 있다.

문 무엇을 가지고 참석하는가?

답 찬송가와 성경이다.

문 예배에 참석할 때 흉기를 가지고 오지는 않는가?

답 그런 경우는 없다.

문 그럼 성경과 찬송가로 내란을 일으킬 수 있다고 생각했는가?

(한승헌 변호사가 이렇게 물었을 때 방청석에서는 웃음이 터져나왔다.)

문 부활절예배시에 플래카드를 사용해서 군중에게 무언가를 알리려고 했는가?

답 당시는 그런 방법으로라도 거기 모인 교인들을 자극하고 또 우리 사회를 자극할 필요가 있다고 느꼈다.

문 예정대로 진행되었다면 어떤 사태가 일어났을 것이라고 지금 생각되는가?

답 아마 그 자리에서 플래카드를 잠깐 들었다가 경찰에 제지당했을 것이라 생각된다.

문 군중들은 어떻게 했을 것이라 생각하는가?

답 플래카드를 보고 놀라기는 하겠으나 흩어져 집으로 돌아갔을 것이다.

문 피고인은 윤필용을 아는가?

답 모른다.

——『1970년대 민주화운동 I』 268~270면

9월 18일 결심공판이 있었다. 문호철 검사는 나와 권호경, 남삼우 세 사람에게 각각 징역 5년을 구형했다. 한변호사는 변론을 통해 "내란예비음모란 나라를 뒤집기 위해 폭력을 수반하려 할 때 성립되는 것인데, 모든 증거는 이와 반대되고, 더욱이 함께 행동한 사람들 11명이 즉결재판을 받고 겨우 며칠의 구류를 살고 석방되는 데 그쳤다는 것은 이 점을 검찰측이 자인한 것"이라는 요지로 우리의 무죄를 주장했다.

그로부터 일주일 후인 9월 25일 열린 선고공판에서 재판부는 공소사실을 인정하고 나와 권호경에게 징역 2년을, 남삼우에게 징역 1년 6개월을 선고하고 3분 만에 재판을 끝냈다. 자기 매부에게서 돈을 뜯어내려고 국군보안사령부 요원을 사칭한 이종란도 징역 1년을 선고받았다.

그런데 돌연 예상치 못한 일이 일어났다. 선고를 받은 지 이틀 만인 9월 27일, 서울형사지방법원이 세 사람에 대해 느닷없이 보석을 결정한 것이다. 우리는 보석금 10만원씩을 내고 그날 풀려났다. 이런 갑작스런 사태의 전환은 다분히 정치적 성격을 띤 것으로 해석되었다. 터무니없는 죄목으로 교회를 향해 위협을 가했던 당국은 더이상 우리를 가두어놓아봐야 자신들에게 득될 것이 없다고 판단했을 것이다. 교회의 저항이 의외로 일사불란하고 단호했기 때문이기도 하고, 국제여론도 적지 않은 부담을 주었을 것이다.

우리가 석방되기 전인 9월 14일에는 성남 주민교회의 이해학 전도사가 우리 사건과 김대중 납치사건에 대한 외국 잡지들의 보도내용을 인쇄 배포했다는 이유로 중앙정보부에 끌려가 30여 일 동안 구금되었으니 그 또한 이 사건의 피해자라 할 것이다.

이 사건은 우리도 검찰도 모두 항소하여 15년 가까이 고등법 원에 계류되었다가 1987년 6월 항소시효가 만료되기 직전에 무 죄판결을 받았다. 그 15년 동안, 그리고 그뒤에도 한승헌 변호 사와 우리는 인권과 민주주의를 위해 멀고 험한 길을 함께 걸어 갔다.

도시빈민선교에 참여한 사람들이 시련을 겪고 풀려나자, 우리 는 그동안 침체돼 있던 빈민선교를 새로운 각오로 추진해보자 는 뜻에서 1973년 12월 '수도권도시선교위원회'의 이름을 '수도 권특수지역선교위원회'로 바꾸고, 선교활동의 대상지역을 서울 의 빈민지역으로 집중시켰다. 그리고 그동안의 경험을 토대로 위원회의 신조와 선교전략을 새롭게 가다듬었다.

유신체제에 대한 계속되는 도전

1973년 10월 2일, 서울대 문리대에서 유신 선포 이후 최초의 학생시위가 벌어졌다. 각 대학으로 유신 반대시위가 확산되는 가운데 11월 말부터는 기독교계로 그 물결이 퍼져나갔고, 12월 말에는 전국적인 개헌운동으로 발전하기에 이르렀다.

그리고 12월 24일, '개헌청원 100만인 서명운동'이 시작되었다. 함석헌, 김수환, 지학순, 장준하, 이희승, 김재준, 천관우, 김동길(金東吉), 계훈제(桂勳梯), 백기완(白基玩) 등 각계 인사 30인이 이날 오전 10시 서울 YMCA회관 2층 회의실에서 헌법개정청원운동본부를 결성키로 했다고 밝히고, 100만명 서명운동을 전개한다고 선언한 것이다.

유신당국은 문화공보부의 엄중한 경고와 대통령담화를 잇따라 발표하며 제동을 걸었으나 서명운동은 중단되지 않았다. 강도를 더해가는 도전을 막아낼 수 없게 되자, 1974년 1월 8일 대통령 긴급조치 1, 2호를 잇따라 발표했다. 유신헌법을 부정, 반대, 왜곡, 비방하는 일체의 행위를 금하며, 헌법의 개정 또는 폐지를 주장, 발의, 제안, 청원하는 일체의 행위를 금한다는 내용이었다. 그리고 이를 위반한 자는 영장 없이 체포할 수 있고, 15년 이하의 징역에 처할 수 있다고 경고했다. 뒤이어 서명운동을 주도한 장준하 선생과 백기완 선생을 구속했다.

그러나 긴급조치 1호가 발표된 바로 다음날인 1월 9일, 긴급조치 철회를 요구하는 기독교 교역자들의 조직적인 움직임이 시작되었다. 빈민선교와 산업선교를 하는 사람들이 중심이었다. 권호경 목사의 소집으로 수도권특수지역선교위원회의 사무실이 있는 서울제일교회에서 김동완, 이해학, 이규상 등이 모여 전날 발표된 긴급조치에 대해 토론한 뒤, 이에 즉각 저항해야한다는 데 의견의 일치를 보고 행동에 나서기로 한 것이다.

이들은 1차로 이해학 전도사가 빈민선교, 산업선교, 농민선교를 하는 실무자들을 조직하여 NCCK 총무실에서 긴급조치 철회를 요구하는 농성을 하고, 2차로는 김동완 전도사가 교역자들의 해당 교회 교인들을 동원하여 가두시위를 벌이며, 3차로는 권호경 전도사가 범교단적으로 교역자들을 동원하여 긴급조치 철회 투쟁을 벌이기로 합의했다. 그리고 자금을 마련하기 위해 즉석에서 헌금도 했다.

1월 17일, 이미 합의한 대로 이해학 전도사가 중심이 되어 NCCK 총무실에서 긴급조치 철회를 요구하는 선언을 발표했다. 이 사건으로 이규상, 박윤수(창현교회), 김경락(도시산업선교회), 인명진, 김진홍(활빈교회) 등 6명의 교역자들이 체포되어 비상보통군법회의에 기소되었다.

그리고 2월 24일엔 '개헌청원운동 성직자 구속사건 경위서'를 만들어 전국의 교회에 우송하다가 걸려 김동완, 권호경, 이미경(에큐메니컬 현대선교협의체 사무간사, 현재 국회의원), 차옥숭(NCCK 사무간사), 박상희(한국신학대학 3학년), 김매자(이화여대 의대 3학년), 박주환(한국신학대학 3학년) 등 기독교 청년 활동가들이 구속되었다.

뒤에 들은 이야기지만 구속된 이해학 전도사와 김진홍 전도사는 서로 '내가 주범이다'라고 주장하다가 자신이 주범이라는 것을 입증해 보이기 위해 2차, 3차 계획을 폭로하게 되었다고 한다. 그래서 수사기관이 김동완과 권호경의 뒤를 밟아 3차 계획은 실행도 못해보고 권호경이 구속되었다.

이렇게 빈민선교를 하는 실무자들이 유신체제에 도전했다가 구속되고 보니 선교사업은 또다시 좌절을 겪을 수밖에 없었다. 특히 권호경 전도사는 남산 부활절예배 사건으로 감옥에 갔다 풀려난 지 약 넉달 만에 다시 잡혀가는 수난이 계속되어 함께 일하는 사람으로서 마음이 어두웠다.

민청학련 사건이 터지다

발표된 지 열흘도 못되어 기독교 성직자들의 공공연한 도전을 받게 되자 긴급조치는 점점 그 위력을 상실해갔다. 유신체제와 반대세력 간의 대치가 긴장을 더해가고 있던 1974년 정초의 어느날이었다. 유인태(柳寅泰), 이현배(李賢培) 등 3명의 학생이 세배를 하겠다고 화양리의 우리집으로 찾아왔다.

나는 그들이 세배를 하러 온 줄로만 알고 있었다. 남산 부활절예배 사건으로 감옥에서 나온 지 얼마 되지 않은 때라 인사차 왔을지도 모른다고 생각했다. 그런데 세배를 하고 꺼내는 이야기가 아주 심각했다.

내용인즉, 유신체제에 큰 타격을 주기 위해서는 학생들이 이제까지 해오던 식의 산발적인 시위로는 어림없고 전국에서 동시에 조직적으로 들고일어나야 하는데, 그러자면 내 도움이 필요하다는 것이었다. 그들은 "전국적으로 유신반대 조직을 만들고 있는데, 만약 학생들이 전국에서 일제히 일어나면 틀림없이 군대가 출동할 것이고, 그렇게 되면 군대와 학생 사이에 누군가가 완충 내지 조정 역할을 해주어야 한다, 목사님이 그걸 좀 해주셔야겠다"며 도와달라고 했다.

그들의 말은 결연했다. 그리고 자세히 말해주지는 않았지만 열심히 준비하고 있는 것 같아 기대를 갖게 했다. 그렇게만 된다면 유신체제는 큰 타격을 받을 것이다. 그리고 그들의 말마따나 학생들이 전국에서 일제히 들고일어나면 군대가 끼어들지도 모른다. 그렇다면 극한 대치상황 속에서 누군가 완충역할을 해주어야 할 텐데, 내가 과연 그런 역할을 할 수 있을까? 박정희정권이 나 같은 사람의 중재를 받아들이겠는가?

나는 자신이 없었다. 그래서 "거사계획엔 찬성이고, 일이 잘 되기를 바란다. 그러나 시위는 어디까지나 평화적으로 해야 할 것이다. 그런데 내겐 그런 용기도 없고, 완충역할을 하기에도 부적절한 사람이다. 나는 저들이 미워하는 사람이니 저들과 대화할 수 있는 사람을 찾아보라"고 솔직하게 말해주었다. 그러나 그들은 한사코 "목사님만 믿고 가겠습니다" 하며 돌아갔다.

교회 일과 빈민선교로 바쁘게 돌아가는 중에도 거사를 준비하는 학생들의 소식이 간간이 들려왔다. 우리 교회에서는 황인성과 나병식(羅炳湜)이 깊숙이 관여하고 있는 것 같았다. 손학규는 빈민선교 일에 뛰어든 지가 꽤 되고, 김경남(金景南, 전 한국기독교사회문제연구원 원장)은 우리 교회의 학생회장을 맡고 있었으므로 역할을 분담한 것 같았다.

아직 날씨가 풀리지 않은 어느 추운 날이었다. 나병식이 나를 만나고 싶다고 했다. 사찰대상이 된 사람들에겐 감시와 미행이 따라다녔기 때문에 우리집이나 교회에서 만나지 않고 집 근처 수도여자사범대 가까이에 있는 '금잔디다방'에서 만났다. 시끄러운 데서 만나면 말하기가 편했다.

나병식은 내가 알아도 괜찮을 만한 그동안의 진행상황을 대충 이야기해주고는 이렇게 말했다. "목사님, 조직은 다 되었습니다. 거사날만 남겨놓고 있는데, 돈이 없습니다. 유인물과 플래카드도 만들어야 하고 그 밖에도 돈이 필요한데, 돈 만드는 일이 잘 안됩니다. 제가 재정을 맡아 돈을 만들기로 했는데, 잘 안되네요. 목사님, 저희를 좀 도와주세요."

그로부터 며칠 뒤 KSCF의 대학생부장 안재웅(安載雄)이 우리집으로 찾아왔다. 안재웅은 예수교장로회 소속이었는데도 우리교회를 다니면서 대학생회를 조직하여 대학생부장을 한 적이 있고 집사도 맡았다. 그는 운동권 학생들끼리 훈련할 수 있는 조그만 공간이 필요한데 돈이 없다고 했다. 그래서 내가 돈을 마련해보겠다고 약속했는데, 나중에 알고 보니 나병식과 같은 곳에 쓸 돈이었다.

큰일을 하는데 어찌 돈이 필요하지 않겠는가. 전에도 나는 학생들로부터 도와달라는 부탁을 종종 받았다. KSCF나 이대, 숙대 등의 기독교학생회로부터 부탁을 받고 조금씩 돈을 마련해준 적이 있었다. 수도여사대 학생들을 포함해 수배당한 학생들이 도망다니다가 궁지에 몰려 도움을 청해오는 일도 있었다. 그럴 때면 교인들에게 이런저런 핑계를 대서 조금씩 돈을 모아 보내주었다.

그해 초에도 어느 대학에서 거사자금이 필요하다며 도와달라는 부탁이 왔다. 그때는 도무지 돈을 조달할 방법이 없어 합판협회의 양우석(梁佑錫) 전무를 찾아갔다. 양우석은 내 처남 조민하가 한국 유네스코 총장을 할 때 그 밑에서 사무처장을 했던 사람인데, 처남이 합판협회 회장으로 자리를 옮겨가자 함께 가서 전무 일을 맡고 있었다. 경동교회의 장로를 맡고 있기도 했다. 때마침 아들 종렬이의 결혼식 날짜가 잡혀 있었기에, 처남에게는 알리지 말고 아들이 결혼하는 데 필요하니 30만원만 빌려달라고 했더니 즉시 돈을 마련해주었다. 당시엔 제법 큰돈이었다. 나중에 이 일이 들통나 처남과 양전무는 정보부에 끌려가 조사를 받았고, 아내는 생활비를 쪼개 그 돈을 갚느라 고생을 했다.

그런데 이번엔 전국적인 거사를 한다니 꽤 많은 돈이 필요할 것이다. 그런데 어디에서 조달을 한다? 생각나는 곳은 해위(海葦) 윤보선 전대통령밖에 없었다. 해위 선생은 전에도 아주 긴요한 때 나를 도와준 적이 있었다.

3월 초순쯤일까? 나는 통행금지가 해제된 직후의 시간을 택해 자전거를 타고 안국동에 있는 해위 선생 댁을 찾아갔다. 새벽 5시쯤이면 감시가 소홀할 것이라고 생각했기 때문이다. 화양동에서 안국동까지는 자전거로도 꽤 먼 거리였다. 해위 선생 댁 앞에 가니 신문이 배달돼 있었다. 나는 대문 안에 놓여 있던 신문을 꺼내 1면의 제호 위 여백에 짧은 글을 써서 메씨지를 전했다. "급히 도움이 필요합니다. 1백만원쯤 만들어주십시오. 규 (圭)." 그러고는 대문 안으로 다시 밀어넣었다.

해위 선생은 그 메씨지를 보낸 사람이 나라는 것을 금방 알아보았다. 그는 부인 공덕귀(孔德貴) 여사를 통해 돈을 전해주었다. 공여사는 당시를 이렇게 회고했다.

하루는 해위 그 어른이 두툼한 돈봉투를 건네주면서 박목사에게 전해달라고 하였다. 사실 그땐 박목사님 집도 모르고 있던 터라 생각 끝에 이우정 선생에게 전하는 것이 좋을 듯해서 기독교회관 301호실(기독교장로회 여신도회)로 이선생을 찾아갔다. 마침 거기서 이선생을 만났는데, 여신도회 총무인 김윤옥씨와 같이 있었다. 혹시 무슨 일이 생기면 공연히 젊은 사람이 끼어선 안되겠다고 생각되어 잠깐 이선생을 문밖으로 불러내서 그 돈을 건네주고는 박목사에게 전해달라고 부탁하였다. 이선생은 그 돈을 받아 옷 속에 넣고 곧 사무실로 들어갔다.

그후 민청학련 사건이 확대되어 박형규 목사가 잡혀가서 조사를 받게 되자 박목사는 그 돈을 이우정씨에게서 받았다고 한 모양이었다. 경찰은 즉시 이우정 선생을 연행해갔다. 그들은 공산당 앞잡이라도 된 양 닦달하고 돈의 출처를 물었다. 그러니 이선생은 해위 선생님이 보내주셨다고 이실직고할 수밖에 없었다. 그러면서 해위 선생님이 공산당이냐고 따졌다고 한다. 사실 그때 해위나 나나 박목사를 믿었기 때문에 우리는 그냥 돈을 전했을 뿐 민청학련이란 단체를 전혀 모르고 있었고, 그 돈이 어떻게 쓰이는지 알려고도 하지 않았다.

——『1974년 4월』(실록 민청학련 3) 348면

이틀 후, 아침 일찍 자전거를 타고 이우정 선생 댁을 찾아갔다. 해위가 돈을 전해주신다면 공덕귀 여사를 통해 이선생에게 건네주었을 것이 틀림없었기 때문이다. 이선생은 해위 선생이 전해달라고 하셨다면서 신문지에 싸인 돈뭉치를 건네주었다. 이선생은 그 돈에 대해 아무것도 알려 하지 않았고 나 또한 아무 말도 하지 않았다. 아는 것이 아무 도움도 되지 않을 뿐 아니라 오히려 부담이 되기 때문에 꼭 필요한 경우가 아니면 알려고 하지 않는 것이 민주화운동을 하는 사람들 사이엔 하나의 불문율처럼 되어 있었다. 해위가 나에게 건네준 돈은 45만원이었다. 나는 이 거사자금을 안재웅을 통해 나병식에게 전달했다.

"금잔디다방이라면 아시겠습니까?"

1974년 3월 중순부터 예년처럼 여러 대학에서 산발적인 시위가 벌어지더니, 3월 말이 가까워오면서 대량 검거선풍이 불기 시작했다. 학생들이 곳곳에서 잡혀가고 있다는 이야기가 들려왔다. 처음에 나는 어디서 문제가 터졌는지도 몰랐다. 여기저기 관여하고 벌여놓은 일이 적지 않아서 어느 구름에서 비가 오는지 알 수 없었던 것이다. 그렇게 며칠이 지나고, 4월 3일 '대통령 긴급조치 4호'가 발표되었다. 그제야 나는 유인태, 이철(李哲) 등이 계획한 전국적인 학생시위계획이 제대로 성사되지 못한 채 터져버렸다는 것을 알아차렸다. (학생들의 거사날짜가 4월 3일이었다는 것은 훗날 밝혀졌다.)

나중에 들은 이야기지만 당국은 학생들의 움직임을 미리 파악하고 있다가 대량 검거에 들어갔다고 한다. 그리고 며칠 동안 가혹한 고문과 심문을 통해 '전국민주청년학생총연맹(민청학련)'이라는 어마어마한 사건을 만들어 긴급조치 4호를 선포했다. 유신당국은 민청학련 및 관련 단체를 조직, 가입하거나 구성원의 활동을 찬양, 고무, 동조하는 자에게는 최고 사형까지 내릴 수 있는 무시무시한 조치를 발표했다. 최고 15년의 징역에 처할 수 있는 긴급조치 1호보다 훨씬 살벌하고 위압적이었다. 마치 정권의 생사를 건 발악처럼 보였다.

수많은 학생들이 계속 잡혀가고 있다는 소식을 들으면서 (1,204명이 검거된 것으로 나중에 발표되었다) 큰일이 벌어지고 있음을 실감했다. 나도 무사하지 않으리라고 생각하고 마음의 준비를 갖추고 있었다. 4월 20일 밤 자정쯤이었다. 중앙정보부에서 왔다면서 5~6명의 기관원들이 마침내 우리집으로 들이닥쳤다. 연행돼가면서 나는 학생들 중에서도 특히 나병식을 통해 건네준 거사자금이 문제된 것이 아닌가 짐작하며 대비했다.

남산의 정보부에 도착하자마자 5~6명의 수사관이 나를 둘러싸고 앉아 취조하기 시작했다. 한 사람이 몽둥이를 들고 "이 빨갱이 목사 새끼, 사실대로 말하지 않으면 두들겨패겠다"고 위협했다. 그들은 내게 왜 연행돼온 것으로 생각하느냐고 물었고, 나는 모르겠다고 계속 시치미를 뗄 수밖에 없었다.

그렇게 한시간쯤 버티고 난 후였을까. 수사관들이 물러가고 나 혼자 취조실에 앉아 있는데, 나보다 나이가 좀 위인 듯한 수사관이 혼자 취조실로 들어왔다. 그는 한심하다는 표정으로 나를 쳐다보더니 다짜고짜 이렇게 말했다. "목사님, 다 끝났습니다. 목사님 자백만 받으면 모든 게 다 끝납니다. 협조해주세요. 길게 끌 게 뭐 있습니까? 우리 스무고개를 한번 하지요, '금잔디 다방'이라고 하면 아시겠습니까?"

금잔디다방이라면 나병식이 나에게 거사자금을 마련해달라고 부탁한 곳이 아닌가? 내가 그에게 돈을 준 것이 들통났음을 나는 금방 알아챘다. 더이상 버티는 것은 의미가 없었다. 나는 이우정 선생을 통해 윤보선 전대통령으로부터 돈을 받아 학생들에게 건네주었다고 사실대로 말해주었다.

전임 대통령이자 재야 민주화운동의 큰 어른이 이 사건에 깊이 관여돼 있다면 사건은 새로운 국면으로 발전될 것이 틀림없었다. 수사관은 급히 자리를 떠 위층으로 올라갔다. 곧바로 긴급회의를 하는 것 같더니 부산하게 움직이는 소리가 들려왔다. "당장 가서 알아봐!" "밤중에 가서 그럴 필요까지 있을까요? 내일 아침에 가서 데려와도 될 것 같습니다" 하는 소리도 들려왔다. 그러나 청와대의 지시에 따라 수사관들은 밤중에 안국동의 해위 선생 자택으로 가서 해위가 나에게 거사자금을 주었다는 사실을 확인하고 왔다.

이우정 선생은 서울여자대학에서 강의를 준비하던 중 연행되었다. 처음엔 어디로, 왜 끌려가는지도 모르고 중앙정보부로 연행되었다. 이선생은 당시를 이렇게 회고했다.

나중에 안 일이지만 나를 연행해간 곳은 정보부 6국 수사국이라는 곳이라고 하며, 나를 심문한 사람은 최대령이라고 불리는 사람이었다. (…) 최대령이라는 사람은 나를 보더니 "당신은 공산주의자들인 인혁당과 연계한 민청학련 학생들이 정부를 전복하고 공산주의 국가를 건설하려 하는 데 자금을 대주는 일을 했소. 그래서 조사를 하려는 것이오" 했다. 박형규 목사가 민청학련 사건으로 잡혀간 것도 모르고 있었기 때문에 도대체 무슨 말을 하는지 알 수가 없었다. 내가 정말 아무것도 모르는 것을 눈치챈 심문관은 사건 내용을 설명해주었다.

간단히 요약하면 학생들이 공산주의자들과 결탁해서 현정부를 전복하고 공산정권을 수립하려 음모를 꾸몄는데 그 자금을 박형규 목사가 대기로 하고, 윤보선 전대통령에게 조달을 부탁했고, 내가 연락책을 맡았다는 것이다. 그러니 나도 그 조직의 한 사람이라는 것이다.

나도 모르는 사이에 내가 중죄인이 되어 있었다. 어이가 없었다. 그들은 나와 박형규 목사와의 관계, 나와 윤보선 전대통령과의 관계를 상세하게 물었다. 또 돈의 전달과정을 상세하게 물었다. (…) 나는 돈이라는 것만 알았지 액수도, 용도도 모르고 전한 것뿐이라고 했지만 그들은 똑같은 심문을 일주일 동안 계속했다.

(…)

그들은 박형규 목사와 대질심문을 시켰다. 초췌한 박목사의 모습을 보니 마음이 아팠다. 내가 말을 꺼내기도 전에 박목사가 내게 미안하다고 하며, 이교수는 아무것도 모르고 심부름만 해주었다고 말했다. 이 대질심문 후부터는 지긋지긋한 심문이 중단되었다.

—『행동하는 신학 실천하는 신앙인』246~247면

정보부 조사실에서 이선생을 만나니 너무 죄송했다. 여성의 몸으로 그 험한 곳에 끌려와 고생을 하고 있으니 마음이 괴로웠다. 나는 이선생을 만나자마자 무릎을 꿇고 "이런 곳까지 오시게 해서 정말 죄송하다"고 사죄하고, 수사관들에게 "이선생은 아무것도 모르고 한 일이니 풀어주기 바란다"고 경위를 자세히 설명해주었다.

학생들을 공산주의로 몰아가다

나이든 목사라 그랬는지 조사받는 과정에서 수사관들로부터 난폭한 대접을 받지는 않았다. 그러나 학생들은 아주 가혹한 고문을 당하고 있다는 것을 알 수 있었다. 화장실에 가다가 황인성을 만났는데, 얼마나 당했는지 그 모습이 몹시 초췌했다. 황인성은 우리 교회 학생회와 KSCF에서 열심히 일한 유능한 활동가였는데, 그곳에서 그렇게 비참하게 당하고 있었다. "목사님, 저는 잘 견딥니다. 몸조심하세요"라는 간단한 인사를 건네고 그는 다시 끌려갔다.

그의 모습은 학생들이 수사관들로부터 얼마나 모진 고문을 당하고 있는가를 말해주고 있었다. 대부분의 학생들이 중앙정보부에서 물고문, 전기고문, 잠을 재우지 않는 고문 등 갖가지 혹독한 고문을 당하면서 허위자백을 강요당했다. 법정에서 공소사실을 부인하면 검찰 수사관이 구치소까지 찾아와 고문하고 구타하여 본인의 의사와는 관계없이 조서가 작성되었다. 심지어 중앙정보부에서 미리 공소장을 만들어놓고 그 공소장대로 진술을 강요하는 식의 수사도 다반사로 자행되었다.

조사받는 과정에서 나는 수사관들이 사건 처리방향을 바꾸고 있다는 것을 느꼈다. 거사자금의 자금원과 전달과정이 달라졌기 때문이다. 내가 잡혀들어가기 전까지는 자금을 제공한 사람이 안재웅으로 되어 있었다. 그해 이른 봄에 결혼한 안재웅이 자신의 결혼축의금을 거사자금으로 내놓았다고 나병식과 말을 맞추어놓고 시종 그렇게 진술해왔기 때문이다. 나병식과 안재웅, 김경남은 거사를 앞두고 내가 돈을 마련해주었다는 것을 끝까지 감추어 나를 보호하기로 약속했으며, 잡혀간 후에도 그 가혹한 고문을 견디며 이 약속을 지켰다. 내가 남산 부활절예배사건으로 구속되었다가 나온 지도 얼마 안되고, 교회 일이며 빈민선교 등으로 할 일이 많으니 어떻게든 보호해야 한다는 것이 그들의 생각이었다. 특히 우리 교회의 학생회 회장이던 김경남이 강력히 주장했던 모양이다.

이런 각본은 조사과정에서 큰 문제 없이 유지되었다. "결혼축의금을 거사자금으로 쓰다니…… 참 독한 놈들"이라고 수사관들이 말한 것으로 보아 당국은 이 각본을 믿었던 것이 확실하다. 그러면서 유신당국은 사건을 아주 이상한 방향으로, 지극히 위험한 방향으로 몰아갔다. '인민혁명당(인혁당)'이라는 용공단체를 고문으로 조작하고 이들이 민청학련을 배후조종한 것으로 만들어가고 있었던 것이다.

계속 이런 식으로 몰리면 학생들은 공산주의자들의 사주와 지원을 받아 공산폭력혁명을 기도한 혐의를 뒤집어쓸 판이었다. 학생들의 순수한 민주화운동이 공산주의 폭력혁명운동으로 몰리면서 목숨조차 위태롭게 될 상황이었다. 학생들로서는 어떻게든 공산주의와 연결시키는 것을 막아야만 했다.

이런 위험을 알아챈 나병식이 자금을 제공한 사람이 안재웅이 아니라 박형규 목사였다고 자백한 것은 현명한 처사였다. 기독교 목사가 공산폭력혁명을 위해 돈을 댔다고 주장한다면 설득력이 있겠는가? 유신당국이 꾸미고 있는 사악한 음모의 자기모순을 최대한 폭로할 필요가 있었다.

그때까지 나병식은 내가 건네준 돈이 윤보선 전대통령으로부터 나왔다는 것까지는 모르고 있었지만 결과적으로 해위가 돈을 댄 것이 밝혀졌으니, 수사당국으로서는 계획대로 공산주의 내란음모로 몰아가기가 난처해졌을 것이다. 윤보선 전대통령을 공산주의자로 몬다면 국내외에서 웃음거리가 될 게 뻔했다. 더구나 가톨릭의 지학순 주교도 김지하를 통해 120만원이라는, 당시로서는 거액의 자금을 댄 것으로 밝혀졌으니 더욱 어려움을 느꼈을 것이다.

학생들과 인혁당을 함께 묶어 공산주의라는 올가미를 씌우려던 수사당국은 그것이 불가능하다는 판단을 내리지 않을 수 없었다. 그래서 학생들을 공산주의자로 몰기 위해 조작했던 인혁당을 학생운동과 떼어놓아 희생양으로 삼았던 것이다.

내가 사실대로 진술함으로써 곤경에 처한 사람은 안재웅이었다. 그는 나를 보호하려고 온갖 어려움을 무릅쓰고 자기 결혼축의금을 거사자금으로 썼다고 일관되게 진술하여 조사를 마친 상태였다. 안재웅은 수사를 받는 내내 돈의 출처가 드러나면 내가 잡혀오는 것은 물론이고, 나의 아들 종렬이의 결혼식조차 할 수 없게 될지도 모른다고 생각하여 몹시 괴로웠다고 한다. 그래서 같은 진술을 되풀이해온 것인데, 거짓으로 밝혀졌으니 수사당국을 속이고 농락한 꼴이 되었다. 수사당국으로서는 다시 조사하여 도표를 새로 그려야 할 판이었다.

안재웅은 다시 끌려가 죽도록 두들겨맞았다. 그전에 수사관들이 자금 전달과정을 그린 도표를 내보이며 이렇게 말했다고 한다. "윤보선-이우정-박형규-안재웅-정상복-나병식으로 이어지는 이 그림이 맞지? 감히 우리를 속여? 너 한번 죽어봐야겠다." 수사관들은 조사를 받고 있던 이우정 선생에게도 "안재웅이 참 지독한 놈입니다. 우리를 속이다니!" 하면서 투덜거렸다고 한다.

미친 권력의 무더기 사형선고

대충 조사를 받고 나는 서대문구치소에 구속 수감되었다. 내가 감옥에 들어왔다는 것이 어떻게 알려졌는지, 이곳저곳 감방에서 나를 부르는 학생들의 소리가 들려왔다. 몹시 반가웠던 모양이다. 온갖 모진 고문을 당하고 공산주의자로 몰려 위태로운지경에 빠져 있었는데, 나이든 목사가 같은 사건으로 들어왔으니 조금은 위안이 되었을 것이다. 학생들은 그렇게 혹독하게 당했는데도 조금도 기죽어 있지 않았다. 오히려 큰소리로 통방(通房)들을 하면서 서로를 격려하고 있었다. 떠들썩한 목소리로 보아 얼마나 많은 학생들이 들어왔는지 알 수 있을 것 같았다. 어린 학생들이 고생하는 것이 가엾고 안타까우면서도 '우리 식구들이 많이 들어와 있다'는 생각에 격려와 힘이 되었다. '우군(友軍)들이 나를 보고 있구나. 하나님이 나를 보고 계시는구나' 하고 생각하니, 나 자신과 하나님을 욕되게 해서는 안되겠다는 다짐을 다시 하지 않을 수 없었다.

두번째 들어와서 그런지 처음보다는 지내기가 훨씬 나았다. 교도관들도 다시 만났기 때문인지 전보다는 잘 대해주었다. 이따금 교회의 앞날이 많이 걱정되었다. 부목사로 시무하던 권호경 목사가 긴급조치 위반으로 먼저 구속된데다가 담임목사인 나마저 감옥에 들어와 있으니, 주일예배를 비롯해 교회의 조직이 제대로 돌아갈지 걱정되었다. 다행히도 윤치덕(尹致德) 목사가 밖에서 도와주고 우리 교회의 박성자(朴聖慈) 전도사가 헌신적으로 일하여 교회가 안정을 찾아가고 있었다. (박전도사는 나중에 목사가 되어 잠실중앙교회를 세웠다.) 가족들도 두번째 겪는 일이라 전보다는 수월하게 견뎌냈다.

걱정한들 갇혀 있는 상태에서 할 수 있는 일은 아무것도 없었다. 모든 것을 하나님께 맡기는 수밖에 없었다. 기도를 하거나, 시편 23장("하나님은 나의 목자이시니 내게 부족함이 없으리로다"로 시작된다)을 되뇌면 마음이 평화로워졌다. 처음엔 성경조차 넣어주지 않아 답답했지만, 나중엔 책을 넣어주어 많은 책을 읽을 수 있었다. 아침엔 좀 딱딱한 책을 읽고, 오후엔 소설 같은 부드러운 책들을 읽었다. 사마천의 『사기』도 읽었다. 꼭 읽어야 한다고 아버지께서 권고해주셨던 책인데, 이런 기회가 아니면 좀처럼 읽기 어려웠을 것이다.

『사기』를 읽고 사마천이 대단한 사람이라는 것을 알게 되었다. 그래서 그후에 동양, 특히 유교와 불교 쪽에 조금씩 관심을 갖기 시작했다. 우리나라 기독교계와 선교사들은 오랫동안 유교적인 것, 불교적인 것, 동양의 문화를 배척하면서 우리나라가 망한 것은 이런 것들 때문이라고 세뇌시켜왔다. 그러나 나는 중학교 시절부터 조금씩 기독교의 배타적 교리에서 벗어나고 있었다.

감옥생활이 어느정도 몸에 익으면서, 마음의 평화를 얻고 주어진 시간을 잘 쓸 수 있으면 감옥이 그렇게 괴로운 곳만은 아니라는 생각을 하게 되었다. 살기에 따라서는 약이 될 수도 있다는 것을 알았다. 목사로서 해야 할 일을 할 수 없으니, 자기 시간을 많이 가질 수 있었고 읽고 싶은 책도 하루 종일 읽을 수 있었다. 그래서 감옥을 공부하는 곳, 나가서 다음에 할 일을 준비하는 곳으로 생각하기로 했다. 감옥이 수도하는 곳이 될 수도 있다는 생각이 들었다. 조잡하지만 영양은 괜찮은 편이고 시간에 맞추어 식사를 하는데다가, 좁은 공간에서나마 운동을 열심히 해서 건강을 잃지 않았다.

학생 이외에 기소된 사람으로는 데모선동과 배후조종 및 지원 혐의로 구속된 지학순 주교와 김찬국(金燦國) 연세대 교수, 김동길 교수가 있었다. 윤보선 전대통령은 전직 대통령에 대한 대접이라 하여 불구속기소되었다. 지학순 주교는 김포공항에서 중앙정보부로 연행되어 조사를 받고 불구속기소된 뒤에도 유신체제에 대한 날선 비판을 멈추지 않았다. 그는 7월 23일 발표한 양심선언에서 "유신헌법은 민주헌정을 배신적으로 파괴하고 국민의 의도와는 아무런 관계 없이 폭력과 공갈과 국민투표라는 사기극에 의해 조작된 것이기 때문에 무효이고 진리에 반대되는 것"이라고 강력하게 비판했다. 그리고 비상군법회의를 가리켜 "스스로 법과 양심에 따라 독립하여 판단할 수 없는 꼭두각시"라고 비난했다. 지주교는 이 양심선언 때문에 또다시 정보부로 연행당해 고초를 겪었으니, 그가 얼마나 신념에 철저하고 기개 높은 사람인가를 알 수 있다.

첫 재판을 기다리고 있던 7월 9일, 비상고등군법회의 제1심판부(재판장 박희동 중장)에서 학생들에게 무더기로 사형과 무기

징역 등을 구형했다는 소식이 들려왔다. 이철, 유인태, 김병곤(金秉坤), 나병식, 김지하, 이현배가 사형을 구형받았다. 그리고 '인혁당' 관련 피고 8명에게도 사형이 구형됐다. 그로부터 4일 뒤인 7월 13일엔 학생들과 인혁당 피고인들에게 구형량대로 형이 선고됐다. '박정희정권이 마침내 미쳤구나. 자식 같은 어린 학생들에게 사형이라니!' 광기에 사로잡힌 저들의 행동으로 보아 중형이 선고될 줄은 짐작하고 있었지만 '사형'이라니 너무 충격적이었다.

나는 학생들이 법정에서 당당하게 싸우고 있다는 것을 들어서 알고 있었다. 사형을 구형받고도 "영광입니다"(김병곤)라고 했다니 너무 놀라웠다. 꽃다운 나이의 젊은이가 죽음을 앞에 두고 이런 말을 할 수 있다니! "나는 사형을 구형받지 못해 친구들 보기가 민망하다"(김효순金孝淳)고 최후진술한 학생도 있었다고 했다.

학생들의 변론을 맡았던 강신옥 변호사가 그 살기등등한 법정에서 "유신헌법은 반민주적인 악법이다. 나 자신도 직업상 변호인석에 있으나 그렇지 않다면 차라리 피고인들과 뜻을 같이하여 피고인석에 앉아 있겠다"고 변론하다가 구속되었다는 소식이 들려왔다.

그 당당함과 용기에 어찌 경의를 표하지 않을 수 있을까? 그런데 정말로 사형선고라니! 권력을 유지하기 위해서는 자식 같은 젊은이들에게 사형선고조차 주저하지 않는 박정희정권의 잔인성을 보면서 나는 이 정권이 계속되는 한 우리에겐 미래가 없다는 확신을 굳히게 되었다.

민청학련에 관계되어 사형선고를 받은 사람 중 김지하 등 5명은 국방부장관의 판결확인 과정에서 무기징역으로 감형되었지만, 인혁당 관계자 7명과 여정남(呂正男)은 끝내 감형되지 않았다. 긴급조치 1, 4호 위반으로 구속된 사람은 모두 203명이었는데, 유기징역형을 선고받은 사람들의 형량을 모두 합하면 무려 1,800여년에 이른다. 그나마도 사형이나 무기징역형을 선고받은 사람들을 뺀 나머지 사람들만의 형량을 합친 것인데, 이는 1인당 평균형량이 10년이 넘는다는 것을 말해준다.

항소를 포기하고 영등포교도소로

나는 7월 16일 비상보통군법회의 제3심판부(재판장 유병현 중장)에서 윤보선 전대통령, 김동길, 김찬국 교수와 같이 첫 재판을 받았고, 8월 9일 결심공판을 받았다. 이날 공판에서 나는 "나로 인해 법정에 서게 된 윤보선 전대통령께 죄송하게 생각한다"는 말로 최후진술을 시작했다. 그리고 "나는 학생들이 희생과 고통을 각오하고 민주주의를 위해 행동했다고 본다. 학생들이 좁은 문을 향해 길을 나서는데 나만 뒤처져 있을 수 없어 늦은 감이 있지만 참여하기로 했다. 학생들을 움직인 것은 나라를 위한 충정이요, 3·1정신과 4·19정신이지 누구의 선동에 의한 것이 아니다. 학생들보다 가벼운 죄가 아닌 더 무거운 죄를 내려주기 바란다"는 요지의 진술을 했다.

윤보선 전대통령은 "내 나이 77세, 내 인생 처음으로 국가내
란죄명으로 재판을 받게 되니 감회가 깊다"고 말문을 연 뒤 재
판부를 질타했다. "심판관 여러분, 여러분 가운데는 내가 어깨
에 별을 달아준 장군도 있다. 내가 별을 달아줄 때에는 이 나라
를 외적의 침략에서 지켜달라, 국방을 튼튼히해달라고 달아준
것이다. 그런데 그대들은 국방의 의무는 다하지 않고 이 나라의
자유와 민주주의를 위해 국민의 정당한 의사를 밝히려는 애국
청년학생들을 심판하고 있다. (…) 군은 국민의 군대야! 그런데
그런 국민을 위한 군대가 되지 않고 일인독재의 앞잡이 노릇을
해? 무슨 자격으로 국민을 심판한단 말인가? (…) 그대들은 왜
총칼로 정권을 빼앗나? 할 말이 있으면 해봐!" 그는 또 "학생
들에게 공산당이란 죄목을 씌우는 것은 당치 않은 일"이라고 비
난하며, "이번 사건을 인혁당과 연결시키고 있으나, 인혁당은
있지도 않은 단체로서 없는 단체를 억지로 학생들과 결부시키
고 있다"고 성토했다. 마지막으로 "나를 사형장으로 끌고 가거
나 풀어주는 것은 당신들 마음대로지만 민주주의를 지켜야 한
다는 내 소신은 뺏지 못한다"는 말로 진술을 마쳤다.

　이날 재판에서 윤보선, 지학순, 김동길, 나에게는 각각 징역
15년과 자격정지 15년이, 김찬국 교수에게는 징역 10년에 자격
정지 10년이 구형되었다. 그리고 3일 뒤에 열린 선고공판에서
윤보선 전대통령에게는 징역 3년에 집행유예 5년이, 그리고 나
머지 네 사람에게는 구형량대로 형이 선고됐다.

　우리 교회의 식구들은 3월 25일 권호경 목사가 1심에서 징역

15년, 박상희 징역 15년, 차옥숭과 이미경이 각각 징역 3년을 선고받았고, 4월 1일을 전후해서는 이직형 20년, 김경남 15년, 안재웅 15년, 나병식 사형에서 무기로 감형, 황인성 무기, 구창완 12년, 윤관덕 15년 등 각각 중형을 선고받았다.

뒤이어 항소심 재판이 열렸지만 나는 항소를 포기했다. 더이상 재판을 받는 것은 독재정권의 꼭두각시 놀음이 되어버린 재판을 인정해주는 결과만 가져올 뿐이라고 판단했기 때문이다. 항소포기로 형이 확정되자 영등포교도소로 이감되었다. 김지하와 김동길 교수도 항소를 포기하여 이감되었다.

영등포교도소엔 나 말고도 김지하, 백기완, 김동완, 이규상, 유홍준(兪弘濬), 안양노(安亮老) 등이 이감되어왔다. 나는 기독교 방에, 김지하는 가톨릭 방에 수감되었다. 영등포교도소는 징역을 사는 곳이라 나는 공장에 나가 식자공(植字工)으로 일하게 되었다. 김지하는 인쇄공이었다.

그곳에 있으면서 가슴 아팠던 것 중의 하나는 어린 죄수들이 많다는 것이었다. 가난 때문에 별것도 아닌 죄를 짓고 들어와 더 큰 범죄를 배워가지고 나가는 것이 안타까웠다. 절도, 사기, 폭력, 강도, 강간 등 온갖 죄를 짓고 들어온 사람들이 다 모여 있었는데, 그들의 이야기를 들어보면 모두 어려운 사연들이 있었다.

그런 눈으로 보아서 그런지 모두가 가엾게 느껴졌고, 그들과 점점 친해졌다. 나는 인쇄공장 식자부에 배치되어 새벽에 출근해서 하루 세끼를 공장에서 먹으며 일하고 저녁이면 동료들과 함께 감방으로 돌아왔다.

나가면 더 좋고, 못 나가도 좋고

영등포교도소에 와서 합숙방과 직장을 배당받기 전, 며칠을 대기방이란 독방에서 지냈다. 교도관들이 지나가는 길을 사이에 두고 한 사람이 겨우 다리를 펴고 잘 수 있는 작은 방들이 마주보고 있었다. 그래서 감시가 소홀할 때는 건넛방이나 옆방 죄수들과 이야기할 수 있었다. 내 맞은편 방에는 담배 밀거래를 하다가 발각돼 서울구치소에서 쫓겨온, 자칭 부잣집만 터는 밤도둑 전문가가 있었다. 밤이 깊어지고 교도관의 순시가 소홀해지면 그 도둑선생이 자기 얘기를 들려주는데, 그게 아주 재미있었다.

그의 전문은 한밤중에 부잣집 담을 넘어들어가 값비싼 것만 몇점 가지고 나오는 것이었다. 담장 위에 날카로운 유리조각을 꽂아놓았자 담요 한장이면 무용지물이 된다고 했다. 도둑은 새벽 2시경 담에 담요를 던져 깔고 앉아 안팎을 살핀 뒤 주인이 깊이 잠들었을 때 조용히 들어가 값나가는 귀중품 몇점을 들고 나온다는 것이었다. 한번 털어 그걸 팔면 한겨울을 걱정 없이 살 수 있고, 운이 나빠 잡혀도 절도미수라 겨울 한철 교도소에서 밥 먹여주니 걱정할 것이 없다고 했다. 그래서 자기는 도둑질할 때마다 "잡혀도 좋고, 안 잡히면 더 좋고……"라고 생각한다는 것이다.

이 도둑의 이야기는 그냥 웃어넘겨버릴 수도 있지만 나는 여기서 유익한 암시를 받았다. 마음먹기에 따라 감옥은 지내기 어려운 곳이 될 수도 있고 그렇지 않은 곳이 될 수도 있다는 것이었다. 나는 이 도둑의 이야기를 기회 있을 때마다 학생들에게 들려주었다. 학생들을 만나면 으레 "목사님, 우리 언제 나가요?" 하고 물어오곤 했는데, 그럴 때마다 나는 이 도둑의 이야기를 하며 "나가면 더 좋고, 못 나가도 좋고……"라고 대답해주었다. 이 우스갯말은 당시 교도소의 젊은이들 사이에서 유행어가 되었다.

내 감방 가까이에는 무기수가 한 사람 있었다. 작곡을 했다는 그 젊은 죄수는 여러 곡을 바깥세상에 내보내 인정받기도 했다고 자신을 소개하면서, 가사를 하나 지어주면 거기에 곡을 붙여주겠다고 여러번 제안했다. 그래서 '어머니'라는 노랫말을 한수 지었다. 어머니 생각을 자주 하면서 지내던 터라, 때때로 떠오른 생각을 한데 모아 만들어본 것이다.

죄수들은 잠 안 오는 긴 밤을 달래기 위해 자신의 과거 이야기도 하고 책에서 읽은 이야기도 나누곤 했지만, 어머니에 대해 입을 여는 사람은 별로 없었다. 형벌을 받고 있는 죄수들에게 어머니란 너무도 거룩하고 절실한 진실이기 때문일 것이다. 더러는 어머니를 본 적도 불러본 적도 없는 사람도 있었는데, 그런 사람에게조차 어머니는 하나님보다 더 가깝고 현실적인 분이었다. 어쩌다 수감자의 어머니한테서 온 편지가 어머니 이야기를 이끌어내는 경우가 있기도 한데, 그럴 때면 분위기가 갑자기 숙연해지고 모두의 눈에 뜨거운 눈물이 고였다.

나는 때때로 어머니라는 말과 하나님이라는 말이 서로 겹치고 엇갈리는 느낌을 가질 때가 있다. 그런 순간엔 하나님을 아버지라고 부르기보다는 어머니라고 부르고 싶은 충동을 느낀다. 그리고 예수의 어머니 마리아를 이 모든 불우한 죄수들의 어머니라고 선포하고 싶어진다.

당시 나는 오십고개를 넘겼고 집에 여든이 넘은 어머니를 남겨놓고 있었다. 주제넘게 예언자 노릇을 한답시고 불효를 저지르고 있다는 회한 때문에 어머니를 그리는 노래를 지었다.

어머니, 어머니, 안녕하셔요.
기러기 집을 떠나 산전수전 겪는 동안
잔뼈가 굵어지고 철도 들었소.
외로운 밤하늘에 그려보는 그 얼굴
다시는 저버리지 않겠습니다.

어머니, 어머니, 기도해주셔요.
밤마다 씹어삼킨 회한의 눈물들이
모여서 강이 되고 바다가 되어도
기러기는 오늘도 하늘을 납니다.
해 돋는 그 나라에 이를 때까지.

어머니, 어머니, 기다려주셔요.
산새들이 노래하는 봄철이 돌아오면
기러기도 고향하늘 날아갑니다.
시련의 바다에서 찾아낸 값진 진주
어머니 무릎 위에 바치리이다.

 이후에도 나는 여러차례 수감생활을 해야 했는데, 그때마다
이 노래를 부르며 불효의 죄책을 달랬다. 이 노래를 듣고 여러
사람이 함께 눈물을 흘려주기도 했다.
 김지하는 영등포교도소에서 「묶인 손들의 기도」라는 시를 지
었는데, 내가 그 시를 가사로 고쳤고 무기수는 이 가사에도 곡
을 붙여주었다.

 너무도 오래오래 사슬에 묶인 손들
 너무나 긴 세월 애원에 묶인 손들
 아무도 뜨겁게 안아보지 못하였네
 아무도 다정하게 잡아보지 못하였네
 (후렴) 오 주여, 오셔서 쇠사슬을 끊으소서
 무거운 이 쇠사슬 어서 풀어주소서

 죽음의 그늘진 곳 절망의 골짜기에
 꿈에도 묶여 있는 피맺힌 설운 가슴

정의에 목마르고 사랑에 굶주렸네
해골의 골짜기를 죽도록 헤매었네

바람찬 벌판 위에 한줌의 씨를 뿌려
아침저녁 보살피고 물 주고 거름 주고
피 터진 이 손으로 가꾸고 거둬들여
땀으로 영근 이삭 당신께 바치리라

어여쁜 저녁노을 초원에 붉게 탈 때
흙 묻은 이 손으로 벗들을 맞아들여
촛불을 밝혀놓고 당신 뜻 배우리다
몸 바쳐 어둠 쫓는 불꽃이 되오리다

거치른 노동으로 육신은 타고 찢겨
죽어도 이 손으로 자유를 찾으리다
찬란한 아침이여 꽃들의 외침이여
이윽고 어둠 가고 동트는 아침이여

영등포교도소에서 겨울을 나는 동안, 1974년 12월 15일자로
나의 논설집 『해방의 길목에서』가 간행되었다. 그동안 내가 여
러 잡지에 쓴 글들과 설교문 등을 모아놓은 책인데, 아들 종렬
이가 서울대학 동기들, 서울제일교회 청년학생들과 함께 며칠
동안 우리집에서 합숙하면서 만들어낸 것이다. 출판의 목적은

내가 공산주의자가 아니라는 것을 알리기 위한 것이었다고 한다. 「머리말」을 김관석 목사가 썼고, '저자의 아내'가 쓴 것으로 된 「책을 내면서」는 아내를 대신해 아들이 썼다고 한다.

그런데 이 책의 뒤쪽 사진의 캡션 중에 사실과 약간 다른 대목이 있다. 내 몫으로 등기된 농토를 소작농들에게 무상으로 분배하자는 나의 간청을 아버지께서 받아주시지 않았는데, 그것이 분배된 것으로 적혀 있는 것이다.

이 책의 출판기념행사는 대성황을 이루었고, 백낙청 당시 서울대 교수가 서평을 겸한 강연을 했다고 한다. 출판기념행사 후 이 책은 금서(禁書)가 되었고 인쇄중이던 재판(再版)은 경찰에 압수되었다.

"젊은이들의 호소를 저버리지 맙시다"

감옥에서 1975년 새해를 맞았다. 해가 바뀌었는데도 신·구교를 망라한 기독교계의 규탄과 항의는 조금도 약화되지 않고 지방으로 확대되고 있다는 소식이 들려왔다. 새 학기와 함께 학생들의 행동이 다시 시작될 경우 이를 막아낼 특별한 방법이 없다고 판단한 박정권은 사태를 무마할 수 있는 수단을 강구하지 않을 수 없었다. 그 돌파구의 하나로 내놓은 것이 1975년 2월 12일 실시된 유신헌법에 대한 국민투표였다. 유신정권은 유신헌법이 국민의 신임을 받은 것으로 위장하면서 2월중에 두차례에 걸

쳐 긴급조치 1, 4호 위반으로 구속된 양심수들을 형집행정지로
대거 석방했다. 나도 2월 15일, 구속된 지 약 열달 만에 석방되
었다.

그러나 인혁당 관계자들은 제외되었다. 1975년 4월 8일 대법
원은 인혁당 관계자 8명에게 사형을 확정했고, 바로 다음날인 4
월 9일 사형 확정 18시간 만에 서울구치소에서 교수형을 집행했
다. 대법원 판결 다음날 형이 집행된 것은 유례없는 일이다. 혹
독한 고문을 자행했다는 점, 피고인의 기본권을 박탈한 것은 물
론 조서조차 변조하면서 재판을 강행했다는 점에서 그야말로
전례없는 '사법살인'이었다. 그러나 이들의 억울함이 역사의 법
정에서 가려지는 데는 약 30년의 세월이 걸렸다. 그사이 가족들
이 겪은 고통이 어떠했을지는 말해 무엇하랴.

석방되고 며칠 후, 1975년 2월 23일 새문안교회에서 민청학
련 관련자 출옥 환영예배가 열렸다. 출옥자를 대표해 인사말을
해달라는 부탁을 받고 나는 다음과 같은 신앙고백을 했다.

(…) 저는 학생들에게 예수 그리스도에 대해 가르쳤습니다. 아
니, 가르친 것이 아니라 예수에 관해 같이 생각한다는 말이 옳을
것입니다. 요사이 학생들은 가르치고 배우고 하는 것을 싫어합니
다. 저는 그들의 심정을 이해할 것 같습니다. 그래서 우리는 같이
생각하고 같이 배웠던 것입니다. 요사이 젊은이들은 어른들에게
서 배울 것이 없다고 생각합니다. 좀 건방진 태도이긴 하나 옳다
고 봅니다. 어른들에게서 배우는 것이란 잘못된 것뿐이니까요.

그런데 여기에 목사님들과 교수님 여러분이 와 계신데, 정말 가르치는 입장에 계신 분들은 조심해야 할 것 같습니다. 성서를 바로 가르치면 누구나 내란선동죄로 감옥에 갈 가능성이 있기 때문입니다. 저는 내란을 선동한 일이 없습니다. 여기 학생들에게 물어볼까요? 여러분이 작년에 소위 민청학련 사건을 계획했을 때 내게 와서 의논한 일이 있나요? 의논하러 왔으면 내가 말렸을 것입니다. 나에게 한마디 의논도 하지 않고 계획을 다 짠 다음 돈이 필요하게 되니까 나를 찾아온 것입니다. (…)

일을 다 꾸며놓고 행진준비가 다 된 후에 찾아와서 하는 말이 "우리는 좁은 문으로 들어가렵니다. 목사님은 안 오셔도 됩니다. 우리는 이 시대에 예수께서 좁은 문으로 들어가라고 하시기 때문에 그렇게 하기로 했습니다"라고 했습니다. 나도 사실은 그렇게 가르쳤기 때문에 이제 와서 "갈려면 너희들만 가거라"라고 외면할 수는 없었습니다. "정말 갈 것인가?"고 물었더니 "가기는 가는데, 약간의 여비가 필요하다"는 것이었습니다. (…)

학생들의 눈초리가 유신헌법과 긴급조치가 발표된 후부터 조금씩 달라졌습니다. 용기가 생기기 시작했습니다. 다른 사람들은 모두 위에서 누르는 대로 위축되어 있는데, 학생들은 하나님이 '예' 할 때와 '아니오' 할 때를 분명히하라고 했으니, 그대로 입을 닫고 있을 수는 없다는 것이었습니다. 지금 이런 불의를 막지 못하면 후대의 사람들이 더 큰 고통을 겪는다고 했습니다. (…)

이웃에 대한 사랑은 자유가 보장되지 않고는 할 수 없다는 것을 알게 되었습니다. 자유가 없는 곳에서는 사랑도 할 수 없습니다. 자유가 없는 곳에는 기독교가 있을 수 없습니다. 현대 한국에서는 학생이 선생보다 우수합니다. 이번 일을 보면 분명히 그렇습니다. 제가 그들을 감옥에 데려간 것이 아니라 그들이 저를 끌고 갔습니다. 검사가 "어떻게 저 많은 학생들이 모두 당신을 알고 따라왔습니까?" 하고 물었을 때 저는 이렇게 대답했습니다. "학생들, 즉 어린 양들이 좁은 문으로 들어갑시다 하고 우리를 불렀지만 목자나 큰 양들은 같이 가려고 하지 않았다. 그래도 어린 양들이 가겠다고 하기 때문에 목자는 주저하면서 그들의 뒤를 따른 것뿐이다." (…)

하나님이 이 땅에 민권을 심어 아름다운 나라로 만들기 위해 이와같은 일을 해주셨다는 것을 우리는 감사해야 할 것입니다. 일은 아직 끝나지 않았습니다. 여기는 아직 천국이 아닙니다. 하나님의 나라는 아직 먼 저쪽에 있습니다. 지금은 준비할 때입니다. 이번과 같은 실패를 되풀이하지 않도록 힘을 모읍시다. 학생들을 좀 쉬게 합시다. 저는 어떤 모임에서 "저도 좀 쉬게 해주시고 이번에는 다른 동료들을 사용해주십시오" 하고 기도한 적이 있습니다. 이스라엘의 예언자들은 모두 20대의 젊은 시절에 일을 했습니다. 젊은 사람들의 호소를 저버리지 않도록 합시다. 한국교회가 이 젊은이들의 외침에 귀를 기울여줄 것을 바라 마지않습니다.

— 『질그릇: 서울제일교회 25년사』, 서울제일교회 1978, 135~141면

민청학련 사건은 박정희정권의 가혹한 탄압에도 오히려 유신

체제 반대운동의 불길에 기름을 부은 결과를 가져왔다. 탄압이 강화될수록 저항도 강해지고 더 넓게 확대되었다. 수많은 사람들이 끔찍한 고문을 당하고 정당한 법적 보호를 받지 못한 채 희생되고 있다는 사실이 국제적으로 알려지면서 유신체제의 인권유린 문제는 세계적인 주목을 받게 되었다. 민청학련 사건은 독재정권과 맞서 민주주의를 쟁취하려는 한국국민들의 투쟁과 고난을 본격적으로 세계의 여론 앞에 등장시켰다. 박정희정권은 탄압에만 몰두하여 그것이 가져올 세계적인 파장을 과소평가했을 것이다.

일본의 크리스천들, 『뉴욕타임즈』에 전면광고

이 사건과 관련하여 잊을 수 없는 일이 있다. 일본 기독교계의 지도자들과 지식인들이 1974년 5월 5일 미국의 『뉴욕타임즈』(The New York Times)에 '미국의 크리스천들에게 보내는 호소'(An Appeal to American Christians)라는 제목으로 전면광고를 냄으로써 한국의 민주화운동과 인권운동이 어떻게 탄압받고 있는가를 세계에 알리고, 이로 인해 고통받고 있는 사람들을 위해 지원해줄 것을 호소한 것이다. 이이누마 지로오(飯沼二郎) 쿄오또대학 교수가 중심이 되어 도오시샤대학의 타께나까 마사오(竹中正夫) 교수, 키따시라까와(北白川)교회의 오꾸다 시게따까(奧田茂孝) 목사, 나가노현(長野縣)의 와다 타다시(和田正) 선생, 그리고 가톨릭 토오꾜오 대주교 관구의 하마오 후미오(浜尾文郞) 보좌주교 등 5명이 함께한 일이었다.

이 광고는 십자가에서 고난당하고 있는 예수의 모습을 펜화로 그려 가운데 배치하고, 오른쪽에 1973년 5월 20일에 국내외에서 발표된 '한국 그리스도인 신앙선언'을, 왼쪽에 '미국의 크리스천들에게 보내는 호소'를 실었다. 그리고 맨 아래에는 남산 부활절예배 사건으로 재판을 받고 있는 나의 사진과 방청하고 있는 함석헌 선생의 사진을 나란히 실었다. 이 광고 덕분에 한국의 민주화운동과 인권탄압은 전세계 언론과 여론의 주목을 받았다. 이 호소문의 전문은 이렇다.

우리 일본의 크리스천들은 지금 한국에서 벌어지고 있는 상황에 대해 깊이 우려하고 있으며, 특히 정부의 종교탄압을 견뎌내야만 하는 한국 크리스천들의 고통에 대해 특별한 관심을 갖고 있습니다.

한국에서는 그동안 정치적 부정이 만연하고 물가가 치솟아 국민들의 분노가 거듭 높아져왔습니다. 그런 가운데 박대통령은 1971년 4월 전(前) 헌법에서는 금지하고 있던 대통령의 3선을 허용하는 수치스런 헌법을 국민들에게 강요했습니다. 그 결과 그대로 권력을 유지했고, 그 권력을 이용하여 언론, 집회, 정치적 결사의 자유를 박탈했습니다. 1972년 10월에는 또다시 헌법을 고쳐 그 자신이 입법, 행정, 사법의 모든 권력을 장악했습니다. 누구든 여기에 반대하는 사람은 체포되고 반역자로 처벌됩니다.

미국 상원의 국제관계위원회는 간부들을 한국에 보내 조사를 벌인 후 1973년 2월 보고서를 발표했습니다(미 국무부, 국방부, CIA의 요구로 어떤 항목들은 삭제한 후 발표했다—인용자주). 위원회는 이 보고서에서 박정권을 독재체제라고 규정하고, 1945년 한국이 독립한 이래 시민들이 이처럼 가공할 탄압을 받은 적이 없다는 결론을 내렸습니다.

한국의 종교잡지들 가운데 가톨릭의 『창조』지와 함석헌이 편집하는 『씨알의소리』만이 한때 살아남았으나, 이 두 잡지마저도 1972년 가을 그 빛이 꺼져버리고 말았습니다. 오늘날 한국에서 정부를 비판하는 것은 일종의 죽음을 뜻합니다!

이런 상황에도 불구하고 작년 부활절에 박형규 목사는 용기있게도 정부를 비판하는 전단지를 나누어주었고, 그로 인해 즉시 체포되었습니다. 1973년 5월 20일에는 현정부에 도전하는 '한국 그리스도인 신앙선언'이 발표되었고, 여기에 참여한 사람들은 한국에서 민주주의를 되찾기 위해 순교하겠다고 선언했습니다! 이 선언은 세계의 모든 교회들에게 그들을 위해 기도해달라고 호소하고 있습니다.

우리는 일본의 크리스천들이 한국 크리스천 형제들의 이런 요청에 응답해야 한다고 생각합니다. 우리는 일본정부가 더이상 한국정부를 지지해서는 안된다고 요구합니다. 이와 마찬가지로 미국의 크리스천 형제자매들도 미국정부를 향해 한국정부에 대한 지지와 금융지원을 즉각 중지하도록 요구해주실 것을 호소합니다.

주 예수 그리스도의 종인 우리 일본의 크리스천들은 평화를 주시는 주님의 축복이 다같은 하나님의 자녀들인, 하나님을 믿는 여러분들에게 풍성하게 베풀어지기를 기도합니다.

1974년 4월 21일.

내가 이 광고의 사본을 본 것은 그로부터 20여 년이 지난 1995년이었다. 광고 캠페인을 조직한 이이누마 지로오 교수가 처음으로 한국을 방문하는 길에 『뉴욕타임즈』에 실린 전면광고를 실제 크기 그대로 복사하여 나에게 선물로 전해주었던 것이다. 이이누마 교수는 일본의 그리스도교 잡지인 『쿄오조(共助)』(1999년 2, 3월호)에 실린 「박형규 목사 소개」라는 글에서 당시를 이렇게 회고했다.

이 광고는 세계적인 규모에서 반향을 일으켰다. 우리 위원회의 사무실로 나에게 보내는 편지가 50여 통 왔다. 그 가운데는 "당신들의 의견광고를 지지하며 즉시 우리 교회의 신자들에게 호소했습니다"라고 쓴 목사의 편지도 있었다. 수표를 함께 넣은 편지도 있었다. (…) 일본 국내에서는 이해(1974년) 8월 중순까지 280여 교회에서 6,820명이 이 광고 캠페인에 찬성하는 서명을 보내왔다. 그리고 당시의 광고비 약 300만엔을 캠페인에서 걷었다.

여담이지만 5월 5일 이 광고가 나간 직후 누가 전달해주었는지는 알 수 없지만 감옥에 있는 박선생으로부터 '고맙다'는 인사말을 전해받았다. 아마 이 『뉴욕타임즈』 광고가 감옥에까지 전해진 것이라고 생각했다. 한국은 재미있는 나라여서 감옥의 교도관이 정부에 반대하는 이런 광고를 박선생에게 보여준 것이리라. 이것도 놀라워해야 할 일이다. 한국이라는 나라는 감옥 안에서도 민주화가 이루어지고 있는 것이다.

이해 6월이 되자 한국정부가 낸 반대광고가 『뉴욕타임즈』에 실렸다. '아니, 다릅니다. 한국에는 신앙의 자유도 있고 탄압도 하지 않습니다'라는 제목으로 전면광고를 낸 것이다. 우리는 이것을 보고 우리가 낸 광고가 한국정부에 얼마나 큰 충격을 주었는가를 알 수 있었다.

광고에 뜻을 같이하는 사람들이 많아서 그 헌금으로 광고료를 지불하고 남은 돈을 한국에 보냈노라는 이이누마 지로오 교수의 글을 읽으면서 나는 가슴이 뜨거워지는 것을 느꼈다. 광고료 300만엔, 우리 돈으로 4,050만원이라면 얼마나 큰돈인가.

우리는 그 어려웠던 시절 일본의 크리스천들을 포함해 세계 여러곳으로부터 눈물겨운 도움을 많이 받았다. 이런 도움을 통해 민주주의, 자유, 인권, 정의와 같은 보편적인 진리를 위해 높은 뜻을 가진 사람들이 국경을 넘어 만들어낸 연대, 인류의 연대가 어떤 것인가를 처음 체험했다. 그리고 그런 형제애가, '도덕적인 힘'이 어떤 힘을 발휘하는가도 눈으로 보았다.

이런 도움을 기억할 때마다 그 숭고한 정신에 감동하고 그렇게 돕지 못하는 우리를 돌아보며 부끄러워진다. 우리의 민주주의가 해외로부터 이처럼 많은 도움을 받았다면 이제 우리 또한 해외의 고난받는 사람들을 위해 도와야 하지 않을까? 그것이 마땅한 도리가 아닐까? 바라건대 우리가 받은 것보다 더 많이 도울 수 있다면 얼마나 좋을까?

천주교정의구현전국사제단과 NCCK 인권위원회의 탄생

민청학련 사건을 통해 우리가 받은 가장 큰 축복 중의 하나는 이를 계기로 '천주교정의구현전국사제단'(이하 '사제단')이 결성된 것이다. 사제단은 민청학련 사건과 관련해 지학순 주교가 유신헌법은 무효라는 양심선언을 발표하고 구속된 후 15년형을 선고받자, 김승훈, 함세웅 신부를 중심으로 젊은 가톨릭 사제들이 1974년 9월 26일 시국선언문을 발표하면서 결성됐다. 사제단은 그후 민주화의 중요한 고비마다 기도회, 시국선언 등으로 결정적인 역할을 해왔다. 유신체제 후 최초의 반유신운동 조직이라 할 수 있는 민주회복국민회의를 이끌었으며, 인혁당 사건의 진상을 조사 발표하였는가 하면, '4·13호헌조치'에 맞서 단식투쟁으로 민주화운동을 이끌고, 박종철(朴鐘哲) 고문치사 조작 사실을 세상에 알려 6·10민주항쟁에 불을 붙이는 등 위험하고 궂은 일을 떠맡아 해왔다.

사제단은 감옥에 있는 사람들, 호소할 데 없는 사람들, 철저하게 짓밟힌 어린 형제들에게 언제나 따뜻한 친구가 되어주었다. 결성된 지 올해로 36년, 지금도 한결같은 자세로 우리 사회의

'정의'를 실현해가고 있다. 이 단체처럼 긴 세월 변함없는 자세로 자기를 지켜가고 있는 단체도 드물 것이다.

민청학련 사건은 또한 NCCK 안에 '인권위원회'를 만들게 하는 계기가 되었다. NCCK는 1974년 4월 총회의 결의에 따라 인권위원회를 정식으로 조직하여 기독교 인권운동이 범교단 차원에서 공식적이고 지속적으로 전개될 수 있는 기틀을 마련했다.

7월 11일부터는 김상근(金祥根) 목사, 오충일 목사 등 소장 목사들이 중심이 되어 구속자 가족과 교역자, 평신도 들이 참석한 가운데 '목요기도회'가 시작되었다. 이 기도회는 1973년 남산 부활절예배 사건으로 나와 권호경 목사를 포함한 기독교계의 여러 인사들이 구속된 것이 계기가 되었다. 당시 우리들의 재판은 매주 목요일 10시 정동에 있는 대법정에서 열렸기 때문에 방청하러 온 동지들은 오전 9시에 정동제일교회의 젠센기념관에 모여 기도회를 열었다. 민청학련 사건으로 구속자 가족이 많아지자 목요기도회가 정례화되어 매주 목요일 저녁 기독교회관 2층 강당에서 열리게 되었다. 이 기도회는 오랜 세월 기독교 민주화운동의 힘을 결속시키는 역할을 하는 한편, 언론이 완전히 통제된 상태에서 우리 사회의 중요한 사건들을 세상에 알리고 교회의 입장을 밝히는 언론광장의 역할을 하기도 했다.

민청학련 사건은 '민주회복구속자협의회'를 발족시키는 계기가 되기도 했다. 아직도 풀려나지 못한 구속자가 적지 않을 뿐만 아니라, 앞으로도 잡혀가거나 구속될 경우에 대처하기 위해 이런 조직이 필요했다. 긴급조치 위반자 약 200여명이 모여 만들었고, 지학순 주교, 김동길 교수, 김지하 시인, 이철 등이 대표위원을, 내가 위원장을 맡았다.

다시 교회로 돌아오다

1975년 2·15조치로 나와 권호경 목사, 그리고 우리 교회의 귀한 일꾼들이 풀려나 교회로 돌아왔다. 감옥에 있던 사람들과 신도들이 떨어져 서로를 걱정하다가 다시 만나니 얼마나 반갑고 기뻤겠는가. 그동안 숙연했다는 교회의 분위기도 한결 부드러워졌다. 우리가 없는 동안 교회를 보살펴준 윤치덕 목사, 이해영 목사, 박성자 전도사가 정말 고마웠다. 주일날 설교를 맡아준 것은 말할 것도 없고, 여러 어려운 일들을 보살피고 챙겨주었다. 허병섭(許秉燮) 목사는 자원해서 우리 교회의 학생회를 도와주었다.

그리고 지금도 잊을 수 없는 것이 일본의 니시까따마찌(西片町)교회가 우리를 도운 것이다. 니시까따마찌교회에 우리 교회를 소개해준 것은 NCCK 인권위원장이었던 이해영 목사였다. 그는 민청학련 사건 후 조직된 인권위원회의 위원장으로 일본 교회의 협력을 구하기 위해 토오꾜오를 방문했다가 이 교회에서 설교를 하게 되었다. 그때 설교에서 한국에서 어떤 일이 벌어지고 있는가를 자세히 밝히고 우리 교회가 당하고 있는 고난을 전해주었다.

서울제일교회의 사정을 알게 된 니시까따마찌교회는 야마모 또(山本將信) 목사를 우리 교회에 보내 자매결연을 했다. 그는 일본기독교단의 전쟁책임 고백문을 발표한 유명한 스즈끼(鈴木 正久) 목사의 후임목사다.

내가 감옥에 있을 때 야마모또 목사는 신도들과 함께 서울제 일교회를 찾아와 설교를 했다. 강단에 설 때마다 그는 "이제부 터 내가 하는 것은 설교가 아니라 '인사말'"이라고 했다 한다. 입국비자를 받을 때마다 한국대사관에서 서울제일교회에서는 설교를 하지 않는다는 조건을 달고서야 입국허가를 내주었기 때문이다. 그래서 단상에 서면 먼저 "여러분, 저는 지금 설교를 하려는 것이 아닙니다. 여러분에게 니시까따마찌교회 교인들의 인사말을 전하고자 합니다"라고 말을 시작했다. 그러면 청중은 큰 웃음으로 화답했다고 한다.

아무튼 이런 인연으로 두 교회는 1975년 이후 서로를 위해 기 도하고 고락을 함께하며 형제와 같은 사랑을 나누어왔다. 공동 수련회와 청년학생들의 교류 같은 사업을 함께 추진하면서 30 년이 지난 지금도 두 교회의 자매관계는 지속되고 있다.

5

민주화운동의 수난

민중교회의 탄생

'수도권도시선교위원회'의 이름을 '수도권특수지역선교위원회'로 바꾸고 새로운 출발을 다짐했지만, 정치적 상황이 극한으로 치달아 나를 포함한 여러 실무자들이 또다시 구속되는 바람에 그 활동은 위축될 수밖에 없었다.

그러나 이런 악조건 속에서도 불씨는 꺼지지 않고 살아 움직였다. 새로이 도시빈민선교에 가세한 허병섭 목사와 평신도 이철용(李喆鎔, 13대 국회의원을 지냄)이 신설동 지역에서 지역주민과 근로자 들을 위해 활동을 펴나가기 시작했고, 사당동 지역에서는 신동욱 전도사가 지역주민을 위해 복지와 자립생활대책을 추진하고 진료활동을 하면서 목회활동을 해나간 것이다. 그는 그뒤 중랑천변의 중화동에서 '봉화학당'이라는 야학을 운영하면서 철거에 대비한 주민조직을 만들었다.

주요 활동지역은 판자촌 철거가 강행되고 있던 청계천 지역과 중랑천 지역이었다. 우선 청계천 지역에서는 모갑경 목사가 뚝방교회를 중심으로 야학을 하고 직장 청소년 모임인 '옹달샘회'의 훈련프로그램을 운영했다. 철거대책을 마련하고 실행하기 위해 주민을 조직하는 것도 그의 일이었다. 다음으로, 이규상 전도사는 외부학생들의 훈련프로그램과 야학교사 연합모임을 지도하는 한편, 면목1동에서 철거대책활동에 적극 참여했다. 허병섭 목사가 1975년 말부터 이문동에서 손학규, 이철용 등 평신도 실무자들과 함께 중랑천에서 밀려온 사람들을 대상으로 철거대책활동을 펴나간 것도 특별히 기록될 만하다.

그 밖에 교회를 중심으로 한 주민활동도 활발하게 펼쳐졌다. 성남시 주민교회(이해학 전도사)가 벌인 지역부인회 소비조합과 야학 및 의료협동조합 사업, 그리고 약수동 판자촌의 형제교회(김동완 목사)가 벌인 주민조직활동이 주민들로부터 큰 호응을 받았다.

이처럼 빈민지역에서 펼쳐진 선교활동은 가난한 지역주민들로 구성된 독특한 성격의 교회들을 탄생시켰다. 그 전형적인 예가 사랑방교회와 동월교회다. 이른바 '민중교회'가 탄생한 것이다. 사랑방교회는 1975년 9월부터 이문동 지역의 판자촌에서 쫓겨나 살 곳을 찾지 못한 채 망우동의 공터에 천막을 치고 살던 철거민들이 1976년 1월에 세운 교회다.

철거민들의 요청에 따라 이규상 전도사가 담임목회자로 일하기 시작했으나 처음부터 고난의 연속이었다. 철거민들이 생존권을 주장하면서 끈질긴 저항을 계속하고 많은 기독교인들이 지지와 성원을 보내자 권력당국이 탄압을 강화했기 때문이다. 특히 철거민들이 목요기도회에 참석해 자신들의 처지를 호소하며 당국의 비인간적인 처사를 규탄하자 탄압의 강도를 더욱 높였다.

역시 특별한 교회라 할 수 있는 '갈릴리교회'가 강한 연대를 표명하며 1976년 1월 25일 사랑방교회와 자매결연을 맺자 탄압은 극에 달했다. 철거반원 20여명이 몰려와 천막을 걷어내고 강대상을 끌어내고 십자가에 똥을 묻혀 내동댕이치는 만행을 저지른 것이다. 교인들은 무자비한 폭력 앞에 저항할 힘이 없었다. 그들은 부서진 천막을 일으켜세우고 추위 속에서 며칠을 떨다가, 그동안 교회들이 '땅 한평 사주기 운동'을 벌여 천호동과 마천동에 마련해준 곳으로 옮겨가 쫓기지 않는 삶을 시작할 수 있었다. 사랑방교회가 이처럼 엄청난 탄생의 고통을 치르고 있을 무렵, 허병섭 목사는 하월곡동의 빈민지대에 방을 얻어 가난한 주민들의 민중교회를 세웠으니 그것이 동월교회다.

갈릴리교회에 대해서도 설명하지 않을 수 없다. 이제까지 보기 어려웠던 아주 특별한 교회가 탄생됐기 때문이다. 이 교회는 민주화운동 과정에서 해직당한 문동환, 안병무, 이문영(李文永), 이우정 교수와, 문교수가 진행하던 공동체 프로그램 '새벽의 집'에 참여한 사람들이 함께 모여 시작한 것이다. 고난당하는 사람들의 연대를 강화할 필요가 있다 해서 교회를 만들기로 한 것이다. 이름은 가난한 민중을 상징하는 성서의 지명을 따 '갈릴리'가 되었다.

　교회의 모양을 갖추려면 당회장이 필요한데, 교회가 설립되고 나면 당회장이 연행당하고 조사받을 것이 분명했다. 고민 끝에 NCCK 인권위원장으로 있던 이해영 목사를 당회장으로 모시기로 했다. 당시 건강이 무척 안 좋았던 이해영 목사는 곧 죽을지도 모르는 사람을 잡아가지는 않을 것이라며 당회장직을 선선히 수락해주었다. 이해영 목사는 1976년 3월 별세했고, 그후엔 교회 신자들이 두달씩 돌아가며 당회장직을 맡았다.

　창립예배는 1975년 8월 17일, 흥사단의 대성빌딩에서 약 30여명이 모인 가운데 열렸다. 일주일 뒤 두번째 예배를 보려고 같은 장소를 찾아갔으나 한달 동안 사용하기로 계약했던 방이 굳게 잠겨 있었다. 당국의 압력 때문이었다. 예배할 곳을 찾아 근처 식당인 명동 한일관으로 갔으나 그곳까지 수사기관원들이 따라와 큰소리로 떠들어대는 바람에 예배를 제대로 볼 수 없었다. 할 수 없이 신자들은 이해동(李海東) 목사가 담임하고 있던 한빛교회의 도움을 받아 한빛교회의 주일예배가 끝난 다음인 오후 2시 30분에 예배를 보기로 했다.

　그러나 당국은 한빛교회 신자들에게도 교회에 가지 말라고 종용하고 군인들까지 동원하더니, 나중엔 간첩이 출몰하여 색출하는 중이라며 교회 입구에 총을 멘 경찰을 세워 사람들의 신분을 확인했다. 갈릴리교회는 삼엄한 감시 속에 20~30명의 사람들이 빙 둘러앉아 예배를 보았다. 주로 기독자 해직교수들과 구속자 부인들이었다. 설교는 신자들이 돌아가면서 하거나 때로 외부사람을 초빙하기도 했다. 교인 가운데 다수가 구속되어 설교할 사람이 없을 때는 성경을 읽는 것으로 대신했다. 교회의 설립동기, 끊임없는 박해를 견디고 일어선 신앙, 전통을 깨버린 예배의 형식 등이 이러했으니, 수난의 시대가 만들어낸 특별한 교회라 하지 않을 수 없다.

도시빈민을 대상으로 선교하던 이 시절을 돌아볼 때 잊을 수 없는 사람들이 있다. 영등포산업선교회를 이끌었던 조지송, 인명진 목사와 인천산업선교위원회를 이끌었던 조승혁, 조화순 목사가 그들이다. 우리와는 선교 대상이나 지역이 달랐지만, 산업화과정에서 희생당하는 노동자들의 현장 속으로 들어가 그들과 함께 고통을 나누며 선교한 분들이다. 도시로 떠밀려온 당시의 노동자들과 고락(苦樂)을 함께하면서 복음을 전한 것이다.

부패한 정치권력과 악덕 기업인들이 야합하여 노동자들을 혹사하고 기아임금을 주자, 생존을 유지하려는 노동자들의 아우성이 계속되고 있었다. 우리도 인간이라고 노동자들이 호소할 때마다 해고와 테러와 구속이 잇따랐다. 크고 작은 노사분규가 일어나면 으레 정보기관이 나서서 물리적인 힘으로 해결하려고 했다. 그러다보니 산업선교를 하는 사람들은 구속자를 위한 대책회의, 부상자 진료, 구속자 면회, 법정투쟁 등으로 온종일 뛰어다녀도 시간이 모자랄 지경이었다. 그들은 정보부, 보안사, 치안본부, 경찰서 등 각종 수사 정보기관원들의 끊임없는 감시

속에서 살았다.

빈민선교는 도시에만 있었던 것이 아니다. 지난날의 농촌전도
도 농촌선교로 바뀌었다. 농촌으로 가서 농민들과 애환을 함께
하며 그들의 문제를 끌어안고 고민하면서 '함께' 해결책을 찾아
나갔다. 그 대표적인 단체가 '가톨릭농민회'다. 이 단체가 그 어
두웠던 시대에 (물론 그후에도 훌륭한 발자취를 남겼지만) 펼친
활동은 그야말로 눈부시다.

당시엔 민주화운동과 인권운동을 하는 사람들 사이에 신·구
교간 장벽이 거의 없었다. 천주교정의구현전국사제단과 NCCK
가 서로 긴밀하게 연대하여 연합기도회도 함께 열고, 사회발전
평화위원회 활동도 함께했다. 신·구교간, 교파간 대화와 공동
활동이 이때처럼 활발하게 펼쳐진 때는 없었을 것이다. 나라의
절실하고도 긴급한 과제인 민주화를 이룩하려는 데, 가난하고
소외된 사람의 억울함을 풀어주고 사회정의를 이룩하려는 데,
교파간 차이가 무슨 문제가 되겠는가.

민중신학의 탄생

박정희정권, 특히 유신체제가 가져온 민주주의 말살과 인권유
린, 가난한 민중의 비참한 삶은 많은 지식인, 종교인, 학생 들에
게 이런 현실 앞에서 무엇을 어떻게 해야 하느냐는 질문을 던지
게 만들었다. 그래서 많은 사람들이 양심의 괴로움을 겪었고,

결단했고, 고난의 길을 걸어갔다.

이런 사태는 그리스도인들에게도 이 어두운 시대에 그리스도
의 복음을 어떻게 받아들이고, 어떻게 행동할 것인가를 하나님
앞에서 묻고 대답하고 결단케 하는 계기가 되었다. 이런 시대의
아픔이 만들어낸 것이 한국 기독자들의 새로운 신앙고백이라
할 만한 「한국 그리스도인 신앙선언」이다.

1973년 5월 21일 세계의 교회들은 「한국 그리스도인 신앙선
언」을 보고 놀랐다. 정보기관의 삼엄한 사찰 때문에 발송자의
이름도 밝히지 못한 채 세계에 전파된 문건이었다. 세계는 이
선언을 읽고 한국의 국민들이 얼마나 가혹한 상태에 놓여 있는
지를 비로소 알 수 있었으며, 그런 가운데서도 한국의 기독교인
들이 얼마나 담대하게 신앙고백을 하고 있는가를 보고 깊은 감
명을 받았다.

세계교회들은 이 선언을 '제2의 바르멘선언'이라고 불렀다.
바르멘선언은 독일교회가 1934년 나찌의 신앙 및 교회 지도를
거부하고 성서와 신앙고백에 입각해 올바른 '고백교회'를 새롭
게 시작한다는 것을 내외에 선언한 것이다. 「한국 그리스도인
신앙선언」은 이렇게 시작된다.

우리는 이 선언을 한국 그리스도인의 이름으로 발표한다. 그러
나 한 사람이 3권을 완전히 장악하고 국민을 억압하는 데 온갖
군사력과 정보조직을 동원하고 있는 오늘의 상황 아래서 우리는

이 선언에 서명한 사람들의 이름을 밝히기를 주저한다. 우리는 우리의 싸움이 승리하는 날까지 지하에 몸을 숨기고 입을 다물고 행동하여야 하기 때문이다.

지난해 10월 이래 한국국민이 당면한 상황은 아주 심각하다. 대통령에게 집중된 권력은 우리 국민의 생활에 심대한 위협을 가하고 있다. 여기에 그리스도인들은 한국국민으로서 오늘의 상황에 대하여 우리의 자세를 밝히지 않을 수 없다. 더욱이 우리는 메시아의 나라를 찾아 세워야 한다는 하나님의 명령에 따라 행동하지 않을 수 없다.

제2차세계대전 이후 우리 국민은 조국이 남북으로 분단된 상황에서 수많은 고난과 시련, 사회적 혼란과 경제적 수탈을 경험해왔다. 특히 한국동란과 그뒤를 이은 독재정권들의 발호는 우리 국민들을 견디기 어려운 비극 속으로 몰아넣었다. 국민은 언제나 새롭고 평화스러운 사회를 누릴 수 있기를 열망해왔다. 그러나 이제는 독재의 절대화와 잔인한 정치적 탄압으로 말미암아 이러한 인간적인 사회를 회복하려는 국민의 희망은 처참하게도 부서지고 말았다. 지난 10월 17일의 이른바 '10월유신'은 사악한 인간들이 지배와 이익을 위하여 마련한 국민에 대한 반역이라고 생각한다. 먼저 그리스도인으로서 이처럼 사태를 판단하고 이 판단에 따라 행동할 수밖에 없는 이유를 몇가지 설명하고자 한다.

(1)우리는 구체적인 역사적 상황 속에서 하나님의 말씀에 복종하여야 한다는 하나님의 명령을 받고 있다. 오늘 우리를 움직이고 있는 것은 승리할 것을 기대하는 감격이 아니다. 그것은 도리

어 하나님을 향한 죄책에 대한 고백에서 오는 것이며, 한국의 오늘의 상황 속에서 진리를 말하며 그것에 따라 행동하라는 주님의 명령에서 오는 것이다. (…)

비록 국내에서는 널리 유포되지 못했으나, 이 선언이 해외에 전해지자 세계의 교회들은 한국교회의 의로운 싸움을 주목하기 시작했고 한국교회가 고난을 당할 때 지원의 손길을 뻗쳐주었다.

그러나 이 선언이 우리나라 대다수 기독교인들의 일치된 신앙을 나타낸 것은 아니었다. NCCK에 속한 기독교신자들이 고난을 당하고 있을 때 국제기독교연합회(ICCC), 대한기독교연합회(DCC) 등의 기독교단체들은 거꾸로 NCCK와 관련된 선교활동을 비애국적이며 용공적인 것이라고 비난했다. 이들은 박정희의 3선개헌과 유신헌법을 지지했다.

그들은 부흥운동과 성령운동을 한다면서 'Expo 74 집회' '빌리 그레이엄과 함께' 등의 부흥회를 각각 성대하게 열었다. 이들 집회가 NCCK의 민주화운동에 대해 맞불을 놓는 것이라고 비판한 사람들이 적지 않았다. 그런가 하면 목사들 가운데 높은 지위에 있는 사람들은 대통령과 고관들을 만나 그들을 격려해주고 최고급호텔 식당에서 '나라를 위한 조찬기도회'를 열어 유신정권의 앞날을 축복해주기도 했다.

그러나 새문안교회의 강신명(姜信明) 목사만은 좀 달랐다. 그는 대통령의 부름을 거절하기가 어려워 청와대의 기독교 지도자들 모임에 참석했으나, 대부분의 목사들과는 다른 입장을 취했다. 민청학련 사건이 한창 진행되고 있던 어느날, 청와대에 목사들을 불러모은 자리에서 박대통령이 "박형규 목사라는 사람은 어떤 사람이냐. 내가 보기에 그는 공산주의자다. 그런데 그 사람을 잡아넣으면 왜 세계의 교회들이 그렇게 시끄러운지 모르겠다"라고 말하자, 강목사는 "박형규 목사는 결코 공산주의자가 아니며, 공산주의자가 될 수 없는 사람이다"라고 나를 옹호했다고 한다. 두려움의 대상인 박정희 앞에서 용기가 없으면 하기 어려운 말이다.

가난 속에 버려진 사람들, 다수의 소외된 국민들, 사회의 가장 큰 구성원이면서도 누려야 할 권리를 빼앗긴 사람들, 즉 '민중'의 문제는 민주화운동을 하는 사람들이나 학계뿐만이 아니라 기독교계에서도 회피할 수 없는 문제로 등장했다. 산업화과정에서 민중이 겪는 어려운 현실을 보았기에, 민주화운동과 인권운동, 빈민선교를 하면서 가난한 사람들이 당하는 고통을 똑똑히 보았기에, 민중의 문제를 학문적으로 정리하고 넘어가지 않을 수 없었던 것이다.

다양한 신학적 탐구는 마침내 서남동의 『민중신학의 탐구』(한길사 1983), 안병무의 『역사 앞에 민중과 더불어』(한길사 1986), 김용복의 『한국민중과 기독교』(형성사 1981) 『한국민중의 사회전기』(한길사 1987) 같은 저서로 큰 결실을 맺게 되었다.

이러한 신학적 성과들은 신학자들의 연구실에서만 만들어진 것이 아니라, 민주화운동에서 얻은 귀중한 깨우침, '하나님의 선교', 빈민선교에 참여한 활동가들의 현장체험과 빈민 속에서 박해를 받으며 펼친 '주민교회'의 체험들, 그리고 당시의 사회과학이 거둔 성과들이 신학과 결합해 만들어낸 결실이라고 보아야 할 것이다.

수도권특수지역선교위원회 선교자금 사건

1975년 4월 3일 오전, 서울시경 소속 형사 4명이 압수·수색 영장을 가지고 NCCK 사무실로 몰려와 수도권특수지역선교위원회(이하 '수도권') 사업에 관한 서류를 압수하고 NCCK 총무 김관석 목사를 연행하는 일이 벌어졌다. 그리고 같은 날 오후 나와 권호경 목사, 한국교회사회선교협의체 사무총장 조승혁 목사 등 3명을 연행했다.

감옥에서 풀려난 지 약 두달 만에 나는 영문도 모른 채 또다시 끌려가야만 했다. 우리는 풍전호텔에서 그랜드호텔로 옮겨 철야조사를 받았다. 서독의 세계급식선교회(BFW, Bread for the World)로부터 받은 원조자금 20만3천마르크(당시 우리 화폐로 2,700만원)를 빈민촌의 급식과 위생시설 등 원래의 목적을 위해 사용하지 않고, 목적 외에 사용하여 횡령·배임죄를 지었다는 것이 경찰의 주장이었다.

한국의 수도권 빈민선교 사업에 대한 BFW의 지원은 1973년 NCCK 총무 김관석 목사가 독일을 방문하여 BFW의 아시아 담당자인 볼프강 슈미트(Wolfgang Schmidt) 목사를 만나면서부터 시작되었다. 전에 슈미트 목사가 한국을 방문했을 때 빈민선교에 특별한 관심을 보여 김목사가 청계천 주변의 빈민가를 보여준 적이 있었다. 그때 그는 한국의 빈민가가 아프리카나 인도, 남미 지역보다 삶의 의욕이 넘치고 있다고 말했다. 김목사를 다시 만난 슈미트 목사는 수도권 빈민선교를 위해 원조해줄 용의가 있다고 제안했다. 그러고는 1차로 900여만원을 NCCK 구좌로 보내왔다.

김목사는 나와 권호경 목사를 비롯한 수도권 빈민선교 실무자들이 모두 긴급조치 위반으로 투옥되자 이 돈의 일부를 구속자 가족을 돕는 데 쓰고 일부는 산업선교 실무자 훈련장소 사용료 등으로 지급했는데, 이것이 횡령죄에 해당한다는 것이었다.

문제는 활빈교회의 담임목사로 부임한 민아무개 목사와, 철거민을 상대로 선교활동을 하면서 수도권과 관계를 맺으려던 청계천교회의 정아무개 목사가 NCCK에 제공된 BFW의 선교자금에 의혹이 있다고 주장하며, 1974년 10월 김관석 총무에게 돈을 요구하면서 시작되었다. 민목사는 정목사로 하여금 '김관석 총무 타도전략'이란 것을 짜게 하여 김총무를 곤경에 빠뜨릴 계획을 세우는 한편, NCCK 실행위원회에 이 문제를 제소했다. 그들은 BFW가 수도권에 지원한 2,700만원이 송정동 등 4개 지역에서의 활동을 돕기 위한 것이므로 그 4분의 1에 해당하는 자금을 활빈교회에 제공해야 한다고 주장했다.

NCCK 실행위원회는 그 즉시 진상조사위원회(위원장은 성공회의 이두성 교무국장)를 만들어 조사에 들어갔고, BFW의 선교자금은 특정지역을 대상으로 한 것이 아니므로 송정동 지역에 일정 금액이 할당될 필요는 없다고 결론지었다. 그러나 민목사측은 판자촌 주민들을 동원하여 기독교회관의 NCCK 사무실로 몰려와 "김관석 물러가라"를 외치며 농성을 벌이는 한편, 청계천 수렁에서 퍼온 오물을 뿌리고 난동을 부리면서 막무가내로 돈을 달라고 요구했다.

당시 수도권 실무자들은 긴급조치로 투옥되었다가 1975년 2·15조치로 막 석방된 상태라 건강진단을 위해 쎄브란스병원에 입원해 있었다. 그런데 2월 20일 밤 10시쯤 정목사가 권호경목사가 입원해 있는 병실로 찾아와 또다시 선교자금 문제를 가지고 시비를 걸기 시작했다. 진상을 따지는 그의 태도가 도를 넘어서자 권목사가 그를 병실에서 끌어내려 했고, 실랑이가 벌어져 소란스러워지자 이웃병실에 입원해 있던 수도권의 다른 실무자들이 달려나와 사태를 진정시키려 했다.

그 와중에 정목사의 눈 옆에 경미한 상처가 났다. 그는 이를 구실로 쎄브란스병원측에 상해진단서를 떼어줄 것을 요구했으나, 워낙 상처가 가벼워 병원측은 이를 거절했다. 그길로 이대부속병원을 찾아가 진단서를 떼어줄 것을 요구했으나 또 거절당하자, 다음날 동대문경찰서의 공의(公醫)인 성인외과병원에서 진단서를 발부받고 그 자리에서 바로 입원을 했다. 쎄브란스병원과 이대병원이 진단서를 거절할 만큼 가벼웠던 상처에 이병원은 전치 4주의 진단서를 떼어주었다. 2월 21일 정목사는 이

상해진단서를 근거로 권호경 목사, 이규상 전도사, 모갑경 목사, 허병섭 목사, 신동욱 전도사 등 5명을 고소했고, 2월 24일 서대문경찰서는 이를 입건했다.

그때부터 납득할 수 없는 이상한 일이 잇따라 벌어졌다. 청량리경찰서장이 정목사의 병실을 찾아 문병하는 친절을 보이는가 하면, 경찰이 나서서 사건의 전모를 알린다면서 프린트한 문건을 기자들에게 돌렸고, KBS TV는 정목사의 입원 장면을 보도했다. 물론 그 반대로, 어떤 일간지에서는 고위층의 압력으로 김관석 총무를 일방적으로 공격하는 기사를 크게 실으라는 지시가 있자 이를 거부한 기자가 사표를 제출한 일도 있었다.

정목사의 고소가 당국과 어떤 협력 속에 이루어졌는지 확인할 수는 없지만, 유신당국은 정목사가 고소하자 즉시 이 사건에 개입하기 시작했다. 우리는 당국의 의도가 무엇인지 금방 알아차렸다. 김관석 목사가 한국교회의 민주화운동과 인권운동의 구심점인 NCCK를 대표하는 인물이란 점, 그리고 수도권이 사회선교에서 진보적 입장을 취하면서 도시빈민을 선교대상으로 하고 있어 당국이 오랫동안 탄압의 표적으로 삼아왔다는 점, 조승혁 목사가 기독교 사회행동단체들의 연합체인 한국교회사회선교협의회의 주요 인물이며 산업선교의 선구적 역할을 하고 있다는 점 등으로 미루어 한국 기독교의 민주화운동과 인권운동의 명예를 더럽혀 타격을 주겠다는 것이 그들의 속셈이었다. 그것도 횡령과 배임이라는 파렴치한 죄목으로 NCCK의 명예에 더러운 오물을 끼얹으려는 수작이었다.

우리는 그랜드호텔에서 남대문경찰서 유치장으로 넘겨진 후 나흘 만인 5월 3일 서대문구치소에 수감되었다. 사건이 터지자 기독교계는 즉각 대응에 나섰다. 이 사태에 적극적으로 대처하지 않으면 유신체제의 종교탄압이 전면적이고도 노골적으로 자행될지 모른다는 위기를 느꼈기 때문이다. 우리가 연행된 다음 날인 4월 4일 NCCK 임원, 인권위원회 임원, 한국교회여성연합회 대표 연석회의가 열렸고, 뒤이어 기독교정의구현전국성직자단과 한국교회여성연합회의 항의성명이 발표되었다.

내가 구속되자 수도권은 문동환 박사에게 수도권의 위원장 서리를 맡아주도록 위촉하여 사태에 대처했다. 그와 함께 '선교자금사건의 진상'을 발표하여 당국의 왜곡선전에 반박했다.

NCCK는 또한 4월 5일 '선교자유수호 임시대책위원회'를 조직하고 박세경(朴世俓), 이세중(李世中), 이태영(李兌榮), 홍성우(洪性宇), 황인철(黃仁喆) 등 5인의 변호인단을 만들었다. 홍성우 변호사와 황인철 변호사가 내 변론을 맡아 나는 또다시 이분들에게 큰 은혜를 입었다.

천주교정의구현전국사제단도 4월 8일 명동성당에서 '인권회복기도회'를 열고, 이 사건은 수도권 관련 인사들의 명예에 먹칠을 하고 민주화운동에 제동을 걸려는 악랄하고 교활한 의도를 드러낸 것이라는 규탄성명을 냈다. 나중에 감옥에서 풀려난 뒤 자세히 알게 되었지만, 이 사태는 NCCK 회원 6개 교단장(대한예수교장로회, 기독교대한감리회, 한국기독교장로회, 구세군대한본영, 대한성공회, 기독교대한복음교회)들이 공동행동에 나서 '전국교회에 알려드리는 말씀'을 발표하고 기도회를 여는 등 전국교회의 일치운동으로 발전해가는 계기를 마련해주었다. 또한 예상을 넘어 세계 여러나라의 교회에서 격려전문을 보내왔다.

그런가 하면 5월 들어서는 해외 교회의 여러 인사들이 한국을 방문하여 진상을 조사하고, 사태 해결을 위해 노력을 기울였다. 미국NCC 아시아 담당 총무 레이던스 박사가 5월 8일 서대문구 치소로 찾아와 김관석 목사를 면담하고 위로해주었고, 5월 30일에는 WCC 중앙위원인 미국의 윌리엄 톰슨(William Tomson) 박사, 아시아기독교협의회(CCA) 회장인 인도네시아의 시마 투팡 박사, WCC 국제문제위원회 총무인 아르헨띠나의 레오폴드 니일루스 박사, 독일 기독교연합회 의장 폰 바이츠제커(Richard Von Weizsäcker) 박사 등 4명으로 구성된 WCC 임원들이 한국을 찾아왔다. 그들은 6월 2일까지 체류하면서 NCCK 임원과 구속자 가족 등을 만나 진상을 확인하고 위로했다.

이들은 구속자들을 접견하려 했으나 뜻을 이루지 못하자, 법무부장관, 문공부장관을 만나 석방을 촉구하고 서울지검에 서신을 보내 무죄를 확신한다고 밝혔다. 또한 일본 토오꾜오로 가서 기자회견을 갖고 한국의 성직자 구속사건은 선교의 자유를 직접적으로 침해하는 것이며 횡령이 성립되지 않는 충분한 증거가 있는데도 당국이 재판으로 끌고 가고 있다고 비판했다. WCC가 이처럼 대표단을 보내 진상을 직접 파악하고 구속자들의 석방을 위해 노력을 기울인 것은 좀처럼 없었던 일이다.

6월 10일 드디어 공판이 시작되었으나 너무 많은 방청객이 몰려와 법정이 혼잡하다는 이유로 재판이 연기되었다. 7월 5일 3회 공판 때는 BFW의 아시아 담당 책임자인 볼프강 슈미트 목사가 멀리 독일에서 날아와 증인으로 출석했다.

이세중 수도권 프로젝트에 나와 있는 선교의 목적은 무엇인가?

슈미트 가난한 사람들이 그들의 생활을 개선하기 위해 그들이 당면한 제반 문제들을 스스로 해결해나가도록 교육하고 돕는 것이다.

이세중 BFW가 NCCK를 통해 수도권에 보낸 돈은 수도권이 독자적으로 쓸 수 있는가?

슈미트 그렇다.

이세중 프로젝트 설명서에 기록되어 있지 않은 일일지라도 목적에 부합하는 경우 그 일에 돈을 쓸 수 있는가?

슈미트 그렇다.

이세중 공소사실에 따르면 이 자금이 당초의 목적 이외의 일에 사용되었다고 하는데, 그것이 사실이라고 생각하는가?

슈미트 목적에 위배되는 것이 아니다.

이세중 도시산업선교 실무자들의 훈련프로그램 또는 쎄미나 등에 지출한 돈을 피고인들의 횡령에 포함시키고 있는데, 그것이 정당하다고 생각하는가?

슈미트 충분히 지출될 수 있는 일이다.

이세중 수도권의 위원장인 박형규 목사, 실무자인 권호경 목사 등이 구속됐을 당시에 그들을 위해 지출된 돈이 자금 목적에 위배된 것이라고 보는가?

슈미트 위배되는 것이 아니다.

이세중 BFW측에서 그 자금이 잘못 사용되었다고 생각하여 실망하거나 잘못 사용되었다고 말한 일이 있는가?

슈미트 없다.

이세중 그런 일이 없다는 것은 개인의 의사인가?

슈미트 BFW 내에서 위원회가 모여 확인한 것이다.

박세경 이번에 한국으로 오기 전 BFW가 회의를 열었을 때 이 사건으로 말미암아 이런 프로젝트를 중단하기로 했는가, 아니면 계속 추진하기로 했는가?

슈미트 계속해서 도와줄 생각이다.

박세경 감옥에 갇혀 있는 이들을 위해 변호사를 선임하고 변호사비용을 그 자금 가운데서 지불한다면 그러한 지불은 그 자금 목적에 합당한 것인가?

슈미트 그렇다.

이세중 수도권 관계자들이 구속되어 있을 때 그들을 위해 돕는 일도 넓은 의미의 선교라고 보는가?

슈미트 그렇게 생각한다.

—『1970년대 민주화운동 Ⅱ』 604~606면

8월 2일 열린 공판에서 검사는 김관석 목사에게 징역 3년, 나에게 징역 5년, 조승혁 목사에게 징역 4년, 권호경 목사에게 징역 5년을 각각 구형했다.

박세경 변호사는 변론에 나서 "볼프강 슈미트 목사도 그들이 찬양받을 만한 일을 했다고 증언했다. 왜 마음대로 돈을 썼느냐고 하는 것이 공소사실의 요지인데, 남을 돕는 일에 쓰라고 보내준 돈을 그런 일에 썼을 뿐이다. 검사는 수도권 자체가 피해자라고 주장하나 '내가 나의 돈을 횡령했다'는 말은 성립되지 않는다"고 역설했다.

9월 6일 서울지법 대법정에서 열린 선고공판에서 재판부는 김관석, 조승혁 목사에게 각각 징역 6개월, 권호경 목사에게 징역 8개월, 나에게 징역 10개월을 선고했다. 검찰은 형량이 너무 가볍다는 이유로 항소했고, 나와 조승혁 목사, 권호경 목사도 항소했다. 다만 김관석 목사는 더이상의 재판이 무의미하다고 판단하여 항소를 포기하고 9월 17일 가석방으로 풀려났다.

항소심 공판에서 검사는 1심과 같은 형량을 구형했고, 12월 23일 열린 선고공판에서 우리는 모두 1심 형량과 같은 형을 선고받았다. 항소심이 끝난 후에야 만기일을 넘긴 조승혁, 권호경 목사가 출감할 수 있었다. 나는 남은 형기를 모두 채우고 1976년 2월 14일 만기출소했다.

감옥생활을 한 것은 우리 네 사람이었지만, 우리 말고도 여러 사람이 고통을 당했다. 우리를 옭아맬 구실을 찾는 데 혈안이 되어 있던 당국은 수도권의 실무자 김동완, 허병섭 목사를 중앙정보부 6국에 연행하여 검찰측이 참고인으로 찾고 있던 수도권의 회계 손학규 간사의 행방을 추궁했다. 손간사는 사건이 터지자 일이 심상치 않다고 보고 수도권을 보호하기 위해 회계장부를 들고 행방을 감춘 상태였다. 두 목사는 정보부에서 조사를 받는 과정에서 심하게 구타당해 전치 2주의 상처를 입기도 했다. 이경배, 김원식, 이대용 등 NCCK 직원들도 공판기록을 유인물로 만들어 배포했다는 이유로 연행당해 조사받았다.

점점 힘을 잃어가는 유신정권

이 사건의 배후에는 유신정권의 또다른 목적이 숨겨져 있었다는 것이 나의 생각이다. 민청학련 사건의 배후로 인혁당을 날조해 사형을 집행한 사건의 진실이 잇따라 폭로되는 것을 막으려고 했던 것도 이 사건을 만든 이유 중의 하나라고 본다.

지학순 주교와 김지하 시인, 그리고 나는 인혁당 관계자들과 함께 서대문구치소에 있었으므로 그들이 민청학련과는 아무런 관계가 없는데도 처형당한 사실을 알고 있었다. 그래서 국민에게 진실을 알리기 위해 『동아일보』에 기고하기로 약속했다. 먼저 김지하가 쓰고 두번째로 내가, 세번째로 지주교가 쓰기로 했었다. 김지하가 폭로한 글「고행…… 1974」가 신문에 실린 직후 김지하는 집행유예 취소로 다시 교도소로 끌려갔고, 나는 약속대로 원고를 신문사에 보낸 직후 BFW 선교자금 유용 죄목으로 김관석, 조승혁, 권호경과 함께 구속되었다.

이 사건을 담당한 검사와 판사는 상부의 지시에 따라 어쩔 수 없이 일하는 기색이 역력했다. 그래서인지 이재권 검사는 자기 권한으로 해줄 수 있는 일은 다 해주었다. 나와 김관석 목사가 검사실에서 미국NCC가 보낸 레이먼스 목사를 만날 수 있었던 것도 그의 배려 때문이었다. 곽동헌 판사도 억지로 판결문을 읽는 것 같더니, 얼마 후 법복을 벗었다고 들었다. 유신정권은 인혁당 사건에 대한 진실을 숨기려다 더 큰 망신을 당한 셈이다.

'수도권 선교자금 사건'을 겪으면서 나는 당시 교계의 민주화 운동가들 사이에서 이야기되던 '사건의 신학'을 다시 한번 생각했다. 하나님은 '사건'을 통해 일하신다는 것이다. 유신당국은 이 사건을 통해 NCCK의 명예를 실추시키고 민주화운동과 인권운동을 하는 사람들의 도덕성에 타격을 입히려 했지만, 아무런 성과 없이 오히려 자신들의 정체를 세계에 드러내 강력한 비판을 받는 피해를 입었다. 한국의 NCCK를 대표하는 김관석 총무의 구속이 세계교회에 어떻게 비쳐질 것인지에 대해 유신당국은 과소평가했던 것 같다.

국내에서도 유신정권은 적지 않은 타격을 받았다. 민청학련 사건 이래 유신당국은 잇따라 '가공할 만한' 긴급조치를 발동했지만, 그 효과는 일시적인 것에 그치고 두려움에 대한 면역력을 점점 높여 공포심 자체를 무력화시켜주었다. 권력이 이성을 잃으면 눈이 멀어, 문제를 해결하려 할수록 오히려 자신을 점점 더 수렁에 빠뜨리는 것을 우리는 보았다.

이 사건은 NCCK를 구성하는 6개 교단을 더욱더 결속시켜주었으며, 이제까지 운동을 지원하는 간접참여에 머물고 있던 NCCK를 운동의 주체로 전면에 등장시켰다. 또한 관망만 해오던 보수적인 교단들도 선교의 자유에 대한 간섭과 탄압이 결코 남의 일만은 아니라는 경각심을 갖게 되었다.

옥중에서 나는 미국의 선교단체가 주는 에드워드 W. 브라우닝(Edward W. Browning) 상을 받았다. 브라우닝 상은 인류의 복지와 행복에 깊은 관심을 가졌던 브라우닝의 뜻에 따라 1971년부터 환경보호, 질병예방, 중독자 경감, 기독교복음 확장, 식량자원 개발 등 5개 부문에 걸쳐 각 분야에서 공로가 인정되는 사람에게 주는 상이다. 이 상을 주관하는 뉴욕신탁공사는 1975년 '기독교복음 확장'(Spreading of the Christian Gospel) 분야의 공로자로 나를 선정한 이유를 다음과 같이 밝혔다.

'기독교복음 확장' 분야에 주는 브라우닝 상은 '특별한 본보기, 효과적 가르침, 또는 유례없는 개인적 봉사'로 기독교의 진리를 펼치는 데 지대한 공헌을 한 사람에게 수여된다. 이 상의 수상자는 탁월한 세계적 종교지도자들의 추천을 받아 결정된다.

"네가 가진 것을 팔아 가난한 사람들에게 나누어주라…… 그리고 와서 나를 따르라"고 부자 청년에게 말씀하신 예수의 교훈은 박형규 목사의 생애에 일관되게 반영돼 있다. 한국에서 가장 존경받는 목사 중의 한 사람인 박목사는 서울의 가난하고 억눌린 사람들의 상황을 경감시키고자 도와온 사람이다. 현대의 실천적 선교자 박형규 목사는 『기독교사상』 1973년 6월호에 발표한 「소외된 대중과 교회의 선교」라는 글에서 "기독교회는 현상황에서 하나님의 일에 참여하도록 하나님의 부름을 받았다. 그것은 약한 자, 눌린 자, 병든 자, 감옥에 있는 자와 함께 있는 것이고, 경우에 따라서는 그들을 위해 죽는 것이다"라고 말했다.

그는 계속해서 "한국교회는 이 소명에 적극적으로 응답해야 한다. 우리는 교회가 그와 같은 일을 하기를 기대할 수 있는가? 교회는 부자 청년에게 하신 예수의 말씀을 따를 수 있는가? 교회는 가진 것을 팔아서 가난한 사람에게 나누어주고 있는가? 선교에 대해 말하기 전에 우리는 예수가 부자 청년에게 가르친 것처럼 행할 수 있는 결단을 내려야 한다"고 말했다.

박목사는 기독교 가정에서 태어난 사람이지만, 기독교신앙을 가진 사람만을 위해 헌신하기보다는 오히려 비신자의 권익과 복지 그 자체에 관심을 갖는 것이 교회의 책임이라고 믿고 있다.

나는 이 상이 나와 함께 빈민가에서, 그리고 산업선교의 현장에서 가난한 사람들을 위해 일한 실무자들에게 주어진 상이며, 고난받는 한국의 교회에 주어진 상이라고 받아들였다. 왜 하필이면 우리가 감옥에 있을 때 이 상을 주었을까? 그것은 우리를 감옥에 가두고, 한국교회를 음해하는 독재권력에 대한 국제적인 항의와 비판의 표현이 아니었을까?

내가 옥에 있었으므로 이 상은 아내가 대신 받았다. NCCK가

기독교회관에서 성대하게 시상식을 갖고 상을 대신 전달했다. 상금은 5천달러였는데, 나는 이 돈을 서울제일교회에 바쳤다. 당시 서울제일교회는 오랜 숙원인 교회건축을 끝내지 못하고 있었다. 꽤 높은 건물을 짓기로 설계해놓고 있었으나 돈이 없어서 거듭 미루어오다 10년이 지나면 건축허가가 무효로 돌아간다 하여 설계를 변경하고 층수를 낮추어 완공을 서두르게 되었는데, 여기에 조금이나마 보탬이 되기 위해서였다.

목사가 감옥 가는 것은 당연한 일

수도권 선교자금 사건으로 출옥한 지 약 2년 후, 나는 백낙청 서울대 교수와 『창작과비평』 1978년 봄호에 「한국 기독교와 민족현실」이라는 주제를 가지고 대담을 했다. 꽤 시간이 흐른 후였지만 당시의 내 생각과 사건의 경위를 잘 나타내주고 있다.

백낙청 저희 독자들 중에는 박목사님을 잘 알고 존경하는 사람들도 많겠습니다만, 그런 사람들은 그런 사람들대로 목사님 개인에 대해서 좀더 알고 싶은 생각이 있을 것이고, 또 목사님 개인이나 활동에 대해서 잘 모르고 궁금증이랄까 의아심마저 느끼는 분들도 없지 않으리라고 믿습니다. 요즘은 좀 덜하지만 몇년 전만 하더라도 도대체 목사라는 사람이 데모를 하고 재판을 받고 징역을 살고, 이것이 도대체 어찌된 일인가 하는 의문을 여러 사람이 가졌던 것 같습니다. 그래서 우선 그 점부터 좀 해명을 해주셨으면 해요. 도대체 목사님은 어쩌다가, 그리고 어쩌자고 이렇게 말썽쟁이가 되셔서 심지어는 전과자가 되고 국사범이 되고 횡령범이 되고 (웃음) 그러셨는지, 그것 좀 설명해주시지요.

박형규 (…) 본래 저는 정치나 사회문제에 전혀 관심이 없는 것은 아니지만 교회를 통해서 기여한다는 생각이었기 때문에 깊이 간여하지는 않았습니다. 그런데 최근에 와서 우리나라 사회, 국가 전체의 움직임이 말하자면 종교인으로서 그대로 보고 있을 수만은 없는 그런 방향으로 가고 있지 않은가 하는 염려가 생기게 됐습니다. 그래서 거기에 대해 관심을 가짐과 동시에, 그전부터 저 나름대로 기독교인으로서 혹은 교회로서 우리 민족, 국가의 장래에 이바지하는 길은 그 나아갈 방향을 바로 제시하고 비판할 것은 비판하는 것이라고 생각하던 대로 행동하게 되었지요. 특히 어느 사회든지 소외계층이라는 것이 있게 마련이고 그 소외계층에 대해서 권력 있는 사람들이 이들을 억압하고 자기들의 권력과 부를 신장해가기 마련인데, 교회는 언제든지 소외계층에 관심을 둘 뿐만 아니라 그쪽의 편이 되어야 한다는 겁니다. 그것은 신·구약 성경을 통해서 교회는 언제나 가난한 자 눌린 자 소외된 자의 편이다. 하나님 자신이 어떤 편애(偏愛) 비슷하게 항상 그쪽 편을 드는 것이 하나의 뚜렷한 경향입니다. 그렇기 때문에 교회가 만일 올바로 성경을 읽고 올바로 신앙생활을 하려면 자연히 그쪽으로 갈 수밖에 없다고 봅니다. 그런데 최근에 와서 우리나라의 여러가지 정치적인 상황이 백성들의 의사표시가 마음대로 되지 않고 또 특별히 그런 소외계층에 대한 관심을 못 가지게 하고, 그리고 대다수 국민들에게는 현실에 안주하고 현실을 비판하기보다 찬양만 하는 쪽으로 이끌어가는 그런 경향이 있는데, 우리 기독교적으로 볼 때에는 구약성경·신약성경 안에서도 그런 경향은 비판받고 있습니다. 가령 우상을 배격한다는 것이 근본적으로 따지면 그러한 물질을 우상화한다거나 어떤 체제나 이데올로기를 절대화하는 데 대해서 기독교가, 성경 자체가 그것을 금지하고 있는 것입니다. 그런 것이 저 자신에게 많은 영향을 끼친 것으로 알고 있어요.

(…)

백낙청 목사님 감옥생활과 관련해서 한가지만 더 물어보겠습니다. 들리는 말로는 횡령범으로 살고 계시는 동안 사모님이 면회를 가셨는데 그때 목사님 말씀이, 이번에는 횡령죄로 들어왔으니까 요다음에는 간통죄로 들어와야겠다— (웃음) 이런 얘기가 있는데 이게 사실입니까, 아니면 누가 꾸며낸 이야깁니까?

박형규 제가 한 말은 아니고요, 다만 우리 교계의 사람들이 내란예비, 긴급조치, 횡령 다 했으니까 이제 남은 건 간통죄로 들어가는 것밖에 없겠다, 이렇게 얘기를 한 모양이에요. (웃음) 그런데 저 자신으로서는 어떤 의미로는 감옥에 들어가 있는 쪽이 더 편했습니다. 이렇게 말하면 나와 있으니까 그런 소리를 한다고 할지 모릅니다만, 적어도 거기서는 다른 생각을 할 필요가 없고 주어진 환경 속에 자기를 적응시키면 되는 거고, 뿐만 아니라 감옥도 고마운 것이, 감옥도 역시 사람이 있는 곳이거든요. (…)

백낙청 바깥에서도 하실 일이 많으시니까 뭐 일부러 간통을 하신다든가 해서 들어가실 필요는 없는 것 같습니다. (웃음) 지난 몇년간, 목사님 자신은 마음 편하게 지냈다고 하시지만 역시 수난과 노고가 많으셨다고 말할 수밖에 없겠습니다. 그런데 이러한 수난을 무릅쓰고 활동을 하시게 된 동기를 대강 말씀해주셨지만, 박목사님뿐만 아니라 현재 한국교회에서 이런 활동을 하시는 분들을 뒷받침하는 어떤 신학적 근거라고 할까, 또 그러한 활동이 한국 기독교의 역사 속에서 차지하는 맥락 같은 것, 이런 것에 관해서 좀 말씀해주시면 좋겠습니다.

박형규 신학적으로 이야기하면 좀 어려운 이야기가 되는지 모르겠습니다만 쉽게 말해서, 기독교라는 것은 구체적으로 나사렛 예수라는 한 인물에서부터 시작됐다고 말할 수 있지 않겠어요? 그런데 나사렛 예수라는 인물을 두고 우리가 신앙적으로는 하나님의 아들이다. 혹은 부활하셔서 하나님 우편에 계신다. 이렇게 말합니다만, 구체적으로 역사 속에 나타난 예수란 분은 성경에 나타난 대로 그 출신이 서민 출신이란 말이에요. 목수의 아들이었다고 하고, 또 예수의 탄생 자체가 말구유에서 났다고 하는데, 물론 이것이 신화적이라고도 말합니다만, 신화적이든 어떻든지 간에 기독교인들이 자기 신앙의 대상으로 생각하는 그분은 집도 없어서 마구간에서 태어났다는 겁니다. 또 이분 자신이 나면서부터 헤롯이라는 당시의 권력자가 그를 죽이려고 어린이들을 학살하는 사건이 있었고, 이분이 활동을 시작하신 곳이 갈릴리 지방입니다. 갈릴리에서 종교적인 혁신운동을 시작해서 예루살렘으로 올라왔는데 그 당시 갈릴리라는 지방이 말하자면 빈농이라든지 어부라든지 이런 배고프고 병든, 소위 멸시당하고 소외된 사람들이 살던 지역이었단 말입니다. 그렇게 보면 예수 자신이 그러한 계층에서 자기가 하나님의 아들이라는 긍지를 갖고 나와서 또 그러한 사람들에게 하나님의 자녀라는 긍지를 가지라고 일러주셨던 겁니다. 긍지를 갖기 위해서는, 너희들의 과거가 어찌되었든간에 그 과거는 하나님이 무조건 용서하신다, 그러고서는 그 사람들로 하여금 스스로 자기들의 권리를 위해서 일어서게 만드신 겁니다. 그래서 예수의 말씀이나 비유 등 여러가지를 보면 하나님은 약간 편중되게 이 가난한 사람이나 세리나 창녀나 이런 소위 멸시받는 계층을 사랑하는, 좀 편애를 하는 그런 하나님으로 묘사되어 있고, 또 이 가난하고 멸시받는 사람들이 병을 고쳤다거나 귀신이 떠났다거나 하면 반드시 그 사람들이 말을 하게 되고 긍지를 갖게 되고 또 활동을 못하던 사람들이 활동을 하게 되는 것을 볼 수 있어요. 짓눌리고 억눌려서 인간으로서의 자각과 자신을 못 가졌던 사람들로 하여금 사람으로서의 활동을 할 수 있도록 만드는 일, 그리고 자기를 따라오기보다도 각자 제 집으로 돌아가 이제부터 하나의 인간으로서 역할을 하라는 것, 이런 메씨지를 보여주지요. 기독교의 출발점 자체가 그런 데 있다고 볼 수 있는 겁니다. 그리고 또 그 근원이 어데 있느냐를 캐 올라가보면 구약성경과 신약성경이 연결이 되는데, 구약에도 몇 가지 조류가 있기는 합니다만, 역시 가장 중요하고 기본적인 흐름은 예언자종교의 흐름입니다. 대개 제사장종교와 예언자종교로 대변되고 물론 양립이 되어 있습니다만, 제사장종교측은 주로 폭군이나 악한 왕이 지배할 때는 그쪽에 붙어서 아부를 하거나 그들에게 이용당하는 일이 많았는데, 예언자측에서도 물론 그런 예가 없지는 않았지만 참다운 예언자라고 하는 것은 언제나 왕의 정책에 대해서 올바른 비판을 하고 지탄을 하고 민중들에게도 바른말을 하는 그런 예언자였어요. 왕에게도 직언을 하고 민중의 타락상도 고발하고 또 그래서 더러는 희생을 당하는 것이 구약성경의 예언자 전통입니다. 그러니까 기독교 목사로서 감옥에 간다는 것은 성경적으로 보면 당연한 겁니다. 구약시대부터 예언자들은 항상 감옥 출입하는 것을 당연한 일로 보아왔거든요. 신약시대에 와서도 그렇지요. 예수님 이전에 세례 요한은 헤롯왕에게 직언을 했다 해서 목 베어진 사람이고, 또 예수 자신도 쫓겨다닌 기록이 남아 있고, 그후에 사도 바울로 같은 사람은 가는 곳마다 소위 내란음모죄로, 로마의 질서를 문란하게 했다는 죄목으로 또는 유대교에 대한 이단이다 해서 비난을 받고 투옥되고 결국은 로마의 감옥에 가서—사도 바울로 자신은 로마의 질서에 꽤 기대를 걸고 있었는데 오히려 로마의 감옥에 가서—사형을 당하고 만 것입니다. 이런 성경의 전통을 볼 때 기독교라는 전통은 어떤 철학적인, 불교적인 공(空)의 사상이라든가 탈세속적인, 세상을 떠나 산중에서 어떤 신비경에 들어간다든가 하는 그런 종교가 아니고, 적어도 기독교의 참다운 전통은 세속 속에 들어와서 세상문제에 간여해서 그때그때 하나님의 뜻을 밝히고 거기에 위배되는 것에 대해 직언을 하는 그런 것이라고 봅니다. 신학적으로 저는 거기에 기반을 두고 있습니다.

──「한국 기독교와 민족현실」,『창작과비평』1978년 봄호 3~12면

실패한 '빨갱이 만들기' 시도

수도권 선교자금 횡령사건으로 10개월의 실형을 살고 나온 지 보름 만에 '3·1민주구국선언' 사건이 일어났다. 1976년 3월 1일 오후 6시, 700여명의 가톨릭신자와 다수의 개신교신자 들이 참석한 가운데 명동성당에서 20여명의 사제가 공동 집전하는 3·1절 기념미사가 거행되었다. 장덕필(張德弼) 신부가 대표로 집전하고 김승훈 신부가 강론을 담당했다.

미사를 마친 후 신·구교 합동기도회가 시작되자 이우정 교수가「3·1민주구국선언문」을 낭독했다. 문익환 목사가 주도한 이 선언에는 윤보선 전대통령과 김대중씨, 함석헌 선생 등 우리 사회의 지도적인 인사들이 다수 참가했다.

나는 이날 아침 문익환 목사로부터 연락을 받고 그를 만났다. 문목사는 감옥에서 나온 지 보름밖에 되지 않은 사람을 또다시 고생시킬 수는 없다고 선언 참여자 명단에 내 이름을 넣었다가 뺐노라고 그동안의 경위를 설명해주었다. 잡혀들어갈 것이 분명하므로 나를 보호해주려는 배려였다.

나는 문목사가 건네준「3·1민주구국선언문」을 가지고 정동에 살고 있던 미국인 선교사 두 사람을 찾아갔다. 우리말을 잘하는

감리교신학대학의 영어교수에게는 이 선언문을 영어로 옮겨달라고 부탁하고, 다른 선교사에게는 이를 일본과 미국으로 보내달라고 부탁했다. 두 선교사는 나의 부탁대로 영어로 옮겨진 선언문을 일본과 미국에 전달해 사건을 세계 여러곳에 알렸다.

3·1민주구국선언 사건으로 많은 인사들이 잡혀들어가 긴장이 고조되고 나라가 술렁일 무렵, 우리 빈민선교를 하는 사람들에게도 또다시 시련이 닥쳐왔다. '수도권특수지역선교위원회'의 이름을 '한국특수지역선교위원회'(KMCO, Korea Metropolitan Community Organization)로 바꾸고 새로운 각오로 선교활동을 하려던 이해 5월, 우리를 '빨갱이' '용공분자'로 몰아세우려는 사건이 벌어진 것이다.

이런 징후는 1976년 초부터 나타나기 시작했다. 1월에 한국종교문제연구회라는 단체 이름으로 『한국 기독교와 공산주의』라는 책자가 발간되었는데, 한국 기독교의 일부가 국제공산주의와 관련을 맺고 있는 것처럼 비방하는 내용을 담고 있었다. 이 책은 일본 기독교계의 일부 사람들이 조총련계와 긴밀한 접촉을 갖고 한국에 대한 음모공작을 벌이고 있으며, WCC는 민중해방, 사회구조 전환 등을 주창하면서 기독교를 가장하여 공산주의의 계급사상과 폭력사상을 고취시키고 있다고 주장했다.

뒤이어 4월에도 서울시경 제2부국장 김재국 편저로 『한국 기독교의 이해』라는 책이 간행되어 "종교의 사회참여를 주창하는 신학사상이 국가 법질서와 국가안보에 위해를 초래하고 있다"

고 주장했다. 김재국은 나도 잘 아는 예수교장로회 장로로, 목
사들을 정권 쪽으로 끌어들이기 위해 '교경협의회(教警協議
會)'라는 단체를 만든 사람이었다.

기독교의 사회참여와 인권운동을 용공행위로 몰아가는 정부
당국의 음해가 NCCK를 중심으로 한 기독교계의 격렬한 분노와
항의를 불러오던 무렵인 1976년 5월 6일, 석가탄신일을 전후하
여 난데없이 이상한 벽보가 나붙고 전단이 살포되었다. "부처님
을 믿지 마라, 민족의 문제는 김○○ 장군이 해결한다" "최후의
일격을 가한다" 등 괴이한 제목의 벽보였다.

수사당국은 5월 초부터 이들 불온벽보와 유인물의 출처를 추
적했으나, 성남시와 남한산성, 그리고 3·1민주구국선언 사건
재판이 열리는 서소문의 재판정 근처에서 발견됐다는 것 말고
는 수사에 아무런 진전이 없었다.

당국은 이 사건이 우리를 공산주의자로 만들 수 있는 좋은 기
회라고 보았던 것 같다. 5월 25일 치안본부 대공분실에서 KMCO
의 실무자인 이철용과 김경남, 그리고 사무직원 황인숙을 연행
해 불온벽보와의 관계를 추궁하기 시작했다.

수사요원들은 시험지 20여장을 이철용과 김경남에게 나누어
주고 매직잉크로 '김장군 만세' '장군이 되는 길은' '우리 민족
이 가야 할 길은' '장군의 딸' 등의 글귀를 여러장씩 써보라고
했다. 불온벽보의 필체와 대조하기 위해서라는 게 이유였다. 또
한 5월 1일부터의 행적과 특히 5월 6일의 행적을 소상히 쓰라고
도 했다.

이들은 다음날 새벽까지 조사를 받고 잠시 눈을 붙였다. 그리고 오전 7시부터 다시 조사를 받았는데, 그때부터는 박형규를 공산주의자로 전제하고 KMCO의 활동으로 조사를 옮겨 "박형규 목사로부터 어떤 교육을 받았느냐?"라고 캐물었다. 28일에는 이규상 목사를 연행해 나를 옭아매려는 수사를 계속 진행했다. 그것은 수사라기보다는 '박형규 목사는 빨갱이다'라는 결론을 미리 만들어놓고 거기에 맞도록 진술을 강요하는 것에 지나지 않았다.

특히 내 외조카인 황인숙을 향해서는 "빨갱이 교육을 철저히 받았구나"라고 하면서 창가로 끌고 가 "여기서 던져버리고 조서에는 자살했다고 써주마" "네 외삼촌이 공산당이라고 고백한 사람이 있다"며 뺨과 목을 구타했다.

이처럼 '공산주의자 만들어내기' 수사가 진행되는 동안 판자촌 주민 이철용씨를 비롯해 사랑방교회의 여러 교인들도 연행당해 조사를 받았다. KMCO의 사무실을 수색해 회계장부와 빈민선교에 관한 자료들을 압수해가는가 하면, 김경남 목사의 집에서도 두차례에 걸쳐 압수수색을 벌였다.

6월 5일 새벽 5시 30분경 4명의 형사가 우리집에 들이닥쳐 치안본부 대공분실로 나를 연행했다. 그리고 가택을 수색해 맑스주의와 사회주의라는 말이 들어간 책자 몇권과 서류를 압수해갔다. 뒤이어 권호경, 허병섭, 김동완, 이해학 전도사 등 KMCO의 실무자 모두를 잡아갔다. 연행은 계속되어 전 실무자였던 모갑경 목사가 새 목회지인 제주도 서귀포에서 대공분실로 압송

되었고, NCCK 인권위원회로까지 확대되어 이직형 사무국장이 연행되었다.

많은 인원을 투입해 수사했음에도 원하는 결과를 얻지 못하자 지방 출장에서 돌아오고 있던 조승혁 목사와 김상근 목사까지 연행했다. 모두 강압적인 분위기에서 심한 모욕을 받아가며 조사를 받았는데, 그 목적은 박형규가 공산주의자라는 결론을 끌어내는 데 필요한 대답을 얻어내는 것이었다. 이규상 목사에게는 "박형규 목사가 공산당이라는 조서를 목사 70여명으로부터 받아놓았다. 너는 박형규에게 매수되었을 뿐이지 공산주의자는 아니다. 그러니 '박형규가 공산당'이라고까지는 말 안해도 좋으니 '박형규가 공산당인지 아닌지 잘 모르겠다'는 정도까지만 인정하라"고 종용했다.

허병섭 목사에게는 "박형규가 『해방의 길목에서』라는 책에서 기독교인과 맑스주의자의 대화가 가능하다고 썼는데, 그러면 박목사는 공산주의자가 아니냐"면서 대답을 강요했다. 허목사가 끝내 박목사는 공산주의자가 아니라고 부인하자 그를 두들겨패고는, 외국에 수도권의 활동보고서를 내보내 국가 체면을 구기게 하고 국내 정보를 누설했으므로 간첩행위를 한 것으로 간주하여 구속하겠다고 위협했다.

이처럼 KMCO의 실무자들을 공산주의자, 또는 공산주의에 물든 자로 만드는 중요한 공작이 진행되고 있는데도 그 사실이 전혀 외부로 알려지지 않아 밖에서는 불안만 커질 뿐 어떻게 대처해야 할지 알 수 없었다. 그때 이 사실을 처음으로 밖에 알려준 사람이 이철용 실무자다. 이철용은 조사를 받던 중 용감하게도 탈출하여 어떤 일이 벌어지고 있는가를 알려줌으로써 당국의 음모를 폭로하는 데 중요한 역할을 했다. 그는 감시원 2명이 코를 골며 자고 있는 틈을 타서 탈출하는 데 성공했고, 구애련 선교사를 만나 수녀원에서 저들의 음모를 폭로하는 녹음과 호소문을 만들어 NCCK의 김관석 목사에게 전달했다.

이철용은 음모를 폭로한 뒤 자기 발로 서대문경찰서를 다시 찾아가 더 조사를 받았다. 그는 자기를 감시했던 사람들이 책임을 추궁당할까봐 다시 돌아왔다고 말하고, 호소문을 작성하고 녹음테이프를 만들어 NCCK에 전달했다는 사실도 모두 털어놨다. 그뒤 그에겐 감시원이 4명이나 붙었고 방도 잠가버렸다고 한다. 조사를 받다가 탈출한 것도 매우 보기 드문 일이거니와 큰 곤욕을 치를 것을 뻔히 알면서도 제 발로 다시 찾아가다니 참으로 대담한 사람이다. 그는 훗날 빈민지역에서 일한 체험을 바탕으로 베스트셀러가 된 『꼬방동네 사람들』(현암사 1981)을 썼으며 국회의원도 지냈다.

이철용의 폭로로 진상을 알게 된 NCCK는 즉시 인권위원회를 열어 대책을 협의하고 조사위원회를 구성하는 한편, '3·1민주구국선언사건 대책위원회'를 발전적으로 해체하여 '선교자유대책위원회'를 만들어 적극 대처했다.

나를 공산주의자로 만들려고 작정한 유신당국은 나에 대한 자료를 모을 수 있는 데까지 다 모아놓고 있었다. 그중에서 제일

문제삼은 것은 내가 한신대에서 두학기에 걸쳐 강의한 '기독교와 공산주의'라는 강좌를 준비하기 위해 써놓은 노트였다. 가택수색을 할 때 우리집에서 가져간 모양이었다. 왼쪽에 「공산당선언」을 비롯해 공산주의가 주장하는 것들을 항목별로 적어놓고, 오른쪽엔 기독교가 왜 이것을 용납할 수 없는가를 빨간 글씨로 적어놓은 노트였다.

그들은 이것을 가지고 계속 물고 늘어졌다. 나는 "빨간 글씨로 써놓은 것을 봐라, 이것은 공산주의를 비판한 것이 아니냐"고 반박했지만 그들은 듣지 않았다. 이런저런 시도가 모두 실패로 돌아가자 그들은 그 학기에 내 강의를 들은 사람들을 찾아내 그들의 노트까지 가져갔다. 이미 학교를 졸업하고 목회활동을 하고 있는 사람들의 집을 뒤진 것이었다. 그런데 한 사람의 노트에서 '이런 의미에서라면 공산주의를 반드시 나쁘다고 할 수는 없다'고 쓴 대목이 나온 모양이었다. 공산주의를 여러 시각에서 비판하던 중 어느 대목에서 내가 그렇게 말했다는 것이다. 그들은 "이제야 찾아냈다. 잘 걸려들었다"면서 "이건 공산주의를 인정한다는 뜻이 아니냐"고 다그쳤다. 나는 그렇게 말한 기억이 없었을뿐더러 그런 말을 했을 리도 없기 때문에 어이가 없어 "그건 그 학생이 자기가 이해한 대로 적어놓은 것이다. 녹음된 것도 아니지 않느냐"고 끝까지 항변했다. 이렇게 실랑이가 거듭될 뿐 나의 자백을 받아낼 수 없자 그들은 수사방향을 다른 곳으로 돌렸다.

이번엔 고인이 된 황인숙의 아버지, 즉 나의 매부 황수웅(黃秀

雄)을 가지고 나를 옭아매려 했다. '황수웅이 6·25 때 이북으로 넘어갔으며, 북에 있는 그로부터 지시를 받고 내가 공산주의 활동을 한다'는 것이었다.

인숙이의 아버지는 전라도 사람으로, 내가 결혼한 때와 거의 같은 시기에 우리집으로 장가를 왔다. 신사참배를 거부한 기독교 집안끼리만 결혼해야 한다고 해서 인연을 맺었다고 한다. 6·25전란통에 폐결핵에 걸린 황수웅은 갈 데가 없어 가족을 모두 데리고 진영에 있는 우리집으로 와서 요양을 했다. 그러나 그는 끝내 결핵으로 세상을 떴고, 여동생네는 친정집에 의지해 살아갈 수밖에 없었다. 내가 일본 매카서사령부에서 일하고 있을 때였다.

황수웅이 북한으로 넘어간 것으로 발표하려면 월북 사실을 확인해야 할 필요가 있었는지, 수사관들은 마산에 살고 있는 나의 삼촌 박로찬(朴魯燦)을 찾아갔다. 그는 마산에서 꽤 알려진 유지로 반공연맹인가 하는 단체의 간부도 지냈다. 당시 아들이 헌병 복무를 마치고 제대한 뒤 보안사령부에 들어가 일하고 있었다. 수사관들은 "아들이 보안사에서 잘나가려면 우리 일에 협조해주어야 한다"면서, "우리는 요새 박형규 목사 때문에 골치가 많이 아프다. 그런데 조카사위 황수웅이 이북으로 넘어갔다는데, 사실인가? 우리는 박목사가 북에 있는 황수웅의 지령을 받고 행동하는 것으로 본다"고 말했다.

당시 친척들은 (인근 주민들도 마찬가지였지만) 내가 자주 잡혀가는 것을 보고 나와 접촉하는 것을 꺼려 우리집에 오는 것조차 삼갈 정도였으므로, 수사관들이 찾아와 이런 수상한 이야기를 하니 삼촌도 긴장하지 않을 수 없었다. 그런데 가만히 이야기를 듣고 보니 자기 조카를 북한과 연결된 위험한 빨갱이로 만들려는 것이 아닌가. 비록 내가 하는 일을 좋아하지는 않지만 조카를 공산주의자로 만들 수는 없다고 생각한 삼촌은 마음을 다잡아먹고 버럭 소리를 지르며 야단을 쳤다. "아니, 자네들 이런 식으로 일하나? 내 조카가 빨갱이라고? 자네들 이렇게 하면 안돼. 뭐 황수웅이 이북으로 넘어갔다고?"

삼촌은 수사관의 멱살을 잡고 진영에 황수웅의 무덤이 있으니 같이 가보자고 소리쳤다. 그 무덤이 어디 있는지를 삼촌은 알고 있었다. 수사관들은 그 기세에 놀라기도 했지만, 황수웅의 무덤이 있다는 말에 크게 실망하지 않을 수 없었다. 죽어서 무덤에 들어가 있는 사람을 살아 있는 사람으로 만들 수는 없다고 생각했는지, 황수웅을 통해 나를 북과 연결된 공산주의자로 만들려는 작업을 포기할 수밖에 없었다. 내가 먼 남쪽에 고향을 두어 가까운 친척 중에 북한으로 넘어간 사람이 없었기에 망정이지, 그런 사람이 하나라도 있었다면 아마도 여러차례 호된 곤경을 치렀을 것이다.

"목사님, 그 자세를 흐트러뜨리지 마십시오"

그러나 유신당국은 어지간해서 일을 포기하는 사람들이 아니었다. 나를 공산주의자로 만들 방법은 이제 고문밖에 없었다. 치안본부로 끌려온 지 약 20일쯤 되는 어느날, 대공분실의 책임자 같아 보이는 '이소장'이라는 사람이 나를 불러냈다. 그는 50대 중반쯤 되어 보였는데, 일제시대부터 이런 일을 해온 사람 같았다.

그는 나를 보고 따라오라고 하더니 고문실로 데려갔다. 그때까지 나는 여러차례 잡혀갔지만 구타나 고문을 당한 일은 없었다. 그런데 이제 고문을 받게 되는구나 생각하니 긴장하지 않을 수 없었다. 마음을 단단히 다져먹고 고문실에 들어서서 내부를 살펴보니 큼직한 목욕탕이 하나 있고, 큰 물주전자와 고춧가루를 담아놓은 그릇이 보였다. 그리고 사람을 달아매는 밧줄과 전기고문하는 기구도 있었다. 가운데엔 책상과 의자, 그리고 야전침대가 있고 가장자리에 철제 캐비닛이 놓여 있었다. 이소장은 고문도구들을 하나하나 짚어가며 자세히 설명해주었다.

사람을 달아매는 밧줄을 보니 먼 옛날 일본경찰에 끌려가 고문받던 것이 생각났다. 그땐 어찌나 고통스러운지 혀를 깨물고 죽으려 했으나 혀가 잘 나오지 않아 죽지도 못하고, 그야말로 생지옥이었다.

그는 고문도구들을 보여주고 나서 이렇게 말했다. "당신 여기가 어딘지 알지? 이것이 다 자백을 받아내는 도구다. 우리는 이것을 전문으로 하는 사람이다. 이제까지 당신을 점잖게 대해주었더니 말을 잘 안 듣는다. 그러나 당신은 우리한테는 못 당한다. 그러니까 우리가 요구하는 대로 해줘야지 그렇게 버티면 살아남기 힘들다.

우린 전문가라서 마음대로 할 수 있다. 당신 색깔을 아주 새빨갛게 만들 수도 있고, 불그스름하게 만들 수도 있다. 조금 연한 분홍, 핑크색으로도 만들 수 있다. 색깔을 진하게도 할 수 있고, 연하게도 할 수 있고, 우리 마음대로다. 그러니 죽을 것인가 살 것인가 당신이 선택해라. 당신이 우리 말을 들어주면 당신을 아주 빨갛게 만들지는 않겠다. 불그스름한 색깔이나 핑크로 만들어주겠다. 우리 말 안 들으면 당신은 여기서 죽는다. 당신은 목사니까 죽으면 곧장 천당에 갈 거다.

당신들은 걸핏하면 자유니 정의니 민주주의니 인권이니 하고 떠드는데, 지금은 그런 것 가지고 논할 때가 아니다. 지금 우리가 살고 있는 시대가 어떤 시대냐. 지금은 '대공(對共)'하는 시대, 북한 공산주의자들하고 싸워 이겨야 하는 시대다. 당신들은 걸핏하면 증거 증거 하는데, 참 순진하다. 수사를 무슨 증거 가지고 하는 줄 아는가. 우리에겐 모든 게 다 허락된다. 그동안 우리는 사람을 여럿 죽였다. 사람을 죽여도 우린 아무 처벌 안 받는다. 그런 보장이 없으면 우리가 어떻게 빨갱이를 잡고 수사를 할 수 있겠나. 사람을 죽여도 우린 아무 죄책감 없다. 나라를 위해서 한 일인데 무슨 죄책감이냐."

그는 아주 장황하게 고문 이야기도 했다. 고문 이야기가 나오자 최악의 상황이 떠올라 겁을 먹지 않을 수 없었다. 드디어 당하게 되었구나. 그런데 내가 저들의 고문에 못 이겨 '빨갱이'가 된다면, 그땐 어떻게 되는가? 내가 해온 일은 무엇이 되며, 나와 더불어 일해온 동료들은, 나를 믿고 함께해온 NCCK와 기독교 공동체는? 나와 함께 민청학련 사건으로 끌려가 고생한 학생들은 무엇이 되는가? 나는 어떤 일이 있어도 고문에 굴복해서는 안된다고 마음을 거듭 다져먹었다.

나는 이소장에게 기도를 좀 해야겠으니 잠시 혼자 있게 해달라고 말했다. 그가 나간 후, 나는 아주 간절한 마음으로 기도를 했다. "하나님, 저들이 고문을 한다고 합니다. 간절히 비오니, 저들이 어떤 고문을 하든지 첫번째 고문에서 저를 데려가주십시오. 저를 죽게 해주십시오." 이렇게 기도를 하고 나니 마음이 한결 안정되고 평화가 왔다. 이런 상황에서도 평화를 느낄 수 있다니! 이것을 어떻게 설명할 수 있을까? 참 신비로운 체험이었다.

기도를 끝낸 뒤 눈을 감고 앉아 있는데, 나도 모르게 깜빡 잠이 들었던 모양이다. 잡혀온 후 계속 잠을 안 재워 늘 졸리고 피곤했다. 얼마나 시간이 흘렀는지 이소장이 다시 들어와 나를 발로 툭툭 차면서 깨웠다. 그러고는 커피 한잔을 가져다주었다. 커피를 마시고 나자, 그는 종이와 볼펜을 나에게 건네주면서 "이미 각오가 돼 있을 테니 불러주는 대로 받아쓰라"고 했다. 나는 "결코 당신이 불러주는 대로 받아쓸 수 없다"고 단호하게 거부했다. 내 말이 채 끝나기도 전에 그는 눈을 부라리면서 "이 새끼!" 하고 내 옆구리를 발로 걷어찼다. 몸이 옆으로 기우니까 다시 반대편으로 걷어차기를 거듭했다. 그러곤 내 수염을 세차게 잡아당겼다. 잡혀간 뒤 한번도 면도를 하지 못했으니 수염이 꽤 자라 있었다. 그래도 분이 삭지 않았는지 주먹으로 책상을 내리치면서 버럭 소리를 질렀다. "이 새끼, 진짜 빨갱이로구나. 빨갱이도 독한 빨갱이놈일세. 어디 네가 여기서 살아 나가는가 보자!" 그는 소리소리 지르고는 나가버렸다.

그가 나가고 잠시 후 얼룩덜룩한 군복을 입은 다섯명이 몽둥이를 들고 들어왔다. 이젠 몽둥이로 두들겨패려는가보다 하고 다시 마음을 다져먹었다. 그리고 '첫 몽둥이에 저세상으로 가게 해달라'고 다시 기도했다. 그들은 들어오자마자 "이 빨갱이 목사" 하면서 살기등등한 표정으로 소리를 지르며 나를 둘러쌌다. 나는 눈을 감고 기도하는 마음으로 가만히 앉아 있었다. 그리고 '어디에서 몽둥이가 날아오든지 그 한방에 나는 간다' 하고 마음을 단단히 먹고 있었다. 내 앞에 놓인 철제책상을 내려치는 소리를 시작으로 온갖 고함과 욕설이 뒤섞인 가운데 이것저것 두들겨패는 요란한 소리가 계속되었다. 발을 구르고 책상을 내리치는 소리가 시끌벅적했다. 꽤 긴 시간이 흘렀다고 생각되었다. 그런데 어? 이게 웬일인가? 나를 날려버릴 몽둥이는 하나도 날아오지 않고, 시끄러운 소란만 한참 계속되다가 갑자기 조용해지더니, 수사관들이 방을 나가버리는 것이 아닌가? 방 안이 조용해져서 눈을 떠보니 한 사람만이 남아 나를 지켜보고 있었다. 잠시 후 그가 내 뒤로 다가오더니 내 귀에 대고 조용히 이렇게 말했다. "목사님, 존경합니다. 여기 와서 굴복하지 않은 사람이 없습니다. 이 자세를 끝까지 흐트러뜨리지 마십시오." 이 말을 남기고 그도 나가버렸다.

나는 그저 어리둥절할 뿐이었다. 나를 죽여놓겠다던 고문은 안하고, 요란하게 소란만 피우고 갑자기 나가버리다니 참 이상한 일 아닌가! 그리고 이런 곳에서 나를 존경한다는 사람을 만나다니! 놀랍고 고마웠다. 그 수사관의 이름은 '공기두(孔冀斗)'였다. 대학을 막 졸업하고 정식으로 시험을 쳐서 경찰에 들어와 배치받은 곳이 이곳인 모양이었다.

내가 대공분실에 갇혀 있는 동안 공기두씨는 한번 더 나를 만나러 왔다. '박형규는 빨갱이'라고 나의 사상을 감정한 서류를 들고 와 보여주었다. 그 감정서를 살펴보니 이른바 언론인이라는 신문사의 논설위원들과 대학교수들 몇명이 감정인으로 적혀 있었다. 그는 감정을 의뢰받은 사람 가운데 단 한 사람만이 내가 공산주의자라는 데 반대했고 나머지는 다 찬성했다면서, 이런 사람들이 어떻게 사회가 알아주는 지식인일 수가 있느냐고 말했다.

그는 그후 경찰을 그만두고 대학원을 졸업한 뒤 결혼을 하고 우리집을 찾아왔다. 그리고 그뒤 외국에 가서 박사학위를 받고 돌아와 단국대 행정학과 교수가 되었다. 내가 민주화운동기념사업회 이사장을 맡고 있을 때에도 찾아와 반갑게 만났다. 한번은 그동안 자신이 쓴 원고를 책으로 내려고 하는데, 어느 출판사가 좋겠느냐고 물어와서 소개해준 일이 있다. 다른 출판사에서 나왔지만 공교수는 간행된 책을 가지고 나를 찾아왔다.

"신앙에 따른 종교활동은 앞으로 계속될 것입니다"

소란만 피우고 나를 고문하지 않은 것은 어떻게 설명해야 할까? 아마도 대공분실의 이소장은 박형규를 고문하면 얼마든지 빨갱이로 만들 자신이 있다고 말했을 것이다. 그러나 상부에서는 고문은 하지 말고 협박·공갈만 해서 사건을 만들어보라고 지시했던 것 같다. 기독교의 목사를 고문하여 공산주의자로 만들려다가 불상사라도 나면 국내외에서 골치아픈 파장이 일어날 수도 있다는 것을 고려했을 것이다. 특히 한국의 정치적 폭력과 인권유린이 국제적인 주목을 받고 있던 때라 더욱 몸을 사렸을 것이다.

이 사건의 진상이 알려지자 교계는 적극적으로 대처해나갔다. NCCK는 '교회와 사회위원회' 위원들로 조사위원회를 만들어 김치열(金致烈) 내무부장관을 만났고, NCCK 가입 교단장들은 문화공보부장관을 면담하고 석방을 요구하는 한편 대책위원회를 만들어 국무총리에게 공한을 발송하기도 했다. 이처럼 대책활동이 범교회적으로 확대될 움직임을 보이자 김재국 서울시경 제2부국장이 선교대책위원회 대표 8명을 만나 우리를 풀어주겠다고 약속한 것 같았다.

6월 말쯤 김재국이 나를 찾아왔다. 나는 그가 이 사건에 크게 관여하고 있다고 믿었기 때문에 그를 상대하고 싶지 않았다. 그는 본의 아니게 자신이 이 사건에 관계하게 되었다고 구구한 변명을 늘어놓더니, 어이없게도 나보고 기도를 해달라고 청하는 것이었다. 교회의 장로가 기도를 해달라는데 거절할 수가 없어 기도를 해주었다.

다음날 나와 이규상 목사만 구치소로 넘어갔다. 구치소로 간 지 사흘째 되던 날, 검찰에서 구치소로 찾아와서 나를 불러냈다. 큰 방에서 검사가 기다리고 있었다. 구치소의 간부들이 모두 쩔쩔매는 것으로 보아 고위간부인 모양이었다. 그는 서울지검 공안부장이라고 말하고는 방에서 모두 나가고 아무도 들어오지 말라고 지시했다. 단둘이 대면을 하자 그가 말을 걸어왔다. "박형규 목사가 맞나요?" 내가 '그렇다'고 대답하자 그는 "인상이 생각했던 것과 좀 다르네요" 하고 말했다. "어떻게 다릅니까?" "나는 좀 무섭게 생긴 사람인 줄 알았지요…… 쓰신 글을 읽어보고 꽤 무서운 사람이라 생각했는데, 만나보니 부드럽네요."

그는 나의 책 『해방의 길목에서』를 세번이나 정독했다고 했다. "신통치 않은 책을 뭐 그렇게까지 읽었느냐"고 했더니 나를 국가보안법으로 기소하기 위해서였다고 했다. 그는 단도직입적으로 이렇게 말했다. "내가 박목사의 책을 세밀하게 정독했지만, 박목사가 공산주의자나 용공주의자라는 혐의를 잡을 수는 없었습니다. 당신을 석방하겠습니다. 그러나 조건이 있어요. 각하께서 다시는 정치활동을 하지 않겠다는 각서를 받고 석방하라고 하시니까 각서를 하나 써주셔야겠습니다. 정치엔 일절 관여치 않고 종교에만 전념하겠다는 각서 말입니다."

그래서 "나는 한번도 정치활동을 한 적이 없습니다. 내가 지금까지 한 모든 행위는 내 신앙, 내 종교의 가르침에 따라 한 것입니다. 앞으로도 이 신념을 꺾을 수는 없습니다"라고 대답했다. 검사는 퍽 곤혹스러운 표정을 짓더니 "어쨌든 하나 쓰십시오. 뭐든지 하나 써야 하니까" 하고 말했다. 그래서 나는 이런 요지로 간단하게 써주었다. "나는 이제까지 하나님의 종으로서, 목회자로서 하나님의 말씀에 따라서 활동했을 뿐이지 정치적인 활동을 한 적이 없다. 하나님이 말씀하시는 한 신앙에 따른 나의 종교활동은 앞으로도 계속될 것이다." 검사는 내가 쓴 것을 읽어보더니 아주 못마땅한 표정이었다. 그러나 어쩔 수 없다는 듯 이렇게 말했다. "내일 나가십시오."

이렇게 해서 1976년 7월 4일 권호경 목사 외 7명은 먼저 대공분실에서 풀려났고, 나와 이규상 목사는 이틀 후인 7월 6일 오후 기소유예로 서울구치소에서 석방되었다. 교계 인사 50여명이 서대문구치소 앞에서 우리를 맞아주었다. 내 경우엔 약 30여일에 걸친 불법 강제연행이고 장기구금이었다. 연행돼 조사를 받은 사람이 40여명이나 되었고, 동원된 수사인원만 약 100여명에 이르렀다. 성직자들이 수모와 폭행을 당한 것도 전과는 달랐다.

권호경 목사와 나는 다시 교회로 돌아왔다. 신도들과 떨어져 있다가 다시 만나면 언제나 반가웠지만, 권목사와 내가 세번이나 함께 감옥에 드나들다보니 교회를 자주 비우게 되고 교인들을 뜻대로 잘 돌보지 못해서 늘 미안했다. 그래서 어느날 내가 권목사에게 제안했다. "우리 두 사람이 동시에 감옥에 드나들다 보니, 목회에 문제가 생긴다. 그러니 앞으로는 역할을 나누어서 하자. 감옥 가는 일은 내가 맡아서 할 테니, 교회 일은 권목사가 맡아서 잘 보살펴달라."

그러나 나의 이런 제안은 하나의 구상으로만 끝나버리고 말았다. 신·구교가 함께 만든 '사회선교협의체'가 1981년 3월 실무자 중심의 '한국교회사회선교협의회'로 재조직되면서 권목사가 실무책임자로 취임하게 되었기 때문이다. 이사장직을 맡기로 한 지학순 주교가 권호경 목사가 총무를 하지 않으면 이사장을 맡지 않겠다고 하여 그렇게 할 수밖에 없었다. 어려운 시기에 약 10년 이상 함께 교회를 섬기며 일하다가 헤어지니 어찌 섭섭하지 않겠는가. 그러나 우리는 하는 일이 같아 그후에도 자주 만나고 함께 협의하며 일했다.

권목사는 그후 NCCK 인권위원회 국장, 아시아기독교협의회(CCA)의 도시산업선교(UIM) 간사, NCCK 총무, 그리고 CBS 사장 등 국내외 주요 기독교단체의 책임자가 되어 우리나라의 민주화와 인권운동, 그리고 기독교공동체의 발전에 크게 기여하는 발자취를 남겼다.

김수환 추기경과의 만남

민주화운동을 하면서 가톨릭과도 많은 도움을 주고받았다. 특히 나는 원주의 지학순 주교와 동기처럼 가까이 지냈다. 민청학련 사건 때 같이 감옥에 간 인연도 있지만, 사회현실을 보는 눈이나 어려운 시대에 교회가 해야 할 일을 보는 관점이 비슷했기 때문일 것이다. 특별히 신·구교가 힘을 합쳐야 할 일이 있을 때는 원주의 주교관을 찾아가 상의하곤 했다.

지주교 외에 김수환 추기경도 자주 찾아가 세상 돌아가는 일을 협의했다. 김수환 추기경은 언제나 친절하고 정중하게 맞아주었다. 내가 김수환 추기경을 처음 만난 것은 1975년 봄, 지학순 주교와 내가 민청학련 사건에 연루되어 1년 가까이 옥살이를 하고 나온 직후였을 것이다. 어느날 지주교가 "나와 함께 김수환 추기경을 만나보자"고 하면서, 추기경이 주교회의를 소집하여 유신체제를 반대하는 성명을 낸다면 민주화운동을 하는 데 천군만마를 얻게 될 것이라고 했다. 지주교는 김추기경과의 만남을 주선하겠다고 했고 며칠 뒤 연락이 왔다.

다음날 나는 아침 일찍 서울 명동에 있는 추기경 공관으로 갔다. 젊은 비서신부의 안내를 받아 추기경 집무실에 갔는데, 안에서 지주교와 김수환 추기경이 담소하는 소리가 들렸다. 추기경은 문 쪽으로 와 내 손을 꼭 잡으며 "그동안 고생 많이 하셨습니다" 하면서 오른편 소파에 앉기를 권했다. 나는 커피잔을 들고 맞은편에 앉아 있는 지주교의 안색을 살폈다. 살짝 웃음을 머금은 얼굴이었다. 나는 속으로 얘기가 잘된 것으로 알고 긴장을 풀었다.

그날은 추기경을 처음 만난 자리라 말을 아꼈다. 지주교는 나를 소개하고는 추기경과 자신은 신학교에서 함께 공부한 동창이요 동지로서 한 사람은 나라 한복판에서 교회와 나라를 위해서 일하고 또 한 사람은 변방인 원주에서 같은 일을 하고 있다는 등 농담 섞인 말로 첫 만남을 부드럽게 만들려고 애썼다. 그리고 주교회의에 관해서는 추기경께서 의견을 받아들여 일정을 정하고 회의장소도 알려줄 것이니 그날 그 근처에서 결과를 기다리는 것이 어떻겠느냐고 했다. 그 말을 들으니 천군만마를 얻은 듯 기분이 날아갈 것 같았다. 그러나 나는 이 사실을 아무에게도 말하지 않았다. '과연 주교회의가 이런 결정을 할 수 있을까' 하는 의구심도 있었기 때문이다.

주교회의가 열린 곳은 서울 외곽의 어느 수도원이었고, 나는 지주교가 마련해준 작은 방에서 기다렸다. 2~3시간 정도 지났을까, 주교들이 해산하는 소리가 들리더니 지주교가 들어와 침통한 음성으로 미안하다고 했다.

하지만 이 일이 있은 뒤로 추기경과 나의 만남은 정례화되고 빈번해졌다. 추기경은 내게서 세상 돌아가는 이야기, 특히 학생들과 노동자, 농민, 도시빈민 운동에 관한 이야기를 듣고 싶어 했다. 때론 나의 사정 때문에 새벽에 가서 아침식사를 대접받으면서 이야기를 나눈 경우도 있었다. 내가 정부의 앞잡이 노릇을 하는 폭력배들에게 구타당하여 성모병원에 입원했을 때는 병실로 찾아와 눈물을 흘리며 기도해주었다.

주교회의는 추기경과 다른 의견이었지만, 그 대신 천주교정의구현전국사제단이 활동을 시작하고 신·구교의 사회선교협의체가 발족하게 된 것은 김수환 추기경의 뒷받침이 있었기 때문이다. 나는 김수환 추기경에 대한 전국민적 추모행렬을 보면서 김추기경의 숨은 민중사랑, 소외된 사람들을 사랑한 업적이 이렇게 나타나는구나 하고 감탄했다. 김추기경이 신앙인으로서 보여준 성덕과 우리나라의 민주화를 위해 남긴 큰 업적은 지금도 많은 사람들 사이에서 끊임없이 이야기되고 있다.

가톨릭으로부터 받은 도움을 말한다면 왜관에 있는 베네딕도(분도) 수도원을 빼놓을 수 없다. 당시 수도원 원장이었던 독일인 사제 오도 하스 아바스(Odo Haas Abbas, 한국이름 오도환)가 많은 위험을 무릅쓰고 민주화운동을 도와주었다. 처음엔 지학순 주교의 주선으로 서울에 있는 베네딕도 수도원의 도움을 받으면서 인연이 시작되었다.

베네딕도 수도원은 당국으로부터 쫓기는 사람들을 숨겨주기도 하여, 안병무 박사도 이곳에서 몇달을 숨어지냈다. 그 엄혹한 환경에서도 이 수도원은 우리에게 회의장소를 제공하여, 1973년 11월 23~24일 서울 장충동 분도회관에서 최초의 인권협의회를 열었다. '신앙과 인권'이라는 주제 아래 열린 이틀간의 회의를 마무리하면서 「인권선언」을 발표했고, 이 모임이 마침내 '한국인권운동협의회'의 발족으로 이어졌다. 분도회관 안에 있는 '피정의 집'도 집회할 곳을 찾지 못한 단체들에게 큰 도움이 되었다.

유인물을 인쇄할 곳을 찾지 못해 어려움을 겪을 땐 이 수도원이 경영하는 인쇄소에서 찍어주기도 했다. 군사독재하에서는 반정부 유인물과 전단을 인쇄하는 데도 많은 어려움을 겪어야 했다. 인쇄를 해준 사람이 잡혀가거나 회사가 피해를 입기 때문에 인쇄소들이 꺼렸고, 또 부탁하는 쪽에서도 보안문제 때문에 마음놓고 맡길 데가 없었다.

베네딕도 수도원의 오도 하스 아바스가 확고한 신념을 갖고 한국의 민주화운동을 지원해야겠다는 결단을 내리지 않았다면 그런 위험을 무릅쓰고 우리를 돕지 못했을 것이다. 제임스 씨노트(James P. Sinnott) 신부가 추방당한 것을 생각해보면 추방의 위험까지도 무릅썼던 것이 아닌가 생각된다. 미국 뉴욕 출신의 씨노트 신부는 1961년 선교사로 한국에 온 후 한국의 인권문제에 지속적인 관심을 표명해오다가 인혁당 사건이 터지자 1975년 2월 인혁당 사건에 대한 진상조사 결과를 발표했다. 그 살벌했던 때 보여준 이분의 용기는 놀라운 것이었다. 씨노트 신부는 그 때문에 당국의 미움을 사 같은 해 4월 24일 출국통보를 받고 한국을 떠날 수밖에 없었다.

오도 하스 아바스는 그뒤 한국인 신부에게 후임을 맡기고 한국을 떠났다. 이분이 한국을 떠날 때 왜관에서 석별의 인사를 나누며 그 어려운 때 베풀어준 도움에 감사를 전했다. 이분들이 나찌하의 유럽에 살았다면 아마도 레지스땅스 운동을 도왔을 것이다.

당시의 베네딕도 수도원은 출판을 통해서도 지적·사상적 자극을 많이 주었다. 우리나라에서 구스따보 구띠에레스(Gustavo

Gutierrez)의 『해방신학: 역사와 정치와 구원』(성염 옮김 1987)을 처음 출판한 것도 이 수도원이 경영하는 분도출판사였다. 외국의 진보적인 신학을 앞장서 소개하여 한국에서 신학사상의 지평을 넓히는 데 크게 기여했다. 당국의 비위를 거스르는 책들이 검열에 걸려 형사처벌을 받거나 판매금지를 당하던 시대에 용기가 없으면 할 수 없는 일이었다.

얌전했던 아내가 민주투사로 변하다

출옥 후 나는 교회 일에 전념했다. 교회 건물의 완공을 더이상 미룰 수 없었기 때문이기도 했다. 서울시에서는 건축허가기간 내에 준공을 하지 않으면 허가를 취소할 뿐만 아니라, 이미 지어진 건물도 불법건물로 보고 헐어버리겠다고 위협해왔다. 교회창립 25주년도 다가오고 있었다. 앞에서 잠깐 말했지만 교회 건물은 나의 선임 이기병 목사 때 10층 건물로 설계를 하여 허가를 받았으나 3층까지 짓고 돈이 없어서 미완성 건물로 남아 있었다. 층수를 낮추는 것으로 설계변경을 한 후 서울시에 건축허가 신청을 냈는데, 다행히도 다음해인 1977년 10월에 허가를 내주었다. 건축헌금을 모은 결과 당시 돈으로 약 1,200만원과 금반지 2개가 걷혔다. 이 돈을 가지고 열심히 공사를 추진하여 다 마쳤으나, 당국이 준공허가를 내주느냐가 문제였다.

나는 중앙정보부의 사찰담당 이상규 과장을 움직여보기로 했다. 정보부에서 종교를 담당하고 있는 그는 내가 기독학생회 총무를 할 때부터 나를 감시해왔으므로 인연치고는 참으로 질긴 인연이었다. 오랜 세월 나를 감시하다보니 나에 관한 모든 것을 알게 되어 정보부 내에서는 '박형규에 관한 것은 무엇이든 이상규에게 물어보라'고 알려져 있었다. 한때는 그를 곱지 않게 본 적도 있으나 아주 오랫동안 부대끼다보니 꽤 허물없는 사이가 되어버렸다. 그뒤로 그는 집사람이 아플 때 입원하는 데 편의도 봐주고 때로는 전화를 걸어 정세의 변화 같은 것도 알려주곤 했다.

나는 이상규 과장을 만나 준공검사 이야기를 꺼냈다. "지난 1년 이상 내가 건축공사를 마치느라고 다른 일은 전혀 하지 않은 것을 잘 알지 않느냐. 준공허가를 내달라. 만약 안 내준다면 나도 생각이 있다. 일을 벌인다면 내가 무엇을 할 것인지 잘 알지 않느냐." 그는 내가 무엇을 말하려는지 금방 알아차렸다. 그를 만난 후 얼마 안되어 준공허가가 나왔다.

1977년은 별다른 일 없이 지나갈 줄 알았는데, 이해 4월 아들 종렬이와 서울제일교회 청년회원 박찬우가 서울대 학생시위에 관련된 혐의로 구속되는 일이 벌어졌다. 아내는 내가 감옥 드나드는 것을 몇차례 겪은 터라 감옥에 대해 내성을 갖고 있었지만, 자식은 남편과는 또 달라서 마음이 쓰였다. 둘째아들 종관(鍾寬)이도 1980년대 노태우정권 때 반파쇼 반제국주의 운동과 노동운동을 한다고 나섰다가 감옥에 갔으니 집사람은 자식 때문에도 몇차례 더 옥바라지를 할 수밖에 없었다.

그러나 아내는 이미 많이 달라져 있었다. 내가 남산 부활절예배 사건으로 처음 잡혀들어갔을 때만 해도 울면서 여기저기 도움을 청하러 다니던 사람이 투사로 변해 있었다. 나는 사람이 이렇게도 변할 수 있다는 것을 실감했다. 험난한 시대가 가져다준 시련이 얌전하고 착한 주부를 맹렬한 여성투사로 바꾸어놓은 것이다. 그걸 보면서 남자나 여자나 갖고 있는 잠재력이 무한하다는 걸 새삼 깨달았다.

집사람은 18살에 시집온 후 시어머니가 96세로 돌아가시기까지 오랜 세월 시집살이를 했다. 그때만 해도 한복 외에 양장을 입거나 머리를 풀어 파마를 한다는 것은 우리집에서는 용납될 수 없었다. 그러던 며느리가 감옥에 있는 남편과 아들 옥바라지를 하고 구속자 가족들을 만나야 한다며 새벽에 나가 밤늦게 돌아오거나 때로는 경찰서 유치장이나 정보부에 끌려갔다가 밤을 새우고 탈진상태가 되어 돌아오곤 했으니, 이를 본 시어머니의 마음이 어떠했을까. 얌전했던 며느리가 민주투사로 변신하는 모습을 지켜보면서 구십줄에 드신 우리 어머니의 걱정은 이만저만이 아니었다.

민청학련 사건으로 두번째로 1년 가까이 옥살이를 하고 집에 돌아왔을 때다. 먼저 어머니 방에 들어가 큰절을 했더니 어머니가 가까이 오라고 손짓을 하셨다. 어머니는 내 귀에 손을 대고 "얘야, 상주댁이 변했데이" 하고 속삭였다. "어떻게 변했어요?" 하고 물었더니 "말도 못한다"고 하셨다. 얌전한 며느리가 갑자기 투사가 된 것을 어머니는 이렇게 표현하셨다.

아내 조정하는 구속자 가족을 만나 서로 위로하고 격려하면서 용기와 힘을 얻었다. 정신없이 돌아다니다보니 어느새 지병인 천식도 사라져버렸다. 정보부를 비롯한 수사기관에 끌려가서도 "우리 남편이 무엇을 잘못했느냐"며 소리를 질렀다고 한다.

기장 청년회 전주시위 사건

1976년 10월 나는 기독교장로회(이하 '기장')의 '교회와 사회위원회' 위원장을 맡게 되었다. 1978년에는 NCCK의 '교회와 사회위원회' 위원장도 함께 맡았다. 이 위원회는 빈민선교와 산업선교 등을 적극 추진하고 선교의 자유를 확보하는 일, 그리고 민주화와 사회정의를 실현하기 위해 사회적 발언을 강화하는 일을 주로 하고 있었다.

또한 민주화운동을 전국교회로 확산시키기 위해 교회지도자들과 해직교수 등 지식인들로 팀을 만들어 전국을 돌면서 강연회를 열었다. 안병무, 서남동, 문동환, 유인호(兪仁浩), 한완상(韓完相), 리영희(李泳禧) 교수와 해직언론인인 송건호(宋建鎬), 임재경 선생 등이 강연회의 연사를 맡아 애써주었다.

내가 교회와 사회위원회의 위원장을 맡고 있을 때 기장 청년회 전주대회 사건이 일어났다. 기장 청년 350여명이 1978년 8월

16일부터 22일까지 7일간 전주에서 전국대회를 연 후, 큰 예배당 두곳에 들어가 유신철폐, 민주주의 회복, 구속자 석방, 해직교수 복직 등을 요구하며 농성한 사건이다.

기장 청년회 전국연합회가 주최한 제8회 전국청년교육대회가 1978년 8월 14일부터 전주교대 부속국민학교에서 열리고 있었다. 여름과 겨울 1년에 두차례씩 방학을 이용해서 전국의 기독청년들이 한자리에 모여 젊은 크리스천의 사명을 확인하고 신앙을 고백하는 모임이었다. 전국에서 모여든 600여명의 청년들이 3박 4일 동안 '오늘의 예수' '우리의 현실' '기장 청년의 과제' 등에 대해 강연과 토론을 하고, 17일 오전에 모임을 끝내기로 되어 있었다.

대회 마지막날 밤인 16일 저녁은 모두 조금씩 들뜬 분위기였다. 청년들은 저녁회식을 한 뒤 오후 7시부터 전주 중앙교회에서 열리는 인권기도회에 참석하려고 각 조별로 집합장소를 정했다. 오후 6시 30분쯤 완산 칠봉에 제일 먼저 모인 청년들이 중앙교회를 향해 행진하기 시작했다. 누가 시작했는지 어느새 그들은 노래를 부르고 있었다. 노랫소리는 곧 우렁찬 합창으로 변했다. 중앙교회 부근에 이르렀을 때는 다른 곳에서 모여 집회장소로 오고 있던 다른 무리의 청년들까지 합세하면서 더욱 우렁차게 노랫소리가 울려퍼졌다. 그들은 중앙교회를 중심으로 반경 1km를 빙빙 돌면서 노래를 불렀다. 속속 도착한 다른 무리들이 합쳐지자 그 수는 400여명으로 불어났으며, 행진은 「오 자유」를 힘차게 부를 때 절정에 달했다. 서로 어깨를 걸고 소리 높이 노래를 부르는 행진엔 젊음이 넘쳐흘렀다.

그러나 대열이 미원탑 앞에 이르렀을 때 무장한 기동경찰이 겹겹이 이들을 기다리고 있었다. 경찰은 앞에서부터 닥치는 대로 곤봉을 휘두르며 때렸고, 곳곳에서 비명이 들렸다. 평화로웠던 행진을 폭력으로 막자 젊은이들은 격분했고, 대열은 '독재타도' '유신철폐' '구속자 석방'을 외치는 시위대로 바뀌었다. 청년들은 약 50분 동안 구호를 외치면서 전주시내를 돌아다니며 시위를 벌였다. 모처럼 시내 한복판에서 청년들의 데모를 구경한 시민들은 박수갈채를 보내기도 하고 쫓기는 청년들을 보호해주기도 했다. 다급해진 경찰은 이리경찰서에서까지 병력을 증원해서 마치 폭동이라도 진압하듯 곤봉으로 때리고 발로 걷어찼다. 청년들이 낯선 곳의 지리를 잘 모른다는 것을 이용해 토끼몰이를 하듯 막다른 골목으로 몰아넣고 두들겨팼다. 그들은 여자들의 머리채를 낚아채는 등 닥치는 대로 끌고 경찰서로 연행했는데, 그 수가 98명이나 되었다.

경찰에 쫓겨 뿔뿔이 흩어졌던 약 150여명의 청년들은 다시 중앙교회로 집결했다. 이들은 경찰의 포위 속에서 문익환 목사의 인도로 기도회를 마치고 교회 마당에 주저앉아 연행자들을 석방하라고 요구하며 연좌데모에 들어갔다. 밤 8시부터 강한 빗줄기가 쏟아지면서 이들을 흠뻑 적셨다.

한편 늦게까지 가두데모를 벌이다 중앙교회로 들어가지 못한 다른 청년들은 남문교회로 모여들었다. 이곳에서도 약 200여명의 청년들이 경찰의 포위 속에 기도회를 마친 뒤 마당에 주저앉아 퍼붓는 비를 맞으며 구호를 외쳤다. 이 소식을 들은 전주시내 여러 교회의 교역자와 평신도 들도 청년들과 함께 밤을 지새우며 격려했다.

다음날 아침 경찰은 6명만 입건하고 나머지는 석방할 테니 농성을 풀라고 제의해왔으나, 청년들은 전원석방 요구로 맞서며 조금도 물러서지 않았다. 이날 오전에는 전주뿐만 아니라 광주 등지에서도 목사들이 방문하고 문정현 신부 등 여러 신부와 수녀 들이 양쪽 교회를 방문하여 함께 격려하고 기도했다.

17일 오후부터 서울 등 각지에서 교단 지도자들을 비롯해 많은 교역자와 평신도, NCCK 인권위원회와 한국기독학생회총연맹(KSCF), 한국기독청년협의회(EYCK, Ecumenical Youth Council in Korea)의 실무자 및 교계 인사, 양심수 가족 들이 대거 전주로 모여들었다.

이날 중앙교회에 모인 교단 총무를 비롯한 교역자 30여명은 긴급대책위원회를 만들어 연행된 청년들이 전원석방될 때까지 청년들과 함께 싸울 것을 결의하며 장기화에 대비했다. 18일 오후에는 더 많은 교역자들이 전국에서 모여들어 교회와 사회위원회와 대책위원회가 합동회의를 열고 21일 전주 남문교회에서 전국 기장 교역자대회를 열기로 결의했다.

21일 오후 전국 각지에서 모인 1천여명의 목사와 청년 들이 구속자들을 위한 기도회를 여는 한편, 150여명의 노회대표들이 별도로 모여 대책을 협의했다. 의견이 둘로 갈렸다. 하나는 연행된 사람들이 모두 석방될 때까지 전 교단이 힘을 모아 농성투쟁을 계속해야 한다는 것이었고, 다른 하나는 희생을 최소한으로 줄이기 위해 경찰과 협상하여 일단 농성을 풀어야 한다는 것이었다. 물론 청년들은 끝까지 농성을 계속해야 한다고 주장했는데, 당시의 내 생각은 후자 쪽이었다.

평화적인 시위에 경찰이 무참하게 폭행을 가하여 청년대회가 장기간의 농성투쟁으로 이어지고, 전국의 기장 목회자와 교회 인권단체들이 공동투쟁에 들어가자 당국은 매우 당황했던 것 같다. 더욱이 시일이 지나도 교회의 대응자세가 흐트러지지 않자 급해진 당국은 3명 구속, 3명 구류 이외에는 앞으로 어떤 보복도 하지 않겠다는 협상안을 들고서 당시 사태수습의 책임을 맡고 있던 나와 기장 총무 박재봉 목사에게 농성을 해산시켜달라고 부탁해왔다. 우리는 고심 끝에 해산하는 것이 좋겠다고 권했고, 청년들은 우리의 권유와 설득을 받아들여 22일 울분을 삼키고 7일간의 농성을 풀었다.

그러나 사건이 일단락되자마자 경찰은 보복조치를 하지 않겠다던 약속을 어기고 이미 구속한 3명 외에 군복무중 휴가를 나왔다가 대회에 참가한 3명을 군 수사기관에 넘겼다. 그리고 즉결심판만으로 끝내겠다던 3명 가운데 2명을 학교에 압력을 가해 제적시켜버렸다. 뿐만 아니라 당국은 교육대회에 참가했던 학생들의 명단을 확보해 시위에 참가한 학생들을 제적하도록 학교당국에 압력을 가했다.

이러한 보복조치는 서울대, 건국대, 군산수산전문학교 등 전국에서 일어났다. 특히 전북대학은 농성이 끝나기도 전인 8월

21일, 대회에 참가한 37명을 처벌하기로 결정하고 농성이 풀리자 이들에게 자퇴서를 쓰도록 강요했다.

당국의 배신행위에 교회와 청년 들의 분노는 들끓었다. 그리하여 "지배권력의 횡포에 우리의 양심과 권리가 유린돼서는 안 된다"며 기장 청년회 전국연합회를 중심으로 NCCK, 기장 여신도회, KSCF가 공동으로 9월 4일 인권기도회를 열었다. 종로5가 기독교회관에서 기도회를 마친 500여명의 청년들이 밤 8시쯤 "종교탄압 중지하라" "보복조치 철회하라"는 플래카드를 들고 시위를 하려 했으나, 경찰이 2명을 연행하고 폭력으로 저지하여 강당에 주저앉아 철야농성에 들어갔다.

나와 박재봉 기장 총무는 다시 중재에 나서 전북대 학생 11명의 강제자퇴 철회와 연행된 두 사람의 석방을 약속받고 이날 집회를 끝냈다. 그러나 이 두번째 약속도 당국은 지키지 않았다. 경찰은 9월 6일 나를 연행해 12일 구속했다. 9월 4일 밤 청년들을 설득하면서 내가 한 연설이 '시위를 선동'한 것으로 집회시위에 관한 법률을 위반했다는 것이었다. 기소장의 시작과 끝은 이렇게 씌어 있다. "피고인은 수차 정부전복을 기도하는 한편 국외 공산계열을 찬양 고무하는 활동을 하여오던 자인 바, (…) 헌법의 민주적 기본질서에 위배되는 집회, 시위를 교사, 선동했다."

이해 11월 1일 서울지법 대법정에서 열린 결심공판에서 검사는 나에게 징역 10년을 구형했다. 나는 다음과 같이 최후진술을 했다.

나는 이번 사건으로 전과 5범이 되었다. 내란음모라는 무시무시한 범죄자로 낙인찍히기도 했다. 나는 대수롭지 않은 평범한 목사다. (…) 공산주의는 독재정권과 전체주의를 정당화하는 사상이다. 우리 쪽에서 반공을 한다고 하면서 개인의 자유와 존엄을 억압하고 언론을 통제하고 있는데, 비록 전쟁 등의 긴급사태 하에서 국민의 자유와 권리를 어느정도 유보하는 것은 역사적으로나 현실적으로 가능한 일이지만, 반공을 구실로 긴급조치를 3년 반이나 계속해야 할 이유는 없는 것이다.

마지막으로 한마디만 더 하겠다. 이런 상황에서 우리나라 젊은 이들이 계속 자유와 정의를 부르짖고 감옥으로 들어오고 있는 사실을 나는 매우 중요하게 생각한다. 이것은 하나의 큰 축복이다. 왜냐하면 이런 체제하에서 이런 일마저 없다면, 그리고 나 자신이 이 자리에 서야만 하는 이런 일마저 없다면 우리나라는 정말로 부끄러운 나라이기 때문이다. 이런 일들이 대한민국을 자랑스럽고 떳떳하게 만들어주는 길이라고 생각한다.

—『1970년대 민주화운동 III』 1293면

서울형사지법은 1978년 11월 18일 나에게 징역 5년 및 자격정지 5년을 선고했다. 항소심은 1979년 4월 27일에 열렸다. 여기서 나는 유신체제에 대한 생각을 다음과 같이 밝혔다.

유신체제란 솔직히 말하면 독재체제다. (…) 그렇다면 유신체제는 과연 뿌리박았을까. 내 생각에는 아무도 자신있게 그렇다고 말할 수는 없으리라고 생각한다. 왜냐하면 유신헌법은 뿌리가 있는 것처럼 위장하기 위해 긴급조치라는 막대기를 받쳐야만 하는 체제이기 때문이다. 말하자면 막대기체제이다. 이 막대기만 없어지면 넘어지는 체제이다. 유신체제가 뿌리를 박았다고 믿는다면 이 막대기를 치워보아야 한다. (…)

지금 우리 국민은 아무 말도 할 수가 없다. 보도기관은 완전히 봉쇄되어 있고, 한술 더 떠서 권력자 편에 붙어 더욱 과잉충성을 하고 있다. 국민들은 이 칼 밑에서 겁이 나서 말 한마디 못하고 있는데, 나처럼 바보 같은 목사가 한마디해서 그 칼을 받은 것이다. 민심은 천심이다. 하나님은 억눌린 백성의 소리를 외면하지 않으실 것으로 믿는다. 어두운 터널은 이제 끝나간다. 다만 이 나라가 거짓의 탈을 깨끗이 벗어버리고 대화를 통해 국민들이 원하는 방향으로 가게 될 것만을 바랄 뿐이다.

—『1970년대 민주화운동 Ⅲ』1294면

서울고법은 나의 항소를 기각하고 1심대로 징역 5년 및 자격정지 5년을 선고했다. 그러나 그로부터 석달 뒤인 1979년 7월 17일 제헌절에 나는 석방되었다. 구속된 지 열달 만이었다. 그리고 그로부터 석달 뒤, 유신체제는 박정희의 죽음과 함께 막을 내렸다.

종말을 향해 치달은 유신체제

잇따라 긴급조치를 선포하면서 탄압의 강도를 더해가던 유신체제의 인권유린은 1978년에 들어서면서 극단으로 치닫고 있었다. 그 대표적인 사건이 동일방직 노조와 YH노동자들에 대한 잔인한 탄압이다. 동일방직 노조 사건은 1978년 2월 21일 노조 대의원 선거를 하는 날, 회사측의 사주를 받은 노동자들이 걸레에 똥을 묻혀 투표하러 온 여성노동자들의 입과 코에 쑤셔넣은 사건이다.

섬유계통의 노동자들은 대부분 여성들인데도(동일방직의 경우는 남자 300명, 여자 1,300명이었다), 노조는 회사측의 회유와 협박에 굴복한 남성노동자들에게 장악되어 오랫동안 어용화되어 있었다. 이에 노동자들의 권익을 찾으려는 여성지부장이 등장하여 진짜 노조가 탄생하려 하자 회사측이 온갖 방해와 탄압을 가해 마침내 강제로 똥을 먹이는 사태까지 이른 것이다. 경찰은 이를 보고만 있었다.

똥물세례를 받고 쫓겨난 124명의 여성노동자들은 3월 10일 노동절 기념식장에서 항의시위를 했고, 성당 지하실에서 목숨을 건 단식투쟁을 벌였다. 기도회가 열릴 때마다 호소문을 낭독하고 방송국에 몰려가 자신들의 억울함을 보도해달라고 소리치기도 했다.

수만명이 모인 부활절예배 때에는 단상을 점령하고 "우린 똥

을 먹고 살 수 없다"고 울부짖다가 감옥으로 끌려갔다. 이해 9월
22일 기독교회관에서 열린 기도회에서는 자신들이 겪은 분한
사건을 연극으로 보여주었다. 똥물을 먹는 장면이 재연되자 신
부, 목사, 교수, 구속자 가족 모두 흐느끼며 눈물을 흘렸다. 누
가 먼저랄 것도 없이 밖으로 나가 울부짖으며 구호를 외쳤고,
경찰에 쫓기자 강당으로 돌아와 기도회는 연좌농성장이 되어버
렸다.

농성이 계속되자 100여명의 사복경찰들이 강당으로 난입해
닥치는 대로 두들겨패면서 농성하는 노동자들을 밖으로 내몰았
다. 맨 앞에 서 있던 우리 집사람도 머리채를 잡힌 채 구타당하
면서 끌려나갔다. 윤반웅(尹攀熊), 문익환 목사도 폭행을 당해
몸을 다쳤다. 당국은 배후에 인천산업선교회와 조화순 목사가
있다고 보고, 마침내 11월 조목사를 구속, 징역 5년을 선고했다.

기장 청년회 전주시위 사건으로 이해 9월 6일 연행되기까지
동일방직 사건이 전개되는 것을 보면서 나는 유신체제가 종말
을 향해 달려가고 있음을 느꼈다. 세계의 어떤 정권이나 체제도
인류를 짓밟고 압제가 극에 달하면 종말을 맞았다는 것을 역사
를 통해 보아왔기 때문이다.

동일방직 사건과 YH사건은 박정희정권 아래 우리나라 노동
자들이 얼마나 비참한 상태에 있었으며, 왜 교회가 의지할 곳
없는 그들의 곁에 있어주지 않으면 안되었던가를 보여주는 대
표적 사건이다.

가발회사인 YH무역은 1970년대에 종업원 3천여명에 수출순위 15위의 대기업으로 성장한, 대통령표창과 석탑산업훈장까지 받은 회사였다. 그러나 재미교포인 사주가 회사를 자신의 친척에게 맡기고 미국으로 돌아가 다른 사업을 한다면서 YH로부터 300만달러(약 15억원어치)의 상품을 가져가고는, 1979년까지 대금을 지불하지 않으면서(외화를 빼돌려 착복한 것이나 다름없다) 문제가 커지기 시작했다. 부채가 계속 늘어나자 회사는 교묘하게 부당해고와 부당전출, 감봉 등을 다반사로 저질렀다. 견디다 못한 노동자들이 1975년 노조를 결성하려 하자 폭행과 해고를 거듭하고 허위사실을 만들어 고발하는 등, 온갖 야비한 불법행위를 계속했다. 그러다가 1979년 3월 29일 마침내 아무 예고도 없이 폐업공고를 해버렸다. 노동자들이 생존을 위해 결사적인 투쟁을 벌이지 않을 수 없게 내몬 것이다.

　정부의 각 부처와 언론사, 채권은행 등에 호소문을 보내도 아무런 대답이 없었다. 잇따른 농성에도 아무런 반응이 없자 8월 9일 새벽, 마지막으로 호소할 데를 찾아간 곳이 야당인 신민당 당사였다. 김영삼 신민당 총재가 당사에 도착했을 때 YH노동자 200여명은 4층 강당에 모여 있었다. 밤 10시 40분경 이들은 긴급 결사총회를 열었다. "이제부터 어머니의 약값은 누가 댈 것이며, 동생의 학비는 누가 보낼 것이냐"는 호소문이 낭독됐을 때는 모두가 울음을 터뜨렸다. 경찰이 투입되면 죽음으로 투쟁한다는 결의문도 낭독되었다.

　다음날 새벽 2시가 조금 넘어 경찰의 기습작전이 시작되고 사복경찰이 들이닥쳤다. 벽돌과 쇠파이프를 든 사람도 있었고, 철제의자를 마구 던지기도 했다. 무장경관들은 투신자살하겠다는 노동자들에게 발길질 주먹질을 하고 곤봉으로 때리면서 당사 앞에 세워둔 경찰 그물차에 던졌다. 이런 아비규환 속에서 YH노조의 김경숙양이 창문에서 투신하여 숨지고, 많은 사람이 다쳤으며 어린 여공들은 경찰서로 끌려갔다. 김경숙양은 남동생의 학비를 대주고 있었는데, 그 홀어머니는 딸이 죽은지도 모르고 행상을 하고 있었다.

8월 17일 서울시경은 최순영(崔順永, 17대 민주노동당 국회의원) 노조지부장과 부지부장, 사무장을 구속했으며, 배후조종자로 인명진 목사, 문동환 목사, 사회선교협의회의 서경석 총무, 이문영 전 고려대 교수, 고은(高銀) 시인 등을 구속하고 모든 책임을 그들에게 떠넘겨버렸다.

YH사건이 일어난 지 두달 뒤인 10월, 유신정권은 김영삼 신민당 총재의 국회의원직을 박탈했다. '선명 야당'과 '민주회복'을 기치로 내걸고 신민당 당수에 선출된 김영삼 총재가 이제야말로 독재를 끝내야 한다고 공공연히 선언하며 박정권에 맞서자, 제명으로 보복한 것이다. 내가 책임을 맡고 있던 NCCK의 교회와 사회위원회는 10월 10일 박정권의 이런 행동이 "불법이며 의회민주주의를 부정하는 행위"라고 비난하는 강경한 성명을 발표했다. 박정권은 나와 김상근 목사, 이재정 신부, 그리고 한완상 교수를 대공분실로 연행해갔다.

김총재 제명은 마침내 10월 16, 17일 부산과 마산에서 국민들의 대대적인 항쟁을 불러왔고, 박정권은 18일 부산 일대에 계엄령을 선포했다. 부마항쟁이 일어난 것이다. NCCK 총무 김관석 목사는 사태가 심상치 않은데도 보도통제로 진행상황을 알 수 없게 되자, 당시 NCCK에서 일하고 있던 손학규 간사를 부산에 내려보냈다. 손간사는 부산에 내려가 NCCK 부산네트워크의 중심인물인 최성묵 목사와 접촉하면서 상황을 파악, 김총무에게 보고하고 한동안 그곳에 머문 것으로 알고 있다. 그에게 부산의 상황을 알려준 최성묵 목사와 부산 앰네스티의 김영일 간사 등 9명은 계엄사령부로 연행되어 일주일 동안 조사를 받았으며 김영일, 김병성, 노승일 등 3명은 유언비어 유포죄로 구속되고 말았다.

부마민중항쟁은 마침내 유신체제의 종말을 고하는 10·26사태로 귀결되었다. 당시 김재규(金載圭) 중앙정보부장이 거사를 결심하게 된 계기가 부마민중항쟁이었던 것은 널리 알려진 사실이다. 당시 부산대 학생들과 함께 부마항쟁에 적극 참여한 송기인(宋基寅) 신부의 말에 따르면, 10월 18일 급히 부산에 내려온 김재규는 육교 위에서 시위현장을 보고는 이것은 학생들의 데모를 넘어선 광범위한 시민들의 민중항쟁이라고 결론짓고, 어떤 일이 있어도 폭력으로 진압해서는 안된다는 결심을 굳혔다고 한다.

박대통령의 유고 소식을 듣다

나는 10·26 다음날인 27일 새벽, 부산대학 예과 동기동창인 이한두(李翰斗)가 걸어온 전화를 통해 박정희 대통령의 '유고' 소식을 들었다. 김영삼 총재 제명을 비난한 성명서 사건으로 잡혀갔다 풀려난 지 열흘이 좀 지났을 때였다. 이한두는 해위 윤보선 전대통령을 남모르게 뒤에서 도와온 야당 정치인으로, 민주화운동에 적극적인 관심을 갖고 지원하여 나와 가까이 지내온 사이였다.

그는 흥분한 목소리로 이 긴급뉴스를 알려주고는 '유고'는 '사망'을 뜻하는 것이라고 덧붙여 설명해주었다. 놀라운 소식이었다. 나는 흥분한 나머지 아직 자고 있는 집사람과 가족들을 깨워 이 소식을 알려주었다. 그러고는 한동안 정신나간 사람처럼 집 안을 왔다갔다 걸어다녔다. 문득 기도를 해야겠다는 생각이 들어 무릎을 꿇고 가족과 함께 기도를 드렸다. "주님, 그를 용서해주십시오. 그가 주님을 몰라보고 주님의 백성을 괴롭힌 죄는 심판받아 마땅하겠으나, 그의 죄를 용서해주시고 그의 영혼을 거두어주소서. 하나님, 부디 우리나라의 앞날을 축복해주시고 민주화가 이루어지도록 이끌어주시고 도와주소서."

그런데 이 사태를 어떻게 보아야 한단 말인가? 유신체제는 박정희 한 사람의 영구집권을 위한 체제였던만큼 그의 죽음으로 이 체제는 종말을 고할 것이다. 그러나 다음은 어떻게 될 것인가? 머리가 잘 돌아가지 않았다.

오랜 세월 유신체제를 무너뜨리기 위해 수많은 사람들이 희생을 마다하지 않고 싸워왔는데, 유신체제가 무너지는 것을 반가워하지 않을 사람이 있을까? 그러나 우리는 유신체제가 이런 식으로 무너지기를 바랐던 것인가? 나는 박대통령이 이런 식으로 죽는 것을 바라지 않았다. 그때까지 내 머릿속에 들어 있던 그림은 이승만 전대통령처럼 국민들의 요구에 굴복하여 물러나는 것이었다.

민주주의를 간절히 염원해온 다수 '국민들의 힘'에 의해 독재체제가 무너지고, 그 민의(民意)에 따라 정상적이고 합리적인 절차를 거쳐, 이를테면 거국민주내각으로 과도정부를 수립하고 민주헌법을 빠른 시일 내에 제정하여 민주화를 실현시키는, 그런 민주화과정을 많은 국민들은 바랐던 것이 아닌가? 어떤 폭력적인 정권도, 잔인한 체제도, 민주주의를 원하는 국민들의 굽힘 없는 투쟁 앞에서는 끝내 무릎을 꿇고야 만다는 것을 확실하게 보여줄 수 있어야만 국민들이 민주주의에 대한 확신과 자신을 갖게 되지 않을까? 그렇게 민주주의가 '확실한 승리'를 거둘 수 있어야만 다수 국민들의 정신 속에 지배적인 가치로, 움직일 수 없는 시대정신으로 자리잡지 않을까?

박정희 대통령의 사망이 보도된 다음날로 기억된다. 나를 사찰해온 경찰서의 형사들이 우리집을 찾아왔다. "지금 우리 사회가 몹시 혼란스럽습니다. 저희가 목사님 내외분을 모시고 어디

경치 좋은 데를 가고 싶은데, 거기서 한 일주일 정도 쉬다 오시는 것이 좋지 않겠습니까"라고 말했다. 나를 잠시 사회와 격리시키기 위해 데려가야만 한다는 말이었다. 나와 아내는 어쩔 수 없이 그들을 따라가 경기도 용문에 있는 여관에서 며칠 지내다 집으로 돌아왔다.

10·26사태 후 여러 사람들이 전화를 걸어오고 우리집을 찾아오기 시작했다. 이야기를 나누어보니 많은 사람들이 희망과 불안을 함께 느끼고 있었다. 그러나 불안보다는 희망 쪽에 무게가 더 실려 있는 느낌이었다. 나 또한 그러했다. 유신체제에 대한 절망이 그만큼 컸기 때문일 것이다. 박정희 없는 유신체제는 유지될 수 없으므로 독재시대가 끝날 것이라는 전망이 희망을 가질 수 있는 이유였고, 유신세력과 군부가 여전히 권력을 장악하고 있다는 현실이 미래에 대해 확신을 가질 수 없는 이유였다.

우리집을 찾아온 사람들 가운데는 나보고 정치를 하라고 권유하는 사람들도 있었다. 나 개인은 흙탕물을 뒤집어쓰겠지만 나라를 위해 그런 희생을 무릅쓰고라도 정치 일선에 나서야 한다는 것이었다. 이런 이야기를 거듭 들으니 짜증이 나고 피곤했다. 이제까지 내가 어떤 생각을 가지고 살아왔는가를 몰라주는 것이 안타깝기도 했다.

나는 이제까지 정치를 해보겠다는 생각을 한번도 한 적이 없었다. 내가 민주화운동, 인권운동에 참여한 것은 어디까지나 양심의 명령과 신앙적 결단에 따른 것이었지, 다른 동기는 없었다. 나에게 정치적 자질이 있다고 생각해본 적도 없었다. 윤보선 전대통령도 함께 정치를 해보지 않겠느냐고 제안해온 적이 있지만, 나는 꿈에도 그런 생각을 해본 적이 없다고 거절했다.

박정희 대통령이 사망한 후부터 나는 일기를 써야겠다고 생각했다. 상황을 보아가며 쓸 수 있을 때까지 써보기로 했다. 그동안 일기나 메모를 남기는 것은 자살행위나 다를 바 없었다. 자신은 물론 여러 사람을 다치게 하는 위험한 짓이었기 때문에 민주화운동을 하는 사람들 사이에 일기나 메모는 금기시되어 있었다.

내가 일기를 써야겠다고 생각한 데는 앞으로는 유신시대 같은 '암흑시대'가 다시 오지 않을 것이라는 희망과 기대가 있었기 때문이다. 그러나 이런 희망이 물거품이 되는 데는 그리 오랜 시간이 걸리지 않았다. 다음해인 1980년 봄, 계엄사령부의 군 수사기관원이 어머니만 계신 우리집에 쳐들어와 일기를 포함한 여러 자료들을 가져가버렸다. 그 일기 가운데는 "나는 박정희가 이렇게 죽는 것을 바라지 않았다"라든지, "날더러 자꾸 정치를 하라고 해서 귀찮아 죽겠다" 등 평소 생각을 써놓은 글이 있는데, 그것이 훗날 김대중 내란음모사건 때 큰 위험으로부터 비껴가게 해주었으니 웃지 못할 아이러니가 아닐 수 없다.

6

민주화를 또다시 막아선 신군부

YWCA 위장결혼식 사건

유신세력과 계엄사령부를 움직이는 군부가 여전히 권력을 장악하고 있는 상태에서 나라의 민주화에 기대를 걸 수 있겠느냐는 불안은 곧 현실로 나타났다. 박정희 장례식이 끝나고 일주일 뒤인 11월 10일, 당시 최규하(崔圭夏) 대통령권한대행이 충격적인 '시국에 대한 담화'를 발표했다. 유신헌법에 따라 3개월 이내에 통일주체국민회의에서 체육관선거로 새 대통령을 선출한다는 것이었다. 이 담화는 민주회복을 열망하는 국민들에게 큰 실망과 분노를 안겨주었다. 이를 좌시할 수 없다고 판단한 '민주주의와 민족통일을 위한 국민연합'과 민주화운동을 해온 5개 단체가 잇따라 성명을 내고 격렬하게 항의했다. 그러나 계엄당국은 주요 인사들을 계엄포고 위반으로 구속 또는 지명수배하는 것으로 대답했다. 박정희 사망 이후 민주화운동에 대한 신군부의 본격적인 탄압이 시작된 것이다.

이해 11월 초순 당시 한국기독학생회총연맹(KSCF) 간사였던 아들 종렬이가 무엇인가를 준비하기 위해 열심히 뛰어다니고 있었다. 그러더니 어느날 내 의견을 듣겠다며 결혼식이라는 형식을 빌려 큰 집회를 준비하고 있다고 알려주었다. 유신세력과 군부가 통일주체국민회의 대의원(이하 '통대')선거를 통해 독재정권을 유지하려는 의도가 분명하게 드러난 이상, 힘을 모아 이를 저지하지 않으면 안될 중대한 싯점에 와 있다는 것이었다. 계엄령하에서는 종교의식, 결혼식, 장례식을 제외하고는 모든 집회가 금지되므로 결혼식을 빌려 대회를 연다는 취지였다. 신랑은 연세대 출신의 민주청년협의회 운영위원 홍성엽으로 하되 신부는 '윤정민'이라는 이름의 가상인물로 하며, 함석헌 선생을 주례로 모신다고 했다. 이 사건이 'YWCA 위장결혼식 사건'이다.

자세히 이야기를 들어보니 무언가 석연치 않은 것이 느껴졌다. 특히 윤보선 전대통령이 얻은 정보라고 말해준, "군은 결코 민주화운동에 부정적이지 않고 민주화로 가는 길에 협력할 것"이라는 이야기가 의심스러웠다. 또한 민주화를 위해 시민들이 들고일어나면 군부 내의 민주화를 원하는 세력이 나서서 이들을 보호·지원할 것이라는 이야기도 그러했다. 나도 이와 비슷한 이야기를 들은 적이 있지만, 내게는 그 이야기가 당시 군을 장악하고 있던 보안사령부의 음모와 마타도어[僞計]로 들렸다.

위장집회라는 것에도 동의할 수 없었다. 민주화운동을 하는 사람들의 행동은 어디까지나 정정당당해야 한다고 나는 믿고 있었다. 그래서 이 계획에 찬성하지 않았다. 당시 연락책임을 맡고 있던 종렬은 "아버지가 이 계획에 반대하시면 다른 목사님들도 호응해주지 않을 것"이라며 통대선거저지 국민대회의 취지문에 내 이름을 올리겠다고 고집했다. 그래서 하는 수 없이 "정 그렇다면 이름을 넣어라. 그러나 그날 집회에 나가지는 않겠다"면서 허락해주었다.

나는 걱정스런 마음으로 사태를 지켜보았다. 최소 500명 이상이 참여한 이날 집회는 대성황이었으나, 통대선출 반대, 거국민주내각 구성 촉구 등을 외치는 구호가 터져나오고 분위기가 절정에 달했을 때 대회장은 삽시간에 비명소리와 아우성으로 가득 찬 지옥으로 변했다고 한다. 계엄군이 들이닥쳐 대회장을 휩쓸어버린 것이다.

140여명을 연행하여 조사하는 과정에서 계엄군이 자행한 참혹한 구타와 고문은 상상을 넘어서는 것이었다. 대회의 준비위원들 중 한 사람이었던 김병걸(金炳傑) 교수는 여러날 몽둥이로 얻어맞고 고문을 당하여 따로 불구속 송치될 정도였다. 그는 고문후유증으로 걷기조차 어렵고 오래 서 있을 수 없게 되었다. 백기완 백범사상연구소장은 고문으로 인한 통증으로 잠을 이루지 못할 정도였으며, 여러해 요양해야 할 지경에 이르렀다. 종렬이도 진술서를 쓸 오른팔만 빼고 온몸을 두들겨맞아 멍투성이가 되었으며 왼쪽 어깨가 무너졌다.

주동자급 18명 가운데 14명이 구속되어 종렬이는 수경사 계엄군법회의를 거쳐 대법원에서 징역 1년 6개월의 확정판결을 받았다. 이 사건으로 집사람은 아들의 옥바라지를 해야만 했다.

안타까운 두 김씨의 분열

12·12군사반란으로 군의 지휘권을 장악한 전두환 보안사령관 겸 합동수사본부장이 1980년 4월 14일 중앙정보부장 서리를 겸직하면서, 신군부는 막강한 권력을 쥐고 정권장악 계획을 착착 진행시키고 있었다. 그러나 표면적으로는 긴급조치가 해제되고 몇몇 구속자가 석방되는가 하면, 해직교수와 학생 들의 복직과 복학이 이루어져 조금씩이나마 민주화가 이루어져가는 것 같은 착각을 갖게 했다. 전두환의 신군부에 의해 민주화가 좌절되고 말 것이라는 불안과 그래도 옛날로 돌이키지는 못할 것이라는 기대가 뒤섞인 혼란스러운 시기였다.

이해 5월 초쯤으로 기억된다. YWCA 강당에서 함석헌 선생과 김대중씨, 그리고 내가 잇따라 강연을 하게 되었다. 나의 강연 주제는 '역사의 봄은 오는가?'였다.

이 강연에서 나는 서울의 봄은 오지 않을 것이라고 말했다. "박정희가 죽고 나서 마치 우리나라에 봄이 올 것처럼 생각하는데, 착각하지 말자. 시국사범들을 석방했다고, 학생들을 풀어줬다고 봄이 올 것으로 기대하는 것 같다. 자연의 봄은 오지만 역사의 봄은 우리 희망대로 오지 않을 것이다. 지금 힘을 가진 군부세력이 나라를 좌지우지하고 있다. '봄의 사람'이 나라를 이끌어야 역사의 봄이 오지 '겨울의 사람'이 어떻게 봄을 가져오겠는가. 이제 우리는 냉엄하게 현실을 보고 다시 힘을 모아 싸워나가야 한다. 다시 감옥 갈 준비를 하자"는 내용이었다.

박정희가 죽고 나서 민주진영은 희망과 기대에 마음이 부풀어 있었다. 나도 그랬지만 누군들 그런 희망과 기대를 갖지 않았겠는가. 많은 사람들이 기나긴 겨울, 그 동토의 겨울이 가고 봄바람 불며 새싹이 돋는 따뜻한 봄이 올 것이라고 기대했고, 낙관에 빠졌다. 사태가 고약하게 돌아가는 것을 보면서 "이러고 있을 때가 아니다. 이렇게 시간 끌다가는 다 끝난다. 싸우려면 지금 싸워야 한다"는 주장이 없었던 것은 아니지만, "다 되었는데 그럴 필요가 있느냐. 국민감정이 그렇지 않다"는 반론이 더 우세했다.

민주화운동을 한 재야인사들보다 정치하는 사람들이 특히 그랬다. 신군부가 사실상 대통령의 권력과 정보기관을 모두 장악하여 앞날을 기약할 수 없는 사태가 벌어지고 있는데도, 김영삼 총재와 김대중 선생 모두 '민주화의 대세를 거스를 수 있겠느냐'는 낙관론에 빠져 서로 단합하기는커녕 세 불리기에 열중하고 있었다.

1980년 5월 당시는 신민당의 당권을 장악하고 있던 김영삼 총재가 곧 있을지 모를 대통령후보 경선에서 상대적으로 유리한 위치에 있었고, 김대중 선생은 아직 정치활동의 근거를 확보하지 못한 상태여서 김선생의 신민당 입당 문제가 아주 예민한 사안이었다.

그달 초순쯤, 안국동 해위 윤보선 선생 댁에서 시국문제와 정치적 진로 문제를 놓고 몇몇 사람들이 모여 회의를 했다. 회의를 다 마쳤을 무렵 김대중 선생으로부터 모임이 있으니 평창동에 있는 북악파크호텔로 와주었으면 한다는 전갈이 왔다. 우리는 그 호텔 모임이 김대중 선생의 정치적 진로 문제를 논의하는 자리라는 것을 알았다. 사안의 성격으로 보아 가지 않을 수 없는데다, 마침 우리도 김영삼 신민당 총재와 김대중 선생이 서로 분열될 위기에 있으니 이를 어떻게 정리해야 하느냐를 놓고 이야기를 나누던 참이라 그 자리에 함께 있었던 이우정 선생 등 몇분들과 함께 북악파크호텔로 갔다. 가보니 김선생을 따르는 정치인들과 민주화운동을 해온 인사들, 그리고 학생운동을 한 사람들도 여럿 와 있었다.

이날의 호텔 모임에서 김선생은 최근에 전두환이 보낸 사람과 글라이스틴(William H. Gleysteen) 주한 미국대사를 만났다고 하면서, "군이 정보기관을 통해 나에 대한 사상조사를 한 결과 공산주의자가 아니라는 결론을 내렸다고 한다"고 말했다. "그러니까 당당하게 나와서 심판을 받아라. 국민의 선택을 받아서 당신이 이기면 우리는 당신을 지지하겠다"는 요지의 이야기를 했다는 것이다. 글라이스틴도 "미국은 어느 편도 아니며, 따라서 당신이 이기기만 하면 미국도 이를 지지하고 따를 것"이라는 취지의 말을 했다고 전했다. 요컨대 '전두환도 미국도 나를 거부하지 않는다. 그러니 이제는 세력을 규합하여 독자적인 당을 만들 때가 되지 않았느냐'는 것이 이야기의 요지였다.

공교롭게도 나는 호주 멜버른에서 열리는 WCC 산하 '세계선교와 전도위원회'(CWME, Commission on World Mission and Evangelism) 대회에 참석하기 위해 다음날 출국해야 했으므로 일찍 자리를 떠야만 했다. 그래서 사회자에게 먼저 말하게 해달라고 부탁하고는 이런 요지의 주장을 폈다. "김선생은 전두환과 글라이스틴의 말을 그대로 받아들이는 것 같은데, 나는 그렇게 생각하지 않는다. 특히 전두환의 말은 믿기 어렵다. 속임수일 가능성이 많다. 지금의 상황으로 보면 김선생이 독자적으로 정당을 만들어 출마하는 것은 너무나 위험하다. 김선생을 적대시하는 군부의 태도는 크게 달라진 바 없으며, 따라서 그들 마음대로 힘을 휘두르고 있는 지금 나서는 것은 매우 위험하다고 본다. 무엇보다도 이 중대한 시국에 두 정치지도자가 힘을 합쳐 난국을 헤쳐나가야지, 서로 갈라져서 민주진영이 분열되어서는 안된다고 생각한다. 신민당의 김영삼 총재와 손을 잡고 난국을 타개해나가든지, 아니면 우리와 손잡고 재야에서 민주화운동을 함께 해나가든지 두 길 가운데 하나를 선택하는 것이 옳다고 본다."

나는 이 말만을 남기고 집으로 돌아왔다. 마음이 무거웠다. 있는 힘을 모두 끌어모아 싸워도 모자랄 판에 서로 분열하다니 안타깝고 두려웠다. 국민들의 오랜 민주화 염원이, 수많은 사람들이 고난을 겪으며 싸워온 노력이 끝내 수포로 돌아가는 것은 아닌지 두려웠다.

내가 김대중 선생을 처음 만난 것은 CBS 상무 시절 일본에 출장갔을 때였다. 그때 토오꾜오에 체류중이던 김선생을 처음 만났고, 그후에도 몇차례 회동한 적이 있었다. 그러나 그와 민주화나 시국 문제에 대해 의견을 나눈 적은 있지만, 그의 정치적 진로 문제를 놓고 이야기를 해본 것은 이날이 처음이었다. 그동안 나는 그가 보여준 민주주의에 대한 신념과 그로 인해 겪은 수난, 그리고 우리의 민족문제에 대해 보여준 비전 등으로 보아 민주화가 순조롭게 이루어질 경우 나라를 이끌어갈 '대안의 지도자'가 될 수 있다고 생각해왔다. 그리고 그 자리에서 그가 무슨 이야기를 듣고 싶어하는지도 잘 알고 있었다. 그러나 그가 듣고 싶어하는 이야기를 할 수는 없었다.

　훗날 들은 이야기지만, 이날 모임에서 의견이 둘로 나뉘었다고 한다. 김선생을 따르는 사람들은 '새로 정당을 만들어 출마해야 한다'는 입장이었고, '지금은 그럴 시기가 아니며 더 지켜봐야 한다'고 말한 사람들도 있었다고 한다. 내 생각과 비슷한 의견을 가진 사람도 있었다. 민청학련에 관련됐던 사람들도 견해가 둘로 나뉘었다고 들었다.

　이것은 두 김씨의 대통령후보를 둘러싸고 벌어진 민주화운동 진영 내의 첫번째 분열이었다. 그로부터 7년 뒤 이런 분열이 다시 되풀이되었는데, 1980년 5월 당시만 해도 나는 이런 불행한 일이 또다시 되풀이되리라고는 전혀 생각지 못했다.

이국땅에서 들은 광주민중항쟁

1980년 5월 초순 나는 CWME가 주최하는 세계선교대회에 참가하기 위해 호주 여행길에 올랐다. 우리나라에서는 NCCK 총무 김관석 목사와 나, 조지송 목사 등 5명이 참가했다.

나는 이 대회의 '선언문초안위원회'(draft committee)에 들어가 있었다. 대회가 채택할 선언문과 기타 문건의 초안을 마련하는 위원회였다. 위원회에서 며칠 토론을 하고 난 뒤인 5월 19일, 호주NCC가 주최하는 환영집회가 열렸다. 이날 집회에서는 각국 대표들이 차례로 인사말을 하기로 되어 있었다. 나는 맨 앞줄 왼쪽 중간에 앉았다. 아시아 국가들부터 5분 동안 인사말을 하는데, 내 차례가 다가오고 있었다. 그런데 단 아래에서 어떤 사람이 나를 향해 종잇조각을 흔들어 보였다. 나는 자리에서 일어나 그 종잇조각을 받아왔다. 일본NCC의 총무 나카지마 목사가 보낸 전문이었다. 5월 18일 광주에 군이 진입해 시민들을 무참하게 학살하고 있다는 내용이었다. 나는 내 차례가 되자 연단에서 간단한 인사말을 하고 이제 막 도착한 전문을 읽어주었다. 수천명이 모인 장내가 숙연해졌다. 나는 눈물을 흘리면서 광주에서 군사정권의 총칼에 죽어가는 시민들을 위해 기도해달라고 부탁했다. 숙연한 대회장에서 조용히 기도소리가 들려왔다. 잠시 후 사회자는 환영행사의 끝부분에 광주시민을 위한 특별기도 순서를 넣겠다고 했다.

나는 김관석 목사와 상의한 후 CWME의 에밀리오 카스트로 (Emilio Castro, 후에 WCC 총무가 되었다) 총무에게 양해를 구하고, 국내 상황의 추이를 알아보기 위해 곧장 일본의 토오꾜오로 갔다. 당시 토오꾜오에서는 오재식 선생이 아시아기독교협의회 (CCA)의 도시산업선교(UIM) 간사로 활동하고 있었다. 토오꾜오는 한국과 가장 가까워서 많은 사람들이 거쳐가는 곳이었고, 그 때문에 한국의 민주화·인권운동에 관련된 많은 정보들이 이곳에 모아져 세계로 퍼져나가는 한편 세계의 중요한 정보들이 이곳을 통해 한국으로 들어갔다. 당시 오재식 선생이 이런 중요한 업무를 담당하고 있었다. 일본 카와사끼(川崎)교회에서 목회하고 있던 이인하 목사도 많은 역할을 해주었다.

토오꾜오에 온 김관석 목사와 나, 조지송 목사는 오재식 선생을 통해 한국의 상황을 비교적 자세히 들을 수 있었다. 우리는 날마다 일본 언론과 다른 채널들을 통해 사태를 주시했다. 들려오는 뉴스마다 안 좋은 것뿐이었다. 며칠 후 우리는 토오꾜오 주재 독일기자가 광주의 현장에서 취재한 영상기록물을 볼 수 있었다. 그때 처음으로 광주에서 어떤 일이 벌어졌는지를 자세히 알게 되었다. 그 참혹한 현장을 지켜보는 내내 눈물이 줄줄 흘러내렸다.

나중에 알게 되었지만 이 기록은 독일 제1공영방송(ARD-NDR)의 일본 특파원 위르겐 힌츠페터(Jürgen Hinzpeter) 기자가 위험을 무릅쓰고 취재한 것으로, 이해 5월 22일 독일방송을 통해 처음 세계로 퍼져나갔다고 한다. 그는 당시의 체험으로 한국에 대해 남다른 애정을 갖게 되어 죽은 뒤 광주에 묻히기를 원했으나, 가족의 만류로 뜻을 이루기 어려워 자신의 머리카락을 잘라 5·18기념재단에 맡겼다고 들었다.

일본인 벗들의 눈물겨운 도움

당시 나와 관련된 나쁜 소식 중의 하나는 이른바 '김대중 내란음모사건'이었다. 5월 17일 밤 12시를 기해 비상계엄을 전국으로 확대하기 직전, 계엄사령부는 이미 김대중 선생 등 37명을 내란음모 혐의로 체포했다. 이 사건은 전두환 군부가 이른바 '민주주의와 민족통일을 위한 국민연합'을 중심으로 한 민주화추진국민운동 계획을 재빨리 '내란음모사건'으로 몰아간 것이었다. 따라서 사건은 철저하게 잔인한 고문을 통해 이루어질 수밖에 없었다.

훗날 들은 이야기지만 김대중 선생은 한줄기 햇빛도 들지 않는 지하실에서 하루 18시간씩 조사를 받았으며, 몇차례나 옷을 발가벗긴 채 고문하겠다는 협박을 당했다고 한다. "며칠이고 잠을 안 재우고 질문하는 것은 매 맞는 것보다 더 힘들었습니다. 정말 질식할 것 같고 미칠 것 같은 심정이었지요"라고 그는 회고했다. 각목으로 수도 없이 두들겨맞아 팔을 들 수 없던 사람, 고문으로 음성이 변한 사람, 고문받다가 졸도한 사람, 한때 정신이상을 일으킨 사람도 있었다고 했다.

1980년 초 김대중 선생은 민주화운동 및 정치활동의 근거지로 민주제도연구소를 구상하고 있었는데, 계엄사는 이 연구소를 과도정권의 역할을 할 기구로 몰아갔다. 과도정권의 분야별 담당자로, 통일 문익환, 민족재생 박형규, 역사·문화 백낙청, 종교·교육 서남동, 언론·사회 송건호, 여성 이효재(李效再), 민주정치 장을병(張乙炳), 노동 탁희준(卓熙俊), 농업정책 유인호, 경제 임재경, 안보·외교 양호민(梁好民), 도의정치 안병무, 교육 한완상, 행정 이문영 등의 명단을 증거랍시고 공개했다. 잡혀간 사람들이 얼마나 모진 고초를 당하고 있을지 눈에 훤했다.

김관석 목사와 토오꾜오에 있던 가까운 친지들과 상의하니 김 목사는 NCCK의 중요한 책임을 맡고 있으니 귀국해야만 하고, 나는 들어가면 위험하므로 당분간 일본에 더 머무는 것이 좋겠다고 권고했다. 그래서 김목사는 귀국하고 나와 조지송 목사는 남아서 약 넉달을 일본에 머물렀다.

나는 단수여권을 발부받아 출국했으므로 합법적으로 일본에 머무를 수 있는 기간이 15일밖에 남아 있지 않았다. 그 이상 체류하려면 다른 이유와 방법을 찾지 않으면 안되었다. 당시 일본에는 한국의 민주화를 돕기 위한 '기독자 긴급회의'(이하 '긴급회의')가 조직되어 있었는데, 이 단체가 적극적으로 나서서 길을 열어주었다. 결핵을 치료해야 한다면서 나를 일본의 국립 나까노요양소에 입원시킨 것이다.

긴급회의는 일본NCC의 총무였던 나까지마 마사아끼(中嶋正昭) 목사가 중심이 되어 오오시오 세이노스께(大塩清之助, 토오꾜오신학대학 동창으로 긴급회의 간사 역을 맡고 있었다) 목사, 이이지마 마꼬도(飯島信) 간사, 쇼오지 쯔또무(東海林勤) 목사, 모리오까 이와오(森崗巌) 신꾜오(新教)출판사 사장 등 일본기독교의 지도자들이 한국의 민주화·인권운동을 돕기 위해 만든 단체였다. 일본NCC 안에 사무국을 두고 뉴스레터를 보내 한국에서 일어나는 일들을 알리고 모금을 하는 등 성심을 다해 우리를 돕고 있었다. 특히 나까지마 총무는 긴급회의를 주도적으로 만들고 이끌었으며, 김관석 목사와는 형제처럼 지냈다. 김대중 선생이 납치됐을 때는 '김대중씨를 죽이지 말라'는 피켓을 들고 1인시위를 하기도 했다.

나까노요양원의 원장은 신까이(新海明彦) 박사였다. 토오꾜오에 있는 오랜 역사를 자랑하는 시나노마찌(信濃町)교회의 장로로 일본NCC에도 참여하고 있는 신망 높은 의사였다. 긴급회의와 일본NCC로부터 내 사정을 전해듣고 엉뚱한 환자인 나를 돕기로 한 것이다. 나의 입원 이유는 결핵을 앓았던 폐에 이상 징후가 있어 재발 가능성이 있으므로 세균배양 검사를 해야 하고, 양성 판정이 나면 치료를 해야 한다는 것이었다. 전염성이 있는지도 살펴봐야 한다고 했다. X레이사진에 잡힌 폐결핵을 앓은 흔적이 신까이 원장이 내세울 수 있는 근거였다.

나는 여러차례 결핵검사를 받으며 시간이 흘러가기를 기다렸다. 신까이 원장과 담당의사 이또오(伊藤) 선생이 따뜻하게 나를 보살펴주었고, 일본에 있는 여러 친지들도 자주 병원을 찾아 격려해주었다. 미국에서 활동하는 교회지도자들이 한국을 방문하는 길에 찾아와 위로해주기도 했다. 이들 가운데는 앞으로의 전망을 너무나 암담하게 본 나머지, 나에게 망명을 권하는 이도 있었다.

입원기간이 길어질수록 주일 한국대사관에서 신까이 원장에게 전화를 걸어오는 횟수도 많아지고 압력의 강도도 높아졌다. "박목사는 한국 사법당국의 기소대상이다. 폐결핵이라면 한국의 의료수준도 많이 발전했고, 서울대병원같이 좋은 병원도 있는데, 왜 일본 요양원에 그렇게 오래 있어야 하는지 이해할 수 없다. 그를 빨리 퇴원시켜달라"고 압력을 가해왔다. 그때마다 신까이 원장은 "당신들이 의사냐? 담당의사는 나다. 결핵균의 활동성 여부를 확실하게 아는 데는 꽤 많은 시간이 필요하다. 다른 사람에게 감염시킬 가능성도 있으므로 좀더 시간을 두고 관찰해야 한다. 본인이 우리 모르게 나가버리면 몰라도 우리는 의사의 책임상 그렇게 쉽게 내보낼 수 없다"고 대답했다.

그러나 언제까지나 신까이 원장의 신세를 질 수는 없었다. 그동안 많은 부담을 안고 나를 보호해준 그분에게 더이상 폐를 끼쳐서는 안되겠다고 생각했다. 목회자를 잃은 교회, 나를 기다리고 있을 교회의 형제자매들도 마음을 어둡게 했고, 집안 사정도 마음이 쓰였다. 큰아들 종렬은 YWCA 위장결혼식 사건으로 감옥에 들어가 있고, 둘째는 군대에 가 있어 집에 여자들만 남아 있는 것도 마음에 걸렸다. 전두환이 대통령에 취임한 뒤 나는 귀국하기로 마음을 정하고 나를 돌보아준 분들과 작별의 인사를 나누었다.

일본에 머물러 있는 동안 신까이 원장 말고도 많은 분들에게 신세를 졌다. 긴급회의의 여러분들과 니시까따마찌교회의 형제자매들, 토오꾜오신학대학의 교수들과 동창들, 그리고 오재식 선생이 WCC와 CCA를 통해 입원비와 체재비를 마련해주지 않았다면 나는 일본에 그렇게 오래 머물지 못했을 것이다. 이분들의 도움으로 긴급한 위험을 피할 수 있었다.

한국으로부터의 통신

오재식 선생은 이곳저곳을 뛰어다니며 여러모로 나를 도와주었다. 그는 당시 일본의 월간지 『세까이(世界)』(이와나미쇼뗑岩波書店 발행)에 실린 'TK생'의 「한국으로부터의 통신」(이하 「통신」)과 관련해서도 중요한 역할을 담당했다.

일본 지식인사회의 고급 교양지인 『세까이』는 「통신」이라는 난을 만들어 독재정권의 압제 아래 한국에서 벌어지고 있는 일들을 보도해왔다. 「통신」은 1973년부터 88년까지 약 15년이라는 긴 세월에 걸쳐 계속되었다. 일본은 물론이고 한국에서도 적지 않은 사람들이 이 잡지를 읽고 무슨 일이 일어났는지를 알았다. 한국의 언론사들이 무서워서 보도하지 못한 중요한 뉴스들이 이 잡지에 실려 있었기 때문이다.

때문에 한국의 독재정권은 이 잡지를 매우 위험시하고 싫어했다. 당국은 「통신」에 실린 뉴스들을 읽지 못하게 하려고 이 잡지가 수입되면 반드시 검열절차를 거쳐 곳곳에 새까만 페인트를 칠한 뒤 팔게 했다. 그 삼엄한 감시망을 뚫고 한국의 민주화운동과 관련된 중요한 뉴스나 정권의 비리가 어떻게 일본에 전달되어 실리는지, 이것을 쓴 'TK생'은 누구인지 많은 사람들이 궁금해했으나 계속 비밀에 싸여 있었다.

한국의 중앙정보부에서도 이 비밀을 밝혀내려고 일본에 수사팀까지 파견해서 의심가는 인사들을 미행하는 등 많은 노력을 기울였다고 한다. 『세까이』 사무실이 있는 이와나미출판사 주변엔 중앙정보부 요원들이 깔려 있다는 이야기가 나돌기도 했다. 야스에 료오스께(安江良介) 주간이 적지 않은 협박과 시달림을 받았다는 것도 잘 알려져 있다. 그러나 중앙정보부는 끝내 TK생이 누구인지를 밝혀내는 데 실패했다.

「통신」의 비밀은 2003년에야 마침내 공개되어 화제가 되었고, 2008년 2월엔 중요한 내용들을 뽑아 당시의 국내언론과 대비시킨 단행본(지명관『한국으로부터의 통신』)이 원제목 그대로의 이름으로 창비에서 간행되었다.

한국의 뉴스들이 「통신」에 게재되기까지의 주요 과정은 다음과 같다. NCCK-오재식-지명관(池明觀)-야스에 료오스께 주간. NCCK는 총무인 김관석 목사를 중심으로 철저한 보안 속에서 복수의 경로를 통해 자료들을 일본에 보냈다. 독재정권의 가혹한 탄압 속에서 벌어지고 있는 일들을 세계에 알리는 것이 매우 중요하다고 본 김관석 목사는 국제적인 연대활동을 열심히 관리하면서 이 일에 각별한 노력을 기울였다.

초기엔 나도 이 비밀「통신」을 위해 여러차례 글도 쓰고 자료도 보냈다. 일본에서 일부러 사람을 보내기도 했으므로 그때마다 글과 자료를 함께 보내주었다. 일본에 가게 되면 거의 빠짐없이 야스에 선생을 방문하여 주요 소식들을 알려주고 도울 일을 함께 의논했다. 그는 내가 방문하면 감시당하는 것을 피하려고 점심식사도 꼭 사무실로 배달시켜 대접해주었다.

자료를 운반하는 일은 선교사들이 주로 맡아준 것으로 알고 있다. 한국에 비교적 자유롭게 드나들 수 있고 의심을 덜 받았기 때문이다. 그 가운데서도 폴 슈나이스(Paul Schneiss) 목사가 수고를 많이 해주었다. 그러나 나중엔 그도 한국당국의 의심을 받아 입국할 수 없게 되어 그의 일본인 부인이 그 역할을 대신해주었다고 들었다. 선교사들 말고도 일본에 가는 사람들 편에 자료를 보냈으며, 때로는 한과상자에 넣거나 인형 속에 넣어 보내기도 하고, 심지어는 외교관의 행낭이나 미군의 군사우편을 이용하기도 했다고 한다.

일본에 보낸 자료들은 어떤 경로로 왔든 오재식 선생에게 모아져 원고를 작성하는 지명관 교수에게 전해졌다. 덕성여대 교수였던 지교수는 1972년 일본에 간 후 그곳에 체류하면서 일본 토오꾜오여자대학 교수로 일하고 있었다. 당시 제네바의 WCC에서 일하고 있던 박상증 목사는 WCC의 필립 포터(Philip Potter) 총무를 통해 지교수를 도왔다고 한다. 지교수는 자료들을 받으면

취사선택하여 일본어로 원고를 써서 야스에 주간에게 보냈다.

야스에 주간은 이 원고를 다시 검토하고 손을 본 후 혹시라도 필적을 통해 원고 작성자가 누구인지 밝혀질까봐 매번 자신이 다시 베껴쓰거나 부인에게 필사시키는 수고를 끼쳤다고 한다. 그때에는 워드프로쎄서 기능이 없었으므로 혹시 식자공 가운데 스파이가 있어 필적을 알아볼 수도 있다고 보았기 때문이다. 뿐만 아니라, 일이 끝난 다음엔 지명관 선생이 보낸 원고를 모두 불태워버렸다고 한다. 한국에서 보낸 자료가 원고로 만들어져 야스에 주간에게 전해지기까지 모든 과정에서 얼마나 팽팽한 긴장이 있었을지 짐작할 만하다.

가톨릭과 재야에서도 글과 자료를 보낸 것으로 알려져 있다. 재야에서 민주화운동을 해온 김정남(金正男, 훗날 문민정부의 교육문화수석비서관을 지냄) 선생이 글을 쓰고 자료를 모아 김수환 추기경의 조카사위인 고(故) 송바오로 선생을 통해 와다 하루끼(和田春樹) 당시 토오꾜오대 교수에게 전하면, 와다 교수가 이를 보고 일본어로 원고를 써서 야스에 주간에게 보냈다는 것이다.

오재식 선생이 지교수에게 보낸 자료는 다시 오선생에게 되돌아왔다. 오선생은 이 자료들을 UIM 사무실이 있는 일본기독교회관 옥상 창고에 비밀리에 보관해오다 훗날 약 7만7천 꼭지 13만5천 페이지에 달하는 방대한 양의 자료들을 한국의 국사편찬위원회에 기증했다고 한다. 위험 속에서도 자료를 이렇게 장기간 보관했다니 놀라운 일이다.

민주화운동을 도운 국제네트워크

우리의 민주화운동을 도운 국제적 지원 이야기가 나왔으니 빼놓을 수 없는 것이 있다. 제네바에 있는 WCC로부터 받은 도움이다. 정신적인 지원은 말할 것도 없고 재정적으로도 큰 도움을 받았다. 언젠가 개신교의 민주화운동 역사를 정리하는 과정에서 자세히 밝혀져야 한다고 본다.

한국의 교회지도자들은 WCC에서 간부로 일하며 민주화운동을 지원했다. 그 가운데 한 사람이 박상증 목사다. 그는 WCC의 청년국 간사로 일하면서 한국의 민주주의가 겪고 있는 비참한 상황을 세계에 알리기 위해 세계에큐메니컬 조사단을 만들어 한국에 파견했으며, WCC로 하여금 한국의 기독교 민주화운동 단체에 재정적 도움을 주게 하는 데도 중요한 역할을 했다. 그는 WCC 근무를 마치고 아시아기독교협의회(CCA) 총무로 일했으며 귀국 후엔 참여연대 공동대표와 아름다운재단 이사장을 맡아 일하고 있다. 그의 뒤를 이어 오재식 선생이 WCC의 제4국인 개발국(CCPD) 국장과 제3국인 정의·평화·환경국 국장으로 일하면서 우리 민주화운동을 지원하는 국제연대를 조직했다. 귀국 후엔 세계적인 구호단체인 '월드비전'의 한국본부 이사장을 거쳐 아시아교육원 원장으로 일하고 있다.

1975년 제네바에서 '한국의 민주화를 위한 민주동지회'가 만들어졌을 때는 박상증 목사가 WCC에서 일하면서 중요한 역할을 한 것으로 알고 있다. 김재준 목사가 이 동지회의 회장을, 김관석 목사가 부회장, 박상증 목사가 사무총장을 맡았고, 오재식 선생은 이 국제연결망을 만드는 데 적극 참여했다. 이 국제네트워크엔 일본의 오선생 외에 세계기독학생회총연맹(WSCF) 아시아지역 총무 강문규 선생이, 미국에선 미국NCC를 중심으로 활동한 이승만 목사와 손명걸 목사, 독일에서는 장성환 목사, 캐나다에서는 김재준 목사와 이상철 목사가 참여했다. 그리고 한국엔 NCCK 총무 김관석 목사가 있었다.

선교사들의 이야기도 빠질 수 없다. 앞에서 자료를 외국으로 운반하는 일에 선교사들이 많은 역할을 해주었다고 말했는데, 그들의 역할은 그것만이 아니었다. 그들은 구속자들이 재판을 받을 때 그 가족들과 함께 있으면서 위로해주고 법정에 함께 갔으며 시위에도 참여했다. 미국대사를 만나 한국에서 일어나고 있는 일들을 알려주면서 미국이 한국의 독재정권을 지원해서는 안된다고 주장하는가 하면, 협박과 감시, 미행을 당하면서도 『뉴욕타임즈』 『워싱턴포스트』(*The Washington Post*) 『크리스천 싸이언스 모니터』(*The Christian Science Monitor*) 등 미국 주요 언론의 특파원들에게 그들이 들을 수 없던 뉴스들을 알려주었다.

박정희정권은 중앙정보부와 소수의 한국인만이 안다고 믿었던 체포와 고문 사실을 미국과 일본의 언론이 어떻게 24시간 안에 보도할 수 있었는지 이해할 수 없었다. 선교사들은 한국에서 일어나고 있는 온갖 탄압과 인권유린 사건을 모은 「사실 보고서」

(*Fact Sheets*)를 60편 이상 만들어 전세계에 배포했다. 또한 기회가 생길 때마다 미국정부의 관리들, 전세계에서 온 교회지도자들, 국제인권단체에서 온 대표자들을 만나 한국에서 무슨 일이 벌어지고 있는가를 설명했고, 그들에게 한국의 민주주의, 인권운동을 지원해줄 것을 호소했다.

선교사들 가운데서도 '월요모임'에 속한 분들이 이런 역할을 해주었다. 월요모임과 오랜 기간 긴밀한 관계를 유지해왔던 '일본기독교행동뉴스'(JCAN)의 공동편집인이었던 짐 스텐츨(Jim Stentzel) 특파원의 글을 여기 인용한다.

대다수의 선교사들은 침묵하고 있었다. 자신의 일, 가족과 그들이 누리는 풍요로움이 없어질까 두려워하면서 선교사들은 한국정부의 손님으로서 한국의 '국내정치에 개입하는 것을 자제해야 한다'고 생각했던 것이다.

그러나 몇몇 외국 선교사들은 선악의 구분이 갈수록 분명해짐을 깨달았다. 성경이나 어떤 근거로도 중립적 입장을 정당화할 수 없었기 때문이다. 그들은 무언가를 해야만 했다. 선교사들은 정의를 위해 싸우는 사람 편에 설 수밖에 없었다.

하지만 무엇을 해야 할 것인가? 처음에는 개신교, 가톨릭 선교사들이 함께 모여 한국인 동료, 학생, 이웃 들에게 무슨 일이 벌어지는지 소식을 공유하기로 합의했다.

'월요일 밤이 어때? 좋다. 매주 선교사 집을 돌아가면서 만나는 것이 어떤가? 오케이. 현재 발생하고 있는 일들에 대응할 방

법에 대해 논의해보면 어떨까? 좋은 생각이야.'

이렇게 월요모임(Monday Night Group)은 만들어졌다. (…)
모임은 소규모였다. 보통 8~10명이 모였고, 어느 때는 20명까지
모였다. 선교사들은 미국, 캐나다, 호주, 독일에서 온 사람들이었
다. (…)

처음에 그들은 철저히 무력감을 느꼈다. 그들이 존경하고 사랑
했던 한국인들은 정부의 손아귀 안에서 엄청난 굴욕을 당하고 있
었고, 선교사들이 할 수 있는 일이라곤 매주 월요일 자신들의 거
실에서 둥글게 모여앉아 이런 굴욕에 대해 이야기하고, 그것을
고향에 편지로 보내는 것이 전부였다.

이러한 무력감은 의도했다기보다는 우연한 계기로 사라졌다.
첫째, 월요모임은 한국에 들어오고 나가는 정보의 공백을 메우기
시작했다. 당시 99%의 한국인들은 국내외 전자통신을 사용할 수
없거나, 사용할 금전적 여유가 없었다. 국내의 언론매체도 엄격
한 검열을 받았다. (…)

실제로 무슨 일이 벌어지고 있는지 알고 있는 한국인들도 적었
고, 해외에서 한국의 현실이 얼마나 끔찍한지 아는 사람은 더욱
적었다. 대부분의 해외언론사들은 토오꾜오에 있는 뉴스국(news
bureaus)에서 받은 소식을 보도했다. 외신기자들이 한국에 올 때
는 서울에만 왔고, 그것도 긴급한 상황이 있을 때 와서 단기간 체
류할 뿐이었다. 한국에 있을 때 외신기자들은 정부와 대사관의
소식통에 크게 의존하는 경향이 있었다.

그러나 외신기자들이 월요모임 회원들을 만나면서 상황은 바

꿰었다. 선교사들은 대사관 직원이 모르거나 알려주지 않으려는 소식을 알려주었다. 곧 외신기자, 국제교회조직의 대표와 인권단체 사람들이 매주 월요모임에서 공유했던 방대한 정보를 활용하기 시작했다.

1970년대 중반경, 월요모임은 핵심적인 국제적 통로가 되었다. 월요모임은 한국에서는 금지된 외국언론의 기사를 해외로부터 받아서 한국 내에 적절히 배포했다. 더 중요한 것으로 월요모임은 정치범 목록, 고문에 관한 보고서 및 민주화선언문 등과 같은 편지와 자료를 수집 정리하여 한국 밖으로 밀반출했다. 이들은 자료를 몸소 들고 토오꾜오나 더 먼 곳까지 직접 운반하곤 했다.

—『시대를 지킨 양심』 19~20면

반정부활동을 했다 하여 추방당한 제임스 씨노트 신부와 조지오글(George E. Ogle) 목사도, 문동환 박사의 미국인 부인 페이 문(Faye Moon) 여사도 월요모임의 회원이었다. 주한미군부대에서 사회복지사로 일하던 문여사는 자주 미군의 군사우편을 이용해 한국의 소식을 해외에 내보내고 박정권에 비판적인 외국언론의 뉴스, 간행물 들을 받는 중요하고도 위험한 일을 맡았다가 한때 이것이 드러나 위기를 맞기도 했다.

"광주민중항쟁을 선동했다던데……"

1980년 9월 중순 나는 일본에서 귀국길에 올랐다. 떠나온 지 녁달 만이었다. 김포공항에 도착하자마자 남산의 중앙정보부로 연행되었다. 그들은 나를 조사하기 전에 회유해야겠다고 계획을 세운 것 같았다. 전두환은 도덕적으로나 국민들의 지지에서나 과거의 어떤 정권보다 기반이 약했기 때문에 그것을 메우기 위해 명망있는 원로나 정치인, 지식인, 종교인 들을 골라 회유, 협박하여 끌어들일 계획을 세우고 다각도로 접촉을 시도하고 있었다. 그들의 계략에 넘어가 돌아올 수 없는 강을 건넌 사람들도 있었다.

수사반장이 나에게 책을 한권 건네주며 읽어보라고 했다. 그 즈음 나온 전두환을 찬양하는 전기였다. 몇장 들추어보다가 도저히 읽을 수 없어서 읽지 않겠다고 했더니 더이상 강요하지는 않았다. 이 책을 받았을 때 나는 큰 모욕을 느꼈다. 그들은 왜 나에게 이 책을 주며 읽으라고 한 것일까? 나를 설득하고 회유 해보라는 지시를 받고 시험해보려 했던 것이 아닐까?

나에게 씌워진 죄는 그들이 주장하는 '김대중 과도정부내각'에 이름이 올라 있는 것 말고도, 이해 4월 19일 광주의 전남대학에서 시위를 선동하는 강연을 해 광주민중항쟁에 불을 붙였다는 것이었다. 5·18광주항쟁을 선동한 주모자 중의 하나로 만들려는 계략이었다. 조사를 받으면서 '과도정부내각'에 이름이 올라가 있는 것이 중요한 게 아니라, '5·18'이 중심이라는 것을 알게 되었다.

그해 4월 19일 내가 고(故) 박현채(朴玄埰) 선생과 함께 전남대학에서 강연한 것은 사실이다. 하지만 강연내용은 그들이 주장하는 것과 전혀 달랐다. 그날 나는 '기독교와 사회참여'라는 제목으로 강연했고, 박선생은 경제문제에 대해 강연했다. 그러나 그들은 같은 해 5월 초 서울의 YWCA 강당에서 '역사의 봄은 오는가?'라는 제목으로 강연했던 내용을 4월 19일 전남대학에서 한 것으로 조작하려 들었다. "역사는 사람이 만드는 것인데, 겨울의 사람인 군인들이 어떻게 봄을 만들어내겠는가. 그들이 힘을 가지고 휘두르는 한 이 땅에 역사의 봄은 오지 않을 것이다. 봄이 올 것이라 착각하지 말고 힘을 모아 결연하게 싸워나가자"고 선동하여 학생들이 대대적인 시위에 나서도록 불을 붙였다는 것이다.

나는 그런 내용의 강연을 한 것은 서울의 YWCA 강당에서였지, 전남대가 아니라고 밝혔다. 그러나 그들은 전남대에서 그 강연을 들은 사람의 증언이 있다면서, 여학생 한 사람과 교수 한 사람의 진술서를 들이대며 이래도 부인할 것이냐고 큰소리쳤다. 진술서엔 지장까지 찍혀 있었다.

두 진술서의 내용을 대조해 읽어보니 여학생과 교수의 진술서가 처음부터 끝까지 글자 하나 틀리지 않고 똑같았다. 작성된 날짜를 보니 9월 며칠로 되어 있는데, 그날은 내가 주일 한국대사관에 찾아가 귀국할 테니 임시여권을 내달라고 부탁한 직후였다. 대사관이 이 사실을 본국에 알리자, 내가 돌아오면 잡아 넣으려고 범죄사실을 미리 만들어 준비해놓은 게 틀림없었다. 광주의 감옥에 갇혀 있는 전남대 학생과 교수를 불러내서 강제로 받아쓰라고 시킨 것이 분명했다.

나는 하도 어이가 없어서 수사책임자를 쳐다보며 웃었다. 왜 웃느냐고 묻는 수사관에게 진술서를 건네주며 서로 대조해 읽어보라고 말했다. "세계적으로 이름을 떨치고 있다는 한국의 중앙정보부가 고작 이런 수준인가? 수사관은 그 진술서를 한번이라도 읽어보고 내게 준 것인가? 읽어보았다면 그걸 증거라고 내놓을 수는 없다. 기억에 의존해 썼다는 두 사람의 진술서가 어떻게 한 글자도 안 틀리고 똑같은가? 구술시킨 것이 아니면 있을 수 없는 일이다. 날조를 하더라도 이런 식으로 하면 사람들이 웃는다."

진술서를 읽어내려가던 수사반장의 얼굴엔 당황하는 기색이 역력했다. 자기도 기가 막혔던지 부하들에게 소리를 빽 질렀다. "이놈의 새끼들, 무슨 일을 이따위로 해!" 나는 서울 YWCA에서 한 강연을 녹음한 테이프가 있을 테니 그것을 찾아보고 와서 이야기하라고 말했다. 다행히도 YWCA에 그 테이프가 보관되어 있었고, 그것을 들어보고 나서는 그들도 더는 어쩌지 못했다.

그리하여 전남대학에서 학생들을 선동하여 내란의 불을 지폈다는 그들의 조작 계획은 수포로 돌아갈 수밖에 없었다. 감옥에 갇혀 있는 사람들을 협박하여 이렇게까지 노골적으로 사건을 날조하다니! 오랜 독재정권 아래서 사람들의 인간성이 이렇게까지 파괴되었는가를 실감했다.

김대중 선생과의 관계도 추궁당했으나, 같은 질문과 같은 대답이 되풀이되었다. 내 대답은 한결같았다. "나는 정치에 참여하겠다고 생각해본 적도 전혀 없고, 정치적 자질도 없는 사람이다. 관리가 되어보겠다는 생각도 해본 적이 없다. 내가 정치에 관심을 가진 적이 있다면 그것은 오직 나라의 민주화 문제와 관련해서일 뿐이다."

정치 이야기가 나오자 문득 박정희 대통령이 사망하고 난 뒤부터 쓰기 시작한 일기가 생각났다. 그동안 여러번 구속수사를 받는 과정에서 일기와 수첩에 메모한 것들 때문에 곤욕을 치른 후로는 일기도 쓰지 않고 메모도 하지 않다가 박정희가 김재규의 총에 맞았다는 유고 소식을 듣고 그날부터 일기를 다시 쓰기 시작했던 것이다. 새로 쓰기 시작한 일기의 첫구절은 이렇게 시작된다. "나는 박정희가 이렇게 죽는 것을 바라지 않았다……" 그리고 다음날 일기에서는 "사방에서 전화를 해오고 찾아오면서 날더러 자꾸 정치를 하라고 해서 귀찮아 죽겠다. 나는 정치에 관심도 없고 자질도 없는 사람이다. 어디 도망가서 좀 쉬다와야겠다"고 썼다.

반복되는 입씨름에 지친 나는 수사관에게 말했다. "나를 잡아넣으려고 정보부에서 우리 어머니만 계신 집에 쳐들어와 내 일기까지 가져갔다고 들었다. 그 일기를 찾아 읽어봐라. 정치에 대해 내가 어떤 생각을 갖고 있는지 잘 알 수 있을 거다." 그들은 정말 그 일기를 찾아 읽어본 모양이었다. 더이상 추궁하지 않았다.

조사가 거의 끝났는지 군검찰에 끌려가 마지막 조사를 받았다. 그리고 연행된 지 20일째쯤 되는 날 수사관들이 나를 밖으로 데리고 나왔다. 서대문구치소로 넘기는구나 생각했는데, 나를 내려놓은 곳은 집이었다. 기소를 유예한 것이다.

기독교장로회 총회장을 맡다

광주에서 수많은 사람을 무자비하게 죽인 신군부의 수장 전두환은 1980년 9월 1일 대통령에 취임했다. 그로부터 두달여 만인 11월, 전두환 군사정권은 45개 언론사 사주들을 보안사에 불러다놓고 언론사 통폐합을 강요했다.

그 여파로 CBS도 큰 피해를 입었다. 뉴스방송을 금지하고 광고방송도 하지 못하게 해버린 것이다. 당시 CBS의 사장은 김관석 목사였는데, 이런 조치에 너무 큰 충격을 받고 좌절감에 빠져 있었다. 김목사는 3기에 걸쳐 12년간 NCCK의 총무를 역임한 후 CBS 사장직을 맡고 있었다.

11월 25일 CBS는 마지막 뉴스방송을 내보냈는데, 여자아나운서가 고별뉴스 원고를 읽다가 울어버리는 사건이 일어났다. 깜짝 놀란 신군부는 뒤이어 고별방송을 하기로 한 다른 두 방송사에 '고별방송에 대한 지침'이란 것을 내보내고, 원고를 사전검열하여 감상적인 내용은 모두 삭제했다. 거기다 또다시 아나운서가 우는 불상사가 일어나지 않도록 입사한 지 1년 이상 된 여자아나운서가 읽게 하는 희한한 짓까지 했다.

광고방송을 못하게 된 CBS는 매달 1억5천만원에 이르는 운영비를 마련할 길이 막막하여 전국교회에 사정을 호소했다. 뜻밖에도 이 모금운동에 여러 교회가 열렬히 호응해주었고, 결혼한 신부가 결혼반지까지 가져오는 미담도 있었다.

이렇게 기독교계가 어려움을 당하고 있을 때, 교계에서 높은 명망을 누리고 있던 두 목사가 전두환정권의 국정자문위원과 국가보위입법회의(이른바 '국보위')의 위원이 되는 사건이 일어났다. 앞에서 말했듯이 국민의 지지기반이 전혀 없고 광주학살로 악명까지 높았던 전두환의 군부는 명망있는 각계 인사들을 끌어들이려는 노력을 계속해오고 있었다. 회유하다 안되면 협박을 했다. 그래서 그쪽으로 넘어간 사람들이 생겨났고, 그 파장이 기독교계까지 밀려오고 있었다.

두 성직자가 기장에 속해 있다보니 교단의 놀라움은 더 클 수밖에 없었고, 이러다가는 기장이 정체성을 잃어버리는 것 아니냐는 이야기마저 나왔다. WCC나 미국, 일본 등 그동안 한국의 민주화운동을 지원해준 단체와 사람들 사이에서도 "한국의 기장이라면 민주화와 인권을 위해 열심히 싸워온 교단이 아니냐, 기장이 흔들리고 있는 것 같아 걱정된다"는 우려의 목소리가 나오고 있었다.

이런 국내외의 여론은 당연히 기장 내부에 영향을 주어 "이러다간 그동안 해온 일들이 모두 허사가 되어버리는 것 아니냐"는 반성이 일어났다. 그런가 하면 한편에서는 '광주학살'의 진상이 이렇게 은폐되는 것을 두고 볼 수만은 없으니 교회를 통해서라도 진실을 알려야 한다면서 다시 힘을 모아 싸워나가야 한다는 목소리가 되살아나고 있었다. 기장 소속 교회가 가장 많은 곳이 호남지역이었고 그 가운데서도 광주에 제일 많았는데, 이런 점도 영향을 주었을 것이다. 광주학살의 진실을 알리는 것이야말로 민주화운동을 다시 살려내는 돌파구가 될 것이라는 생각이 널리 퍼져가고 있었다.

기장이 이런 어려움을 겪고 있을 때 교단의 총회장을 뽑는 선거를 치르게 되었다. 66회 총회는 1981년 9월에 열기로 되어 있는데도, 그해 연초부터 누구누구를 후보로 내세워야 한다는 등 여론이 분분하게 일어났다. 나는 '박형규를 총회장으로 세워 기장의 정체성을 회복해야 한다'는 발상이 누구로부터 나온 것인지 정확하게 알지 못한다. 김상근 목사가 시무하는 수도교회에서 총회장 선거에 대비하는 모임이 있었고, 그 모임에서 나를 후보로 세우자는 합의가 이루어졌다고 들었을 뿐이다.

그리하여 대책위원회가 만들어졌는데, 주도적으로 이끌어간 사람은 서남동 목사와 김상근 목사였다. 여기에 문동환 박사, 이우정 선생, 권호경 목사 같은 분들이 적극 참여했다. 그러나 나는 되지도 않을 일에 나설 수 없다는 입장이었다. 노회장을 한 사람이라야 총회에 가서 임원도 되는데, 나는 노회(老會)의 서기도 안해본 사람이니 경력으로 보면 전혀 자격이 없었다. 교회 내의 선거에서도 지연, 학연은 무시할 수 없으니 여기에서도 나는 가망이 없었다.

그래서 못하겠다고 버티면서 정 나가야 한다면 오랜 관례도 있고 하니 부회장으로 나가겠다고 했다. 그때 회장후보로 나서도록 강요한 사람이 서남동 목사였다. 서목사는 내가 '기장인(基長人)'이 된 후 신학적인 관심과 전공분야가 비슷해 쉽게 의기투합할 수 있던 선배였다. 아주 조용한 분으로, 조직신학을 전공하고 철학적 신학에 대한 관심이나 틸리히를 좋아하는 것이 나와 같았다. 신학의 비신화화나 첨단신학에 대한 관심도 비슷했다. 또한 WCC의 '신앙과 직제위원회'의 분과위원으로 에큐메니컬운동과 세계의 신학적 흐름을 꿰뚫어보는 국제적인 감각을 갖고 있었다. 그는 1970년대 중반 반유신 민주화운동에 뛰어든 후 한반도의 분단과 사회문제 등 어려운 시대문제를 끌어안고 이를 신학화하는 데 정열을 쏟아온 민중신학의 선구자였다. 그 또한 이른바 '김대중 내란음모사건' 때 잡혀들어가 교회의 도시빈민운동, 산업선교 등에 신학적 이론을 제공했다 하여 모진 고문을 당하고 나왔다.

서목사가 말했다. "당신보고 총회장 선거에 나가라고 한 것은 당신을 위해서가 아니다. 기장을 위해서다. 당신이 이번에 기장 총회장이 되지 못하면 기장은 끝이다. 기장을 바로세우기 어려워지고, 더이상 국제적인 관심의 대상도 될 수 없다는 말이다. 되고 안되고는 하나님께 맡기고 나서달라." 이런 말을 듣고 나는 내 상식을 포기할 수밖에 없었다. 결국 수도교회의 담임목사 방에서 열린 모임에서 총회장에 출마하기로 결정했다.

나는 서목사와 김상근 목사에게 떠밀려 지방 노회의 총회 대
의원(이하 '총대')들을 만나러 길을 떠났다. 주로 서목사와 김목
사와 함께 다녔다. 당시를 회고한 김목사의 글이 있다.

　나도 박목사님도, 사실 교단 내부를 잘 몰랐다. 사람들도 많이
알지 못했다. 또 나는 당시 총대들 중에 가장 어렸다. 그러니 총
대들의 표를 모으기가 쉽지 않았다. 또 총회장으로 바로 입후보
함으로 해서 교단의 질서를 깬다는 비난도 감수해야 했다. 그러
나 우리들, 박목사님의 이른바 운동꾼들은 선거운동을 참으로 열
심으로 했다. 우리는 교단의 현실, 나라가 나아가야 할 방향, 그
리고 우리 교단의 책무에 대해서 설명하고 동의를 구했다. 감투
싸움이 아니요, 총회를 구하는 일이라 했다. 기장을 바로세우는
일이 바로 한국교회를 바로세우는 일이라 했다. 힘이 들었다. 그
래서 나는 수도교회 당회에 이번 선거의 중대성을 설명하고 한달
동안 설교를 쉬게 해달라고 요청했다. 허락을 받았다. 주일예배
를 끝내고는 다음 예배 전까지 전국을 돌았다.

　　　　　　　　　　　　　　—『행동하는 신학 실천하는 신앙인』315~316면

　가는 곳마다 총대들은 한신대 서남동 교수의 제자들이요, 김
상근 목사의 선후배 아니면 동기였다. 내가 총회장이 돼야 하는
이유를 두분이 번갈아가며 설명하고 나는 꾸벅꾸벅 절만 했다.
내 허리가 잘 굽혀지지 않았는지 때때로 김목사가 등뒤에서 가
느다란 목소리로 "허리를 좀더 굽히세요" 하고 충고하곤 했다.

그래서 나는 열심히 허리를 굽혔다.

그런데 나의 출신지인 경남노회에는 아예 갈 생각도 안하는 것이었다. 하긴 강명찬 목사가 경남노회의 공천으로 총회장에 입후보했는데, 내가 무슨 낯으로 거기에 가겠는가. 총회를 보름쯤 앞두고 경남노회에서 전화가 왔다. 강목사를 비롯한 노회 중진들이 자리를 마련했으니 내려와주었으면 한다는 것이었다. 내려오되 혼자 내려오라고 했다.

부곡온천의 어느 호텔이었는데, 경남노회의 여러 중진들이 모여 있었다. 만나자는 이유는 같은 경남 사람끼리 이렇게 대결해서야 되겠느냐는 것이었다. 중진들은 강목사가 기장 교단을 위해 얼마나 설움을 당하고 고생했는가를 설명하면서 "강목사가 이제 부회장에서 회장이 될 텐데, 같은 고향사람끼리 이래서야 되겠는가. 이번엔 강목사가 회장을 할 테니 부회장으로 나와라. 내년에 회장을 하면 되지 않느냐"고 말했다. 얘기를 들어보니 납득이 갔다.

그래서 서울로 올라와 대책회의에 보고했다. "강목사 쪽의 이야기에 납득이 가더라. 그러니 이번엔 부회장으로 나가고 회장은 내년에 하자. 그것이 관례인데, 관례를 깨는 것도 문제가 되지 않느냐"고 회장후보 사퇴의 뜻을 밝혔다. 그랬더니 모두가 "절대로 안된다"는 것이었다. 이번에 총회장이 되어 국내외에 기장 교단 전체의 뜻이 어디에 있는가를 확실하게 보여주어야만 한다는 것이었다. 나는 선거운동에 다시 나서는 수밖에 없었다.

선거를 며칠 앞둔 어느날 나를 담당하는 중앙정보부의 과장이 만나자고 했다. 당시 정보부는 "박형규가 총회장이 되면 기장은 박살나고 말 것"이라면서 목사들을 협박하고 다녔다. 정보부의 그 과장이 이런 말을 했다. "목사님, 이번 선거를 앞두고 우리가 전국의 총대들을 일일이 접촉해 이야기를 들어보았는데, 이번에 목사님이 안될 것은 분명합니다. 모두들 목사님이 관례대로 부회장으로 나오지 왜 굳이 회장으로 나오는지 모르겠다면서 우리는 절대로 박목사 안 찍는다고 말하더라고요. 노회장도 못 해본 사람이 어떻게 총회장을 하느냐는 겁니다. 시골에 있는 목사들에게 전화를 해도 같은 말을 하니, 우리가 알아본 바로는 목사님은 안되는 게 확실합니다. 나도 목사님 편을 들고 싶지만 어쩔 수가 없네요. 안되면 큰 창피를 당하실 텐데 어쩌려고 그러십니까?"라면서 사퇴를 권고했다. 나는 "창피를 당하든 말든 내 맘대로 하는 일이 아니니 어쩔 수 없다"고 대답해 보냈다.

나는 정보부의 여론조사가 거짓이 아닐 것이며, 또 부총회장이 총회장이 되어온 오랜 관례를 뒤집기도 어려울 것이라 생각하고 기대를 걸지 않았다. 그래서 우리 교회의 장로들과 교인들, 그리고 가족들에게도 창피한 꼴을 보이기 싫으니 총회장소에 오지 말라고 당부했다.

총회는 같은 해 9월 서울 종로3가에 있는 초동교회에서 열렸다. 선거규칙에 따르면 첫 투표에서 전체 총대의 3분의 2의 지지를 얻지 못하면 2차 투표에서 과반수의 지지로 당선자를 내기로 되어 있었다. 1차 투표에서 나는 뜻밖에 3분의 2에서 몇표 모자라는 지지를 얻었고, 2차 투표에서는 3분의 2가 넘는 지지를

받았다. 전혀 예상치 못한 결과에 나도 동료들도 그저 놀랄 뿐
이었다. 표 점검을 열심히 했다는 정보부의 정보도 믿을 것이
못되었다. 정보부가 대의원들을 접촉할 때 많은 대의원들이 나
를 욕하는 척하며 "박형규는 절대로 총회장에 당선되지 않는
다"고 연막을 쳐 안심시킨 것이라 볼 수밖에 없었다.

나는 총회장으로 선출된 후 사회봉을 잡았으나 노회장도 총회
임원도 해보지 못한, 전혀 준비가 안된 총회장이라 처음부터 실
수를 연발했다. 그래서 여기저기서 '사회도 제대로 못하는 총회
장'을 뽑아놓았다는 비웃음소리가 들려왔다. "준비 안된 총회장
을 뽑아놓은 것도 여러분이니 총대 여러분께서 협력해주셔야겠
습니다"라면서 겉으로는 여유를 보였지만 속으로는 진땀을 흘
렸다. 그때 내 나이 쉰아홉이었다. 당시를 회고한 김상근 목사
의 글은 이렇게 이어진다.

결국 박목사님은 총회장으로 당선되셨다. 그렇지 않아도 강성
인상이신데 쿠데타를 했다는 비아냥거림까지 듣게 되었다. (…)
그러나 기장이 오늘과 같은 기장이 된 데는 박목사님의 역할도
컸다는 사실을 부인할 수 없을 것이다. 그때 그렇게 하지 않았더
라도 우리의 모습은 지금과 같았을까. 충격이었지만 그것은 긍정
적이었다. 기장은 박목사님의 총회장 재임 1년 동안에 급속하게
변화되었다.

―『행동하는 신학 실천하는 신앙인』316면

나는 어머니가 1920년대 초 복음을 받아 크리스천이 된 후 태어났다는 행운 때문에 일생을 신앙공동체의 울타리에서 벗어나지 않고 살아왔다. 나의 이런 인생행로는 신앙적으로는 하나님의 은혜요 섭리라 믿지만, 인간적인 측면에서 돌아보면 나에겐 신앙의 영적 생모(生母)와 양모(養母)가 있었다고 말할 수 있다. 나의 신앙적·정신적 생모는 호주 선교부가 선교를 위해 경남 일대에 세웠던 교회와 학교라 할 수 있다. 그 신앙공동체 안에 생긴 대립과 갈등과 분열로 인해 아픔과 실망을 맛보며 자랐다. 나는 어릴 때부터 교회는 신앙의 어머니라고 배웠다. 그러나 어린 내 눈에도 교회는 때때로 인간집단의 여러 모순과 추악한 갈등이 일어나는 곳이었다.

내 신앙의 양모는 기장이다. 내가 1959년 토오꾜오신학대학에서 학위를 받고 귀국했을 때 신앙의 생모였던 고려신학계통의 교회에서는 신신학(新神學)을 공부했다는 이유로 나를 받아주지 않았다. 물론 나를 받아주었다 할지라도 서로 신학적 지향이 너무 달라 신앙생활에서 큰 갈등을 겪으며 지내야만 했을 것이다. 그런 나를 받아주고 길러준 곳이 기장이었다. 나는 이 교회공동체 안에서 자유롭게 숨쉴 수 있었고, 내가 추구하는 신앙의 길을 기쁜 마음으로 마음껏 걸어갈 수 있었다.

가망도 없었을뿐더러 중앙정보부가 선거에 적극 개입했음에도 불구하고 내가 기장의 총회장이 된 것은 하나님이 깊이 관여하셨기 때문이라고 믿었다. 중요한 과제를 해결하기 위해 나를 선택하신 것이라고 생각했다. 그 과제란 내 신앙의 양모인 기장이 이제까지 온갖 어려움 속에서도 굽힘없이 추구하고 발전시켜온 신앙의 전통과 정체성을 회복시키고 지켜내는 일이었다. 기장 공동체가 그 살벌하고 혼란스러운 시기에 나를 대표로 선임해준 것도 같은 뜻이었을 것이다. 그러나 이 임무는 나에겐 영광스러운 짐이면서 또하나의 힘든 시련이었다.

NCCK 인권위원장이 되다

1982년에는 NCCK의 인권위원장을 맡았다. 인권위원회는 '교회와 사회위원회'와 더불어 NCCK의 가장 중요한 기구 중의 하나로, 1973년 유신체제에 대한 저항운동의 소용돌이 속에서 열린 NCCK 주최 '신앙과 인권협의회'로부터 시작되었다. 날로 커지는 인권침해에 주목하고 인권을 신장시키기 위해서는 상설 기구가 필요하다는 데 의견을 모아가던 중, 민청학련 사건으로 다수의 기독교인들이 구속되자 NCCK 총회의 결의를 거쳐 1974년 5월 17일 정식으로 발족되었다.

그뒤 이 위원회는 크고 작은 인권침해 사건이 일어날 때마다 진상을 조사하고 대책을 세워 법률구조활동을 벌여왔다. 군사 정권 아래서 사건이 터질 때마다 인권위원회가 벌여온 활동은 그 시대 NCCK의 역사라고 말해도 좋을 것이다. 수많은 사람이 잡혀가고 고문당하고 투옥될 때마다 인권위원회도 그 고난에 참여하며 함께 고통을 나누었다.

인권위원회가 발행한『인권소식』지와 그 밖의 간행물들은 이 나라의 언론이 독재권력의 앞잡이가 되었을 때 이 땅에서 벌어지는 일들을 세상에 알리는 언론의 역할을 하기도 했다. 어려울 때엔 '침묵을 지키는 것도 하나의 정치적 입장'이라는데, 당시의 언론은 그 침묵조차 지키지 못했다. 국내에서도 해외에서도 사람들은 이『인권소식』지를 통해 한국의 뉴스를 알았다. 이런 언론의 역할 때문에『인권소식』지도 여러차례 고난을 겪었다.

나는 인권위원장을 맡으면서 전부터 추진해왔던 인권위원회의 지방조직을 확산시키는 일에 노력을 기울였다. 그래서 지방의 여러 지역에 '인권선교위원회'가 조직되었다. 당시 우리가 이 일을 열심히 추진한 데는 조직 자체를 확장하는 것 말고도 이 조직을 통해 '광주학살'의 진상을 알려 민주화운동의 불씨를 되살려내고, 좌절 속에 빠져 있는 국민들에게 민주주의에 대한 희망을 되찾아주자는 취지가 있었다. 지금과는 달리 당시엔 이런저런 소문만 돌아다닐 뿐 광주학살의 진상은 물론이고 그것이 어떤 의미를 지니는지 잘 알려지지 않았다.

우리는 연사들을 조직해 지방을 순회하며 강연회를 열었다. 초기엔 함석헌 선생, 김관석 목사, 서남동 교수, 안병무 교수, 한완상 교수, 이문영 교수, 이우정 선생, 김찬국 교수, 문동환 목사, 이재정 신부, 한승헌 변호사, 홍성우 변호사, 이세중 변호사 등이 여러 집회에서 연사로 나섰으며, 나중엔 언론인 송건호 선생, 임재경 선생, 리영희 교수, 유인호 교수, 박현채 선생, 장을병 교수 등이 참여했다. 당시 지방에서는 이런 쟁쟁한 분들의 강연을 들을 기회가 거의 없었으므로, 이분들의 진지하고도 명쾌한 강연을 들으며 세상 돌아가는 소식도 듣고 우리 현실과 세계를 어떻게 보아야 하는지 눈을 뜬 사람들이 적지 않았다.

부산 미국문화원 방화사건

1982년 3월 18일 일어난 부산 미국문화원 방화사건은 이제까지의 민주화운동이나 인권운동과는 좀 다른 성격을 지닌 사건이었기에 특별한 주목을 받았다. 물론 타격을 주려는 목표가 한국의 독재정권이라는 점에서는 다를 바 없지만, 그 공격대상이 한국이 아닌 미국의 문화원이었다는 점에서 충격이 남달랐다. 1980년 12월에도 광주의 미국문화원이 가톨릭농민회원들의 방화로 일부 불탄 일이 있지만, 당국이 쉬쉬하며 의도적으로 은폐하여 묻혀버리고 말았다. 그러나 이번엔 달랐다. 사상자가 생긴 데다 피해의 규모도 컸기 때문이다.

이 사건을 주도한 문부식(文富軾)은 방화의 동기가 한국의 독재정권을 지원해온 미국에 대해 경고하고, 광주학살에 대한 일정한 책임이 미국에 있다는 것을 널리 알리며, 자유와 민주주의를 사랑하는 미국국민들에게 한국국민의 충정을 알리기 위한 것이었다고 주장했다. 그리고 미8군사령관과 리처드 워커(Richard Walker) 주한 미국대사가 한국국민에게 한 모욕적인 발언이 방화를 결심케 했다고 밝혔다.

모욕적인 발언이란 존 위컴(John Wickham) 사령관이 1980년 8월 7일 『LA타임즈』(*Los Angeles Times*) 및 AP통신과 가진 회견에서 전두환이 곧 한국의 대통령이 될지도 모른다면서 "한국의 각계각층 사람들은 마치 들쥐(lemming)처럼 그의 뒤에 줄을 서고 그를 추종하고 있다. (…) 정치 자유화보다는 국가 안보와 내부 안정이 우선이다. 나는 한국인들이 내가 아는 대로의 민주주의를 실시할 준비가 돼 있는지 잘 모르겠다"라고 말한 것과, 주한 미국대사 리처드 워커가 1982년 2월 16일 『월스트리트저널』과의 인터뷰에서 한국의 반정부 학생들을 가리켜 '버릇없는 망나니들'(spoiled brats)이라고 말한 것을 가리킨다.

이 사건으로 문부식, 김은숙, 김현장 등 14명의 청년들이 안전기획부에서 조사를 받고 기소되었다. 갈 곳이 없어 원주교구로 찾아온 문부식, 김은숙을 숨겨준 최기식 신부도 범인은닉, 편의제공 등의 혐의로 구속기소되었다.

함세웅 신부가 청와대의 수석비서관과 논의하여 자수할 경우 고문을 하지 않고 법적 혜택을 준다는 것 등에 합의한 후 이들을 자수시켰고, 전두환도 이러한 교회의 노력에 감사한다는 인사까지 했다. 그러나 당국은 이런 약속을 하나도 지키지 않았을 뿐만 아니라, 오히려 교회를 범죄자들의 은신처로 낙인찍는 등 음해를 계속했다.

당국은 범인들이 한미관계를 중상모략하는 '북괴의 책동'에 편승하여 현정권을 전복시키겠다는 망상 아래 범죄를 저질렀다면서 좌경용공분자로 몰아갔다. 그들은 이미 짜놓은 틀에 맞추기 위해 잔인한 고문을 자행했다. 문부식에게는 말을 듣지 않으면 직접 보는 앞에서 김은숙을 욕보이겠다고 했으며, 팬티만 남긴 채 어린 여학생들의 옷을 벗기고 여러차례 물고문을 자행했다.

광주학살에 대한 미국의 책임 문제는 미국의 『뉴욕타임즈』도 제기한 바 있지만, 당국은 청년들이 방화의 동기라고 주장한 이 문제는 제쳐놓고 이들의 행동을 좌경용공 쪽으로만 몰고 갔다. 1980년 7월 6일자의 『뉴욕타임즈』 사설은 "광주사태는 폴란드의 자유노조에 대한 탄압을 마치 어린애 장난 정도로 보이게 했다. (…) 여기에 미국이 개입되었다. 다시 말해서 위컴 장군은 그의 지휘하에 있는 한국군대를 광주작전을 위해 출동시켰으며, 미국대사관은 사태의 중재를 요청하는 반체제인사들의 말을 거절했고 그 이후로 미국은 전두환을 지지해왔다. (…) 양국 국민에게 가장 큰 손실은 미국이 민주주의의 씨앗을 키워낼 것이라는 희망에 종지부를 찍었다는 점이다. 악의 보답만이 있을 것이다"라고 썼다.

사태가 이런 쪽으로 전개되자 김수환 추기경은 강론을 통해 미문화원 사건은 광주학살과 깊은 관련이 있으며, 정부와 언론은 이 사건의 근본을 오판, 오도하고 있다고 비판하고, 최기식 신부의 행위는 그런 상황에서 당연한 것이라고 말했다. 지학순 주교도 최신부를 공산주의자로 몰아가는 당국에 경고를 보냈다. 그리고 여러 교구의 천주교사제단과 천주교정의평화위원회의 성명들이 잇따랐다.

내가 고문으로 있던 한국교회사회선교협의회회도 1982년 4월 15일 성명을 냈다. 성명서의 주요 내용은 "부산 미문화원 사건의 원인은 광주사태에 있으며 미국에 책임이 있다. 위컴과 워커의 발언은 한국국민을 모독한 것이다. 방화사건의 재판을 공개하고 사건 전모를 사실대로 발표하라. 수사당국은 고문수사와 사건조작을 공개사과해야 한다. 천주교회와 가톨릭농민회 및 도시산업선교회를 좌경용공시한 것을 공개사과하라"는 것 등이었다.

성명이 나가자 예상대로 관련된 사람들을 모조리 잡아들이라는 명령이 떨어졌다. 체포령이 떨어졌을 때 마침 나는 수유리의 아카데미하우스에서 열린 아시아기독교협의회(CCA)의 도시농어촌선교(URM, Urban Rural Mission) 회의에 참석중이었다. 아시아지역의 산업선교 분야에서 일하는 사람들이 참석한 큰 국제회의였다.

막 개회예배가 시작되었을 무렵, 수사팀이 들이닥쳤다. "예배중이다. 외국손님들도 많이 와 있고 하니 예배가 끝날 때까지 기다려달라. 예배를 마치는 대로 따라가겠다"고 간곡하게 말했는데도 나를 강제로 연행했다. 당연히 회의장이 어수선해지고 예배가 중단될 수밖에 없었다. 무엇보다 외국에서 온 손님들에게 죄송했다.

잡혀간 곳은 안기부가 아니라 검찰이었다. 당시 서울지검 공안부장은 청와대에서 빨리 전모를 파악해 보고하라는 지시를 받았으므로 몹시 다급한 처지에 몰려 있었다. 그는 한시가 바쁘다면서 구속하지는 않을 테니 관련자들이 빨리 나와 조사를 받게 해달라고 채근했다. 그래서 이런저런 경로로 연락을 해서 여러 사람들이 검찰에 나와 조사를 받았다. 그 가운데 권호경 목사와 허병섭 목사는 성명서 초안을 작성했다는 이유로 구속 직전까지 갔으나 4월 23일 모두 풀려나왔다. 지난날 당국은 약속 위반을 다반사로 해왔는데, 경위가 어찌되었든 이번만은 공안부장이 말을 지킨 셈이 되었다.

김영삼 신민당 총재의 목숨을 건 단식

해가 바뀌어 1983년 5월이 되었다. 광주학살이 벌어진 지 만 3년이 되는 봄날이었다. 계절의 여왕이라는 5월이 와도 이 땅에는 여전히 얼음이 덮여 있었다. '광주의 악몽'이 여전히 많은 사람들의 의식에 남아 있는 가운데, 미래를 기약할 수 없는 어둡고 스산한 날들이 계속되고 있었다.

광주학살 3주년을 갓 넘긴 어느날, 김영삼 신민당 총재가 단식에 들어갔다는 소식이 들려왔다. 1979년 10월 국회에서 의원직을 제명당한 후 오랫동안 연금상태에 있던 김총재가 광주항쟁 3주년을 맞아 마침내 중대한 결단을 내린 것이다. "생명을 건 투쟁만이 민주화를 성취할 수 있다"는 성명을 내고 단식에 들어갔다고 했다. 그러나 야당 총재의 예사롭지 않은 단식은 신문에 단 한줄도 보도되지 않았다. 다른 시시콜콜한 사건은 대서

특필하면서도 제1야당 총재의 단식 소식은 전혀 묵살해버린 것이다. 물론 앞서 김총재가 오랫동안 연금상태로 갇혀 있다는 뉴스도 보도된 적이 없었다.

5월 18일 시작한 단식이 일체의 의료행위를 거부한 채 보름을 넘기자 민주진영은 단식의 추이를 걱정스럽게 지켜보지 않을 수 없었다. NCCK에서도 단식이 더이상 계속되면 건강의 손상을 넘어 생명이 위태로울지도 모른다고 우려하여 인권위원회를 연 끝에 단식을 중단하도록 권고하기로 의견을 모았다. "단식을 중단시킬 책임이 NCCK 인권위원회에도 있다"는 결의를 모아 인권위원장인 내가 대표로 김총재를 만나러 갔다. 당국이 강제로 김총재를 입원시킨 서울대병원의 병실은 그동안 경찰의 강력한 통제로 접근이 금지돼왔지만, 해외 특히 미국에서의 여론이 심상치 않게 돌아가자 연금을 풀지 않을 수 없었다.

병실에 들어가니 김총재의 부인 손명순(孫命順) 여사만이 병상을 지키고 있었다. 김총재가 손을 내밀면서 나를 맞아주었다. 김총재를 만난 것은 그때가 처음이었다. 그에게 위로와 격려의 말을 건네고 있는데, 김총재가 "목사님, 기도해주십시오"라고 말했다. 그의 손을 잡고 함께 기도했다. "김총재의 생명과 건강을 보호해주시고 우리나라의 민주화를 위해 하나님께서 우리와 함께하시며 도와주시라"는 내용의, 김총재를 격려하는 기도였다. 오랜 단식으로 건강이 몹시 상한 그의 모습을 보니 안타까워 더욱 간곡하게 기도했던 것으로 기억한다.

나는 단식을 계속하다가 목숨을 잃거나 건강을 잃는 것은 나라의 민주화를 위해서나 김총재를 위해서나 바람직한 것이 아니라면서 단식을 중단하도록 권고하는 것이 NCCK의 결의라고 전했다. 김총재는 23일째 되는 날에 단식을 끝냈다. 그야말로 목숨을 건 긴 단식이었다.

김총재의 단식은 야당 정치인들에게 새로운 활력을 주는 계기가 되었다. 특히 형집행정지로 감옥에서 풀려나 신병치료차 미국에 가 있던 김대중씨와 연대를 하는 계기가 되었고, 그것은 다시 '민주화추진협의회'의 결성으로 이어졌다. 두 김씨는 1983년 8월 15일 앞으로는 힘을 합쳐 함께 싸워나가겠다는 성명을 발표해 기대를 모았다. 그들은 공동성명에서 "1980년 봄 우리는 야당 정치인으로 하나가 되는 데 실패함으로써 수많은 민주국민이 무참히 살상당하는 사태에 이르게 되고 민주화의 길을 더욱 멀게 한 책임을 면할 길이 없다"면서 참회의 뜻을 밝혔다. 그리고 "민주제단에 우리의 모든 것을 바치겠다"고 맹세했다.

그러나 이 참회와 맹세는 오래가지 못했다. 4년 뒤인 1987년의 대선에서 또다시 후보를 단일화하는 데 실패하여 민주화를 열망해온 국민들에게 패배를 안겨주고 나라의 민주화에 돌이킬 수 없는 손실을 가져왔기 때문이다.

예수 그리스도, 세상의 생명

내가 기장 총회장이 된 것은 해외 기독교계에서도 신선한 뉴스로 받아들여졌던 모양이다. WCC가 1983년 8월 캐나다의 밴쿠버에서 열리는 제6차 총회에 주제강연자의 한 사람으로 나를 초청해주었기 때문이다.

WCC는 1948년 제2차세계대전의 상처가 아직 아물지 않은 혼란기에 '인간의 무질서와 하나님의 계획'이라는 주제로 네덜란드의 암스테르담(Amsterdam)에서 첫 총회를 열었고, 그 이후 6~7년에 한번씩 그 시대의 주요 과제를 중심으로 주제를 바꾸어가며 총회를 열어왔다. 제5차 총회는 '예수 그리스도는 우리를 해방케 하시고 자유케 하신다'는 주제로 동아프리카 케냐의 나이로비(Nairobi)에서 열렸다.

WCC 제6차 총회가 나를 선택한 것은 '박형규라는 어떤 개인'을 보고 결정한 것이 아니었다. 오랜 세월 복음의 가르침에 따라 민주주의와 인권이라는 인류 보편의 가치를 실현하기 위해 줄기차게 싸워온 한국의 기독교를 평가하고 격려하기 위해 내린 결정이었다.

당시만 해도 아시아, 아프리카, 라띤아메리카에서는 군사쿠데타가 끊임없이 일어났고, 독재자들의 무자비한 압제에 민중의 비명소리가 그치지 않는 시대였다. 압제자들이 의지할 수 있는 유일하고도 마지막 힘인 폭력 앞에서 생존권과 민주주의를 외치는 수많은 사람들이 희생되고 있었다. 어느날 소리없이 사라진 뒤 소식조차 알 수 없는 실종자들이 끊임없이 생겨나고 고문 끝에 몸과 정신이 부서져 죽어가는 사람들이 속출했다. 이것이야말로 인류가 맞서 싸워야 할 큰 죽음의 세력이었다.

이러한 군사독재를 핵전쟁의 위협과 군국주의, 가난과 기아에 의한 죽음, 생태계의 파괴에 따른 뭇생명과 자연의 죽음과 더불어 인류가 당면하고 있는 죽음의 세력 중 하나로 본 것은 역시 WCC다웠다. 그래서 WCC는 제6차 총회의 주제를 이런 세력과 대결하여 이긴다는 '예수 그리스도——세상의 생명'(Jesus Christ——The Life of the World)으로 정했다. 예수 그리스도는 모든 죽음의 세력과 대결하여 이기는 '세상의 생명'이라는 것이 그 메씨지였다. WCC가 대회의 주제를 이렇게 정하면서 고난 속에서도 굽힘없이 죽음의 세력과 싸워온 한국의 교회를 특별하게 주목하고 평가한 것은 우연이 아닐 것이다. 그들은 한국의 교회와 크리스천들이 어떻게 싸워왔는가를 오랫동안 지켜보면서 적극 지원해왔기 때문이다.

WCC 6차 총회는 1983년 7월 24일부터 8월 10일까지 캐나다의 밴쿠버에 있는 브리티시컬럼비아(British Columbia)대학에서 18일 동안 열렸다. 나는 김관석 목사를 비롯한 한국 대표분들과 함께 총회에 참가했다. 우리나라에서는 여성대표들과 청년들을 포함해 15명 이상이 참가한 것으로 기억한다.

공산권을 포함한 세계 100여개 나라의 301개 교회에서 4억명의 기독교인을 대표하는 총회 대의원 835명과 회원, 방청자, 기자단 등 3천여명이 모여 회의를 하고 프로그램을 진행했다. 매일 아침 8시 15분부터 30분 동안 예배드리는 것을 시작으로 밤 10시까지 계속되는 은혜로운 대회였다. 개회예배에는 1,500명이 참여하여 대성황을 이루었고, 넓은 잔디밭에 대형텐트를 치고 매일 아침, 정오, 저녁 예배를 드려 기도와 찬송이 그치지 않았다. 대학 강당이 작아서 잔디밭에 마치 그 옛날 모세의 텐트 같은 것을 여러개 치고 각 분과회의와 토론회를 열었다. 매일 700명 이상의 방문객이 찾아온 것도 감명깊었다.

이 총회는 주제와 논제를 2년 동안 준비해왔기 때문에 나도 발표할 주제의 내용을 충분한 시간을 갖고 준비할 수 있었다. 글은 내가 쓰고 서광선 박사가 영어로 옮겼다. 주제발표자는 모두 4명이었다. 첫번째 주제강연은 '예수 그리스도——세상의 생명'이란 주제로 알렌 보사크씨가, 두번째와 세번째는 '예수 그리스도, 죽음과 맞서고 극복하는 생명'(Jesus, life confronting and overcoming death)으로 헬렌 M. 켈키르 여사와 내가, 네번째는 '충만한 생명'으로 도로테아 죌레 여사가 각각 맡아 발표했다.

나는 한국의 민주화운동, 인권운동에서 얻은 체험을 바탕으로 '생명은 죽음과 대결하는 데서 온다'는 '생명의 역설'론으로 주제를 풀어나갔다. 남산 부활절 연합예배 사건으로 이야기를 시작했다.

우리는 감옥에서 죽어가고 있었지만 죽고 있었던 것이 아니다. 보라, 우리는 살아 있다. 우리는 군사법정에서 함께 고난당하는 기독교인들의 얼굴에서 민주주의의 생명이 힘차게 살아 있는 것을 보면서 옥중에서도 살아 있다는 것과 행복을 함께 느꼈다. (…)

예루살렘 속의 죽음과 대면하며 예수는 나귀를 타고 예루살렘으로 들어갔다. 몇 안되는 제자들과의 예루살렘 행진은 실패였다. 그것은 단지 십자가의 죽음뿐이었다. 그러나 십자가에서의 그리스도의 죽음은 결정적으로 죽음의 세력을 극복한 것이다. 그것은 부활절 예수의 부활이었다. 십자가에서의 그리스도의 죽음은 생명을 나누어주는 죽음이었다. (⋯)

영원한 생명은 죽음을 통해 온다. 축복은 가난을 통해 오고 부활은 죽음에서부터 온다. 힘없는 사람만이 죽음의 세력을 극복한다. 죽음을 통해서만 죽음의 세력을 극복한다. 이것이 생명의 역설이다.

— WCC 제6차 총회 보고서 『예수 그리스도, 세상의 생명』,

NCCK 1983, 59~66면

생명의 역설론 외에도 인간욕망의 축소, 자연과 조화롭게 사는 삶, 제3세계에 대한 제1세계 기독교인들의 지원 호소 등을 담아 주제발표를 마치자, 참가자들은 기립박수로 이를 받아주었다. 총회는 여러날에 걸친 토론을 종합하여 '평화와 정의에 관한 성명' '인권에 관한 성명' '중앙아메리카에 관한 성명' '아프가니스탄에 관한 성명' '남아프리카에 관한 성명' 들을 잇따라 발표하고, 8개 분과위원회의 방대한 보고서와 '프로그램지침위원회'의 보고서를 채택한 뒤 회의를 마쳤다.

이 총회에서는 오랫동안 WCC 중앙위원을 지낸 강원룡 목사가 의장단선거에 출마했으나 뜻을 이루지 못했다. 의장단은 각

대륙과 여성, 청년을 대표하여 모두 7명으로 구성되는데, 6차 총회에서는 이 가운데 세 사람이 여자여서 여성의 영향력이 빠르게 커가고 있음을 실감할 수 있었다. WCC에는 상임의장이 없고, 그때마다 상황에 맞게 번갈아가면서 의장을 맡았다. 이 총회에서 강목사가 의장단에 진출하는 데는 실패했지만, 예수교장로회의 김형태 목사와 기독교감리회의 김준영 목사가 중앙위원으로 선출되는 기쁨이 있었다.

"대통령에게 망명을 권해도 되겠습니까?"

밴쿠버 총회를 마치고 돌아온 지 며칠 안되어, 청와대의 이학봉(李鶴捧) 민정수석비서관으로부터 만나고 싶다는 연락이 왔다. 전에도 두번인가 만난 적이 있는데, 좋은 일일 것 같지 않았다. 만난 곳은 어느 요릿집이었다. 그는 WCC 총회의 의장단선거에서 강원룡 목사가 선출되지 못한 경위를 물었고, 나는 아는 대로 대답해주었다.

그러나 그가 나를 만나고자 한 이유는 다른 데 있었다. 전두환을 만나달라는 것이었다. "전두환 대통령은 참 좋은 분입니다. 제가 주선할 테니 한번 만나보시지 않겠습니까?"

나는 그 이유를 잘 알고 있었다. 나를 회유하려는 것이 아니면 협박하려는 것이 분명했다. 들은 바로는 전두환을 만나면 엄청난 돈을 주는데, 그것을 면전에서 돌려주기가 어려워 어쩔 수 없이 당하고 만다는 것이다. 빠져나가기 어려운 상황을 만들어 함정에 빠뜨리는 것이다. 그래서 이제까지 잘 지켜왔던 입장을 바꾸게 된다고 했다.

나는 이 제안을 거절하되 좀 다른 방식으로 하기로 했다. "나는 만나고 싶은 생각이 없다. 다만 대통령 면전에서 하고 싶은 이야기를 해도 된다면 다시 생각해볼 수도 있다. 하고 싶은 이야기는 딱 하나밖에 없는데, 그 이야기를 해도 좋은가?"

그는 잠시 놀란 표정을 짓더니 무슨 이야기를 하고 싶냐고 되물었다. 그러고는 주변을 살펴보더니 여기서는 곤란하니 다른 곳에서 이야기하자고 나를 이끌었다. 아마도 그곳엔 도청장치가 있는 모양이었다. 도청을 밥 먹듯이 하는 사람들이 도청을 의식하는 것이 좀 우스웠다. 그가 나를 이끌고 데려간 곳은 그 요릿집의 다락방 비슷한 곳이었다.

나는 이렇게 말해주었다. "간단하게 말하겠다. '민주화되어 나라가 바로 선다면, 지금의 대통령을 비롯해 나라를 이 지경으로 만든 사람들은 죽음을 면키 어려울 것이다. 국민들이 가만히 있겠는가. 살아남기 어렵다고 본다. 나는 목사니까 사형엔 반대한다고 주장하겠지만 목사 한 사람의 말이 무슨 힘이 있겠는가? 지금까지 모아놓은 돈이 꽤 많을 것이다. 그걸 가지고 여기를 떠나는 것이 어떤가? 그것이 사는 길이다. 망명을 권하고 싶다……' 대통령에게 대충 이런 이야기를 하고 싶은데, 괜찮겠는가?"

전혀 뜻밖의 이야기에 놀란 듯, 그는 곤혹스런 표정을 지었다.

"어휴, 그건 안되겠습니다. 만나시면 안되겠습니다……" 이렇게 해서 나는 난처한 처지에서 벗어났다고 생각했다. 그러나 그로부터 얼마 후 나와 서울제일교회에 대한 전두환정권의 무자비한 탄압이 곧 시작되리라는 것을 그때는 알지 못했다.

7

아직도 봄은 오지 않았다

"박형규를 서울제일교회에서 추방하라"

나를 회유할 수도, 굴복시킬 수도 없다고 판단한 전두환정권은 내가 섬기고 있는 서울제일교회를 파괴하고 이 교회에서 나를 추방시킬 대책을 세웠다. 정부가 이런 대책을 세울 때는 대개 공안부처인 5개 기관(청와대, 중앙정보부, 보안사령부, 경찰, 검찰)이 '관계기관대책회의'라는 것을 열어 결정한다고 한다.

그런데 경찰과 중앙정보부, 검찰이 서울제일교회에 대한 정부의 대책에 찬성하지 않았다. 경찰은 교회나 사찰 같은 종교단체와 마찰을 빚는 것을 별로 좋아하지 않았다. 잘못 건드리면 집단저항에 부딪혀 골치아프기 때문이다.

가장 반대한 곳은 중앙정보부였다고 한다. 당시 중앙정보부는 전두환이 사령관을 지낸 보안사령부에 힘이 밀렸다. 그래서 보안사가 하는 일을 좋아하지 않았고 잘 도우려 하지 않았다. 또한 세계적으로 정보를 다루기 때문에 이것이 문제되면 이곳저곳에서 '말썽'이 일어나 정부에 득될 게 없다는 것을 잘 알고 있었다. 당시의 정보부장은 외무부장관을 지낸 노신영(盧信永)씨로, 몇번인가 만난 터여서 나를 잘 알고 있었다. 언젠가 그를 만났을 때 자기들은 그 일에 가담하지 않았다고 내게 말해준 일이 있다.

검찰도 내켜하지 않았다. 당시 검찰은 비록 정권의 손발 노릇을 하고 있긴 했지만, 아무런 법적 근거나 정당한 이유도 없이 교회를 파괴하고 목사를 강제로 사임시키는 무리한 일은 할 수 없다고 판단했던 것 같다.

이 3개 기관이 찬성하지 않았음에도 청와대는 보안사령관을 불러 보안사 주도하에 파괴공작을 시작하라고 지시했으며, 보안사는 이 지시를 실행에 옮겼다. 다른 기관들도 가만히 보고만 있었던 것은 아니다. 적극적으로 나오지 않았다뿐이지, 경찰과 검찰도 돕지 않을 수 없었다.

보안사는 신자들 가운데 이북(주로 함경도)에서 내려온 아주 보수적인 사람들, 그중에서도 자녀가 공무원이거나 공기업에서 일하는 사람들을 골라 이들로 하여금 교회에서 내분을 일으키게 했다. 보안사가 직접 나섰다가 들통나면 곤란하니까 주로 보안사에 있다가 퇴직한 사람들이나 이북5도청에 다니는 사람들, 반공연맹 사람들을 통해 움직였다.

그러나 약 200명에 이르는 교인들 가운데 적극적으로 분열을 일으킨 사람은 몇 안되어 수적으로 아주 열세였다. 초기에 교회를 세운 개척교인들도 '그렇게까지 할 필요가 있느냐'면서 이들에게 거의 동조하지 않았다. 내가 이 교회에 부임했을 때는 초기의 개척교인들 가운데 떨어져나간 사람이 꽤 많아 개척교인은 30~40명밖에 되지 않았다. 대다수 교인들은 내가 제일교회에 부임하면서 나를 찾아 이곳저곳에서 모여든 젊은이들과 학생들, 이웃 교회나 경동교회, 초동교회 등을 다니다가 이야기를 듣고 찾아온 사람, 그리고 인근 청계천에서 일하는 노동자들이었다.

젊은이나 학생들 가운데는 내가 이전에 맡았던 자원봉사활동 프로그램에 참여한 사람이 많았다. 서울대 졸업생이나 재학생들이 가장 많아 중심이 되었고, 이화여대, 연세대, 고려대, 숙명여대, 수도여사대 등을 다니는 사람들이 함께 어울렸다.

당시 큰 교회에서는 젊은이들이 하고 싶어하는 프로그램을 잘 허락하지 않았다. 때문에 기독교신자가 아님에도 불구하고, 자유롭게 숨쉬고 활동할 수 있는 공간이 서울제일교회라는 이야기를 듣고 찾아온 이들도 여럿 있었다. 뜻이 맞는 사람들과 함께 어울려 활동하고 싶었기 때문일 것이다. 이들은 교회에서 사물놀이도 하고 연극도 했다. 김지하가 대본을 쓴 「금관의 예수」도 첫 공연을 서울제일교회에서 했다. 판소리의 대가가 된 임진택(林賑澤)도 자주 교회에 나왔던 것으로 기억한다.

학생들은 1976년부터 교회 3층에 '형제의 집'이란 것을 만들어 청계천과 중부시장에서 일하는 노동자들을 모아 야학을 열고, 노동법을 해설해주는 등 그들이 필요로 하는 법률지식을 알려주었다. 노동자들은 일을 끝내고 밤 8시나 9시쯤 형제의 집을 찾아와 학생들과 어울렸는데, 약 30~40명쯤 되었다.

서울제일교회 대학생부는 유신치하에서 '반독재 민주화'를 부르짖다 투옥된 학생들이 많이 다닌다는 이유로 늘 당국의 따가운 눈총을 받아왔다. 그리고 교회가 가난하고 소외된 이웃과 함께하는 선교정책을 수립하고, 형제의 집을 운영하기 시작하자 더한층 당국의 주시대상이 되었다.

교인들 가운데 소수의 사람들이 불만을 표시하긴 했지만 대다수 교인들은 그것을 참된 선교라고 보았기에 교회공동체는 화합 속에서 나날이 성장해갔다. 내가 다섯차례나 감옥에 드나들었음에도 교회가 시련을 이기고 성장을 계속할 수 있었던 것도 이런 신앙이 뒷받침되었기 때문이다.

유신체제 아래서 나에게 가해진 박해는 주로 민주화운동을 문제삼아 감옥에 가두는 교회 밖에서의 시련이었다면, 전두환정권의 박해는 나를 교회에서 몰아내기 위해 신자들 사이에 갈등을 일으킨 교회 내에서의 시련이었다.

정보기관과 수사기관 요원들이 쓴 방법 중의 하나는 교인들을 협박하는 것이었다. 그들은 교인들과 몰래 접촉하여 다른 교회에 나가라고 종용하고 말을 안 들으면 불이익을 당할 것이라고 협박했다. 그 때문에 공무원이나 공기업에 종사하는 사람들은 쉽게 피해의식에 사로잡혔으며, 일부 교인들은 교회를 옮길 수밖에 없었다.

나하고 가까이 지낸 신자 중에 함흥냉면집을 하는 분이 있었다. 교회의 권사를 맡고 있었는데, 신심도 깊고 교회를 잘 섬기는 독실한 신자였다. 이분이 어느날 찾아와 교회를 옮기지 않으면 세무조사를 하겠다고 하니 어떻게 하면 좋으냐고 하소연을 했다. 나는 옮기라고 권했다. 그러나 이분은 이러지도 저러지도 못하고 오랫동안 마음고생을 하다가 결국 옮기지 않았다. 공립 중고등학교의 서무과장직에 있는 여성장로님 한분도 적지 않은 협박을 당했다.

전대미문의 주일예배 방해

권력에 이용당한 일부 신도들이 교회 내에서 자신의 입지를 강화하기 위해 형제의 집 운영에 대해 반론을 펴더니 폐쇄를 종용했고, 1982년부터는 운영비 지출을 독단적으로 중지시켜버렸다. 또한 경찰은 형제의 집 노동자들과 학생들을 경찰서로 연행해서 조사했다.

일부 신자들은 나에게 더이상 사회적 발언을 하지 말아달라고 강요했다. 나를 비롯해 대다수의 다른 신도들은 처음엔 이런 행위가 신앙의 입장차이에서 나온 것이라고 생각했다. 그러다 교회 내의 갈등에 당국이 개입돼 있음을 알아차리게 해준 사건이 일어났다. 1983년에 일어난 이른바 『삼국지』 배포사건이다. 정권의 사주를 받은 신도들이 기독교 인권운동에 참여한 사람들을 중상모략하기 위해 만든 『정치신학의 논리와 행태: 기독교에 침투하는 공산주의전술 비판』(금란출판사 1977)이라는 책 가운데 나를 아주 나쁘게 비방한 부분을 떼어내 『삼국지』 표지를 씌워 교회 안에 배포한 것이다. 이 책자는 그동안 정보·수사 요원들에게만 나누어주어 일반인은 볼 수 없는 자료였다. 표지의 글씨를 쓴 사람도 밝혀지고 정보기관으로부터 받았다는 것도 분명했지만, 나는 교회의 평화를 위해 이를 덮어두기로 했다.

그러나 나를 향한 집요한 공격은 계속되었다. 1983년 8월 28일에는 나를 구타하는 사건이 일어났다. 나를 반대하는 한 장로가 당회가 끝난 뒤 여전도사에게 입에 담지 못할 욕설을 퍼부어 내가 "장로로서 이게 무슨 짓이냐"고 충고하자 나에게 두차례나 주먹을 휘둘러 어금니가 부러지는 사태가 벌어진 것이다. 그동안 인내하며 지켜보던 교인들이 교회의 기강을 바로세우기 위해서는 그를 처벌해야 한다면서 당회에 징계를 청원했다. 임시당회가 소집되었으나 나의 만류로 교인들이 요구한 징계는 보류되고, 폭행한 장로가 나에게 직접 사과하도록 권고하기로 결의했다. 그러나 잘못을 시인하고 사과할 듯하던 장로는 외부와 협의하더니, 돌연 폭행 자체를 부인하고 다른 사람들까지 끌어들여 징계 청원에 항의한다는 구실로 예배를 방해하기 시작했다.

1983년 10월 2일부터는 본격적인 예배방해가 시작되었다. 폭행한 장로를 중심으로 20여명의 신자들이 예배가 시작되자마자 예배순서를 무시한 채 찬송가 189장 1절 "속죄함, 속죄함, 주 예수 내 죄를 속했네"를 반복해 부르면서 책상과 강대상, 칠판을 두드리며 예배당을 난장판으로 만들었다. 다른 교인들이 꾸짖으면 '음악예배를 드리는 중'이라고 강변했다. 기독교를 믿는 사람들에게 예배란 경건하고 엄숙해야 하는 것이 기본이다. 하물며 일부러 소란을 피워 예배를 방해한다는 것은 상상도 할 수 없는 일이다.

그러나 예배방해는 매주 계속되었다. 몇주 후부터는 설교단의 스피커 선까지 끊어버렸다. 그리고 자신들은 야간홀에서 사용하는 초대형 스피커를 세개나 가져와 찬송가를 부르고, "박형규는 물러가라" "용공목사는 물러가라" "박목사는 용공분자다" "박목사만 물러가면 된다" "모든 책임은 박목사에게 있다" 등의 구호를 외쳤다. 고막이 찢어질 듯한 소음을 견디지 못한 교인들이 그러지 말아달라고 간곡히 호소했지만 오히려 멱살을 잡히기 일쑤였다. 예배방해가 극심해지자 나는 교회의 분열에 대한 모든 책임을 지고 물러나야겠다고 마음먹었다. 그러나 그럴 때마다 전도사를 비롯한 교인들이 적극 만류했다.

예배방해가 해를 넘겨서까지 계속되자 기장 서울노회는 1984년 2월 6일 임시노회를 개최하여 '서울제일교회 예배정상화 수습위원회'를 구성하고 적극적으로 중재에 나서기로 결의했다. 수습위원회가 평화적으로 문제를 해결하고자 교회의 당회원들을 공식 면담하겠다고 통보했으나, 예배방해자들은 이를 거부했다. 수습에 응하기는커녕 여성을 포함한 일부 교인들에게 폭언과 폭행을 가하여 전치 4주의 상해를 입히기까지 했다. 그리고 어린이 주일학교와 중고등부 집회마저 방해하기 시작했다.

나중에는 심지어 교인도 아닌, 머리를 짧게 깎은 낯선 사람들이 10여명이나 나타나서 예배방해에 가담했다. 우리는 그 소란 속에서도 예배를 드리기 위해 성경 본문과 설교 요약문을 프린트해서 함께 읽었다. 그렇게 예배를 마치고 교회 문을 나서면 폭력배들이 남녀노소를 가리지 않고 폭행했다. 수적으로 우세한 교인들은 힘으로 맞서고 싶은 충동을 느꼈으나, '폭력에 폭력으로 맞서지 말라'는 예수님의 가르침을 생각하고 참았다.

노회 수습위원회의 노력도 소용없게 되자 교인들은 법에 호소하기로 했다. 1984년 3월 18일, 나는 관할 중부경찰서 충무로5가 파출소에 전화를 걸어 '집회보호'를 요청했다. 그러나 출동한 경찰은 집회현장에는 들어가보지도 않고 교회 밖에서 잠시 서성거리다가 그냥 가버렸다. 그래서 중부경찰서에 정식으로 '집회보호를 위한 청원서'를 제출했으나, 경찰은 "교회 내의 문제는 자체에서 수습·처리하기 바라며, 교회 내에서 야기되는 폭행 등 위법행위에 대해서는 고소·고발 등 법절차에 의해 처리해주기 바란다"라고 답할 뿐이었다.

당시의 형법 158조는 "예배 또는 설교를 방해한 자는 3년 이하의 징역 또는 5백만원 이하의 벌금에 처한다"고 규정하고 있었지만, 이를 방관하고 직무를 유기하면서 폭력자들을 비호했다. 교인들은 인내심을 갖고 고발조치만은 하지 않으려고 참아왔으나 마침내 고발장을 내기에 이르렀다. 그러나 폭행이 반복되고 고발도 거듭되었으나 경찰과 검찰은 한번도 제대로 처리한 적이 없었다.

예배 때마다 일상화된 몸싸움은 1984년 5월을 전후해 새로운 양상으로 변해갔다. 낯모르는 젊은이들이 기물을 파괴하고 교인 모두를 상대로 무차별 폭력을 휘두르기 시작한 것이다. 오랫동안 참아왔던 교인들은 마침내 예배방해자들을 교회에 들어오지 못하게 하는 것만이 폭력과 예배방해를 막을 수 있는 길이라고 확신하고, 5월 6일 당회를 열어 9명의 예배방해 및 폭력 주모자들의 교회직무를 박탈하고 교적에서 제명시킬 것을 결의했다. 그리고 사법부에 '교회 내 출입금지 가처분 신청'을 냈다. 서울민사지방법원은 이 가처분 신청이 이유있다고 인정하여 제명출교(除名黜教)된 9명에게 교회 내의 토지와 건물에 출입해서는 안된다는 판결을 내리고 이를 공시했다.

그러나 폭력은 계속되었다. 그때마다 경찰에 신고하면 경찰은 출동했다고 말만 하고 오지 않거나 한두 시간 뒤에야 나타났다. 게다가 폭력행위가 벌어지면 어디론가 자취를 감춰 오히려 폭행을 조장하려고 자리를 비켜주는 것이 아닌가 하는 의혹을 자아냈다.

예배방해자들은 자신들이 집단구타를 해놓고도 집단폭행을 당했다며 맞고소하여 마치 쌍방간의 충돌인 것처럼 사건을 조작했다. 폭력을 말리던 한 교인이 팔이 부러져 전치 60일의 큰 피해를 입었는데도 가해자가 맞고소하여, 법원의 약식명령에 따라 가해자에게 선고된 벌금의 두배가 넘는 70만원의 벌금을 물기도 했다. 고발하러 경찰서로 달려간 교인에게 경찰은 "가서 범인을 잡아오라"고 하는가 하면, 몇차례나 고소한 사건은 아예 접수조차 되지 않았다.

사람들의 입에만 오르내리던 이 사건이 마침내 국회에 전달되어 야당의원의 질문으로 이어졌으나, 치안본부장은 '신도들간의 내부 문제'이며 '상호 폭력'이라고 대답할 뿐이었다.

60여 시간의 감금과 살해위협

예배방해와 폭력이 1년 가까이 계속되며 날로 격렬해졌음에도 불구하고 주일과 교회를 지켜야겠다는 교인들의 결심은 변함이 없었다. 폭력배들이 그 난장판을 벌이는데도 주일예배에 참석하는 교인들의 수는 150명을 넘었다.

온갖 행패를 부려도 자신들의 뜻이 이루어지지 않자 공작을 지휘해온 보안사령부는 더욱 난폭한 조직폭력배들을 투입했다. 예배방해를 시작한 지 1년이 다 되어가는 1984년 9월 7일, 보안사령부 서빙고동 요원이라고 자처하는 조동화라는 사람이 정체를 알 수 없는 청년들을 데리고 나타나 교회를 관리하던 사찰집사와 전도사를 무자비하게 구타했다. 이 일로 보안사가 사건에 관련돼 있음이 자명하게 드러났고, 전두환의 동생 전경환(全敬

煥) 휘하에 있는 목포 출신 조직폭력배들이 다수 동원돼 있다는 것이 확인되었다.

1984년 9월 9일, 추석 전날이었다. 많은 교인들이 추석을 쇠러 고향에 내려간 틈을 이용해 문제를 일으키려는 듯 이날따라 낯선 사람들이 더 많이 눈에 띄었다. 이날도 조동화가 한 집사의 복부를 강타하여 비명소리와 함께 예배가 중단되었고, 교인들은 폭력에 쫓겨 3층 유치부실에서 예배를 이어갔다.

예배를 마치고 청년교인들이 3층 대학부실에서 폭력배들에 맞설 대책을 논의하고 있는 사이, 예배방해자들이 당회장실로 나를 찾아와 사표를 내라고 강요했다. 그들은 이날 무슨 수를 써서라도 내게서 사표를 받아내기로 계획을 세운 모양이었다. 위층에서 심상치 않은 일이 벌어지고 있다는 것을 알아챈 청년, 대학생 교인들이 내 방으로 올라오려고 했으나, 폭력배들이 계단을 막고 서서 주먹을 휘두르며 이를 막았다.

나는 완전히 고립된 상태에서 속수무책으로 폭력의 위협에 노출되어 있었다. 그들은 당장 사표를 쓰지 않으면 죽여버리겠다면서 숫자를 세기 시작했다. 나는 박준옥 전도사와 정광서 전도사를 불러달라고 했고, 그들이 당회장실로 들어왔다. 두 전도사가 완강하게 반대하고 나 또한 사퇴할 수 없다고 밝히자 드디어 내 안경을 벗기고 얼굴에 주먹을 날렸다. 이어 내 허리띠를 잡고 다시 주먹을 내지르려 하자 두 전도사가 비명을 지르며 몸을 덮쳐 막았다.

당회장실에서 비명소리가 나자 계단을 막고 있던 폭력배들이 잠시 주춤했다. 그 틈을 놓치지 않고 구창완 집사 등 13명의 젊은 교인들이 일제히 폭력배를 밀어붙이면서 당회장실로 뛰어들었다. 청년들은 들어서자마자 폭력배들을 밖으로 밀어내고, 방 안에 있던 책상과 의자, 소파, 탁자 등으로 문 앞에 바리케이드를 쌓았다. 엉겁결에 쫓겨난 폭력배들은 유리창을 깨고 당회장실 안으로 분말소화기를 쏘아대며 쇠파이프, 쇠망치 등을 이용해 출입문과 철창을 부수고 들어오려 했다. 그와 함께 전기와 전화선을 끊어 외부와의 접촉을 차단했다.

한편 다른 폭력배들은 3층에 남아 있던 교인들에게 마구잡이로 폭력을 휘두르며 교회 밖으로 밀어내기 시작했다. 이 과정에서 한 여성교인이 복부를 얻어맞아 졸도하는 등 교회 안은 그야말로 아수라장이 되었다. 교인들이 모두 쫓겨나고 결국 교회는 예배방해자들과 폭력배들에게 점거되었다. 그리하여 나와 함께 당회장실에 갇힌 13명의 청년들과 2명의 교역자들은 외부와의 접촉이 완전히 단절된 채, 60시간 이상 감금상태에 놓이게 되었다.

교회 밖으로 밀려난 교인들은 갇힌 사람들을 걱정하며 교회 정문 앞 도로에서 뜬눈으로 밤을 새웠다. 신고를 받고도 4시간이나 늦게 출동한 경찰은 "교회 내부의 문제이므로 교회 안에는 들어갈 수 없다"면서 시간을 끌다가 충돌을 막아야 한다며 오히려 도로에 있는 교인들을 밀어냈다.

이런 소식이 알려지자 많은 교회의 성직자들과 교인들이 찾아와 길에 남아 있던 교인들과 함께 예배를 드리며 밤을 지새웠는데, 그 수가 약 120여명에 이르렀다. 다음날은 추석이었다. 일부 교인들이 식수와 음식을 갖고 교회에 접근하자 폭력배들이 돌멩이 등을 던지며 쫓아냈다.

안타까워하던 교인들은 추석 다음날 오전에야 교회 옆집의 도움으로 그 집 지붕에 올라가 당회장실까지 줄을 이어 최소한의 필수품들을 전달할 수 있었다. 그러나 이마저도 곧 중단되고 말았다. 폭력배들이 로프를 향해 막대기를 던지고 쇠파이프로 줄까지 끊어버려 더는 아무것도 받을 수 없었다.

교인들은 더이상 이를 바라보고 있을 수만은 없다고 판단하여 자구책을 마련키로 하고, 감금되어 있는 사람들을 구출하기 위해 교회로 들어가려 했다. 그러자 전경들이 막아서며 방패로 교인들을 구타했고, 교회 안에 있던 폭력배들은 쇠톱과 쇠파이프, 각목 등을 휘둘렀다. 그 바람에 교인 한명이 쇠톱에 왼손을 맞고 힘줄이 끊어져 전치 5주의 중상을 입었고, 다른 여성교인은 전경의 방패에 머리를 맞아 그 자리에서 실신하는 등 5명이 다쳐 인근 병원에 입원했다. 함께 있던 문익환 목사, 이규상 목사, 성해용 목사, 임흥기 목사, 김경남 목사, 권오성 목사 등 10여명의 성직자들도 전경들에게 구타당하여 타박상을 입었다.

교인들은 분을 참지 못해 눈물을 흘리며 기도했다. 11일 저녁부터 서울제일교회로 들어가는 골목 입구에는 교인들 외에도 소식을 듣고 달려온 많은 성직자들, 변호사들, 민주인사들, 그리고 다른 교회의 청년들 등 250여명이 모여 밤을 새우며 찬송가를 불렀다.

이때 사건 현장을 보기 위해 찾아온 사람들 가운데는 당시 주한 미국대사관의 서기관이었던 캐슬린 스티븐스(Kathleen Stephens, 한국이름 심은경) 현 미국대사도 있었다. 스티븐스 여사는 현장을 방문하여 사태를 직접 보고 이를 대사에게 보고한 것으로 알려져 있다.

감금사태가 4일째로 접어들었다. 시간이 흐를수록 점점 더 많은 사람들이 모여들자 그때까지 뒷짐만 쥐고 있던 경찰이 비로소 움직이기 시작했다. 경찰은 더이상 그대로 두어서는 안되겠다고 생각했는지 12일 새벽 교회에 들어가 그때까지 교회에 남아 있던 15명을 중부경찰서로 연행했다.

우리는 나흘 만에 감금에서 풀려났다. 그러나 경찰은 또다시 교인들을 속였다. 폭력배들을 2명만 '불구속' 입건하고 그날로 모두 석방하여 앞으로도 계속 예배를 방해하고 폭력을 휘두를 수 있도록 묵인한 것이다.

이같은 폭력사태는 해외에 크게 보도되었고, '미국감리교회' '일본NCC' '아시아기독교협의회(CCA)' '한국의 인권을 위한 북미연합' 등 여러 기독교·인권 단체들이 서울제일교회 신자들과 나를 격려하고 한국의 권력당국에 항의하는 전문을 보내왔다.

해외의 신속하고도 강력한 반응과는 대조적으로 국내에서는 진실이 알려지기는커녕 일부 언론이 '박목사 추종세력'과 '반대세력' 간의 싸움이라고 사태를 왜곡하는 일마저 벌어졌다. 이에 한국기독청년협의회(EYCK)와 한국교회사회선교협의회가 '사건경위서'와 '우리의 입장'을 발표하는 등 적극적인 대응에 나섰고, 당국의 처사에 격분한 여러 교회의 청년들과 신자들이 9월 16일부터 NCCK 인권위원회 사무실에서 6박 7일간의 긴 농성을 벌였다.

백주에 테러를 당하다

경찰에서 풀려난 폭력배들은 예상대로 9월 16일에 이어 23일 주일에도 다시 나타나 예배를 방해했다. 이날엔 70세나 되는 노인에게까지 폭력을 가해 교인들은 또다시 옥상으로 쫓겨가 예배를 드릴 수밖에 없었다.

옥상에서 예배를 본 교인들은 대책을 논의한 다음 함께 무리지어 계단을 내려오다가 1층 계단과 출입문 사이의 통로가 긴 의자로 막혀 있는 것을 발견했다. 겨우 한 사람만 지나갈 수 있도록 해놓고 의자에는 낯선 사람들이 등을 돌리고 앉아 있었다. 내 앞에 있던 교인들이 무사히 통과한 뒤 내가 지나가려고 할 때 의자 앞에 서 있던 한 폭력배가 신호를 보냈다. 그와 동시에 등을 돌리고 앉아 있던 정체불명의 괴한들이 벌떡 일어나 나의 복부를 강타하고 걷어차 넘어뜨리고는 발로 밟기 시작했다. 순식간에 1층 통로는 아수라장이 되었고, 그 와중에 교인들이 폭력배들을 밀치고 나를 들쳐메 교회 밖으로 나왔다.

하지만 교회 밖에도 폭력배들이 기다리고 있었다. 이들은 나를 다시 폭행했고, 내가 땅바닥에 쓰러지자 몇몇 교인들이 몸을 날려 나를 덮었다. 폭력배들은 나를 보호한 교인들을 마구 걷어차고 짓밟았다. 폭력배들이 교회를 나오는 교인들에게 다시 달려드는 틈을 타 교인들이 나를 업고 택시에 태워 명동에 있는 가톨릭성모병원으로 데려갔다.

병원으로 옮겨진 나는 췌장이 붓고 장이 파열될 우려가 있는 위험한 상태라는 진단을 받았다. 여러날 감금되었다가 풀려난 직후라 더욱 몸이 좋지 않았다. 내가 입원했다는 소식을 듣고 김수환 추기경이 병실로 찾아와 내 손을 잡고 기도해주었다.

나는 상황을 보아 더이상 미룰 수 없다고 보고 성모병원 입원실에서 사건의 진실을 밝히는 기자회견을 가졌다. 미국의 NBC 방송, 일본의 쿄오도오통신 등 4개 외국 언론사가 참석한 회견에서 나는「그리스도 안에 있는 형제자매들에게 보내는 메씨지」를 발표하여 보안사가 이 사건을 배후조종한다는 사실을 다음과 같이 세상에 공개했다.

나는 지금 생명에 대한 위협을 심각하게 느끼고 있습니다. 지난 9일에서 12일 사이의 감금, 그리고 어제 있었던 폭행 등 두번의 위기를 넘겼으나 다음에 올 것은 예측할 수 없습니다. 나를 제거하려는 그 숨은 세력의 결정에 달려 있습니다.

교회의 내분을 조장하여 그 분규 속에서 내가 살해된 것처럼 꾸미려는 그들의 공작은 이제 너무나 분명하게 드러나고 있습니다. 나는 그들에게 살해되기 전에 내가 아는 사실을 밝혀두고 싶습니다.

나를 제거하기 위해 교회에 내분을 조장하고 교회 분규를 틈타서 조직폭력배를 투입하여 나를 살해하는 동시에 교회를 파괴하자는 공작은 1981년경부터 국군보안사령부가 비밀리에 수행해온 것이 분명합니다. 나는 이 사실을 1984년 6월경에 청와대의 고위층으로부터 확인한 바 있고 얼마 전까지 보안사령관직에 있던 한 장성이 본 교단의 원로 증경총회장에게 이 사실을 시인했습니다. 또한 보안사 문관으로 있는 나의 사촌동생이 이 공작을 방해했다는 이유로 감찰위원회에 회부되었고 해직 처분을 받았다는 사실로도 확증될 수 있습니다. (…)

나는 교회의 사역자로서 교회가 하나님으로부터 위임받은 사명을 수행하는 데 이바지하려고 노력해왔습니다. 교회가 불의와 대결하고 허위를 폭로하는 것은 교회의 본연의 선교사명 중의 일부입니다. 교회가 근로자들의 편에 서서 그들의 인권과 권익을 옹호하는 일은 기독교 복음의 본연의 자세입니다. 나는 이 일로 용공목사라는 누명을 쓰고 비난을 받고 있지만, 어디까지나 목사로서 이 일을 교회가 해야 할 사명인 줄 알고 수행할 것입니다. 이로 인해 내가 순교를 당한다 할지라도 그것은 나에게 주어진 십자가인 줄 알고 달게 받을 용의가 있습니다. (…)

나는 여기서 도저히 폭력에 굴복할 수 없다는 사실을 분명히 밝히고, 일단 폭력에 굴복하면 이제 마지막 보루인 교회마저 그 음성적인 폭력에 굴복하게 되므로 국민을 대변할, 진리를 대변할 어떤 기관도 없어진다는 것을 말하고 싶습니다. 그런 의미에서 나는 이 보루를 순교의 각오로 지키고 있습니다.

이 사건으로 큰 충격을 받은 NCCK는 인권위원회 회의를 열어 긴급성명을 발표했고, 소식을 들은 전국의 기장 목사 70여명이 서울제일교회 앞에 모여 '폭력추방을 위한 기도회'를 열고 성명을 발표했다. 기도회를 마친 참가자들은 진실을 알리기 위해 모두 거리로 나서 성명서를 나누어주었다. 이 과정에서 18명의 성직자가 경찰에 연행되어 허병섭 목사, 장성룡 목사, 임흥기 목사 등 5명이 각각 구류 15일의 처분을 받고 유치장에 수감되었다. 아무리 고발해도 폭력배들을 잡아넣지 않거나 즉시 풀어주는 것과는 너무나 대조적이었다.

길거리로 쫓겨난 서울제일교회

1983년 10월 2일부터 시작된 예배방해가 만 1년을 넘긴 1984년 10월 7일자로 기장 서울노회에 보고된 제일교회의 출석 교인 수는 226명이었다. 매주일 폭력배들에게 두들겨맞고 짓밟혀 병원에 입원하는 사태가 계속되었는데도 교인들의 수는 줄지 않았다. 폭력 앞에서 사람은 겁을 먹고 약해지게 마련인데, 언제 당할지 모르는 위협 속에서도 굴하지 않고 교회를 찾아오는 교인들의 모습은 눈물겨웠다. 나는 그 모습에서 큰 용기를 얻었다.

나로 인해 교인들이 주일예배도 드리지 못하고 폭력에 휘둘리는 것을 보면서 더는 견디기 어려워 서울제일교회 목사직을 버릴 생각도 했다. 이 착한 교인들을 더이상 희생시켜서는 안되겠다고 생각했기 때문이다. 내가 없어도 하나님께서 모든 것을 잘 이끌어주실 거라고 믿었다.

그러나 여러 교인들이, 특히 청년들이 강력히 반대했다. 그들은 여기서 무너지면 그 영향이 폭력정권, 독재정권에 저항하는 전국교회에 미칠 것이며, 여러 교회에서 똑같은 분열을 일으켜 교회가 싸움터가 되고 말 것이라고 했다. 그 때문에 나는 '항복'할 수가 없었다. 그들의 말이 옳았으며, 그때 참고 견딜 수 있는 힘을 주신 하나님께 감사한다.

12월 9일에 이르러 사태는 최악으로 치달았다. 10월 14일부터 예배당 출입을 저지당하여 교회 앞 길거리에서 예배를 드려왔는데, 12월 9일에는 예배방해자들과 폭력배들이 노상에서 예배를 드리는 곳까지 쫓아와 무차별 폭행을 가하는 통에 이마저 할 수 없게 된 것이다. 폭력배들은 퇴계로5가의 대로를 따라 1km 이상 떨어진 중부경찰서까지 교인들을 계속 쫓아오며 위협했다. 쫓기는 교인들의 행렬이 중부경찰서에 이르러서야 폭력배들은 사라졌다. 폭행을 당하며 경찰서로 쫓겨가던 한 교인은 다윗의 기도를 드렸다고 한다.

나의 하나님, 나에게 달려드는 자에게서 나를 보호하소서.
악을 꾸미는 자들에게서 나를 구하소서.

피를 보려는 자들에게서 나를 살려주소서.

노상예배를 시작하다

교회 정문 앞에서도 예배를 드릴 수 없게 되자 우리는 중부경찰서 앞에서 예배를 드리기로 했다. 교회 근처에서 모여 잠시 기도를 하고 경찰서 앞으로 행진했다. 경찰서 앞에서만은 경찰의 체면을 보아서라도 폭력을 휘두를 수 없을 것이라고 보았기 때문이다. 중부경찰서로 행진하기 전에 나는 공중전화로 치안본부장에게 전화를 걸어 경찰이 폭력배들을 막아주지 않으니 경찰서 앞에서 예배를 드릴 수밖에 없다고 통고했다. 치안본부장은 그저 조용히만 해달라며 허락했다. 약 한달 가까이 매주 행진을 시작하기 전에 치안본부장에게 전화를 했더니, 그도 지쳤는지 "목사님, 이젠 전화하지 않으셔도 됩니다. 그 대신 조용히만 해주십시오"라고 했다.

그리하여 만 6년에 걸친 노상예배가 시작되었다. 기독교 역사상 보기 드문 경찰서 앞 노상예배가 시작된 것이다. 매주일 교회에서 떨어진 대로변 입구에 모였다가 중부경찰서로 행진하여 예배를 드렸다. 차가운 겨울바람이 교인들을 할퀴고 지나갔다. 그러나 교인들을 괴롭게 하는 것은 몸의 고통보다 폭력을 묵인하고 방조하는 당국의 행태를 지켜보면서 받은 마음의 고통이었다.

기장 서울노회가 내무부장관과 치안본부장에게 '폭력배 배제

청원'을 정식으로 제출했지만 역시 아무 대답이 없었다. 폭력과 범법행위에 대해 고소·고발을 해도 검찰은 피고소자가 범행을 완강히 부인한다며 무혐의 판정을 내렸다. 어쩌다 폭력 사실을 인정한 경우에도 그 폭력배가 매주일 교회에 나타날 뿐만 아니라 거주지가 확인되었음에도 불구하고 '소재불명'이라는 이유로 기소유예 또는 기소중지 처분을 했다.

이와같은 당국의 방관과 비호 속에 폭력배들이 교회를 점거하는 사태가 벌어지자, 기장 총회의 '교회와 사회위원회'와 기장 서울노회는 1985년 1월 28일부터 29일까지 서울제일교회에서 '폭력추방을 위한 전국교역자대회'를 열기로 했다. 그러나 전국에서 서울제일교회를 찾아온 450여명의 교역자들은 교회에 들어가지도 못한 채 경찰이 지켜보는 가운데 폭력배들로부터 온갖 모욕을 당해야 했으며, 몇몇 교역자들은 쇠파이프에 맞아 실신하는 사태까지 벌어졌다.

서울제일교회가 이렇게 고통을 겪고 있던 1986년 2월, 김관석 목사로부터 '한국기독교사회문제연구원'의 이사장을 맡아달라는 제안이 왔다. 김목사가 연구원의 이사장직을 사퇴하면서 부이사장으로 있던 나에게 후임자가 되어달라고 부탁한 것이다. 나는 그의 제안을 거절할 수 없었다.

한국기독교사회문제연구원은 기독교가 우리 사회의 정치, 사회, 경제, 인권 등 여러 분야에서 일어나는 문제들을 연구하고 대처하기 위해 만든 기구다. 기독교의 사회참여를 뒷받침하는 신학적 성찰을 제공해주는 것도 설립취지의 하나였다. 교회에서 매일 수많은 교인들을 상대로 목회활동을 해야 하는 성직자들은 너무 바쁘기도 하거니와, 대학에서 사회과학이나 신학을 연구한 사람이 아니면 복잡한 사회문제나 신학적 쟁점에 대해 전문적인 지식을 갖기가 어려웠다.

내가 이사장으로 있는 동안 함께 일한 사람으로는 원장을 맡았던 조승혁 목사와 부원장 김용복 박사가 있고, 후임으로 손학규 박사와 서경석 목사가 있다. 손박사는 조목사와 김박사가 그만둔 뒤 후임자가 되었는데, 그에게 연구원의 원장직을 맡아달라고 부탁하려고 영국의 옥스퍼드까지 방문했다. 그 시절을 돌아보면 교회 일에 더하여 연구원의 일로 더 많은 어려움을 겪었다는 것 말고는 별로 좋은 기억이 없다.

서진룸쌀롱 살인사건과 서울제일교회

1986년 8월 14일 밤, 서울 강남구 역삼동 서진회관에서 폭력배들이 패싸움을 벌여 4명이 생선회칼로 끔찍하게 난자당한 채 살해된 충격적인 사건이 일어났다. 신문을 통해 사건의 전모가 밝혀지면서 우리의 놀라움은 더욱 커졌다. 서울제일교회에서 폭력을 휘두른 사람들이 바로 이 폭력조직의 조직원이라는 것이 밝혀졌기 때문이다.

특히 놀라운 것은 '장진석파'의 별동대장으로 알려진 홍성규가 서울제일교회 신도로 가장하고 교회에 나타나 교인들에게 폭력을 행사하는 등 서울제일교회 사건에 깊숙이 관련돼 있다는 사실이었다. 이 사건이 터진 뒤 아마 서울제일교회 교인들만큼 큰 충격을 받고 사태의 추이를 주목한 사람들도 없었을 것이다. 한 폭력배의 모습이 텔레비전에 나왔을 때 그가 교회별관 A동 209호실의 폭력배 사무실 '원진용역'에 자주 출입한 사람이라는 것을 금방 알아볼 수 있었으며, 별동대장 홍성규가 교인들을 직접 폭행한 장본인이라는 것도 한눈에 확인할 수 있었다. 교인들은 이 살인범들이 교회에서 폭력을 휘두른 자칭 보안사 요원 조동화와 연관이 있을 것이라고 직감했다.

교인들을 포함해 예배방해 사건을 지켜봐온 많은 사람들은 이 살인사건이 엄청난 여론의 주목을 받고 있는만큼, 이들 폭력배에 의한 예배방해 사실을 당국이 숨기기는 어려울 것이라고 생각했다. 그러나 시간이 지나면서 경찰은 사건 자체를 축소시키고 서둘러 종결지으려는 의도를 드러냈다. 8월 22일 경찰은 수사를 종결한다고 발표했다. 그토록 관심을 끈 서울제일교회 폭력사건과의 관계에 대해서는 한마디 언급도 없었다.

경찰의 수사결과는 많은 사람들을 분노하게 만들었다. 사람들은 의혹의 수준을 넘어 폭력조직이 당국과 어떤 밀접한 관계를 갖고 있다고 확신하기 시작했다. 국민의 분노와 의혹이 분분하자 '민주화추진협의회'(이하 '민추협', 공동의장 김영삼, 김대중)는 '종교탄압 및 조직폭력 진상조사위원회'(위원장 예춘호芮

春浩 민추협 부의장)를 만들고, 광범위한 사람들과 접촉하여 조사를 벌인 뒤 각종 문제점과 의혹들을 공개했다. 가해자들의 가족도 만나보았는데, 한결같이 "우리 애는 이 나라에서 대통령 다음가는 권력자가 뒤를 봐주고 있기 때문에 곧 풀려나올 것이다"라고 하는 등, 사람을 4명이나 무참하게 죽인 살인범의 가족치고는 너무나 당당했다고 한다.

진상조사위원회는 조사를 끝내고 서울제일교회 폭력사건은 외부 조직폭력배들이 관여한 청부폭력으로, "박형규 목사의 반정부·반독재 투쟁에 대한 보복이며, 반독재 투쟁에 참여하고 있는 목회자들을 위협하기 위한 정치공작의 일환으로 저지른 것"이라고 결론지었다.

1986년 8월 30일엔 전국목회자정의평화실천협의회, 천주교정의구현전국사제단 등 16개 단체 대표들이 NCCK 인권위원회 사무실에 모여 서울제일교회 사건은 공권력과 조직폭력단이 유착하여 선교의 자유를 탄압한 것이라고 보고, 이를 막기 위한 신·구교 공동대책위원회('관권개입공동대책위')를 결성했다. 그러나 위원회의 적극적인 노력에도 불구하고 사정은 크게 달라지지 않았다.

나중에 확인된 사실이지만, 서울제일교회 폭력사건은 보안사 정보처장의 지휘 아래 폭력배가 조직적으로 동원되어 저질러진 것인만큼 정권 차원에서 방침을 바꾸기 전에는 중단될 수 없었다.

폭력에 맞서는 십자가 행진

서울제일교회 근처에서 모여 중부경찰서 앞으로 예배드리러 가는 행진을 우리는 '정의와 평화를 위한 십자가 행진'이라고 불렀다. 구약성서에 나오는 모세의 40년에 걸친 광야의 행진과 예수 그리스도의 십자가 행진이 우리들 자신의 이야기처럼 절실하게 다가왔기 때문이다.

그해 겨울은 유난히도 추웠다. 추위에 떨며 예배를 보면서 교인들은 처음엔 심한 패배감을 느꼈다. 따뜻한 실내에서 예배드리던 옛날이 그립고 이웃 교회의 교인들이 부럽기도 했다. 더러는 자신들이 무엇을 위해, 무엇 때문에, 언제 끝날지도 모를 고통을 겪어야 하는지 회의를 품기도 했을 것이다.

그러나 신앙은 무서운 힘, 신비로운 힘을 갖고 있었다. 신앙을 지키기 위해서가 아니라면 그런 폭력과 수모를 당하면서 어떻게 노상에서 만 6년 동안이나 예배를 드릴 수 있었을까? 교인들은 쓰라린 시련을 겪으면서도 자신의 신앙을 다시 확인하고 더 높은 믿음의 세계로 나아갈 수 있었다. 많은 교인들에게 사도 바울로의 말은 그 어느 때보다도 절실하게 마음을 울렸다.

누가 감히 우리를 그리스도의 사랑에서 떼어놓을 수 있겠습니까? 환난입니까? 역경입니까? 박해입니까? 굶주림입니까? 헐벗음입니까? 혹은 위험이나 칼입니까? 우리의 처지는 "우리는 종일토록 당신을 위해 죽어갑니다. 도살당할 양처럼 천대받습니다"라는 성서의 말씀대로입니다. 그러나 우리는 우리를 사랑하시는 그분의 도움으로 이 모든 시련을 이겨내고도 남습니다. 나는 확신합니다. 죽음도, 생명도, 천사들도, 권세의 천신들도, 현재의 것도, 미래의 것도, 능력의 천신들도, 높음도 깊음도, 그 밖의 어떤 피조물도 우리 주 그리스도 예수를 통하여 나타날 하나님의 사랑에서 우리를 떼어놓을 수 없습니다.

—『로마서』 8:35~39

많은 교인들은 이것이 바로 성령의 힘이었음을 체험했다고 했다. 그리고 오랫동안 자신들을 압도했던 두려움과 좌절과 회의로부터 벗어나 성서에 기록된 그리스도의 수난과 부활을 새롭게 보기 시작했다. 교인들은 자신의 고난과 시련을 승리를 향한 '십자가 행진'으로 바라보게 되었다.

패배감이 기쁨으로 변하는 신비

비가 와도 눈이 와도 노상예배는 계속되었다. 뜨거운 여름보다는 추운 겨울이 오히려 낫다는 사람이 많았다. 비가 오거나 눈이 내리는 날엔 예배 참석자가 더 많았다. 날씨가 나쁜 날이면 많은 교인들이 '오늘은 날씨가 안 좋으니 사람들이 적게 나오겠구나. 나라도 나가서 빈자리를 채워야지' 하고 더욱 열심히 참여했기 때문이다.

처음엔 육성으로 설교했지만 곧 '핸드스피커'를 구했다. 전자 오르간도 마련해 반주에 맞추어 찬송가를 불렀다. 나중엔 큰북도 가져와 북을 치면서 예배를 보았다. 경찰은 북소리만은 제발 울리지 말아달라고 사정했지만, 우리는 듣지 않았다. 외부에서 자진하여 예배를 도우려고 기타를 들고 와 연주해주는가 하면 트럼펫 연주를 해준 사람도 있었다. 어느날은 복음성가 연주자가 성가를 불러주어 마치 음악회에 온 것 같기도 했다. 그곳에서 성찬식도 하고 성탄절 예배도 드렸다. 그것은 또한 노방선교이기도 했다.

눈 내리는 겨울의 추위 속에서, 여름의 찌는 더위 속에서 노상예배를 드리면서 교인들은 특별한 체험을 할 수 있었다. 패배감, 좌절감이 기쁨으로 변하는 것을 느꼈다. 길에서 처음 예배를 드렸을 때 우리는 얼마나 주저하고 불안해했으며 부끄러워했던가? 그러나 교인들은 이제 기쁜 마음으로 노상에서 하나님을 찬양하고 '순례의 공동체'에 속하게 된 것을 자랑스러워하게되었다.

그리고 우리는 노상예배를 이집트에서 탈출한 이스라엘의 행진에 비교할 수 있게 되었다. 가나안(Canaan)을 바라보며 진군하는 '하나님의 백성'으로 자처하게 되었으며, 스스로를 아무런 무기도 없이 여리고(Jericho)성을 함락시키는 하나님의 군대로 자부하게 되었다. 우리가 예배당 안에서 편안하게 예배를 드렸다면 이런 체험은 할 수 없었을 것이다. 사도 바울로가 말하는

'환난 중의 기쁨'이었다. 성서에는 "그들은 예수의 이름으로 말미암아 모욕을 당하게 된 것을 특권으로 생각하고 기뻐했다"(빌 1:29)고 나와 있다. '모욕당하는 것을 특권'으로 여기는 이 희한한 느낌이 없었다면 고통을 견뎌낼 수 없었을 것이다.

노상예배가 3년이 지나면서 지쳐 떨어져나간 교우들도 있었지만, 오히려 길거리 예배에서 보람을 느끼고 십자가 행진에 참가하는 분들이 늘어났다. 처음 노상예배를 시작할 때는 참석자가 100명이 채 못되었다. 특히 노약자들은 추운 겨울이나 뜨거운 여름에는 길거리 예배에 참석할 수 없었다. 수사기관에서 예배에 참석한 학생들과 청계천 노동자들을 감시하며 사진을 찍고 신원을 파악해 학교와 직장에 압력을 가한 탓에 학생들과 노동자들의 수도 줄어들었다. 그래서 그 수가 줄어 60여명으로 내려간 때도 있었으나, 다시 100명이 넘는 공동체로 회복되었다.

서울제일교회의 십자가 행진은 시간이 지나면서 지역교회의 범위를 넘어 시대의 아픔을 함께 나누고자 하는 크리스천들의 행진으로 발전해갔다. 광주 고백교회(당회장 김성룡 목사)나 성남의 주민교회(당회장 이해학 목사), 한빛교회(당회장 유원규 목사)처럼 교회공동체가 직접 참가해 함께 노상예배를 드린 경우도 있다. 특히 광주 고백교회는 몹시 추운 겨울날에도 교역자들을 비롯한 교인들이 전세버스로 주일 새벽에 광주를 출발하여 서울로 올라왔다. 오전 11시 서울제일교회 앞에 모여 기도와 찬송을 함께 하고 중부경찰서 앞까지 행진하여 주일예배를 드린 후 다시 광주로 내려가 주일 저녁예배에 참석했다.

광나루에 있던 장로회신학대학 학생들이 우리 이야기를 듣고 일부러 찾아와 예배에 참석한 일도 있고, 연세대학교를 설립한 언더우드(H. G. Underwood) 박사의 손자인 언더우드(H. H. Underwood Jr.) 장로 부부가 와서 설교를 해주고 음악교수인 부인이 성가를 불러주기도 했다.

세계에서 제일 큰 교회

외국에서도 많은 성직자들이 찾아와 노상예배에서 설교해주었다. 우리 예배는 한국을 방문한 해외 크리스천들이 찾아오는 순례지가 되었다. 세계 어디서도 볼 수 없는 특별한 예배로 알려졌기 때문이다. "한국에 가면 이러이러한 교회가 있으니 꼭 한번 가보라"는 말을 듣고 찾아온 외국인이 거의 매주일 한 사람 이상 있었다.

독일에서는 마르틴 루터(Martin Luther)가 종교개혁을 선언한 교회 앞 길거리에서 우리의 노상예배에 동참하기 위한 예배가 봉헌되기도 했다. 일본에서는 서울제일교회의 자매교회인 일본의 니시까따마찌교회의 야마모또 목사가 우리를 찾아와 '예수를 품에 안고'라는 제목으로 설교해주었다. 그는 서울제일교회를 '난민'에 비유하고 노상예배를 '난민의 예배'라고 했다.

그 밖에 호주, 캐나다, 미국, 독일, 대만, 러시아 등 세계 곳곳의 성직자들이 노상예배에 참석해 설교해주었다. 독일에서 온 울리히 두크로우(Ulrich Duchrow) 목사는 "나는 이렇게 큰 교회는 처음 보았다. 서울제일교회가 세계에서 제일 큰 교회다. 천장이 없으니 하늘이 천장이고, 벽이 없어 막힌 곳이 없으니 온 세계로 열려 있다. 얼마나 큰 교회인가? 온 우주로 열려 있는 교회다. 이보다 더 큰 교회가 어디 있겠는가?"하고 말하면서 서울제일교회의 십자가 행진은 세계교회 역사상 한번도 볼 수 없었던 새로운 교회를 탄생시켰다고 격려했다. WCC 회원인 러시아정교회의 신부도 "성당 앞에서 노상예배를 본 일은 있어도 '경찰서 앞 길거리 예배'는 처음 듣는다. 세계교회 역사상 처음 있는 일이다. 기네스북에 기록돼야 할 것"이라고 말했다.

외국에서 온 분들 가운데 서울제일교회에서 일어난 폭력의 실상을 직접 체험한 사람도 있었다. 캐나다 캘거리(Calgary)에서 온 쿠크(D. Cook) 목사였다. 1985년 10월 20일 우리들의 십자가 행진에 참가한 쿠크 목사는 서울제일교회 교회당을 꼭 방문하고 싶어했다. 교인들은 폭력배들이 아직 교회에 남아 있을 것이라며 다른 날을 택하는 것이 좋겠다고 만류했다. 그러나 쿠크 목사는 59세의 나이에도 용기있게 예배방해자들과 폭력배들을 직접 만나보겠다며 예배를 취재하러 온 호주 사진기자들과 함께 교회를 찾아갔다. 그러나 폭력배들은 외국에서 온 성직자라고 해서 예외를 두지 않았다. 그들은 쿠크 목사의 턱을 머리로 들이받았다. 쿠크 목사는 서울제일교회의 사태가 어떤 것인지를 해외에 다시 생생하게 알렸다.

1990년엔 WCC가 주최한 JPIC(Justice, Peace and Integrity of Creation, 정의, 평화, 창조질서의 보존) 대회가 한국에서 열렸는데, 여기에 참가한 여러나라 대표들이 노상예배를 격려하기 위해 찾아와 설교해주었다. 이때 영국의 BBC방송과 독일의 TV방송이 예배현장을 취재해서 우리의 예배 모습을 전 지역에 방영했다. BBC방송은 노상예배의 현장사진을 보여주면서 "한국엔 이런 기독교도 있고 저런 기독교도 있다. 어느 기독교가 진짜인가?"라고 물었다. 세계 여러나라의 신문, 잡지 들도 노상예배 사진과 함께 제일교회의 이야기를 상세히 보도해 세계 곳곳에서 화제를 일으켰다.

국내의 많은 성직자들도 노상예배에서 말씀을 전하면서 십자가 행진에 참가했다. 1989년 3월 19일 문익환 목사는 '새 하늘과 새 땅'이라는 제목으로 감동적인 메씨지를 전했다.

새 예루살렘에는 성전이 없습니다. 교회가 없습니다. 다만 우리의 생활 곳곳에 하나님께서 스며들어와 계십니다. (…) 여러분이 교회당으로 다시 들어갈 날이 곧 올 것입니다. 그러나 여러분은 거기에 안주해서는 안됩니다. 그곳은 다만 집회장소일 뿐입니다. 교회는 바로 이곳 길바닥이요, 우리들의 생활이 있는 곳, 눈물이 있고, 아픔, 괴로움, 절망, 울부짖음이 있는 곳입니다. 아마도 여러분이 거기서 쫓겨난 것은 '거기에만 안주해 있지 말라'고 폭력배들의 손을 빌려 하나님께서 여러분을 그 교회에서 쫓아내

신 것일 겁니다. (…)

여러분이 진정으로 예배드려야 할 곳은 눈물이 있고 슬픔, 고통, 울부짖음, 절망이 있는, 생활이 있는 바로 그곳이며, 그곳을 기쁨과 찬양과 웃음이 넘쳐나는 새 하늘과 새 땅으로 만들어야 합니다. 우리가 살아가고 있는 이 땅은 구석구석 병들어가고 있습니다. 우리가 할 일은 새 하늘과 새 땅을 만드는 일입니다.

—『광야의 행진』, 서울제일교회 1986, 54~55면

문익환 목사가 설교한 날은 공교롭게도 그가 북한을 방문하기 위해 서울을 떠나기 며칠 전이었다. 그래서 나도 조사를 받았는데, 나는 그에게서 북한 방문에 대해서는 한마디도 들은 것이 없었다.

예배장소이자 민주화운동의 터전

우리들의 노상예배가 세상에 알려지면서 예배에 참석하는 사람들이 점점 늘어났다. 가장 많을 때는 400여명에 이를 때도 있었다. 다른 교회에 나가는 신자들도 찾아와 함께 예배를 드리고 신자가 아닌 젊은이들도 격려차 찾아왔다. 물론 민주화운동을 하는 인사들도 찾아주었다. 말로만 듣던 노상예배가 어떤 것인지 궁금해서 구경하러 온 사람들도 있었다.

우리는 이런 변화에 맞게 예배형식에 변화를 주고 주보의 편

집도 바꾸었다. 그 한 예가 '공동기도문'인데, 매주일 당시의 현실문제를 소재로 삼아 만든 기도문을 주보에 싣고 함께 낭송하며 기도를 드렸다. 일종의 시사적인 기도문이다. 그리고 당시 언론에 보도되지 않은 민주화운동, 인권운동과 관련된 뉴스를 함께 실어 조그만 소식지의 역할도 하게 했다. 3·1절 다음 주일인 1985년 3월 3일자의 공동기도문은 다음과 같다.

사회자 한 조상에게서 모든 인류를 내시어 온 땅 위에 살게 하시고 또 그들이 살아갈 시대와 영토를 미리 정해주신 하나님(행 17:26).

회중 우리를 한반도에서 생을 누리게 하시고 민족의 역사창조에 참여할 수 있게 해주신 은혜에 감사하나이다.

사회자 우리는 작은 나라이기에 평화를 희구하고, 힘이 없는 겨레이기에 정의와 평등을 숭상하였습니다.

회중 그러나 우리 주변의 큰 나라들이 우리를 누르고, 우리의 것을 빼앗고, 우리를 종으로 삼은 적이 한두번이 아니었습니다.

사회자 폭력의 악신이 우리나라를 침노하여 강토가 유린당하고 겨레의 마음이 캄캄했을 때

회중 하나님은 우리를 불쌍히 보시고, 진실과 정의의 횃불을 드는 애국선열들을 있게 하시고

사회자 폭력으로 억압하는 자들을 심판하시어 그들을 패망케 하시고 쫓아내시며, 어둠 속에 갇힌 백성을 해방시키셨습니다.

회중 하나님, 우리로 하여금 민족의 역사 속에서 주님이 행하

신 놀라운 구원의 역사를 보게 하시옵소서.

사회자 66년 전 3월 1일에 있었던 일을 우리는 잊을 수 없습니다.

회중 일본제국주의의 폭력이 우리나라를 빼앗고 겨레를 노예로 만들었을 때

사회자 우리의 선열들은 양심의 소리로 폭력에 맞섰고

회중 매 맞고 옥에 갇히고 피 흘림으로써 우리 민족의 자주독립과 존엄을 선포하고 지켰습니다.

사회자 우리는 이 일이 하나님의 섭리 아래 성령의 역사로 된 일이라고 확신합니다.

회중 우리는 이 일을 자랑으로 삼으며, 그 정신을 길이길이 간직하려고 합니다.

다같이 하나님, 우리를 도와주시옵소서.

사회자 하나님, 우리 민족은 남북으로 분단되어 동족끼리 피비린내나는 싸움을 벌이다가 함께 멸망할 수밖에 없는 궁지에 놓여 있습니다.

(…)

회중 주님 우리를 불쌍히 보시어 우리의 국토에서 전쟁의 불씨를 거두어주시고, 겨레의 마음에서 불신과 증오를 씻어주시옵소서.

(…)

다같이 십자가로 세상을 이기신 예수의 이름으로 기도합니다. 아멘.

2월 25일 천주교정의평화위원회는 언론자유보장을 위한 사업으로 언론기본법 개정운동을 전개했다.

목동의 열병합발전소 공사장 안팎에서 주민 500여명이 선대책 후철거, 생존권 보장 등을 요구하며 농성했다.

3월 2일 석탄공사 장성광업소 소속 광부, 가족 500여명은 노조지부장 직선을 요구하며 태백시 4곳에서 경찰과 대치. 5일 김동철 현 노조지부장과 장성광업소 소장 홍영표씨가 사퇴함에 따라 농성을 해제했다.

——『광야의 행진』 119~120면

이처럼 새로운 형식과 내용이 해외의 시선을 끌었는지, 1985년 1월부터 1986년 7월까지의 주일예배 설교와 공동기도문을 한데 모은 책이 일본어로 번역 출판되었다. 일본 그리스도교단 출판국이 많은 돈을 들여 호화로운 양장본으로 책을 펴냈다.

노상예배는 주변에 있는 다른 교회의 신자들에게도 영향을 주었다. 우리가 예배를 시작할 때는 중부경찰서 바로 옆에 있는 영락교회의 교인들이 1부 예배를 마치고 나오거나 2부 예배에 참석하려고 들어가는 시간이어서 우리 노상예배와 마주치지 않을 수 없었다. 영락교회의 일부 신자들은 우리와 함께 예배를 드리고 헌금바구니에 헌금을 넣기도 했다. 예배양식도 특별하고 자기 교회에서는 들을 수 없는 여러 소식을 들을 수 있었기 때문인지 모른다.

우리의 노상예배는 민주화운동단체들의 유인물이 배포되는 장소가 되기도 했다. 다른 곳에서 인쇄물을 뿌리면 거의 예외없이 잡혀갔지만, 어쩐 일인지 이곳에서만은 적극적으로 단속하지 않아 각종 성명서와 전단 들이 배포되었다. 여러 단체들이 인쇄물을 배포해달라고 맡기고 가는 경우도 적지 않았다.

1987년 9월 13일엔 김영삼 민주당 총재가 약 100여명의 당원들과 함께, 그 일주일 뒤엔 김대중 당시 민주당 상임고문이 100명 이상의 측근인사들과 함께 예배에 참석해 인사와 격려의 말을 해주었다.

서울제일교회에서 중부경찰서 앞 예배장소까지는 걸어서 약 15분 정도 걸리는데, 우리는 예배를 끝내고 교회 앞까지 다시 행진하곤 했다. 우리 예배를 지원하기 위해 부산, 광주, 대전 등지에서 교인 전원이 버스로 상경해 참여하거나 서울지역 교회들이 참여한 경우, 그분들의 요구로 십자가 행진을 한 것이다.

참가자들이 너무 많아 경찰이 해산시키려 하면 우리는 그 자리에 주저앉아 찬송가를 불렀다. 그러다 경찰의 제지가 느슨해지면 다시 행진했다. 그러다보니 중부경찰서에서 교회까지 한 시간이 걸렸다. 경찰은 최루탄을 쏘아 해산시키고 싶어했지만, 어린 아기를 데리고 온 엄마들과 노약자들도 적지 않을뿐더러 외국에서 온 사람들도 있었으므로 불상사를 우려해 최루탄을 쏠 수는 없었다.

폭력을 이기는 비폭력

폭력에 비폭력으로 맞선 우리들의 노상예배와 십자가 행진은 비폭력 민주화운동의 실험과 같았다. 폭력을 이기는 것은 더 큰 폭력이 아니라 비폭력이라는 것을 증명해주는 실험 말이다.

많은 사람들이 아는 것처럼 예수의 길은 철저한 비폭력의 길이었다. 유대인들은 민족의 명예와 자주, 신앙을 지키기 위해 폭력을 쓰는 것을 당연하게 생각했고, 폭력으로 악을 정복할 수 있다고 믿었다. 그래서 그들은 아직까지 '눈에는 눈, 이에는 이'라는 보복의 원칙을 믿고 폭력을 쓰는 것이다. 그러나 예수는 이 원칙을 뒤집었다. 폭력에 대항하지 말고 떳떳이 폭력의 희생자가 되라고 명하셨다.

지금까지 예수의 비폭력 가르침을 가장 충실하게 따른 사람은 인도의 마하트마 간디(Gandhi)였고, 그후에는 미국의 마틴 루터 킹(Martin Luther King) 목사였다. 킹 목사는 이렇게 말했다. "어둠이 어둠을 몰아낼 수는 없습니다. 오직 빛만이 어둠을 몰아낼 수 있습니다. 증오가 증오를 몰아낼 수는 없습니다. 오직 사랑만이 증오를 몰아낼 수 있습니다. 증오는 더 많은 증오를 불러오고 폭력은 더 큰 폭력을 불러올 뿐입니다."

간디의 비폭력을 말할 때 함께 이야기되는 일화가 있다. 간디와 같은 시대에 일본에는 카가와 토요히꼬 목사가 있었다. 뛰어난 작가이자 일본 기독교 사회운동의 창시자이기도 한 그는 예수의 말씀을 실천하기 위해 항구도시 코오베의 빈민굴에서 노동자가 되어 한평생을 전도활동에 바쳤다. 『사선을 넘어서』라는 그의 소설은 가난한 사람들과 함께 살면서 체험한 것을 소재로 한 작품인데, 일본에서 나온 최초의 기독교 문학작품이라고 할 수 있다.

그런데 카가와가 간디를 만났을 때 두 사람의 차이는 너무나도 크게 드러났다. 일본이 미국에 선전포고를 한 지 얼마 지나지 않은 때였다. 일본의 군부는 카가와를 간디에게 보내 인도가 영국에 협조하지 않고 일본군의 아시아 정복을 도와준다면 전쟁이 끝난 후 인도를 독립국으로 인정해주겠다는 약속을 하게 했다.

그때 간디는 동정어린 눈으로 카가와를 바라보면서 이렇게 말했다. "당신은 기독교인이면서 어째서 예수의 교훈을 따르지 않고 전쟁을 일삼는 사람들의 심부름을 하십니까? 당신이 정말로 그리스도의 제자라면 돌아가서 전쟁을 중지시키도록 하십시오."

물론 카가와가 인도에 간 것은 본인의 의사가 아니었다. 전쟁을 수행하는 군부의 명령을 거역할 수 없었을 것이다. 그러나 일본의 기독교 양심을 대표하는 기독교 사회운동의 선구자가 기독교도가 아닌 간디에게서 예수의 길을 따르라는 충고를 받았다는 것은 얼마나 큰 아이러니이며 부끄러운 일인가?

6월항쟁의 감동

1987년 우리 국민들이 '6월항쟁'을 통해 군사독재를 굴복시키고 승리를 거둔 후, 그 감격을 잊을 수 없던 몇몇 분들이 나에게 이런 말을 한 적이 있다. 6월항쟁과 서울제일교회의 십자가 행진은 서로 닮은 점이 많다는 것이다. 권력의 폭력에 맞서 그 악과 거짓을 남김없이 드러나게 했다는 점과 비폭력이 폭력을 이긴다는 것을 보여주었다는 점에서 그렇다고 했다. 우리를 격려해주기 위해 한 말이겠지만, 나는 이런 견해에 반대하지 않았다. 6월항쟁은 우리의 행진이 전국민적 규모로 확대된 '장엄한 비폭력 행진'이라 볼 수도 있기 때문이다.

6월항쟁의 기폭제가 된 것은 당시 서울대 언어학과 3학년이던 박종철군의 안타까운 죽음이었다. 1987년 1월 14일 남영동의 치안본부 대공분실에서 박종철군이 고문을 받다 숨졌다. 경찰은 "수사관이 책상을 '탁' 치자 '억' 하고 쓰러져 숨졌다"고 발표했고, 곧 이 발표가 거짓임이 드러났다. 세상은 발칵 뒤집혔고 국민들은 분노했다. 이러한 분노는 2월 7일 '고(故) 박종철 국민추도회'로, 3월 3일(49재날) '고문 추방 민주화 국민평화대행진'으로 이어지면서 전두환정권을 규탄하는 집회와 시위가 들불처럼 전국으로 번져갔다.

국민들의 분노를 결정적으로 촉발시킨 것은 5월 18일 광주민중항쟁 7주년 추모미사에서 김승훈 신부가 박종철군 고문치사사건의 진상이 조작되었다는 성명을 발표한 것이었다. 김승훈 신부가 이 사건의 진범은 따로 있다면서 고문에 가담한 경찰관의 명단을 공개하자 국민들은 경악했고 여론은 뜨겁게 분출했다.

이 성명이 발표되기까지는 아슬아슬한 과정이 있었다. 영등포교도소에 수감돼 있던 중, 조작 사실을 안 이부영(李富榮, 전 열린우리당 당의장) 당시 민주통일민중운동연합(이하 '민통련') 사무처장이 극비의 편지를 통해 재야 민주화운동가 김정남 선생에게 알리고, 김선생이 이 사실을 천주교정의구현전국사제단에 전달하는 놀라운 일이 있었던 것이다.

'박종철군 국민추도위원회'는 '박종철군 고문살인 은폐조작 범국민대회 준비위원회'로 발전되었고, 5월 27일에는 재야와 통일민주당이 연합하여 '민주헌법쟁취 국민운동본부'(이하 '국본')를 결성하기에 이르렀다. 국본을 만드는 데는 오충일 목사를 중심으로 당시 성유보(成裕普, 전 방송위원회 상임위원) 민통련 사무처장과 한국기독학생회총연맹(KSCF) 황인성 총무, 이명준(李明俊), 김도현(金道鉉, 전 문화체육부 차관)씨 등이 삼엄한 감시를 용케 피해가면서 수고하여, 6월항쟁을 이끄는 데 크게 기여했다.

국본이 해야 할 중요한 일은 '박종철군 고문살인 은폐조작 규탄 및 호헌철폐 범국민대회'(이하 '국민대회')를 성공적으로 개최하는 것이었다. 6월 10일 시청 옆 성공회대성당 앞에서 열린

이 국민대회에서 군사정권을 굴복시켜 이른바 '6·29선언'을 받아내기까지, 우리 국민들이 벌인 영웅적인 민주화투쟁을 가리켜 사람들은 '6월 민주항쟁'이라고 부른다.

6월 10일 국민대회에는 전국 22개 도시에서 24만명의 시민들이 시위에 참가했다. 연세대의 이한열(李韓烈)군이 최루탄을 맞고 쓰러진 것을 항의하기 위해 마련된 6월 18일 '최루탄 추방의 날'엔 전국 16개 도시에서 150만명이, 그리고 6월 26일 '국민평화대행진의 날'엔 전국 33개 시, 군, 읍에서 180여만명이 시위에 참가한 것으로 기록돼 있으니, 민주주의를 향한 국민들의 염원이 얼마나 뜨거웠는지 알 수 있다. 수많은 학생들과 시민들이 도심을 뒤덮었다. 지금도 그날들을 되돌아보면 마치 장엄한 드라마를 보는 것 같은 감동이 몰려온다.

6월 10일, 국민대회를 앞두고 나는 대회 주관장소인 성공회대성당에 반드시 미리 들어가야만 했다. 국본 상임대표의 한 사람이기도 했지만, 나에겐 성공회의 김성수(金成洙) 대주교를 만나야 할 임무가 주어져 있었다. 주교좌성당의 박종기 신부가 결단을 내려 성공회대성당을 대회장소로 쓸 수 있도록 허락해주었지만, 주교에게 최종 허락을 받아야 하는 절차가 남아 있었다. 다행히 김영삼 총재의 도움을 받아 경찰이 에워싼 성당에 무사히 들어갈 수 있었다.

당시 성공회대성당 안에는 경찰의 봉쇄에 대비해 약 20여명의 국본 간부들이 대회를 주관하기 위해 미리 들어와 있었는데, 그 많은 사람들을 위해 박신부가 베푼 헌신적인 봉사를 지금도 잊지 못한다. 약 3일 동안 사람들이 박신부 가족과 함께 사택에서 지내다보니 식량이 동이 날 지경이었는데, 그 어려운 일을 어떻게 감당했는지……

6월 10일 국민대회는 대성공이었다. 그날 그 시간 성공회대성당 종루에서 울려퍼진 49번의 타종(독재의 죽음을 알리는 조종) 소리, 스피커를 통해 쩌렁쩌렁 도심으로 퍼져나간 지선스님의 결연한 선언문 낭독, 대회중 성당 안에서 들었던 자동차들의 경적소리…… 그날 그곳에 있었던 사람들은 이 역사적인 날의 감격을 오래오래 잊지 못할 것이다.

이날 성당 안에 있던 국본 간부들은 대회를 마친 뒤 박종철군의 영정을 들고 성당 옆문으로 나가려다가 13명이 경찰에 연행되었고, 사흘 뒤엔 전원에게 구속영장이 떨어져 서대문구치소에 수감되었다. 나를 포함해 계훈제, 양순직, 김명윤, 김병오, 금영균, 지선스님, 진관스님, 제정구, 유시춘 등이 구속되었다. 나로서는 6번째 감옥행이었다. 일제시대에 지은 낡은 감옥 한동을 거의 다 비우다시피 하고는 한방 건너 한명씩 우리를 집어넣었다.

감옥의 분위기는 크게 달라져 있었다. 교도관들도 변화의 흐름을 알아채고 민주화시대가 다가오고 있음을 느끼는 것 같았다. 들어가자마자 큰 목욕탕에 뜨거운 물을 받아놓고는 목욕을 시키고 새 옷으로 갈아입히는 등 대접이 전과 달랐다. 감방 안도 깨끗이 청소돼 있었다. 우리는 거의 자유롭게 통방하고 때로는 만나서 이야기를 나눌 수도 있었다. 옛날 같으면 상상도 못할 일이었다. 교도관들은 밖에서 일어나는 일들을 그때마다 알려주었고, 6·29선언 때는 신문까지 들고 와 보여주었다. 우리는 6·29 소식을 듣고 환호했고, 조촐한 잔치도 했다.

감옥생활을 함께하면서 계훈제, 김명윤, 양순직, 나 이렇게 네 사람은 아주 가까워졌으며, 통방을 통해 그리고 운동시간에 함께 운동을 하면서 앞으로의 대책을 논의했다. 그때 우리가 합의한 것은 앞으로 김영삼, 김대중 두 정치인이 어떤 일이 있더라도 대통령후보를 놓고 경쟁하게 해서는 안된다는 것이었다. 1980년 봄처럼 국민들의 염원을 또다시 저버리게 해서는 안되며, 그런 일이 일어나지 않도록 우리 모두가 최선의 노력을 다하자고 굳게 약속했다.

우리는 이한열군의 장례식 전날인 7월 8일 기소유예로 석방되었다. 연행된 지 약 25일 만이었다. 이날 석방된 시국사범은 367명이었다. 석방되는 날, 나는 이한열군의 '민주국민장' 장례식에 참가했다. 이군은 최루탄을 맞은 뒤 한달 가까이 죽음과 싸우다가 7월 5일 세상을 떠났다.

이군의 장례식은 내가 본 것 중에서 가장 장엄한 장례식이었다. 바로 전날 감옥에서 석방된 민통련 의장 문익환 목사가 영결식에서 민주화운동을 하다가 세상을 떠난 열사들의 이름을 잇따라 불렀다. 전태일로부터 시작하여 마지막으로 "이한열 열사여……!" 하고 이름을 외쳤을 때 비통함은 절정에 달했다. 그것은 마치 처절한 초혼문(招魂文)처럼 들렸다. 약 10만명으로 시작된 추모행렬은 신촌네거리 노제에서 30만명으로 늘어났고, 시청 앞 광장에 모였을 때는 100만명에 이른 것으로 집계됐다. 마치 사람의 바다 같았다.

나는 장지인 광주까지 내려갔다. 광주에 가보니 웬일인지 묘지가 두군데 준비되어 있었다. 민주화운동 쪽에서는 광주항쟁의 희생자들이 묻힌 망월동 묘역 안에, 정부측에서는 그 반대쪽에 묘지를 준비해놓고 있었다. 서로가 좋은 자리라고 주장했는데, 내 눈에는 정부 쪽에서 망월동 묘역에 묻히는 것을 방해하는 것처럼 보였다. 나는 끝까지 망월동에 묻혀야 한다고 주장했고 다른 사람들도 찬성하여 마침내 그곳에 묻혔다.

또다시 실패한 대선 후보단일화

6·29선언 후 시간이 흐르면서 야권의 대통령후보 선정 문제가 야당뿐만 아니라 민주진영과 국민들의 가장 큰 관심사가 되었다. 두 김씨가 분열하여 민주화를 좌절시킨 1980년 봄의 불행이 되풀이되어서는 안된다는 것이 국민 대다수의 간절한 바람이었다. 두 김씨가 욕심을 버렸다는 것을 거듭 공개적으로 밝혀왔기 때문에 근거없는 희망이 아니었다.

김영삼 통일민주당 총재는 1985년 3월 7일 한 신문과의 인터뷰에서 "83년의 단식투쟁을 통해 대통령을 하겠다는 욕심을 완전히 버렸다"고 말하는 등 여러차례 자신의 뜻을 밝혔고, 김대중 선생 또한 그랬다. 1986년 10월 20일 김수환 추기경이 로마에서 "양 김씨 역시 대통령이 되겠다는 욕심을 포기해야 국가적 비극을 피할 수 있다"고 말한 것이 국내에서 큰 반향을 일으키자, 11월 5일 김대중 민추협 공동의장은 "대통령직선제를 현정권이 수락한다면, 비록 사면복권이 된다 해도 대통령선거에 출마하지 않겠다"고 선언했다. 이런 두 김씨의 발언은 국민들에게 감동과 신뢰를 주었다.

그러나 6·29 이후 대통령직선제 개헌이 확실해지자 그들의 입장은 바뀌어갔다. 두 사람 사이에 신경전이 계속되는 가운데, 양측은 출마준비에 들어갔다. 사태가 고약하게 돌아가는 것을 보면서 1980년의 분열이 되풀이되는 것 아닌가 걱정하지 않을 수 없었다. 그래서 김관석 목사를 비롯한 기독교계 간부들 10여 명이 모여 대책을 협의했다. 이 자리에서 나는 "이번에는 반드시 후보를 단일화시켜야 한다. 두 사람이 분열하면 선거에서 틀림없이 진다. 이것만은 모든 힘을 다해 막아야 한다"고 주장했다. 그것은 민주화를 바라는 대다수 국민들의 뜻이기도 했다.

그로부터 약 일주일 뒤 개신교계의 두 동지가 나를 찾아왔다. 그들은 문건을 하나 내놓으며 김대중 선생을 대통령후보로 지지한다는 성명인데, 여기에 찬성해주었으면 좋겠다고 했다. 성명서의 요지는 김영삼 총재에 대한 김대중 선생의 '비교우위론'이었으며, 김선생을 '비판적으로 지지한다'는 것이었다. 이른바 '비지론(批支論)'이었다. 성명서의 끝에는 지지자들의 이름이 적혀 있었고, 내 이름도 들어 있었다.

깜짝 놀란 나는 "이것은 지금까지 우리가 논의한 것과는 딴판 아니냐? 어떻게 이럴 수 있는가? 나는 못한다. 내 이름은 빼달라"고 단호하게 거부했다. 나는 이 성명이 후보단일화를 촉구하는 성명이어야 한다고 주장했다. 그러나 나의 이런 반대는 큰 힘이 없었다. 이미 민주화운동을 하는 개신교계의 중진 가운데 여러 사람이 여기에 서명했고, 이 문건은 내 이름을 빼고 다음날 발표되고 말았다.

김대중 비교우위론엔 그럴 만한 이유가 있었다. 이념적으로 더 진보적이고, 죽을 고비를 여러차례 넘기는 등 너무 많은 고난을 겪었으며, 나이도 더 많다는 것이었다. 나도 사사로운 관계로 본다면 김영삼 총재보다는 김대중 선생을 더 많이 만났다. 김선생이 민주화운동 과정에서 더 많은 고난을 겪었다는 점에서도 마음이 끌렸다. 그러나 나라의 민주화와 장래를 위해 무엇이 옳은 길이며 최선인가를 결정하는 일과는 엄격히 구별돼야 한다는 것이 내 생각이었다.

그런데 "박형규도 경상도 사람이라 어쩔 수 없다"는 소문이 들려왔다. 내가 같은 경상남도 사람이라 김영삼을 지지한다는 이야기였다. 나의 진의를 몰라도 너무 몰라 어이가 없고 한심하다는 생각도 들었으나, 별로 개의치 않았다.

이리하여 민주화를 위해 함께 싸웠던 사람들 사이에 분열이 생겼다. 한쪽은 김대중 선생을 지지하는 '비지그룹'이고, 다른쪽은 후보를 단일화해야 한다는 이른바 '후단그룹'이었다. 그리고 여기에 독자적인 '민중후보'까지 나오고 보니 후보단일화는 더욱 복잡해지고 어려워졌다. '민중후보'는 선거날이 임박하여 '민주세력의 연대를 이루어내지 못한 책임을 지고' 후보직을 사퇴했지만, 민주진영은 끝내 후보단일화에 실패했다.

내가 후보를 단일화해야 한다고 입장을 밝힌 지 얼마 안된 어느 날, 재야 정치인 한분이 나를 찾아왔다. 김대중 선생의 부탁을 받고 나에게 메씨지를 전달하기 위해 찾아온 것이었다. 그는 "DJ가 양보하지 않을 것이 확실해졌다"면서 "그러니 YS에게 양보하라고 할 수밖에 없지 않느냐"고 했다.

나는 "시간을 좀 달라. 김영삼 총재를 만난 후 답을 주겠다"고 대답하고는 곧 김총재를 만나, "김총재는 아직 나이가 더 젊지 않느냐. 김대중 선생을 먼저 시키고 그 다음에 해도 늦지 않다고 생각한다. 다음엔 틀림없이 김총재가 될 것이다. 그러니 이번만은 김총재가 양보하는 것이 좋겠다. 두 사람이 다 나오면 반드시 패배한다. 민주화를 염원해온 국민들을 생각해달라"고 설득했다. 그랬더니 그는 "내가 김대중씨보다 나이가 적은 것도 맞고, 민주화운동을 하다가 김대중씨가 더 많이 고생한 것도 사실이다. 그러나 내가 양보할 수 없는 중요한 이유가 있다. 김대중씨로는 절대로 이길 수 없다는 것이다. 그가 이길 수 있다면 양보하겠는데, 결코 이길 수 없다. 그러니 나라도 나서서 이기고 보아야 하지 않겠는가?"라는 요지의 답변을 했다. 그러고는 시간을 좀 달라면서 주변 사람들과 상의해 본 다음 결정하겠다고 말했다. 나는 단일화를 성사시키기 위해서는 양쪽 모두에게 양보하라고 권고하는 길밖에 없다고 생각하고 김대중 선생 쪽에도 양보를 권했다.

두차례에 걸쳐 두 김씨가 마주앉아 후보단일화 협상을 했지만 끝내 결렬되고 말았다. 이렇게 후보단일화 노력이 아무런 성과도 거두지 못하자, 재야의 일부에서는 바티칸에서 교황을 뽑는 식으로라도 단일화를 이루어내야 하는 것 아니냐는 이야기도 나왔다. 누가 양보를 하든 결론을 낼 때까지 두 사람이 담판을 짓게 하자는 것이었다. 오죽 답답했으면 그런 이야기까지 나왔을까? 그러나 이것은 그저 하나의 아이디어일 뿐, 그렇게 밀고 갈 힘이 없었다. 그리고 두 김씨는 이미 돌아올 수 없는 강을 건너 아주 멀리까지 가 있었다.

많은 사람들이 걱정한 대로 1987년 12월 16일 실시된 제16대 대통령선거는 민주진영의 패배로 끝났다. 노태우 828만표, 김영삼 633만표, 김대중 611만표를 얻은 것으로 발표되었으니, 두 김씨의 표를 합치면 1,244만표가 된다. 후보단일화를 이루었을 때 이만큼 표를 얻었을 것이라고 장담할 수는 없겠지만, 두 김씨 중 한 사람만 나왔다면 이겨도 크게 이겼을 것이 틀림없다.

오랜 세월 민주화시대가 열리기를 염원해온 국민들이 큰 좌절감과 분노를 느낀 것처럼 나 또한 그랬다. 내가 이 좌절을 극복하는 데는 꽤 많은 시간이 걸렸다. "하나님께서는 우리나라의 민주주의가 직선으로 전진하기보다는 지그재그로 발전하기를 바라시는가보다"라고 생각을 정리하는 수밖에 없었다.

선거가 끝난 후 어느날 김영삼 총재로부터 만나고 싶다는 연락이 왔다. 식사를 함께하면서 그는 이런 요지의 말을 했다. "그때 박목사님의 말씀을 들었어야 하는 건데…… 이렇게 민주진영이 패배를 당하게 해서 정말 미안합니다." 나는 그의 말이 진심에서 나온 것이라고 믿었다. 그렇지 않다면 선거도 끝났는데 일부러 나를 만나자고 할 이유가 없었을 것이다.

길 위의 예배를 끝내다

길 위에서 예배를 드리는 동안 6년이라는 세월이 흘렀다. 그동안 태어난 아기들도 적지 않아서 그 아기들이 귀엽고 사랑스러운 어린이로 자라는 것을 바라보는 기쁨도 있었다.

6년 동안 많은 시련을 겪었고, 또한 많은 기쁨도 맛보았다. 신앙의 힘, 진리의 힘을 체험했을 때의 기쁨이었다. 그리스도로 말미암아 오는 기쁨이기에 세상의 기쁨과는 다른 것이었다. 자신이 옳다고 생각한 것을 위해 일할 때에만 맛볼 수 있는 그런 기쁨이다.

그러나 언제까지나 길거리에서 살 수만은 없었다. 길거리에서 예배를 드리는 동안 우리는 병에 걸렸다. 영양부족으로 계속 피를 흘리는 혈루증 같은 병이었다. 보급로가 차단된 전선의 부대와도 같았다. 너무나도 피폐해졌다. 어린이들의 주일학교를 열 곳도, 중고등부 학생들이 모일 곳도 없었다. 비 오는 날, 뜨거운 여름이나 추운 겨울날, 노인들은 길거리에서 예배를 드리기 어려웠다. 우리에게는 '집'이 필요했다.

그래서 만 6년이 되던 1990년 12월 9일, 마지막으로 노상예배를 드리고 12월 16일부터 종로5가 기독교회관 2층 강당에서 주일예배를 드리기로 했다. 교인들은 그동안 권력의 폭력에 맞서 그 거짓과 야만을 세상에 폭로할 만큼 했다고 자기를 위로했다. 긴 세월 거리를 떠돌다가 안정된 건물 안에서 예배를 드리니 옛날로 돌아간 것 같은 느낌을 받았다. 그러나 아직도 자기 집으로 돌아가지 못하는 슬픔을 함께 느꼈다.

서울제일교회를 떠나다

1991년 12월 성탄절, 우리가 만 6년 동안의 노상예배를 끝내고 기독교회관 강당에서 예배를 드린 지도 1년이 되었다. 지난 7년 동안, 우리의 처지는 이집트를 탈출하여 가나안을 찾아가는 이스라엘 백성과 다를 바 없었다. 이스라엘 백성들이 40년 동안 가나안을 향해 광야를 헤맸듯이 우리는 오랜 세월 교회로 돌아갈 날을 기다리며 길거리를 떠돌았다. 길거리 예배는 '광야의 행진'이었고, 우리가 돌아가야 할 교회, 분열이 없고 사랑으로 충만한 서울제일교회는 그 옛날 이스라엘 백성들이 찾아나선 '가나안'이었다.

1991년은 또한 내가 서울제일교회에서 설교한 지 만 20년이 되는 해였다. 1971년 3월 임시당회장이 되어 주일설교를 시작했고, 그 다음해에 당회장으로 정식 부임했다. 지난 20년을 돌아보며 무엇보다 하나님께 감사했다. 우리 교회를 시대의 상징으로 쓰시고 우리를 이끌어주신 것에 대한 감사였다.

1970년대에는 유신체제하에서 인권과 민주주의를 위해 고난받는 교회로서 봉사하라는 부르심을 받았고, 광주학살로 시작된 1980년대 폭력의 시대에는 '폭력악신(暴力惡神)'의 횡포와 거짓에 맞서 싸우라는 부르심을 받았다. 그동안 나는 여러차례 감옥에 드나들었지만, 하나님께서는 그때마다 나를 오래 두지 않으셨다. 장기 징역형을 선고받았어도 열달을 넘기지 않고 풀려났으니 문익환 목사나 리영희 교수처럼 투옥될 때마다 몇년씩 징역을 사신 분들에 비하면 얼마나 큰 은총인가. 목회자를 오래 감옥에 둘 수 없다는 하나님의 특별한 배려 때문이었다고 나는 믿는다. 목사가 몇년씩 감옥에 갇혀 있다면 목자 없는 교회가 어떻게 유지될 수 있겠는가?

회한 또한 적지 않았다. 우리를 길거리로 내몬 형제자매들도 사실은 우리와 똑같은 폭력악신의 희생자들인데, 그들을 충분히 이해하고 따뜻하게 보살펴주었던가 다시 돌아보게 되었다. 폭력을 시작하고 주도한 교인들 가운데는 이북에서 넘어온 사람들이 많았다. 그들의 신앙은 보수적이었고, 낡은 사고방식에서 벗어나지 못하고 있었다.

그들뿐 아니라 그 시대의 대다수 기독교인들이 보수적인 신앙을 갖고 있었다. 그들은 극단으로 치닫는 시대 속에서 힘있는

자들이 정의를 짓밟고 악을 행할 때 거기에 저항해야 한다는 생각을 할 수 없었다. 가난한 사람들, 억울한 사람들의 호소를 들어주고 그 고난을 함께 나누는 것 또한 그리스도인들이 짊어져야 할 짐이라는 것을 납득할 수 없었고, 성서에 나와 있는 '가장 보잘것없는 사람들에게 해준 것이 바로 나에게 해준 것'이라는 그리스도의 가르침을 제대로 이해할 수 없었다.

하나님의 모습대로 지으심을 받은 인간이기에 사람은 누구나 예외없이 존엄한 존재이고 그렇기에 인권은 하나님이 주신 엄중한 권리라는 것을, 모든 정치적 독재야말로 민주주의의 가장 큰 적이며, 민주주의를 사랑하고 지키는 것이야말로 공산주의를 막는 가장 확실한 길이라는 것을 알지 못했다. 이 세상에는 흑과 백, 두가지 색깔만 있는 것이 아니라 많은 색깔이 있으며, 그 여러 색깔이 한데 어울려 아름다운 세계를 만들어낸다는 것을, 그래서 무지개가 그토록 아름답다는 것을 그들은 이해하려 하지 않았다.

예배를 방해한 사람들은 비록 보수적인 신앙을 가졌지만, 어려운 시절 오랫동안 우리와 함께 고달픈 길을 걸어온 것도 사실이다. 이런저런 갈등이 없지 않았지만 서울제일교회를 좋은 신앙공동체로 만들기 위해 함께 노력해왔다. 그러나 점점 더 가혹한 시련이 닥쳐오면서 교회 내에 분열이 생겼다. 나는 목사도 교회도 '가야 할 길은 십자가의 길'이니 그 길을 가자고 했고, 그 과정에서 따라올 수 없는 사람들이 생기고 갈등이 일어났다.

어려움에 맞닥뜨렸을 때 그런 사람들이 나오는 것은 어쩌면 당연한 일인지도 모른다.

권력의 속임수에 빠져 자기가 무슨 짓을 하는지도 모르면서 죄를 저지른 사람들, 폭력정권의 희생자들, 나는 이들과 다시 손을 잡고 싶었다. 이들 형제들과 화해하여 거리를 떠도는 교인들이 옛날의 집으로 돌아가는 것, 그리고 갈라진 교회가 하나되는 것. 그것은 두말할 필요도 없이 나를 포함한 모든 교인들의 오랜 바람이요 과제였다.

이 과제를 해결하려면 어떻게 해야 할까? 그동안의 모든 노력이 수포로 돌아간 터에 무슨 길이 남아 있는가? 나는 이 문제를 두고 오랫동안 기도하고 묵상했다. 그리고 마침내 결론을 내렸다. 내가 교회를 떠나는 것이다. 이들과 화해하기 위해서는 내가 떠나고 새 사람이 와서 문제를 푸는 것이 좋겠다고 생각했다. 당시 목사의 정년은 만 70세였으므로 아직 1년 가까이 남아 있었지만 물러나기로 마음을 굳혔다. 그렇게 하는 것이 어려운 교회의 재정부담을 덜어주는 데도 도움이 될 것이었다.

1992년 6월 28일, 나는 후계자의 선임을 앞두고 주일예배에서 은퇴 결심을 발표했다.

사랑하는 교우 여러분, 오늘 나는 중요한 결심을 이 설교를 통해 발표하려고 합니다. 나는 오래전부터 교회의 담임목사직을 사임하는 문제를 심각하게 생각해왔습니다. 언제 어떤 방식으로 할 것인가? 교회의 문제들을 해결하고 새로운 발전을 도모하는 데

도움이 되는 은퇴의 길은 어떤 것일까? 고민하며 기도하는 가운데 시간은 흐르고 해는 바뀌고 건강은 날이 갈수록 허약해져갔습니다. 이대로 차일피일하다가는 정년은퇴의 시한을 넘기고 말 것 같은 불안도 있었습니다. (…)

나는 좋은 목자가 아니었습니다. 유능하지도 못했습니다. 양떼를 위해 목숨을 버리는 목자는 더더욱 아니었습니다. 교인들이 목사를 사랑하는 그 사랑에 비해 진정으로 양떼를 사랑했노라고 자신있게 말할 수가 없습니다. 그리고 이제 내가 회개하고 분발해서 선한 목자가 되려고 노력을 한다 해도 때는 이미 늦었습니다. 노년에 이른 사람이 아무리 회개해도 하나님은 그에게 청춘을 되돌려주시지 않습니다. 나는 결국 내 모습 그대로 나의 실패와 수치를 그대로 가지고 주님 앞에 나갈 수밖에 없습니다. (…) 내게 남아 있는 것 중에서 가장 귀중한 것은 이름, 즉 명예일 것입니다. 사람들은 나의 명예를 위해서라도 교회의 문제들을 말끔히 정돈하고 은퇴하라고 충고합니다. 그런데 내게는 그 일이 역부족입니다. 차라리 그 어질러진 현실에 내 이름을 파묻고 다른 사람으로 하여금 이를 정돈하는 공을 세우도록 해야 한다고 생각합니다.

　　　　— 박형규 『파수꾼의 함성』, 한국기독교장로회 1992, 442~445면

나는 은퇴를 실행에 옮기기 위해 대책을 함께 논의했다. 후임자 때문에 걱정이 많았으나 다행히도 당시 안암교회에서 목회를 하고 있던 서도섭 목사를 찾아낼 수 있어 기뻤다. 장로들은

나의 지명을 흔쾌히 받아주었고 교인들도 동의해주었다. 서목사는 한국신학대학에서 신학을, 대구계명대학에서 교육학을 전공한 분으로, 해군 군종목사로 8년, 대구영지교회에서 5년, 청주제일교회에서 8년 7개월, 그리고 서울안암교회에서 13년째 목회를 하고 있었다. 충북노회장, 서울노회장, 총회 정치부장, 한신대학 이사 등 교단의 중요한 직책을 두루 역임하면서도 자기의 공로와 재능을 숨기는 겸손한 사람이었다.

나는 서목사를 설득하는 과정에서 이분이야말로 하나님이 보내주셨다고 믿게 되었다. 비록 나 자신은 모세의 그림자도 되지 못하지만, 이분은 능히 여호수아(Joshua)의 역할을 해낼 수 있는 목회자였다. 갈라진 형제들과 화해하기 위해서는 지난날 예배방해 사건으로 징계를 받고 교회에서 제명되었거나 자격이 정지된 교우들의 해벌(解罰)이 필요한데, 서목사야말로 이 일을 해낼 수 있는 유능한 목회자였다.

1992년 7월 19일 마지막 주일설교를 하고, 이해 8월 27일 서울제일교회를 떠났다. 교회가 환란을 겪을 때 교회를 지키기 위해 온갖 고난을 다 겪은 성도들과 작별하자니 어찌 감회가 깊지 않겠는가. 그 어두운 시대에 나와 함께 가시밭길을 동행해준 교우들에게 깊은 감사와 석별의 아쉬움을 어떻게 표현해야 할지 몰랐다. 나는 다음과 같은 말로 이날 설교를 끝냈다.

사랑하는 교우 여러분, 이제 우리의 시대는 끝났습니다. 우리의 고난도 끝났습니다. 우리가 바라는 것이 있다면 우리의 수고가 헛되지 않았다는 것입니다. 부탁이 있습니다. 새롭게 모시는 교역자의 권위를 인정하고 그의 위신을 세워주십시오. 교역자는 고용된 일꾼이 아니라 주께서 보내신 사자(使者)입니다. 주의 종을 잘 대접하는 사람들을 하나님은 축복하십니다.

1992년 8월에 부임한 서도섭 목사는 갈라진 교인들과 화해하려고 많은 노력을 기울였지만, 여전히 교회로 돌아가지 못한 채 오랫동안 기독교회관 강당에서 예배를 드릴 수밖에 없었다. 그러다 1996년 마침내 교인들을 이끌고 서울제일교회로 들어갔다. 그러나 예배를 함께 볼 수는 없어, 노상예배를 드렸던 교인들은 오전 10시 30분에서 11시 30분까지, 예배를 방해했던 교인들은 낮 12시에 예배를 드리게 되었다.

서목사는 2000년 11월 은퇴한 뒤 2002년 별세했고, 그 후임으로 구창완 목사가 부임하여 약 7년 동안 시무했다. 민청학련 사건으로 옥살이를 했던 구목사는 서울대 학생시절부터 서울제일교회 건물의 작은 방에서 형제의 집을 이끌다가 학교에서 제적처분을 받았다. 그후 선교교육원에서 서남동 목사의 지도하에 신학공부를 한 뒤 목사안수를 받은 운동권 출신 목사였다. 지금 구목사는 대만신학교 교수로 가 있고, 2007년 여름부터 정진우 목사가 목회를 하고 있다. 그러나 세월은 아직도 그 옛날의 아픈 기억을 지워버리지 못해, 10여명의 갈라진 형제자매들은 지금도 12시에 그들만의 예배를 드리고 있다.

2009년 5월 17일 교회창립 56주년 예배에는 정목사가 특별히 '홈커밍데이' 행사를 마련하고 우리 가족을 초청해주었다. 오랜만에 옛날의 강단에 서서 주일설교를 했고, 친교시간에는 우리 가족이 내가 감옥에서 지은 「어머니」라는 노래를 함께 불렀다. 이 모임에서 정광서 목사, 최영실 교수, 고애신 선교사 등 그 옛날의 형제자매들을 만날 수 있어 반가웠다. 이분들을 만나니 지난날의 기억들이 떠올라 20여년 전으로 돌아간 느낌이었다.

하나님의 발길에 차여서

지난날 내 인생을 돌아보면 하나님의 섭리의 손길을 생각하게 된다. 남산 부활절예배 사건을 비롯해 여러 사건을 겪을 때마다 그것을 느껴왔다. 하나님의 섭리가 아니고는 사건이 그렇게 절묘하게 전개될 수가 없었다.

나는 기독교 가정에서 태어나고 자라 이제껏 그리스도와 교회를 떠나 내 인생의 의미를 찾으려 해본 적이 없었다. 그러나 어릴 때부터 교회가 도리어 그리스도를 욕되게 하고, 사랑의 공동체가 분쟁의 도가니로 변하는 것을 자주 보아왔다. 더욱이 세상이 포악해질 때 교회가 그 희생자들을 돌보기는커녕 도리어 불의한 자들에게 굴복하고 그들의 편에 서서 약자를 멸시하는 것을 보았을 때는 불같은 분노와 죽음 같은 비애를 느꼈다.

나는 목사가 되어 목회자로 일해야 한다는 나의 운명을 한동안 거부했다가 눈앞에 다가온 죽음 앞에서야 이 운명을 받아들였다. 그리고 목회자의 길도 얼마든지 평탄할 수 있다는 것을 알았고 거기에 안주할 생각도 했다. 그러나 4·19학생혁명과 마주쳤을 때 한국의 교회가 죽어 있다는 사실을 발견했다. 그리하여 교회를 살려야 한다고 생각했고, '교회로 하여금 교회 되게 해야 한다'는 과제를 스스로 짊어졌다.

나는 공덕교회의 담임목사가 되는 것을 거부하고, 평신도운동, 기독학생운동, 기독언론운동 등 교회의 울타리 밖에서 학생, 지식인 들과 함께 교회갱신운동에 참여했다. 그러던 중 학생, 지식인 들의 각성만으로는 교회갱신이 어렵다고 보고, 사회적 불의의 희생자가 된 도시빈민, 노동자, 농민 들 사이에도 그리스도의 복음이 살아 움직여야 한다고 생각하기에 이르렀다. 나는 구약성서의 에스겔(Ezekiel)이 본 환상, 골짜기의 마른 뼈들이 하나님의 생기를 받아 큰 군대로 살아나는 모습을 보고자 했다. 그래서 그들과 연대하려고 노력했고, 젊은 그리스도의 제자들을 설득하고 격려해서 가난하고 억눌린 사람들과 함께 살면서 그들 가운데 살아 계신 그리스도를 발견하려 했다.

이것이 내가 걸어온 길이다. 이것을 짧게 정리한다면 뭐라고 할 수 있을까? 대충 이런 말로 요약되리라고 본다. 예수를 그리스도로 고백하는 행위는 개인 영혼의 구원을 넘어서야 한다. 현실 속에서의 삶의 구원, 사회적인 구원, 역사적인 구원으로까지 나아가야 한다. 개인의 삶이 사회 속에서 구원받을 뿐만 아니라 사회 전체를 구원받게 해야 하며, 적극적으로 역사에 참여하여 역사도 구원받게 해야 한다. 아니, 그것을 넘어 세계의 구원, 자연의 구원으로까지 나아가야 한다. 인간의 무지와 탐욕으로 인해 죽어가는 자연, 그 속에서 살아가는 뭇생명까지도 구원받게 해야 한다는 것이 내 생각이다.

개인의 영적인 구원이 중요하지 않다는 이야기가 아니다. 영혼의 구원을 추구하지 않는 종교는 성립될 수 없다. 그러나 모든 종교는 인간의 영혼이 참다운 자유, 궁극적인 자유를 추구해야 한다고 가르치지 않는가?

중요한 것은 사람들이 생각하는 것처럼 인간의 영적인 구원과 사회적 구원이 따로따로 있는 것이 아니라 하나로 통일되어 있다는 것이다. 그리스도의 가르침을 따라 살려는 사람의 영혼이 가난과 억눌림, 고통 속에서 죽어가는 이웃들을 못 본 체하면서, 사회적 불의를 모른 척하면서 어떻게 자유로울 수 있겠는가? 어떻게 살아 있는 믿음을 가졌다고 말할 수 있겠는가? '이웃의 가난은 나의 수치'라는 말도 있지 않은가.

세상의 권력은 이런 신앙을 가진 사람과 교회를 박해했다. 그러나 돌아보면 이런 박해 속에서도 하나님의 큰 축복을 받지 않았나 생각한다. 박해 속에서 가난하고 불우한 이웃의 고통을 더 많이 이해하게 되었고, 여러 사건을 통해 하나님의 현존을 더 많이 깨닫게 되었으며, 시련 속에서 하나님과 사람들로부터 더 많은 사랑과 도움을 받았고, 그리하여 사랑이 진리라는 것을,

사랑처럼 존귀한 것은 없다는 것을 더 많이 체험하게 되었기 때문이다. 그러므로 이미 받을 축복을 다 받았다는 생각이 든다.

나는 사도 바울로가 말한 "질그릇에 담긴 보배"(고린도II서 4:7)라는 구절에서 특히 '질그릇'이란 말을 좋아한다. 그래서 1973년 처음 감옥에 갔다가 나왔을 때도 '질그릇과 같은 우리들'이란 제목으로 설교했고, '서울제일교회 25년사'를 단행본으로 엮을 때도 제목을 '질그릇'으로 했다. 이렇듯 내 생애를 이야기할 때면 언제나 질그릇이란 말이 따라다녔다. 이렇게 질그릇을 좋아하는 것은 내가 질그릇처럼 못났기 때문이다. 잘 만들어진 멋진 도자기가 되었으면 좋으련만, 나는 그러질 못했다. 바보처럼 모자라는 점이 많고 게으르고 태만하여 범인(凡人) 중에서도 범인이다.

이런 질그릇 같은 나를 하나님은 그래도 그릇으로 써주셨다. 그때그때 가장 필요한 것을 담아 써주시고, 때로는 이 그릇에 보화를 가득히 담아주시기도 했다. 그 은총에 감사할 따름이다.

나는 함석헌 선생이 즐겨 쓰신 '하나님의 발길에 차인 사람'이란 말도 좋아한다. 민주화운동의 길을 걷게 된 것도 하나님의 발길에 차여서 그리된 것이 아닌가 생각될 때가 많았다. 발길에 차여서, 떠밀려서 안할 수가 없었다는 뜻이다. 하나님만이 나를 떠민 것이 아니었다. 함께 일한 동료들, 후배들에게 떠밀려서 어쩔 수 없이 한 경우가 적지 않았다.

그러나 지나고 보면 그렇게 나를 떠민 그들이 옳았고, 그래서 그들에게 감사했다. 오랜 세월 멀고 험한 길을 함께 걸어온 지난날의 동료들과 후배들에게 깊은 감사의 말을 전하고 싶다.

그후의 박형규 목사

박형규 목사는 서울제일교회를 은퇴하는 것으로 목회활동을 끝냈다. 그후 고령에도 불구하고 나라의 민주주의를 지키고 발전시키는 운동과 민족통일 및 평화운동에 계속 참여하고 있다. 민주주의민족통일전국연합 고문(1992), 남북민간교류협의회 이사장(1993), 노동인권회관 이사장(1995), 월간 『사회평론 길』 발행인(1996), 한국교회인권쎈터 이사장(1996~1997), 민주화운동기념사업회 초대 이사장(2002) 등을 역임했으며, 지금은 남북평화재단의 이사장으로 일하고 있다.

　우리나라에도 본회퍼의 길을 걸어가신 분들이 여럿 계시지만, 그중 대표적인 분은 아마도 고(故) 문익환 목사님과 박형규 목사님이 아닐까 합니다. 디트리히 본회퍼 목사는 나찌의 독재자 히틀러에 맞서 싸우다가 39세의 젊은 나이에 처형당한 순교자입니다.

　박형규 목사님의 생애는 본회퍼 목사처럼 아주 특별합니다. 기독교의 다른 성직자들처럼 순탄하고 편안한 길을 걸어갈 수도 있었지만, 전혀 다른 길을 걸어가셨기 때문입니다. 성직자로서만이 아니라 일반시민으로서도 그러합니다. 그야말로 '좁은 문'만을 찾아들어가 온갖 박해를 당하면서 억압받는 사람들 편에, 가난하고 버림받은 사람들 곁에 계셨습니다. 많은 크리스천들이 세속적인 기복신앙에 안주하고 교계의 여러 지도자들이 청와대나 고급호텔에서 권력자들을 위한 기도회를 열고 있을 때 박형규 목사님은 감옥에 계셨습니다. 무시무시한 내란음모죄에다 긴급조치, 집시법위반 등 여러 죄목으로 6번이나 감옥살이한 것은 말할 것도 없고, 수시로 연행당하여 나라의 민주화가 이루어지기까지 수사기관에서 고초를 당하지 않은 해를 찾기 어려울 정도입니다.

이 책은 스스로 가시밭길을 걸어간 박형규 목사님의 특별한 삶을 알아보고 그 생애를 통해 우리의 역사를 되돌아보기 위해 기획되었습니다. 유신체제를 비롯한 군사독재를 어떻게 보았기에 그렇게 싸울 수밖에 없었는지, 그런 신념과 신앙을 가지고 권력과 맞섰을 때 권력이 어떻게 박해했으며, 힘없는 개인이 어떻게 이를 견뎌냈는지, 그리하여 모든 것을 건 소수의 외롭고 의로운 싸움이 우리의 현실과 역사에 어떤 변화를 가져왔는지 알아보고 싶었습니다.

우리 민주화의 역사는 야만적인 권력의 폭력에 맞서 힘없는 비폭력, 그러나 위대한 비폭력(양심의 힘, 도덕적인 힘)이 싸워 이긴 것이라 할 수도 있는데, 박목사님의 개인사에서는 이것이 어떻게 나타났는지 알아보고 싶었습니다. 그 유명한 서울제일교회 박해사건 이야기도 듣고 싶었습니다. 많은 기독교인들이 자기 나름대로 하나님을 모시고 살지만, 목사님의 하나님은 어떤 하나님인지, 왜 그런 하나님을 모시게 되었는지 궁금했습니다. 도시빈민들이 판잣집에서도 살지 못하고 쫓겨나기를 거듭할 때 그들 곁에 있게 한 신앙은 어떤 신앙이었는지 알아보고 싶었습니다.

그 옛날 민주주의를 이루어내기 위해 치열한 싸움이 벌어지던 시절 같으면 한가로운 질문으로 들렸을 법한 이런 의문들이 어느날 아주 새삼스럽고도 진지하게 물어야 할 질문으로 떠올라 이 책을 만들게 되었습니다. 우리의 민주주의와 인권이 날로 후퇴하여 시곗바늘이 거꾸로 돌아가는 오늘의 위태로운 현실을 보면서 지금이야말로 과거를 돌아봐야 할 때가 아닌가 생각하게 됩니다.

박형규 목사님처럼 남다른 삶을 사신 분의 생애는 기록으로 남겨야 한다는 생각을 가지고 존경하는 언론인인 임재경 선배님을 찾아가 상의했습니다. 그랬더니 "아, 그거 좋은 생각이다" 하고 적극 찬성해주셨습니다. 임선배께서는 지금도 굽힘없는 언론인 정신을 간직하여 '진실'과 '기록'의 중요성을 항상 강조하시는 분입니다. 지금도 중요한 만남이 있으면 카메라를 들고 나오라고 하십니다.

잘되겠지 하는 기대를 가지고 둘이서 박형규 목사님을 만났습니다. 그랬더니 첫 대답이 "회고록은 무슨…… 내가 기록을 남겨야 한다면 회고록이 아니라 '참회록'이지요" 하는 것이었습니다. '참회록'이라…… 저는 이 말씀에서 깊은 인상을 받았습니다. 이런 말은 아무나 할 수 있는 말이 아니기 때문입니다. 그리고 이런 대목이야말로 목사님의 진면목을 드러낸 것이라고 생각했습니다.

자신은 민주화운동에 참여한 많은 사람 중의 하나일 뿐인데,

한 개인의 이야기를 책으로 펴내는 것이 내키지 않는다는 것이 목사님의 생각입니다. 그래서 거듭 반대하셨습니다. 그러나 이 책은 개인사를 통해 우리의 가까운 역사를 돌아보자는 것이며 그 역사를 통해 메씨지를 얻는 것이라는 점을 들어 우리는 계속 허락을 요청했고, 그런 끝에 얇은 책을 만들자는 동의를 얻어냈습니다.

그러나 목사님의 이런 '마음 안 내킴'은 끝까지 계속되어 이 책을 만드는 데 적지 않은 어려움을 주었습니다. 묻는 질문에만 대답할 뿐 '자발적인 협조'를 해주시지 않았기 때문입니다. 이야기도 주로 사건 중심의 '객관적인' 설명이었지, 회고록의 주체인 '나'가 생략되곤 했습니다. 여기서 '나'란 '생각하고 느낀 나'입니다.

임재경 선배님의 사무실에서 시작한 인터뷰는 목사님이 민주화운동기념사업회의 이사장이 되시자 그곳으로 옮겨가 계속되었습니다. 2001년 7월 1일부터 2003년 7월 10일까지 2년 동안 30회 이상에 걸쳐 진행됐습니다. 그 많은 인터뷰를 임선배께서 이끌어주시지 않았던들, 그리고 민주화운동기념사업회에서 그 긴 녹음을 풀어주시지 않았던들 이 책을 만들기는 어려웠을 겁니다.

이 책을 처음 구상했을 때의 생각은 문답식으로 책을 만드는 것이었습니다. 바로 인터뷰 형식이지요. 이런 인터뷰 형식은 독자에게 대담 현장에서 육성을 듣는 것 같은 느낌을 줍니다. 그래서 이런 대담형식으로 작업을 시작했는데, 곧 그것이 매우 지난한 일일 뿐만 아니라, 또 반드시 옳은 방식이 아니라는 것을 알게 되었습니다. 우선 생각의 연상작용 때문에 목사님의 이야기가 수십년을 오르내렸습니다. 이것을 문답식으로 만들려면 이야기를 조각조각 떼어내서 시간대별로 재구성해야 하기 때문에 부자연스러움을 피할 수 없습니다.

그러나 더 중요한 것은 박형규 목사님의 생애가 역사적 상황 및 사건과 긴밀하게 맞물려 있다는 것입니다. 당시의 상황이나 사건에 대한 설명 없이 목사님의 지난 삶을 이해하는 것은 불가능하며 이 책의 취지와도 맞지 않았습니다. 목사님과 동시대를 살면서 함께 활동하신 분들은 다 아시는 이야기지만, 그렇지 않은 분들에게는 이해하기 어려운 이야기가 될 것입니다. 더구나 나이드신 분들에게는 '체험'이었던 것이 지금의 젊은이들에게는 '역사'가 되어버렸습니다. 그런 후학들이 이 책을 읽게 된다면 역사공부를 따로 해야 하는 수고를 해야 합니다. 그런 수고도 덜어주고 싶었습니다.

그래서 짧은 지면이지만 목사님과 관계된 당시의 상황과 사건의 내용을 기왕이면 최대한 재현시켜보려고 했습니다. 그랬더니 이번엔 대담형식이 주는 직접성을 잃어버리고 단순히 과거의 어떤 기록을 전달해주는 것은 아닐까 걱정되었습니다. 박형규 목사님의 육성이 사라져버려 이야기의 신뢰성을 떨어뜨리지 않을까 하는 두려움도 느꼈습니다. 특히 서울제일교회 탄압사건을 길게 다룰 때 그러했습니다. 이 사건은 박형규 목사님이 겪으신 수난 가운데서도 가장 큰 시련이었으므로 목사님의 말씀을 골격으로 하여 당시의 기록을 보고 자세하게 보충했다는 것을 밝혀드립니다.

이 책을 읽는 분들 가운데는 여기에 나오는 날짜와 숫자를 보고 목사님의 기억력에 대해 의문을 갖는 분들도 있으리라고 봅니다. 인터뷰 당시 여든을 앞두신 분이 그 옛날 일을 어떻게 그렇게 잘 기억하느냐는 것이지요. 당연한 의문입니다. 그런데 제가 인터뷰를 하면서 크게 놀란 것이 있습니다. 그 하나가 목사님의 뛰어난 기억력입니다. 목사님은 탁월한 장점이 많으시지만 그중의 하나가 바로 기억력이 아닐까 여러번 경탄했습니다. 그러나 기억력이란 세월에는 대항하기 어려우므로 목사님의 기억을 여러 자료를 통해 검증하여 기록해넣었습니다.

자료들 가운데 가장 큰 도움을 준 것은 NCCK 인권위원회가 펴낸 『1970년대 민주화운동: 기독교 인권운동을 중심으로』와 『1980년대 민주화운동: 광주민중항쟁 자료집 및 상반기 일지』(1987)입니다. 이 자료집에는 박형규 목사님과 관계된 당시의 중요 사건기록들이 자세히 실려 있습니다. 사건의 내용은 물론 관련된 사람들, 발표된 성명서 내용까지 그대로 실려 있는 귀중한 1차 자료입니다. 기록이 얼마나 중요한가를 실감하면서, 쫓겨다니며 숨어서 이 자료집을 만들었다는 집필자들에게 여러번 깊은 감사와 경의를 표했습니다. 이 기록을 보면서 놀란 것은 당시의 역사적인 주요 사건치고 박형규 목사님이 참여하고 주도하지 않은 것이 거의 없다는 사실입니다. 당시 목사님의 개인사가 우리의 민주화·인권운동사와 겹치는 것을 곳곳에서 보았습니다.

박형규 목사님과 관계된 주요 사건들을 중심으로 압축해서 다루다보니 그 밖의 사건이나 사람이 누락된 경우도 있을 것입니다. 그리고 사실관계에서의 착오도 적지 않을 것 같아 두렵습니다. 이것은 전적으로 회고록을 정리한 사람의 잘못이며 따라서 질책을 받아야 할 사람도 저입니다. 앞으로 이것을 바로잡을 수 있는 기회가 오는지 알 수 없으나 지적해주시면 기록하여 남기겠습니다.

그 방대한 녹음자료와 정리를 마친 원고의 내용을 비교해보고는 글의 빈약함을 여러번 부끄러워했습니다. 수많은 이야기들이 묻혀 있는 그 풍성한 광맥에서 제련(製鍊)해낸 것이 이것밖에 안되나 하고 저의 무능과 불성실을 자책했습니다. 누구보다도 박형규 목사님께 죄송하며, 독자 여러분들에게도 죄송하다는 말씀을 드립니다.

박형규 목사님에 관한 책이라면 이 책은 겨우 나무기둥과 중요한 큰 가지 몇개를 어설프게 그려놓은 것에 지나지 않는다는 생각이 듭니다. 특히 민주화운동과 인권운동을 중심으로 다루다보니 박형규 목사님의 영성(靈性)생활과 숨겨져 있을 유익하고 재미있는 일화들이 소홀하게 다루어져 많이 아쉽습니다. 목사님께서 아직도 건강한 기억력을 잃지 않고 있으니, 앞으로도 더 많은 정신적 유산을 후대에 남겨주실 수 있습니다. 특히 젊은 신학자들이 목사님과 영성생활 및 신학에 대한 대화를 나누어 기록을 남길 수 있다면 좋은 정신적 유산이 되리라고 봅니다.

2010년 4월

신홍범

BFW   Bread for the World, 세계급식선교회

CCA   Christian Conference of Asia, 아시아기독교협의회

CO   Community Organization, 주민조직

CWME Commission on World Mission and Evangelism, 세계선교와
전도위원회

EYCK Ecumenical Youth Council in Korea, 기독청년협의회

ICCC International Christian Council of Church, 국제기독교연합회

KMCO Korea Metropolitan Community Organization, 한국특수지역
선교위원회

KSCC Korea Student Christian Council, 한국학생기독교운동협의회

KSCF Korea Student Christian Federation, 한국기독학생회총연맹

KSCM Korea Student Christian Movement, 한국기독학생회

NCCK National Council of Churches in Korea, 한국기독교교회협의회

SMCO Seoul Metropolitan Community Organization, 수도권특수지
역선교위원회

UIM Urban Industrial Mission, 도시산업선교

URM Urban Rural Mission, 도시농어촌선교

WCC World Council of Churches, 세계교회협의회

WSCF World Student Christian Federation, 세계기독학생회총연맹

| 참고문헌 |

교회사 편찬위원회 편 (1978)『질그릇: 서울제일교회 25년사』, 서울제
　　일교회 출판부.

김관석 목사 고희기념문집 출판위원회 편 (1991)『이 땅에 평화를: 70
　　년대의 인권운동』, 김관석 목사 고희기념문집 출판위원회.

김정남 (2005)『진실, 광장에 서다: 민주화운동 30년의 역정』, 창비.

대한기독교서회『기독교사상』2008년 12월호.

민주화운동기념사업회·6월민주항쟁계승사업회 편 (2007)『6월항쟁을
　　기록하다: 한국 민주화 대장정 1~4』, 6월민주항쟁계승사업회.

박형규 (1992)『파수꾼의 함성』, 한국기독교장로회.

박형규 목사 고희기념문집 출판위원회 편 (1995)『행동하는 신학 실천
　　하는 신앙인』, 사회평론.

서울제일교회 남신도회·청년회 편 (1986)『광야의 행진: 서울제일교
　　회 노상예배 설교 및 공동기도문집』, 서울제일교회 출판부.

조영래 (1983)『어느 청년노동자의 삶과 죽음——전태일평전』, 돌베개.

짐 스텐츨 편 (2007)『시대를 지킨 양심: 한국 민주화와 인권을 위해 나선 월요모임 선교사들의 이야기』, 최명희 옮김, 민주화운동기념사업회.

한국기독교교회협의회 인권위원회 편 (1987)『폭력을 이기는 자유의 행진』, 민중사.

_____ (1987)『1970년대 민주화운동 I~V』, 한국기독교교회협의회.

_____ (1987)『1980년대 민주화운동 VI, VII』, 한국기독교교회협의회.

한국기독교장로회 (2003)『기장총회회보』.

WCC 제6차 총회 보고서 (1983)『예수 그리스도, 세상의 생명』, 한국기독교교회협의회.

日本基督敎共助會出版部『쿄오조(共助)』1999년 2, 3월호.

die Weltmission 1987년 4월호에 실린 글 "Unter Gottes freim Himmel" (하나님의 자유로운 하늘 아래서) 한국어역본.

Park Hyung Kyu (1985) "The Search for Self-identity and Liberation," *International Review of Mission*.

1923. 12. 7　경남 창원군(지금의 마산시) 진북면 영학리 학동(鶴洞)마을에서 부친 박로병(朴魯柄)씨와 모친 김태금(金泰今)씨 사이에서 2남 3녀 중 차남으로 출생. 원래 음력으로는 8월 25일, 양력으로는 10월 5일에 태어났으나 아버지가 출생신고를 늦게 하여 호적상의 생일이 늦어짐. 위로 12살 많은 누님과 9살 위의 형이 있고, 아래로 여동생 둘이 있음.

1928~1930　독실한 기독교신자였던 어머니의 영향으로 호주 선교부가 운영하는 기독교계통의 유치원(의신유치원)과 초등학교(창신학교)에 다님.

1931~1942　부모와 함께 일본의 오오사까(大阪)시 후꾸시마(福島)구로 이주했으며 이곳에서 후꾸시마 소학교 3학년에 편입함. 이 학교를 졸업한 뒤 쿄오또(京都)에 있는 료오요오(兩洋)중학에 진학. 이 학교 재학중 일본천황의 사진〔御眞影〕에 절하는 것을 거부하다가 퇴

교당할 뻔함. 5학년 말 결핵에 걸려 각혈.

1943. 봄   결핵 치료를 위해 귀국하여 경남 김해군 진영읍으로 이사한 부모님 곁으로 감.

1943. 6   학교에 가지 못하는 가난한 농촌 어린이들을 위해 세운 진명 (進明)학원 교사가 됨.

1944   해방이 되면 어린이들에게 한글을 가르쳐야겠다는 생각으로 한 글공부 모임을 만듦. 이 모임이 민족사상을 고취한다 하여 김해경찰 서에 끌려가 한달 동안 취조를 받으며 모진 고문을 당하고, 풀려난 후 한동안 산중에서 피신.

1944. 7   경북 상주 출신의 조정하 여사와 결혼. 슬하에 2남 2녀를 둠. 박종렬(장남, 목사), 박순자(장녀), 박종관(차남), 박경란(차녀).

1945. 8   광복. 해방 후의 무질서상태를 바로잡기 위해 만들어진 진영 치안대의 책임자가 됨.

1945. 10   진영교회 목사로 부임한 강성갑 목사의 영향을 받음. 덴마 크의 사회운동가 그룬트비히의 농민교육운동을 본받은 강목사의 '한얼학교운동'에 동참함.

1946. 4~1947   부산대학교 예과에 입학, 수료.

1947. 10~1948. 8   창영공립중학교 교사로 일함.

1948. 9~1950. 3   부산 미국문화원의 도서관장으로 일함.

1950. 4~6   부산대학교 문리대 철학과에 등록.

1950. 7   한국전쟁이 일어나자 일본 토오꾜오에 있는 유엔군사령부 방 송 VUNC의 군속으로 일함.

1955. 4~1956. 3   일본 토오꾜오신학대학 신학부 4학년에 편입학. 학

교에 다니면서 토오꾜오의 아따찌(足立)구에 있는 재일대한기독교 니시아라이(西新井) 전도소에 나가 박영희 전도사의 목회를 도움.

1956. 4   일본 토오꾜오신학대학 대학원 조직신학과에 진학.

1958. 겨울   유엔군사령부 VUNC에서 사직함.

1959. 3   일본 토오꾜오신학대학 대학원에서 조직신학 석사학위를 받음. 학위논문은「존 데일(John Dale)의 속죄론」.

1959. 3   약 9년 만에 귀국.

1959. 4   한국기독교장로회 서울노회 소속 공덕교회 전도사로 부임.

1959. 10   기독교장로회 서울노회에서 목사안수를 받고 공덕교회 부목사로 취임.

1960. 4   4·19혁명에서 큰 충격을 받아 신앙생활의 대전환이 일어남. '교회로 하여금 (참다운) 교회가 되게 하는 일'에 헌신하기로 결심함.

1962. 9~1963. 10   공덕교회에서 1년간의 휴가를 얻어 미국 유니온(Union)신학대학의 STM코스에 입학, 신학석사학위를 받음. 학위논문「영(靈) 개념의 현대적 해석」(*A Contemporary Interpretation of The Concept of Spirit*).

1964. 6   공덕교회 사직.

1964. 7~1965. 10   기독교장로회 서울노회 초동교회 부목사로 취임.

1965. 10   기독교장로회 전국여신도회가 창립한 베다니평신도학원 원장으로 취임.

1966. 2   아버지를 여읨(향년 78세).

1966. 5   한국기독학생회(KSCM, KSCF의 전신) 총무로 취임.

1968   도시빈민 문제가 심각한 사회문제로 등장하자 빈민선교를 시

작. 미국 북장로교 선교부장 조지 타드(George Todd) 목사의 지원을 받아 연세대 안에 '도시문제연구소'를 만들고 그 산하 '도시선교위원회'의 책임자가 됨.

1968. 5 대한기독교서회 정기간행물 부장 겸 월간 『기독교사상』 주간으로 취임.

1970. 3 서울제일교회의 초빙을 받아 주일설교를 시작함.

1970. 4 재단법인 기독교방송(CBS)의 방송 및 기술담당 상무로 취임.

1971. 4. 8 민주수호국민협의회 결성에 참여.

1971. 6 권력의 집요한 압력으로 CBS에서 퇴사.

1971. 7 크리스천 아카데미의 프로그램 위원장으로 취임.

1971. 9. 1 가톨릭교회를 포함한 초교파적인 도시빈민 선교기구인 '수도권도시선교위원회' 발족, 위원장이 됨.

1971. 9. 28 빈민선교를 하는 신·구교의 선교단체들이 서로 협력할 필요를 느껴 '크리스천사회행동협의체'를 결성, 부이사장직을 맡음. 이 단체는 1972년 3월 6일 '에큐메니컬 현대선교협의체'로 이름을 바꾸고 조직을 재정비함.

1971. 10. 8 '크리스천사회행동협의체' 주최로 서울 혜화동 가톨릭학생회관에서 '사회정의 실현 촉진대회'를 열고 부정부패 추방을 위한 시가행진을 벌임. 동대문경찰서에 연행되었다가 풀려남.

1972. 11. 26 기독교장로회 서울노회 서울제일교회의 담임목사로 초빙받아 부임. 이후 20년 동안 당회장으로 시무함.

1973. 4. 22~9. 27 남산 야외음악당 부활절 연합예배에서 유신체제를 비판하는 시위를 계획하고 전단을 살포함. 이 사건으로 6월 29일 권

호경 목사, 김동완 목사, 남삼우씨 등과 함께 국군보안사령부로 연행되어 국가내란예비음모 혐의로 구속기소됨. 징역 2년을 선고받고 3개월 후 금보석으로 석방됨.

1973. 12 '수도권도시선교위원회'의 이름을 '수도권특수지역선교위원회'로 바꾸고 선교대상을 서울의 빈민지역에 집중시킴.

1974. 4. 20 전국민주청년학생연맹(민청학련)에 거사자금을 댔다는 이유로 중앙정보부에 연행된 후 구속기소됨. 대통령 긴급조치 4호 위반 및 국가내란음모 혐의로 군법회의에서 징역 15년, 자격정지 15년을 선고받음.

1974. 12 옥중에서 첫 논설집 『해방의 길목에서』가 출간됨.

1975 옥중에서 미국의 선교단체가 주는 '에드워드 브라우닝'(Edward Browning) 상을 받음.

1975. 2. 15 10개월 복역 후 형집행정지로 석방됨.

1975. 4. 3~1976. 2. 14 '수도권특수지역선교위원회 선교자금 횡령 및 배임사건'으로 김관석, 조승혁, 권호경 목사와 함께 구속기소됨. 1심과 항소심에서 징역 10개월을 선고받고 만기출소함.

1976 '수도권특수지역선교위원회'의 이름을 '한국특수지역선교위원회'(KMCO)로 바꾸고 빈민선교의 쇄신을 꾀함.

1976. 5. 25~7. 6 빈민선교를 적대시해오던 유신당국이 KMCO를 용공세력으로 몰기 위해 실무자들을 치안본부 대공분실로 불법 강제연행하고 고문함. 그러나 박형규 목사를 공산주의자로 만들려는 대공분실의 음모는 실패함. 40일에 이르는 장기구금 끝에 기소유예로 서울구치소에서 풀려남.

1976. 10 한국기독교장로회의 '교회와 사회위원회' 위원장이 됨.

1978 한국기독교교회협의회(NCCK)의 '교회와 사회위원회' 위원장이 됨.

1978. 9. 6~1979. 7. 17 1978년 8월 14일부터 열린 기독교장로회 청년회 전국연합회 전주교육대회(기청대회) 시위사건으로 대통령 긴급조치 9호 위반, 집시법 위반 등으로 구속기소되어 징역 5년, 자격정지 5년을 선고받음. 10개월 후 형집행정지로 석방됨.

1980. 5 호주 멜버른에서 열린 세계교회협의회(WCC) 산하 세계선교협의회(CWME)에 한국대표로 참가. 대회중에 광주민중항쟁 소식을 듣고 급히 일본의 토오꾜오로 돌아옴. 이곳에서 '김대중 내란음모' 사건이 조작되고 있음을 알고 귀국을 포기, 일본에서의 장기체류를 위해 국립 나까노(中野)요양원에 입원하여 4개월 동안 머묾.

1980. 9 귀국길에 김포국제공항에서 중앙정보부로 연행됨. 김대중 선생과의 관계와 5·18광주민중항쟁을 선동한 혐의로 집중 조사받았으나 연행 20일 만에 풀려남.

1981. 9 한국기독교장로회 총회 제66회 총회장이 됨.

1982. 3 NCCK 인권위원회 위원장이 됨.

1982. 5 부산 미문화원 방화사건에 대한 한국사회선교협의회의 성명 발표 사건으로 검찰에 연행되어 조사받고 풀려남.

1983. 7 캐나다의 밴쿠버에서 열린 WCC의 제6차 총회에서 '예수 그리스도, 죽음과 맞서고 극복하는 생명'이란 제목으로 주제강연을 함.

1983. 8 국군보안사령부의 공작으로 서울제일교회에 대한 예배방해가 시작됨. 교회를 파괴하고 박형규 목사를 교회에서 추방하려는 음

모가 행동으로 나타남.

1984. 9. 7 국군보안사령부 서빙고동 요원이라고 자처한 조동화가 폭력배들을 이끌고 교회에 난입하여 사찰집사와 전도사를 집단구타함.

1984. 9. 9~12 예배방해자들과 폭력배들이 교회를 불법점거하고 박형규 목사와 교인 등 16명을 4층 당회장실에 60여시간 감금하면서 외부와의 접촉을 단절시킨 채 살해하겠다고 위협함.

1984. 9. 23 목포 출신 폭력배 박평수 등이 박형규 목사를 테러함. 가톨릭성모병원에 입원, 췌장이 붓고 장이 파열될 우려가 있다는 진단을 받음.

1984. 9. 24 미국의 NBC방송, 일본의 쿄오또통신 등 4개 외국 언론과 병상 회견을 하고「그리스도 안에 있는 형제자매들에게」라는 메씨지를 발표함.

1984. 12. 9 폭력배들이 10월 14일부터 교인들의 예배당 출입을 저지하여 교회 앞 길거리에서 예배드림. 길거리 예배에까지 폭력을 가해와 중부경찰서 앞 노상에서 예배를 드리기 시작함. 이 노상예배는 1990년 12월 9일까지 만 6년 동안 계속됨.

1986. 1. 18 「조국의 위기타개를 위한 우리의 제언」성명서 사건으로 동부경찰서에 연행되어 조사받음.

1986. 2 한국기독교사회문제연구원 이사장으로 부임.

1986. 4 어머니를 여읨(향년 96세).

1986. 8. 14 강남 서진룸쌀롱 집단 살인사건 발생. 이 사건에 관련된 폭력조직 장진석파의 별동대장 홍성규가 서울제일교회에서 권력의 지시를 받아 청부폭력을 행사한 것이 드러남.

1987. 5. 27   민주헌법쟁취국민운동본부 상임공동대표가 됨.

1987. 6. 10~7. 6   6월항쟁. '박종철 고문살인 은폐조작 규탄 및 호헌철폐 범국민대회'를 열기 위해 '국본' 공동대표와 집행위원들이 대한성공회 주교좌성당에 모여 대회를 주관, 박형규 목사가 대회사를 하고 지선스님이 성당 종탑에 올라가 군사독재의 종말을 상징하는 조종을 침. 이로 인해 박목사를 포함한 13명이 집시법 위반혐의로 구속되어 서대문구치소에 수감되었다가 1개월 만에 기소유예로 석방됨.

1987. 7~10   '6·29선언' 이후 민주진영의 대통령후보 문제를 놓고 김영삼씨와 김대중씨가 분열하자 후보단일화를 실현시키기 위해 끝까지 노력했으나 결국 실패함.

1990. 12. 9   만 6년 동안의 긴 노상예배를 끝내고 이해 12월 16일부터 종로5가 기독교회관 2층 강당에서 주일예배를 드리기 시작함.

1991. 3. 8~4. 6   미국 버클리대학 주최 '한반도평화통일 씸포지엄'에 리영희 교수, 정현백 교수와 함께 남측 대표로 초청을 받고 참가하여 주제강연을 함. 귀국 후 당국이 이 씸포지엄에서 한 발언을 문제삼아 시경 대공분실로 연행, 조사를 받고 약 일주일 만에 풀려남.

1991. 11. 13   토지학교 이사장이 됨.

1992   민주주의민족통일전국연합 고문이 됨.

1992. 8. 27   만 70세 정년을 앞두고 20년 동안 시무했던 서울제일교회를 떠났으며, 이후 목회활동에서 은퇴함.

1992. 9. 26   '민주대개혁과 민주정부수립을 위한 국민회의' 상임의장이 됨.

1993   남북민간교류협의회 이사장이 됨.

1995. 2   노동인권회관 이사장이 됨.

1996   한국교회인권쎈터 이사장이 됨.

2001   재단법인 민주화운동기념사업회 공동대표가 됨.

2002   민주화운동기념사업회 초대 이사장이 됨.

2007~현재   남북평화재단 이사장으로 재직.

저서

논설집 『해방의 길목에서』(사상사 1975)

설교집 『해방을 위한 순례』(풀빛 1984)

설교집 『파수꾼의 함성』(한국기독교장로회 1992)

역서

『풍요한 사회』『세속도시』(공역) 등

가족관계

사모: 조정하

장남: 박종렬, 며느리: 문인숙, 손녀: 의선, 신나

장녀: 박순자, 사위: 전홍일, 외손자: 혁민, 외손녀: 한나

차남: 박종관, 며느리: 조미금, 손자: 민우, 성민

차녀: 박경란, 사위: 최근용, 외손녀: 보윤, 해민

490

나의 믿음은 길 위에 있다
박형규 회고록

초판 1쇄 발행 • 2010년 4월 19일
초판 3쇄 발행 • 2010년 9월 1일

정리 • 신홍범
기획 • 민주화운동기념사업회
펴낸이 • 고세현
책임편집 • 고경화
펴낸곳 • (주)창비
등록 • 1986년 8월 5일 제85호
주소 • 413-756 경기도 파주시 교하읍 문발리 513-11
전화 • 031-955-3333
팩시밀리 • 영업 031-955-3399 편집 031-955-3400
홈페이지 • www.changbi.com
전자우편 • human@changbi.com
인쇄 • 상지사P&B

ISBN 978-89-364-7186-6 03810